The Age of Light

光之年代

Whitney Scharer

惠特尼・夏勒 著

葉旻臻 譯

國際媒體名人推薦

「這是一幅超現實主義伴侶既寫實又迷人的快照，從師徒到共同創作，還有扣人心弦的愛情。」

——《時人雜誌》（*People*）

「一九三〇年代巴黎閃閃發光的波希米亞風情、六〇年代英格蘭令人生厭的田居生活，以及戰時幾乎掏盡歐洲人身心的屠殺，這些場景生動鮮明，一如曼・雷、尚・考克多、蒙巴納斯的吉吉（Kiki de Montparnasse）躍然紙上的形象。黎・米勒一生備受自我懷疑所折磨，渴望愛情與認同，作者寫下了她數十年來追尋自己的光線、發出自己的聲音的創作之路。」

——《娛樂週刊》（*Entertainment Weekly*）

「如同一九三〇年代的巴黎，夏勒這部處女作是浪漫與現實最璀璨的交鋒。」

——《歐普拉雜誌》（*O, the Oprah Magazine*）

「一部極富價值的小說。在當年以男性為主體的時代敘事中，增添這位才華洋溢的女性攝影家身影。」

——《華盛頓郵報》（*Washington Post*）

「引領讀者走入那華麗又神祕的年代。」

——《時代雜誌》（*Time*）

「一部關於藝術、愛情與原創，絢麗無比的女性小說。這部小說本身就是一件藝術品。」

——《波士頓環球報》（*Boston Globe*）

「黎・米勒是二十世紀第一批優秀的女性戰地記者之一。過去大部分著作只將她描繪成曼・雷的情人與繆思，這本書則讓我們看見了她獨立、大膽的藝術家形象。」——《魅力雜誌》（*Glamour*）

「引人入勝、充滿畫面感，適合熱愛窺探藝術家現實人生的小說讀者。」

——《圖書館期刊》（*Library Journal*）

「夏勒巧妙地設置幾道觀景窗，從黎・米勒對自身的不安全感以至於她外顯的能力與成就。黎從不渴望更曼妙的身材或飾品，並在追求自我實現的過程中付出極高的代價，然而這正是讀者眼中最耀眼動人之處。」

——《柯克斯書評》星級評論（*Kirkus*, starred review）

「令人陶醉。一位傑出女性走向藝術家之路的精采故事。」

——《書單》星級評論（*Booklist*, starred review）

「出色描寫黎．米勒與曼．雷的攝影與愛情。」

——《出版者週刊》重點書評（*Publishers Weekly*, starred review）

「每一頁都令人驚喜。作者大膽描繪出黎．米勒身為模特兒、繆思，以至於藝術家耀眼而獨一無二的人生。」

——《紐約時報》暢銷作家、《我是海明威的巴黎妻子》作者寶拉．麥克蓮（Paula McLain）

「生動、華麗，一名女性在男人主宰的藝術世界中努力追求自我，最終淬鍊出藝術家靈魂的真實寫照。」

——全球暢銷小說《阿基里斯之歌》作者瑪德琳．米勒（Madeline Miller）

「夏勒創造了一個令人難忘的主人公，還有一名女性從世人眼中的繆思成長為偉大藝術家的迷人故事。」

——美國亞馬遜年度最佳圖書NO.1《無聲告白》作者伍綺詩（Celeste Ng）

「身歷其境，令人振奮又心碎。」

——《紐約時報》暢銷書《裴上校的最後一戰》作者海倫．西蒙森（Helen Simonson）

「大膽、私密，生動描寫黃金年代的巴黎藝術圈光景。」

——《紐約時報》暢銷作家潔西卡．夏塔克（Jessica Shattuck）

目次

以感激與愛意獻給我的母親

誠然，一切藝術創作都是人經歷險難的結果，
是從頭走過某項經驗、抵達無人可跨越的終點後的產物。

——里爾克（Rainer Maria Rilke）

第一部　繆思

序曲

英國，薩塞克斯郡，法黎農莊

一九六六年

炎熱的七月天。草丘在前一週的雨水澆養下變得愈發綠意盎然，隆起挺向天空猶如爬滿苔蘚的胸膛。黎．米勒從廚房窗戶望出去，環繞的山丘和筆直的碎石路，還有遠在她來到這裡多年之前就築起的一道道石牆，地景阡陌分割，圈住靜靜吃草的羊群。她的丈夫羅蘭拄著拐杖沿馬徑緩步行走，帶兩位來訪的客人同行，不時停下來提醒他們避開可能扭傷腳踝的鼴鼠洞，和對某些訪客來說鄉村味太濃的牛糞堆。

黎的草藥園就在廚房外圍，她願意走動的距離也就這麼遠了。好幾年前，羅蘭就不再邀她一同散步。她告訴他，除非他在草丘上鋪出一條兩側林立咖啡店的步道，不然她才懶得浪費時間在坡地間流連。如今，她覺得他已然樂於享受這段避開她的時光，而她也是。每次目送他離開，黎都覺得扼住自己喉嚨的那隻手似乎鬆了一點。

這個廚房是她在法黎農莊最滿意的空間。不是令人愉快，而是滿意。倘若她不在，沒有人可以進來，就算進得來，也絕對找不到他們要的東西。香料罐顫巍巍地疊成一座座高塔，髒汙程度不一的鍋子堆滿流理臺和水槽，蓋子打開的油壺和醋瓶放在層架上。但是黎隨時清楚每一樣物品的位置，一如過去她的工作室，漫無章法堆起的雜物總讓她以外的人們摸不著頭緒。戰時的攝影夥伴大衛．謝爾曼，每當要走進她在斯克里布酒店的房間之前，早已準備好幾句挖苦的話──「哎呀，黎，妳改拿汽油罐做裝置藝術了嗎？」──她在廚房裡驀然想起了他，尋思現在的他會對她說些什麼。她在戰爭期間的朋友只有少數幾人不曾遠道來探望她，大衛是其中一人。她為此慶幸。前一次見面時，他們都還住在倫敦，黎聽到大衛對保羅．艾呂雅說她身材發胖、容貌憔悴，還說她因為自己魅力不再而感到憤怒。當然，這不是真的。除了每天清晨鏡子裡那張陌生面孔以外，還有太多事讓她憤怒，破裂的血管在她浮腫的臉龐漲得通紅。

幾年前，黎前往藍帶學院受訓，如今她幾乎每個週末都能做出一套正式的晚宴餐，還以此為主題為《VOGUE》雜誌撰寫文章。她是居家版的專欄記者，在這之前，她是同一本雜誌的戰地記者；再之前，她是時尚記者；而更早更早之前，她是封面模特兒。一九二七年，一幅她的裝飾藝術風格頭像素描，鐘形帽一如頭盔壓低，將女裝時尚帶進嶄新的現代主義時代。人們總讚美那是多麼出色的成就，黎對那段日子絕口不提。

黎想起《VOGUE》，是因為她的編輯奧黛麗．威瑟斯今天要來吃晚餐。奧黛麗多半是來解雇她的，還特地大老遠跑來法黎農莊當面提出。換作是黎，早在她第二十次錯過截稿期限、或第十次交出雷同的鄉村居家生活提案時，她就會解雇自己。然而奧黛麗是個忠誠的朋友，還是至今唯一嘗試對女性傳達重要議題、而非只關心晚禮服流行風向的時尚編輯。她和奧黛麗之間會有其他賓客作為緩衝：她們的朋友貝提娜，還有西穆斯，當代藝術中心的策展人兼羅蘭的左右手。黎認為奧黛麗應該狠不下心在羅蘭的朋友面前解雇她，也許可以再一次試探她，好扭轉情勢，重新找到出路。

今晚的菜單是根據黎先前出過的餐點做變化，總共十道菜：麵包片盛蘆筍佐荷蘭醬、串烤蛋黃奶油醬干貝、馬鈴薯冷湯、潘若斯玫瑰菇、迷你版的蟾蜍在洞[1]、綠丘青醬雞、古岡左拉起司佐核桃、啤酒燉雉雞、薑汁雪糕，還有趁熄燈時華麗登場的熱烤阿拉斯加。要是黎不能再為奧黛麗寫專欄，她打算端出奶油、冰淇淋和蘭姆葡萄乾迷倒她。

戰爭期間，當黎在萊比錫和諾曼地報導時，奧黛麗往往是她唯一的聯絡人。黎將布亨瓦德集中營的第一批照片寄給她，奧黛麗迅速刊出照片，一旁是黎在興奮劑、白蘭地和怒火驅使下、使用小型愛瑪仕Baby打字機猛力敲出的文章。奧黛麗如實刊登黎的一字一句，搭配上「有圖有真相」的標題和滿版出血的巨幅照片，駭人的場景一覽無遺。她才不在乎雪菲爾某個家庭主婦翻過一頁最新款夏帕瑞麗牌手套廣告，下一頁映入眼簾的就是個鼻青臉腫的納粹軍官，鼻梁斷了，腫起的臉頰流淌著厚厚一層黑血。

來到中午，黎開始做潘若斯玫瑰菇，這是她原創的菜色，在厚實的白蘑菇裡塞入打發的鵝肝醬，頂端灑紅椒粉，貌似她那座草藥花園一側長出的玫瑰。這道菜很容易失誤，整個製程得費上好幾個小時。羅蘭老愛抱怨她原本說八點開飯，最後過了九點、十點、十一點才端出第一道菜，客人早已露出疲態與醉意。黎會敷衍應付過去。有一次，她做了向米羅名畫致敬的烤扁鰺，連羅蘭都贊同那是一道值得等待的好菜。

但是，黎今晚會很準時。她會冷靜端莊地走出廚房，一道道佳餚會像精心編排的舞碼中的舞者逐一登上桌面。正式的晚宴餐透著一股魔力，狀況好的時候，黎會想起從前待在暗房裡的感覺，一舉一動精準地按照正確步驟，絲毫不費力氣。

黎做完潘若斯蘑菇，放到冰箱上層。她接著做荷蘭醬，做得比需要的分量多。她拿起一只銅鍋攪拌蛋黃和檸檬汁，打蛋器敲在金屬上**鏗鏘作響**。外頭，羅蘭和早到的客人越過山丘，如鴨群般排成一列往下走進山谷，從她的視線中消失。

黎該對奧黛麗說什麼好呢？她構想了許多文章主題，但沒一個是好點子。她準備了道歉的說詞。道歉感覺好多了，比較真誠。搬過來這幾年很辛苦，她一個月只能去倫敦幾次，和外界都斷了聯繫。但她知道她的文筆還是不錯的，拍的照片也是好的。只要她能甩開如厚重斗篷般裹住她的窒悶傷感，動手寫稿拍照就行。她會告訴奧黛麗，她準備好了。她會說她已經清掉了臥室裡的垃圾，擺好一臺打字機，桌子就放在一面小方窗下，窗外是車道延伸離開農莊的景致。黎甚至隨手拍了張照片，是這幾個月以來的第一張，她將窗戶收入相機觀景窗裡，景框內的景框。照片貼在她的桌旁。奧黛麗會很樂意知道黎拍照了。她會想知道黎端坐著，手指拂過打字機凹陷的側邊，一面眺望雞群邊啄邊越過車道。倘若奧黛麗問起，黎會拿出她以鄉居生活為題的精準速寫。她會立刻交出任何奧黛麗想從她這段生涯中得到的事物，假使她辦得到，攝影也行。

到了四點鐘，黎幾乎已準備妥當，一切**各就各位**，幾個小碗分別裝著剁碎的馬鬱蘭、海鹽、鯷魚、辣椒，以及烹飪所需的各式香料。她在保溫杯裡放入冰塊，走進餐廳。裡頭有一張坑坑疤

---

1 英式料理，將香腸或其他肉類加入約克夏布丁的麵糊中烘烤而成。

疤的長形支架餐桌，大到坐得下二十四人。餐廳另一端的壁爐令人想起亨利八世的烤乳豬和一壺壺美酒。壁爐上方掛著畢卡索為黎畫的肖像，他捕捉到她露出門牙縫的微笑，那始終是她最喜歡的肖像。那幅作品周圍還掛了他們偏愛的幾張畫，是羅蘭的收藏，一幅幅挨得很近，恩斯特靠著米羅，米羅緊貼特恩布林。經年累月，其中也混入一些不知名的超現實主義作品：一隻倒掛在畫框上的鳥類標本、一根上頭畫著血盆大口的鐵軌枕木，還有個一頭糾結亂髮的女子塗鴉，就裝在他們所能找到最豪華的畫框裡。黎在餐桌旁坐下，她的腳痛了起來。她輕輕搖晃保溫杯，冰塊在威士忌裡搖擺舞動。

羅蘭散步回來，一輛低底盤的摩利士停在車道上，引擎大聲咆哮，引他們注意訪客的到來。他站在通往廚房的走廊——他往往只在門口站定，似乎從來不想踏入她的領域。

「今天還不錯。」他說，伸出屬於雕刻家的纖細手指抹抹鼻子。「我們在路上看到一條牛蛇，有五、六呎那麼長哩。」

黎點點頭，沒有看他，拿著一根長柄湯匙在燙馬鈴薯的鍋子裡攪動。

「味道真香。」他吸了吸鼻子後說：「大蒜味。」

「是雞肉。」

他又嗅了一會。「奧黛麗什麼時候到？」

「我想剛剛那就是她。」黎平靜地說，試圖掩飾她一聽見輪胎磨擦石子的聲響就顯得坐立難安。

「妳要去迎接她嗎？還是我去？」

「你去吧，」黎朝眼前的一團混亂比手勢。「我好多事才忙到一半。」

羅蘭深深地看了她一眼，然後走開。

水這下真的煮滾了，黎彎身察看，升起的蒸氣繚繞她的臉龐。料理馬鈴薯的祕訣是：讓冷水淹過馬鈴薯，水量要比你估算的多，確保馬鈴薯有空間翻動。倘若讓馬鈴薯彼此碰觸，就會變得黏糊糊的。黎將馬鈴薯整顆燙熟，在它們還冒著熱氣時切塊。一般人實在對馬鈴薯不夠用心。

羅蘭的聲音從屋前轟然傳來。「奧黛麗！妳不知道在薩塞克斯郡，朋友都走後門嗎？」隨後是奧黛麗以優雅的高亢嗓音回應。黎迅速拿起她藏在玻璃保鮮罐後面的酒瓶，再度斟滿杯子。她聽見他們踏在礫石路上的腳步聲，走回外面的車子，然後他們進屋時紗門刮擦碰撞出聲，那聲音大得猶如槍響，黎的背脊湧過一陣電流般的震顫，忽然之間，蔓延而來的恐慌和重如篷蓋的黑暗籠罩了她。空氣中飄著一股焦味，她擔心食材燒焦了，但她無法移步到烤箱旁檢查。一如每次發作時，她的視野邊緣變暗，就算雙眼睜開，她還是回到了記憶中的處所，這次是聖馬洛，她穿著汗溼的襯衫蜷伏在地窖裡，大腿肌肉緊繃，等待炸彈的餘音消散。

她無法阻止思緒襲來。那些念頭如彈片般陷在她腦中，她永遠不清楚哪些事物將誘使記憶浮上表面。當黎回歸現實，她發現自己正縮在廚房角落，緊抱著壓伏在胸口前的雙膝。她搖晃地站起身，慶幸沒人看見她的失態。

她尋找玻璃杯，然後拿起杯子靠在前額，感受它的冰冷。她顫抖地嚥下一口水，接著又一口。計時器響了。黎再次受驚擾，她試圖恢復鎮定，從鍋子裡撈出一顆馬鈴薯，輕輕咬下試軟硬度，卻被燙得猛然退縮，馬鈴薯掉在磁磚地面，悶哼一聲溼軟的鈍響。她拿起玻璃杯喝了一口水，恐慌的情緒滋長，她所處的空間彎摺扭曲，猶如她倒映在銅鍋表面的臉龐。她想放棄備餐，逃上樓，躲進她那間可以眺望羊群的辦公室裡，那裡的一切井然有序，一如早在他們搬來之前過去數百年的光景。

她幾乎已經出了廚房，朝後方的樓梯而去，這時她聽見奧黛麗的聲音。

「黎！」奧黛麗的步伐穿過廚房門，手臂張開，臉上掛著微笑。「這就是妳變魔法的地方。我看過妳拍的照片，但是親眼看到更有趣。」

奧黛麗一如往常：身形嬌小、精雕細琢，脖子上一條簇新的絲巾繫成蝴蝶結。她將頭髮染成金色，仍然做髮夾捲造型，一口討喜的牙齒讓她看起來有點像蜜獾。她上班時習慣穿塑身衣，現在也有穿。撇開這點，奧黛麗是黎所見過最不虛榮的人，這對一個在時尚產業待了三十年的專業人士而言，可是相當了不起的成就。黎放下飲料，拿起她摺好塞在圍裙腰間的毛巾擦擦手，也伸出雙臂。她們緊緊擁抱，黎彷彿感覺到有人在她胸腔裡吹起一個氣球，驅走了她的恐慌，讓她的內心騰出空間。她都忘了她多愛奧黛麗。

她們鬆開彼此，黎注視著奧黛麗將廚房盡收眼底。她的眼神掃過雜亂的陳設用品，掃過黎擱在臺面上的酒杯；她也努力不被發現輕輕掠過黎的家居服、凌亂的頭髮、臃腫笨重的身軀。黎透過奧黛麗的雙眼看見了毫不迷人的自己，但一向得體的奧黛麗很快移開目光，越過室內。

「那就是大名鼎鼎的潘若斯玫瑰菇嗎？」她指著冰箱。「一九六一年十一月號。我們收到好多讀者來信。」

「就是它。」黎說。她放下保溫杯，移來一碗萵苣擋住，但她還是不住看過去。濃厚且令人窒息的恐慌感又回來了，她閉上眼，努力驅散這股不安。

「奧黛麗，」她終於開口，手比向一張椅子示意。「坐吧，別客氣。要幫妳弄些喝的嗎？」

「哦，我知道妳做菜時很忙，沒時間理我。羅蘭要幫我四處導覽，我就先來向妳打個招呼。」她走回黎身邊，很快地摟了她一下，眼神十分柔和。

黎放鬆下來，奧黛麗離開廚房時沒有勸她留下。她發抖的手再次拿起杯子，將杯內的水一飲而盡，逼出尚未流出的淚水。她任憑眼淚奪眶而出。

* * *

九點了，黎還沒做完菜。客人們都在客廳裡。她聽見他們的聲音時起時落，伴隨著笑聲和酒杯的輕敲聲。羅蘭已經走進廚房好幾次，壓低聲音問：「大家都餓肚子等著，妳預計什麼時候能上菜？」黎告訴他還不行。客人們可以等，奧黛麗也能等，等待是值得的。

一部分問題在於，她一直在喝酒，玻璃保鮮罐後面的那瓶已經空了，換上了她原本藏在儲藏室深處的另一瓶。她喝太多了，連她自己都感覺得到：她的鼻子變得麻木，手指像奶油條一樣滑膩笨拙。不斷斟滿杯子是如此簡單的事，她數不清自己重複這個動作多少次了。喝酒讓她遺忘奧黛麗是她的生命線，連接她過去在這世上在乎的一切：攝影、寫作，還有她往日的美麗。只要黎能夠戰勝自己總想縮在床上不願醒來的衝動，她就能變回過去那個朝氣蓬勃、求知若渴的女子。但每一次她聽見奧黛麗高雅的倫敦口音從另一個房間傳來，她就不自覺拿起杯子，灌進另一口酒。

九點三十分，蘆筍墊著一層萵苣鋪在大盤子裡，灑上荷蘭醬。黎端起這道菜，推開通往餐廳的門。相連的客廳裡，眾人看見她時安靜下來。有人——也許是當代藝術學院的西穆斯——說：「太棒了！我餓死啦。」他們接連走進餐廳。羅蘭為客人安排座位——這是他的其中一項才能，他會在晚宴上安排適合的人相鄰而坐——然後向她走來，接過盤子，放在餐櫃上。女傭珍妮也在，平常黎幾乎不准她進廚房，讓她的日子很不好過。她分好蘆筍後上菜，每個人都看著仍站在門邊的黎。

「加入我們吧，親愛的。」羅蘭說，手比向她位在餐桌尾端、靠近廚房的座位。

「我還有事要做。」她一邊說著，然後退向門。她不經意思索著自己是否在胡言亂語，旋即又想反正她也不在乎了。

「坐吧，黎，」奧黛麗說：「妳已經站一整天了！」

奧黛麗說的沒錯。黎的雙腳又痠又痛，她解下圍裙，走向她的座位，有人——不是羅蘭——幫她倒了酒。眾人叉起光澤鮮亮的蘆筍莖送到嘴邊，讚嘆著這道菜多麼美味，談話再度開始。他們吃吃喝喝，氣氛並不差。奧黛麗和貝提娜展開一段長談，話題是她才看完的春季服裝秀。新一季的造型是幾何剪裁、不收邊夾克、素面合身洋裝。過了一會兒，貝提娜轉過來對黎說：「妳的眼光總是那麼好。妳覺得ＹＳＬ的新款如何？」

黎笑了。「小貝啊，我一發現軍服穿起來多舒適，早早就捨棄了那些——妳知道的。我現在只穿長褲和家居服。」

羅蘭看著她。他和奧黛麗一樣，在她還是模特兒時就認識她了，當時她隨便看到一件洋裝，都能說出那是誰的設計、用什麼質料、在哪個季度推出。黎已經將那段時光拋在了腦後，謝天謝地。倘若女人曉得軍裝長褲穿起來多舒服，她們都會穿的。黎最後一次去《VOGUE》的辦公室，在電梯裡遇見幾個年輕模特兒，她告訴她們，穿男裝長褲，還有腳不需塞在緊得要命的鞋子裡，感覺是多麼自由奔放。其中一人認出了她。

「妳是黎．米勒，對嗎？」女孩問。她俯視著黎——最近的模特兒好像一年比一年高。女孩的提問引出了某種令她煩躁的記憶。那是奧黛麗的諄諄勸告：「對黎好一點。她和以前不一樣了，自從——她看到那些景象以後。集中營解放的時候，她就在德國。太可怕了。我們根本不該派她過去。」當那女孩認出黎時，她內心的惡魔便現身了。

「黎．米勒？」黎問道，她靠得很近，近到能看見那女孩的毛細孔，還有整齊皓齒上的汙漬。「我聽說她已經死了。」那女孩一臉詫異，電梯門很快打開，黎走了出去，靴上沒繫好的鞋帶在她走過大廳時沿路甩動。

現在，餐桌邊的黎也穿靴子，被圍裙罩住的襯衫隨意紮進長褲。奧黛麗、貝提娜和羅蘭尷尬地瞪著眼，時尚的話題就此停擺。

為了打破沉默，黎端來冷湯，以她和羅蘭多年前在巴斯買的粗陶小碗盛裝。珍妮幫忙上菜，黎為她示範作法，她才能再去拿幾道已經備好、隨時可上桌的餐點。每一趟去廚房，都給了黎灌下更多威士忌的藉口，所以她並不想要珍妮幫太多忙。

終於，上完干貝、雞肉和雛雞——即使遲了，每一道都還是和黎想像中一樣完美——之後，話題轉向羅蘭的工作，還有當代藝術學院最近一場展覽的八卦。西穆斯的聲音高高在上蓋過其他人。為什麼臃腫肥胖的男人都熱愛聆聽自己談話？席間只有黎和奧黛麗與藝術學院扯不上關係，沒多久她們就已充耳不聞，奧黛麗在椅子上轉過身。「黎？」

黎準備好了——早就好了——她立刻說：「我想到很多點子，奧黛麗。真的。我又開始寫作了，不再做那些沒意義的浮誇東西。」

奧黛麗往後靠，一臉詫異。「真是好極了！」

「我想到我之前做的晚餐那道魚。妳記得吧，就是我說過的那道扁鰺？或許我可以寫一篇開發食材的文章。有些人會送我食材——一些妳可能根本不知道可以吃的東西，蕨類嫩芽和各種蕈類，足以寫整整一篇，然後配照片。」

黎這下真的是胡言亂語了，她感覺到她口中傾瀉的字詞就像從盒子裡隨意倒出的散亂拼圖。奧黛麗舉起杯子，婚戒在燭光中熒熒閃亮。黎在她眼中看見了預期中的情緒，憐憫和難堪。她滑開視線，彷彿並不真的想看著黎。

「黎，」奧黛麗說：「我有件事想問妳。」

黎起身要站起來。「呃——我得去拿下一道菜了。」

奧黛麗將手放在黎的手腕上，「菜可以等等再上。羅蘭下午帶我參觀時，我們聊了很久，談到一件我想了好幾個月的事。我想要妳寫篇文章——嗯，其實是羅蘭和我想要妳寫，妳和曼・雷在一起的那幾年，專題特寫，三千五百字，配上幾張他那段時期的照片。可以刊在二月號。倘若妳願意，我想妳可以訪問他，或只從妳的角度、妳的回憶來寫。我們的讀者會喜歡的，女性觀點。而且這幾年來，她們漸漸因為妳的烹飪文章而喜歡上妳了。」

黎看向羅蘭，他努力逃開她的視線。他的肩膀拱起，都要碰到耳垂了。黎對他大吼大叫時，他臉上也是同樣這副傷心小狗的表情。

她們漸漸因為妳的烹飪文章而喜歡上妳了。過去幾年來黎交給奧黛麗的那些空泛文字，那張他們幫她在香草花園裡拍攝的肖像，還穿著天殺的格子圍裙。她們可喜歡她了！還寫信給她呢。**親愛的潘若斯夫人，我是個家庭主婦，住在施洛普郡。昨晚我試做了您的乳脂鬆糕，獲得大成功呢！我的客人們現在還是驚嘆連連。**

今天黎在廚房裡秤著葫蘆巴籽的時候，羅蘭和奧黛麗肯定就在小丘上討論她的事，醞釀一個讓她重新振作的計畫，讓她去做些值得做的事。

「我不想。」黎終於說，她的語調聽在自己耳裡都顯得胡鬧任性。

「為什麼？」奧黛黎看起來滿懷同情。

黎的手伸向杯子，奧黛麗的表情變得強硬，不等她回答又說：「這對妳有好處，黎。一個有內涵的故事。一個只有妳能說的故事。」

「我就是不想，奧黛麗。」

「黎……我不曉得怎麼說才好……但要是妳不願意，我就得放掉妳了。」

她早預料到這句話，但實際聽到時還是覺得受了傷。

「我又開始寫作了，真的，奧黛麗。」

「那就寫這篇，我們需要的是這篇。我們沒辦法……其實，居家版正面臨縮編。」

這時，珍妮來到黎身旁，附耳悄聲問道：「我該上甜點了嗎，夫人？」

「不、不——我來就好，珍妮。」黎說。

廚房的門一關上，黎就拿起她舉目所見第一個乾淨的杯子，她母親的茶杯組成員之一，杯面是細緻的噴釉玫瑰紋樣。她立刻找到廣口瓶。她倒酒時，茶杯在小碟上震顫輕響，於是她放下碟子，兩手捧起茶杯，大口吞下威士忌，酒氣猛往上竄，灼燒著她的鼻腔。

一篇關於她和曼．雷交往時期的文章，還要配照片。黎可以照她一直以來的說法再說一次這個故事：「我在一間酒吧裡遇見曼．雷，當時他在前往比亞里茲途中。我問他我能不能當他的學生，他對我說他不收學生。我告訴他我要跟他走，火車抵達比亞里茲以前，我們就戀愛了。」這個故事很浪漫，就像童話，只要反覆說夠多次就會成真，一如照片能誘使你視其為真實的記憶。而且，這個故事為什麼不能是真實的呢？當時黎的美貌足以讓她在任何她希望的時刻得到任何她想要的東西，而且她和曼確實曾在比亞里茲合照，照片中她的頭後仰、迎向陽光，肌膚一如貝殼內面般滑順柔亮。黎可以讓那些照片編排出一部歷史，讓它們按她的意思說出任何版本的故事。但是，在那個巴黎的夏日，她還不明白影像的力量，不明白景框能夠創造現實，不明白照片將變成記憶，然後成為真相。

或者，黎可以說出真正的故事：在那個故事裡，她愛上了一個男人，他也愛她，但最後他們奪走彼此的一切——誰說得清誰被摧毀得比較徹底呢？這是她始終鎖進內心深處的故事，是她將自己的舊照片和底片藏進閣樓時腦中揮之不去的故事，是如今讓細緻的茶杯在她手裡顫抖的故事。

黎喝下最後一口，將空杯子放在水槽裡成堆的髒碗盤頂端，然後喚珍妮進來，和她一起將熱烤阿拉斯加端上桌，放在賓客們中間。接下來黎的動作一如舞臺劇般華麗，她在甜點上倒了一瓶萊姆酒，再拿起點火棒引燃，火焰瞬即竄燒，熾熱燦爛，幾乎直衝上吊燈。所有人倒抽一口氣，紛紛鼓掌叫好，有那麼一分鐘，黎忘了奧黛麗讓她多麼難過，只是站在那裡欣賞酒精燃燒的景象。

等每個人都分到切好的蛋糕之後，黎坐回奧黛麗旁邊。

「那篇文章妳什麼時候要？」黎問她，看著奧黛麗的臉從訝異轉為喜悅。

「十月要送印。」

黎點點頭，「我寫，」她告訴她：「但別用他的照片，用我的。」

奧黛麗將酒杯的杯莖夾在指間旋轉。「我無法保證，畢竟這也是曼・雷的故事。」

但並非如此，黎心想。這始終都是問題所在。

1

巴黎
一九二九年

黎遇見曼・雷的那一夜，從一間只坐滿一半客人的小餐館展開。那裡和黎住的旅館相隔幾個街區，她獨自坐著，吃了牛排和烤馬鈴薯，喝了半瓶深色紅酒。她二十二歲，年輕貌美。牛排的味道比她預期的好多了，盤裡積著濃棕色醬汁，滲進切片的馬鈴薯和融化的格魯耶爾起司之間。

黎三個月前來到巴黎，已經路過這間餐館許多次，然而——因為她的經濟狀況稱不上好——這是她第一次走進來。單獨用餐算不上新鮮事，畢竟落腳巴黎之後，她幾乎是一個人過日子。但也因為是在那段紐約忙碌時期之後，令她十分難以適應。她當時擔任《VOGUE》的模特兒，幾乎每晚挽著不同的男人造訪爵士樂俱樂部。黎理所當然地以為每個人都會對她著迷：她父親、康德・納斯特[2]、愛德華・史泰欽[3]，那些拜倒在她魅力之下的權貴人士。那些男人啊，她或許擄獲了他們，但他們也在她身上逕行掠奪——眼神扒刮她全身，在相機蓋布下吼叫著對她發號施令，將她切成一片片：佩戴珍珠的頸子、展示皮帶的纖腰、湊近脣邊送出飛吻的手。他們的凝視將她變成一個她並不想成為的人。黎也許想念那些派對，但她並不留戀模特兒的事業，事實上，她寧可餓肚子，也不願意重操舊業。

在巴黎，她決心重新出發，她要創作，而不只是充當旁人打造藝術品的素材。這裡沒有人對黎的美貌多瞧上幾眼；她行走在目前居住的蒙帕那斯區，沒有人和她視線交錯，也沒有人回頭目送她走遠。在這座萬事萬物彷彿皆以美感設計的城市裡，黎只是另一個漂亮的小細節。這座城市的基礎概念是形式而非功能。甜點店櫥窗裡一排排質地宛若寶石的繽紛小蛋糕閃閃發光，完美無瑕讓人捨不得送入嘴中。女帽店展示精緻絕美的帽子，對於穿戴方法並不給予明確指示。就連人行道邊咖啡店裡的法國女子也猶如雕像，她們自然優雅地仰靠在椅子上，彷彿她們**存在的理由**就是一種裝飾。她告訴自己，她很慶幸沒有人注意她，很高興能融入周遭，但是，在這座城市待了三個月後，黎依舊認為，她不曾看過哪個人比她更美。

黎吃完牛排，拿麵包沾盡最後一點肉汁，她伸展身軀，往後靠向椅子。時間還早。餐廳裡很安靜，僅有的顧客淨是些上了年紀的巴黎人，交談聲杳不可聞。空酒壺在黎的盤子旁排成整齊的一列，桌子另一端擺著她的相機，雖然沉重又累贅，但她已經習慣隨身帶著它。就在她登上開往利哈佛港的蒸汽船之前，她父親將這臺相機塞到她手裡，這是他已經不再使用的格萊菲舊機。黎

2 Condé Nast，一八七三～一九四二，康泰納仕媒體集團創辦人，旗下雜誌包括《VOGUE》、《浮華世界》和《紐約客》等。

3 Edward J. Steichen，一八七九～一九七三，美國攝影師，被譽為二十世紀最傑出的人像攝影家和時尚攝影之父。

說她不想要，他還是堅持要她收下。她仍然不太懂怎麼操作相機——她學的是人像畫，搬到巴黎時，她打算當畫家，想像自己在外光[4]下的畫布前若有所思輕筆塗抹，而不是在窒悶的暗房裡摸索化學藥劑。但黎還是從父親和《VOGUE》學到若干攝影知識，而那臺相機的確具有某種撫慰人心的意義：既能連結她的過去，又是真正的藝術家會帶在身上的裝備。

服務生停步收走她的空盤，問她要不要再點一壺紅酒。黎略顯遲疑，想著她的小手提包裡逐漸減少的法郎，然後她同意了。儘管她的存款數字正在下探，她還是盼望有個多待一會兒的理由，讓她能置身在毫無關聯的人群中，而不是那個窗戶上了油漆後空氣不流通、總是飄著燉肉味的旅館房間裡。近來，她愈來愈常待在房裡，捧著素描簿畫圖、寫信，或是來一頓毫無提神效果的午覺——只要能打發時間、讓她忘記寂寞，做什麼事都好。黎向來不善於獨處。每當她一個人的時候，就容易陷入欲振乏力的悲傷之中。經過幾個星期，她的寂寞好似長出了重量與力量；它有了輪廓，彷彿成為實體，她幻想那就像海綿一樣吸附著人們，在房間角落等待她。

服務生取走她的盤子之後，仍然駐足在桌旁。他很年輕，嘴脣上方的鬍鬚又細又淡，簡直像是拿筆畫上去的，黎看得出來，他對她感興趣。

「妳是攝影師嗎？」他最後問道。**攝影師**（photographe）這個字的法語和英語幾乎一樣，但黎對法語還很生疏，花了點時間才理解他的問題。他見她沒有回答，便朝相機點了點頭。

「哦，不，不算是，」黎說。他一臉失落，讓她幾乎希望自己回答了「是」。黎來到這裡之後拍了幾張照片，但都只是隨便哪一個觀光客也會嘗試的取景：腳踏車籃裡的長棍麵包、停下腳步在藝術橋上接吻的情侶。她起初的幾次嘗試並不順利。她從街角小相機店拿回來的第一組照片，沖洗出來完全是黑的。她不知怎地讓底片在沖洗前就接觸到光線了。因此她處理第二組照片時更小心，輕巧地將底片裝入相機時，上脣滲出了小小的汗滴。洗出來的是一團灰霧，模糊的輪廓看起來可能是雲朵或石頭，一點也看不出來是她在公園裡近拍特寫的雕像。終於，黎的第三組照片成功對焦，那幾幅小幅黑白影像不但是她的心血，更是出自光線與時間的獨特組合，帶給她作畫時從未有過的滿心興奮。她一按快門，原本的空無一物瞬間成了藝術。

黎期待那名服務生再多問她幾句——她是如此渴望與人進行真正的對話，渴望交到朋友，但此時門上鈴鐺輕響，一群中年男女走進來，服務生上前替他們帶位。

黎盡可能緩緩啜飲，讓時間拖久一點。隨著室內愈見擁擠，她察覺到這間餐館的老派。在場的客人全比她大上許多歲，男人脣上蓄著衣刷般的濃密灰鬍，女人雖面貌姣好，卻一身扣緊的高領衫和平底鞋。接著走進來的兩男一女三人組卻打破了這股陳舊氣氛。起初黎以為這行人是演員，因為他們身上的行頭太奇怪了，兩名男子下身是寬版褲和繫在腰間的綬帶，上身是白襯衫，沒穿外套。他們就像模仿藝術家的喜劇演員，怡然自得地坐了下來，點菜時，服務生幾乎正眼也沒瞧向他們；另一名女子同樣是奇裝異服，打扮成前幾年流行的雪赫拉莎德風格[5]，她的頭髮仔細梳成鮑伯頭，貼著她小巧的頭形，像擦拭過的核桃一樣發亮。她將嘴脣塗成深紅色，幾乎和髮

4 原文為en plein air，指印象畫派時期流行於室外寫生作畫。

5 Scheherazade Style，從一九一〇年俄羅斯芭蕾舞團在巴黎演出《一千零一夜》（*Scheherazade*）之後，具有東方風格的不對稱服飾蔚為一時風潮。

色一樣深。

黎試著不動聲色地側耳聽三人談話。他們的英語帶著生硬的北方腔調，儘管她恨不得將波啟浦夕市拋在腦後，今晚聽見來自老家的鄉音卻讓她舒服得猶如泡進溫暖的浴缸。他們在談論一個名叫達基列夫的男人，男人是芭蕾舞團的團長，患有糖尿病，獨居在附近的一間旅館裡。那名女子似乎對他感到畏懼，但黎猜不出原因，而她顯然不是舞者——就算坐著，也明顯看得出她體態鈍重，塞在T字繫帶鞋裡的腳踝活像根香腸。

「妳要是想聽的話，就加入我們吧。」其中一個男人盯著天花板開了口。

黎啜了一口酒。

「嘿，小妖精，」他說，從椅子上轉過身，朝著黎彈了個響指。「妳要是想聽的話，就加入我們吧。」

黎察覺男人正在對她說話時，幾乎想立刻拒絕他的邀約，但這正是她渴望的——一個機會，讓她加入那個不過咫尺之遙的世界。片刻之間，她害怕這件事真的發生。那名服務生在一旁聽到他們的對話，過來幫她將飲料端過去，代替她做了決定，她只得坐去他們那桌。

她一坐定，發出邀請的男人隨即靠向她。「我叫吉米，」他說：「這是安東尼歐，她是我妹妹珀比。」

他吐出「妹妹」這個詞的時候拖了一拍，黎知道這代表珀比並不真的是他妹妹，但她不曉得他為何要這麼說。

珀比轉過光澤閃亮的頭，瞅著黎。「我們剛剛在聊達基列夫[6]，但我覺得膩了。我想聊點八卦，妳知道任何八卦嗎？」珀比抿起雙脣，嘴角隱約出現一道弧度像問號的線條。

黎四下張望，剛下肚的酒和食物令她全身發熱，她要說什麼才能引起他們的興趣？她的腦海驀然變得一片空白，她唯一想得到的只有他們周遭的事物：以鏈條吊起的搖曳頂燈、磨損的木地板、桌上的蠟燭，上頭還流著一道狀似瀑布的熔蠟。

「妳就是個大八卦。」吉米對珀比說，身子探過去，手放在她膝上。她不理他，仍然迎向黎的目光，她拋出的提問所象徵的挑戰持續著，直到她終於轉開視線才宣告結束。她回頭看向吉米，他再度開口，就這樣，緊張的態勢紓緩，黎融入了他們。

「我們本來在看俄派芭蕾[7]。」吉米主動說。

「我們不得不離開。」珀比說。黎不禁好奇他們可能是因為服裝被趕出場。

吉米讓椅子只靠後椅腳平衡。「我們的珀比，擁有極為纖細敏銳的感受力。她無法忍受看到任何人受苦。這位團長的名聲，呃，或是我們也可以說脾氣——」

珀比打斷他：「那舞者眼睛腫腫的，她哭過，我看得出來。而且岡察洛娃[8]的布景真是大錯特錯。」

---

6 Sergei Diaghilev，謝爾蓋・達基列夫，俄羅斯的藝術評論家，以創辦俄羅斯芭蕾舞團著名。

7 Ballets Russes，指俄羅斯芭蕾舞團，自一九〇九年於巴黎首演引起轟動以來，影響藝術、音樂、舞蹈、時尚等領域趨勢長達數十年。

8 Natalia Goncharova，俄羅斯先鋒派藝術家，一九二一年移居巴黎。

「我倒是挺喜歡的。我也必須喜歡，畢竟那是我花了那麼多時間畫的。」這是安東尼歐說的第一句話。他沒有拿出嘴裡的菸。

黎轉向他。「哦，你是畫家！」

「不。」安東尼歐吸了一大口菸，然後在菸灰缸裡按熄，又點了一根，動作整齊而優雅。

「安東尼歐做的是自動性繪畫[9]，」吉米說。黎點點頭，裝作她明白那是什麼意思。見安東尼歐不作聲，吉米接著說：「了不起的作品，他真的進入了夢幻境界，時間像脫韁野馬一樣狂奔，怪異得很。」

「和妳相反。」珀比說，她又看向黎。黎驚愕半晌後才發現珀比指著她放在桌上的相機。她訝異地發現它正好發揮了她所期望的功能：她的新身分象徵。黎伸出手，指頭拂過在溫暖室內依然冰冷的相機外盒。

「我幫《VOGUE》繪製插畫，」黎說，渴望提出一些有趣的訊息。「我剛搬來的時候，他們僱用我畫羅浮宮的時尚展品素描。」

這是真的，或至少曾經是真的：黎帶著小折疊凳在羅浮宮東翼坐了幾個星期，臨摹展出的文藝復興時期館藏，玫瑰雕花紋樣的蕾絲衣袖、配上大型白銀扣環的腰帶。她將這些畫透過康德·納斯特寄給雜誌，他卻告訴她雜誌無法採用。**我們派了人在羅馬拍照片**，他寫道。**速度快多了，而且方便看清楚所有細節**。黎此後再也沒有回羅浮宮，也還沒找到新工作。

「羅浮宮的時尚展品，」吉米一個字一個字地慢慢說：「好布爾喬亞。」

黎臉紅了。她還來不及回話，安東尼歐就說：「光線很好，我偶爾會去那裡工作。」

黎想起從羅浮宮的窗沿投下的斜影，還有雕像映在地面上的輪廓。「是啊。」她說，對上安東尼歐的眼神時，他給了她一個溫暖而真誠的微笑。吉米動動手指，叫來更多飲料。珀比在座位上動動身子，轉過來面對黎，對她談起一長串她在俄亥俄州的曲折童年故事。黎感覺自己就像站在巴黎這座城牆前，舉起一把鑿刀，朝牆面敲了第一下。

稍晚，多喝了點酒之後，珀比的手沿著吉米的大腿滑動，她精心修剪的乳白新月形指尖貼著他的長褲。一股暖流從黎的腹部升起，一路湧上她頸間，彷彿她是一只玻璃瓶，有人正緩緩倒進熱茶。當那股暖意來到她的下巴，她仰靠在椅子上，雙腿往外張成不太淑女的姿勢。她被吉米的話逗得開懷大笑，都忘了伸手遮掩不整齊的門牙。珀比打了個呵欠，環顧入座客人又只剩一半的餐廳，然後說：「我們去別的地方吧——哪裡都好。」黎見狀也準備起身，甚至不在乎他們要帶她上哪去。

「德羅索那裡吧。」吉米語帶權威，站起來的同時丟了一疊鈔票在桌上。黎無法確知金額，但看來是一大筆錢，付她的餐費綽綽有餘。然後他們到了街上，因為下著雨，他們擠進一輛計程車後座，彼此緊貼著，黎幾乎能看到珀比那裸露大腿上的毛髮根部。安東尼歐擠在她的另一側，看著窗外。

「小心妳的杯子。」吉米對珀比說。她帶了酒杯上車，每次停車時都喝個幾口。

---

9 automatic drawing，由超現實主義者所創，藉以表達潛意識的一種創作手法。

珀比轉向黎，彷彿她們的對話正進行到一半——也許真是如此，但黎想不起來。「前幾個星期，凱芮絲和哈利載我們出城去埃默農維爾。他們在那裡有一座磨坊，我們就在後面的田野會合。我坐哈利的車，凱芮絲坐吉米的車。薰衣草色的皮座椅，還是訂製的。一開始，那實在是我最瘋狂的經驗，瞬間就過起了華麗的新生活，哈利送我梔子花——」

吉米冷不防伸手，粗魯地抓住珀比的臉，掐緊她的雙頰，她的嘴扭曲成難看的皺摺。片刻後他鬆開手，她喝了一口酒，就像什麼事也沒發生過。剩下的車程她都保持沉默。安東尼歐一點也沒注意他們，黎瞄向他的時候，他正拿著一把小刀清理指甲。在平常，這般舉止會讓她嫌惡。他有著碩大的雙手、修長而尖細的手指。是藝術家的手，黎心想。車子行進中，刀鋒反射街燈的光線，黎看了他一會兒，然後望向窗外的城市，隔著起霧的車窗和她的倒影，眼前一片朦朧。

「德羅索那裡」原來是蒙馬特一棟毫不起眼的公寓三樓。建築物的外觀完全沒有線索透露出裡面是個豐饒瑰麗的小世界，一個個互相連通的房間猶如光彩燦爛的珠寶，擺設有絲質座椅、波斯地毯和成堆的絲絨刺繡靠墊。德羅索敞開雙臂歡迎這群訪客。他身穿的大衣是黎所見過最怪異、也最炫麗的，是一件酒紅色長外套，他走向前時，縫在上頭的絲質蝴蝶翅膀在背後鼓動。他親吻每個人兩側臉頰，親吻時間長得令人尷尬。

「**美不勝收**。」他輕聲說，讓黎在他一個手臂寬之外站定，讓她轉了一圈、屈身鑽過他長外套上那如簾幕般拂過她的蝶翼。她才回過神，德羅索微笑著伸出手環抱她，另一隻手臂攬著珀比，帶領她們前往更衣室，然後退出去關上門。牆面的掛鉤上吊著十餘件色彩鮮豔的絲袍。珀比很快就寬衣解帶，褪下的衣物凌亂堆在角落。起先，黎看向她時試圖假裝自己沒盯著她瞧，但不要緊，珀比率性不羈，旁若無人，又扭又擺地掙脫吊襪帶。

她注意到黎的眼神，便丟下一句：「任何人來德羅索這裡都要換衣服。」彷彿這樣解釋就已足夠。又經過一番爭辯後，黎順從了。她急躁地解開洋裝上的鈕釦，將衣物摺得整整齊齊放在地上。見珀比脫掉胸衣，她也照做，感覺就像回到模特兒工作室的更衣間。黎脫光衣服後，挑了一件天藍色的浴衣，在腰間緊緊繫上腰帶，貼著皮膚的絲綢觸感涼爽、幾乎帶著一絲溼氣。她不能放下相機——要是被偷了怎麼辦？——所以她依舊拿著相機，努力無視穿浴衣的自己帶著它的模樣有多荒誕。

她們從更衣間走出來，黎聽見走廊傳來壓低的人聲和音樂。德羅索在等她們。他帶她們到公寓後方一間立著鍍金書架的圖書室裡，然後踱步到書架旁扳動一支拉桿。書架旋展敞開，露出另一個大房間，室內漆成深紫色，裡頭數十人幾乎都身穿長袍，靠坐在沙發或地板上。房間中央擺著一張黃銅矮桌，桌上放著一組水菸壺和幾支鴉片菸管。一個深膚色的男人盤腿坐在桌旁，身上是織錦布料的軍裝外套，頭戴一頂服貼的小帽。他們一進來，深膚色男人便跳起來深深一鞠躬。一對情侶交纏著躺在角落，輪流將嘴湊上從桌面蜿蜒而來的水菸管口吸食。男人的手留滯在女伴的髮間，動也不動，她則緊閉雙眼。黎在一旁看著，只見女伴的頭慢慢往前垂，男人的手仍緊抓她的頭髮。她驀地睜開眼，昏昏沉沉地朝他微笑。

他們就像離開巴黎、踏進了貝都因人[10]的營地，房間彷彿是一道以簾幕圍起的帳篷，模糊了

---

10 Bedouin，散居在中東地區的沙漠曠野，熱情好客、以游牧為生的阿拉伯人。

所有聲響，為來回走動的人投下龐大而歪曲的影子。角落一張摩洛哥屏風半掩著一對熱吻的情侶。靠近房間中央，一個男人面朝下趴臥，毫無動靜，黎不禁猜想是否任何人曾擔心他已經死了。

黎不曉得如何應對這個房間、這些人，還有低懸其中的濃重煙霧，就像一隻默不吭聲的灰貓蹭著她的腳踝。一切迷亂失序，肉桂的香氣混雜某種更濃烈的氣味，像未經沐浴的體味，她偷偷嗅聞自己汗溼的腋下，好確定味道不是從她身上散發出來的。蹲在水菸壺旁的男人，從她進來就直直盯著她，每當兩人視線交會，他就舉起菸管。角落的樂手演奏著一首低沉單調的大提琴樂曲，讓這裡更蒙上一層虛無而頹廢的氣息。

沒有人注意黎，但她無法不在意自己的困窘：她緊緊拉著浴衣的姿態、她手裡笨重的相機盒。她覺得自己就像是個來到印度的觀光客。

她是醉了，但還沒醉到考慮吸鴉片。那曾是她母親的嗜好——事實上她用的是嗎啡，成排擺在她梳妝間窗臺上的藍色小瓶子，就像藍寶石般在陽光映照下閃閃發亮。黎環顧室內，在每個飄飄欲仙的女人身上看見自己的母親。「走開，黎，我累了。」有時，黎的母親會將自己鎖在臥室裡，連續幾天見不到她，然後是她終於從房裡走出來時一臉的高傲，眼周沾染殘妝。

黎只用過一次藥：她和她最好的朋友坦雅一起試了鴉片酊，偶爾她反胃時，還是能在喉嚨深處嚐到那股味道，丁香、苦藥草和酒精，讓她舌頭麻木，飄飄然的快感隨後而至。她討厭那種感覺，驚慌失措，彷彿她的人生是個氣球，而她鬆掉了那條線。

現在她進退兩難。想到坦雅，她不禁思念起這位朋友，她渴望這裡有人認識她。她背後的書架關上了。珀比和吉米會合，黎看見他們在遠處的角落擁抱。德羅索在一個年輕男子身邊跪下，在他手臂上穩穩扎進了針頭。她附近只剩下安東尼歐，於是黎轉向他，他對上了她的視線，舉起手比向一臺她先前沒注意到的酒水推車。她感激地點點頭，讓他幫她倒了一杯。其實她不應該再喝了——她已經記不清她在餐廳喝了多少酒——但緊張之餘，她渾身又透出一股衝動下的隨遇而安。

安東尼歐端來她的白蘭地，這是男人喝的酒，苦澀的液體劃開了那股滯悶，瞬間讓她覺得好多了。

「妳來過嗎？」他的嗓音很低沉。他在餐廳時好安靜，聽到他主動攀談令她詫異。

黎搖搖頭。「我在巴黎只住了幾個月。」

「我不是指這個，」安東尼歐朝周圍比了比手勢。「德羅索是藝術收藏家。他很有錢。」

「他收藏什麼？」

「什麼都收，我猜，但是最愛當代藝術。他贊助《文學》雜誌，所以我們才很常來。來吸食我們潛在贊助人的奶水。」他朝水菸壺周圍的幾個男人點頭。

「他們是誰？」黎又灌進一口白蘭地。酒水以一種奇特的方式使她敞開內心，猶如一把燙熱的刀子切入她的胸骨。

「艾呂雅、查拉、杜象，所有超現實主義者都來這裡引導潛意識。」安東尼歐在空中比了個引號，不懷好意地笑了。

她認得這些名字，在紐約的派對上聽過，也在一些文學雜誌裡看過。聽安東尼歐說出這些名字，感覺就像鑰匙滑進了鎖孔。「你認識他們？」

「當然。」

大提琴單調的旋律停止，黎看著安東尼歐，深深凝望他的臉，這才發現他多麼迷人。他的嘴略大，雙唇卻薄而乾燥。他有一雙美麗而柔和的灰眼眸，眼周圍繞深邃的黑睫毛。

「你可以幫我引見嗎？」她一面問，一面朝他傾身，站得搖晃不穩。「我知道他們——我是說，我想了解他們。我想認識他們。」

黎說得顛三倒四，吐出的字句就像她的雙腿一樣顫抖著，於是她讓手搭著安東尼歐長袍下硬實溫暖的手臂。現在，音樂停了，她終於聽見周遭所有的聲音：水菸壺的啵啵輕響、打火機點燃雪茄的喀喀聲和嘶嘶聲、她手中盛著白蘭地的玻璃杯裡冰塊的撞擊聲。她又喝了一口，然後再一口。

「現在恐怕不是好時機。」安東尼歐說，語調親切。即使她努力想拖著他到房間另一頭杜象那去，他仍溫柔地引領她到遠處靠牆的一張空椅，試圖從她手中拿走白蘭地酒杯。她不肯。她需要水晶玻璃的冰冷觸感，還有烈酒的溫熱。

「你可以再幫我倒一杯嗎？」黎問他，他看了她一會兒，然後聳聳肩，照著她的要求，拿一杯新的酒換走空杯。她將新的酒杯舉到嘴邊，喝了一大口。

「我馬上回來。」安東尼歐說，至少黎覺得自己聽到他這麼說了。總之，他留她在那裡。那張沙發又深又軟，面料滑順，彷彿但求她身子一滑就陷進去。於是她喝完手中的白蘭地，調整成舒服的坐姿。

就在黎的腦海變得空白之前，她驀然察覺：**那不只是白蘭地**。她腦中的聲音氣憤地驚呼。然後她就昏了過去。

或許過了幾分鐘，也可能幾小時。黎醒過來，仍然躺在那張沙發上，臉頰貼著刺繡作工繁複的枕頭。她揉揉眼，睜開眼。德羅索站在她面前，他的蝴蝶翅膀垂在身體兩側，油亮的大臉只離她幾吋遠。

「我很好，我很好。」黎喃喃說道，像趕蒼蠅似地朝他揮手。她抬起頭，環顧室內尋找珀比和安東尼歐，但四處都沒看到他們。

「我要告訴妳一個火辣的祕密。」德羅索說著法語。尚未完全清醒的黎聽不懂，他只好重複說了幾次，直到另一個男人上前翻譯成英語：「他說他要向妳坦白一件事。」

那男人的個子比德羅索小，頭髮又密又捲，從太陽穴處向外翹。

德羅索火速向那男人說起法語。他手拿香檳杯指著黎，就算她完全清醒，也跟不上他的語速。小個子男人只是微笑看著她。

「他說……」，那男人停頓，似乎在猶疑是否要接著說。「他說他從沒見過這麼美麗的胸部。他說妳的胸部就是他手裡玻璃杯更完美的版本。他想畫下來然後依樣訂製，這樣他就可以拿來喝香檳了。他想一邊摸著妳的胸部，一邊從妳的胸部裡喝香檳。」

整段話中，德羅索都猛力點頭表示同意。黎立刻坐起身，低頭看向胸口。她的腰帶已經鬆開，身上的浴衣從鎖骨到腰際大大敞開，即使處在意識不清的狀態，她當下也明白德羅索肯定看遍了她全身。她在胸前抓緊浴衣，拳頭捏著藍色的絲綢布料，然後站起來，將那件可笑的長袍在身上裹得更緊。

小個子男人對著她微笑，儘管他看起來很友善、幾乎透著一絲歉疚，此刻黎只想遠離他。

「請告訴你朋友，」她對他說，儘可能將一口美國腔說得高傲威嚴。「他這輩子別想碰觸我的胸部。哪怕是我從一座著火的高樓墜落，只能靠著他抓住我的胸部得救。」

說完，黎從他身邊走開，他開懷大笑。她急急走向書架，卻發現自己不知道如何由內開啟。她一手仍抓緊袍子，另一手在書架間摸索，試圖尋找拉桿、把手或任何能夠放她出去的開關。她被困住了。

「慢著，」小個子男人說：「妳等一下。」

黎環顧四周，顯得驚慌不已。「我該怎麼出去？」她詢問附近一個閉眼躺臥的女人。女人沒有回答。

小個子男人跟著她過來，他的手探向書架上一個小小的金色握把，書架便輕鬆地滑開了。她走出去時，他溫柔地握住她的手腕。

「他壞透了，」他說著，指向德羅索。「他並不打算對妳做什麼，也從未對任何女人下手。妳懂我的意思嗎？這只是件蠢事罷了。都是做戲。」

黎搖搖頭。

「妳是誰？」他問。

她再度搖頭。她不想告訴他自己的名字，不想再讓他知道任何關於她的事。

「不要緊。」他說：「妳沒事了。很抱歉他嚇到妳了。」

「我沒被嚇到，我只是想離開。」

「我了解。呃，倘若妳需要什麼，可以來找我。我是曼．雷。」

他話中的自負令她詫異——他不是說「我叫曼．雷」，而是說「我是曼．雷」，彷彿她不可能沒聽過這名字。的確，她聽過他。他的照片登在《VOGUE》上，就在她的跨頁模特兒照片旁邊。在時尚界，他的名聲堪比愛德華．史泰欽和塞西爾．比頓[11]。離開紐約前，她在許多場派對上都曾聽人提起他的名字。

曼．雷伸手進大衣口袋——現在她才察覺他身上不是長袍——遞給她一張印有一行地址的卡片。黎滿腦子只想著離開，要遠遠逃開這裡假裝這一切從沒發生過。她向他道謝，接過卡片立刻轉身，她只渴望步伐愈快愈好，並且希望自己看起來不像在奔跑。

她回到更衣間，找到自己的衣服，雙手沉重笨拙地隨意穿上，搭計程車返回蒙納帕斯區。她躺上自己冰冷的床，被單拉高到下巴，蓋得像醫院病床一樣緊，此時，她才感受到這整個夜晚所隱含的黑色幽默。幾個月來，她熱烈盼望著認識巴黎的藝術家，而她在一間鴉片窟裡遇見了曼．雷，卻羞愧得什麼也不敢做，只能逃跑。就這樣，她孤單地困在那段窘迫的邂逅過程，直到下一個更加惱人的念頭出現：匆忙之中，她的相機忘在躺椅上了。

---

11 Cecil Beaton，一九〇四～一九八〇，英國攝影師、設計師。

2

丟了相機之後，黎才意識到自己是多麼喜愛它。相機真的不見了。隔天，她只好走六公里回到蒙馬特的那間公寓，找到那扇附雅致拉鈴鎖的門，雙手握緊，指甲掐進掌心，準備好面對德羅索的月亮臉和潮溼的嘴唇。但迎接她的是僕人，沉默地帶她再次走過迷宮般的精緻房間。黎知道書架後的祕密，親手開啟，不料後方隱蔽的房間卻是一片空蕩蕩，聞起來還有鹼液的刺鼻氣味。

失去相機的黎重拾畫筆。她帶著摺疊畫架和小凳子上街，在塞納河邊架好，照以前在藝術學校習得的手法，將畫布沿一條俐落的水平線分成兩半。幾個小時過去。黎但願自己得到了些許靈感，但她只感受到強烈的孤獨。她看著兩名年輕女子信步逛起一旁的古書攤，她們說說笑笑，有那麼一刻，黎想要加入她們，想要拋棄自己嘗試成為藝術家的這層偽裝，輕鬆消磨時光度日就好。但她內心一部分又對她們漫無目的的行動、這種異國遊客文化的奢侈感到嫌惡。她眼中的美國人全都心滿意足地享受划算的匯率，過上名副其實的享樂主義者生活。

在城市漫遊的途中，黎發現自己腦海中浮現的是照片，而非畫作的構圖。一天下午，她去了旅館旁的相機店，欣賞櫥窗裡的展示品。她想要的機型，一臺嶄新的第一代祿萊福萊雙眼相機，陳列在絲絨墊子上，要價兩千四百法郎。儘管她手邊的錢只勉強付得起房租，黎還是走進店裡，要求看看那臺祿萊，無視於店主訝異地微微抬起眉毛。這臺拿在手裡，比她弄丟的格萊菲更輕、更小巧。她想到自己以前拍的照片，下定決心——倘若她有能力再買一臺相機——要更加努力，拍更多照片，學習拍出堪稱藝術的作品。

她一一摸過那臺祿萊的每個手把和按鍵，才終於還回去，此時店主指著她背後一張柯達布朗尼相機的廣告。廣告中的柯達女孩穿著摩登女郎風格的條紋洋裝，站在小山丘的頂峰，雙臂大大展開，一根手指上掛著布朗尼相機。「也許妳會喜歡小一點、簡單一點的？」他問她：「現在女孩們都買那種。」

黎搖搖頭。這個女孩偏不，她心裡想著，然後走出店外。

既然拍不了照，黎就轉而閱讀相機的使用說明書，她先前將它從相機盒裡拿出來，塞到書桌的一只抽屜後方。她得善用這段時間，等她存夠錢，就能得到她想要的專業相機。說明書的其中一頁印著模糊的照片——帆船、挖土機、蜿蜒的鄉間小路，後面列著一欄又一欄的數字，標題分別是「陽光充足」、「陰天」、「多霧」、「朦朧」。欄位內還有更多基於拍攝時間分類的選項，頁面底端寫著一小段文句：「光圈大於或小於F8時所進行的曝光，應分別比後續使用的較小或較大光圈減短或延長二分之一。第三組—五月—明亮—上午九點~下午三點＝160—F8。」黎坐在床上，盯著分解說明，卻沒有相機可以對照，這一切實在太過技術性，她想要大吼，她覺得自己就像「朦朧」(dull)那個欄位的化身，愚笨到連這項藝術形式的基礎都學不會。

她父親為她拍照時，做的就是這些事嗎？黎回憶起他撫弄著相機表面的手把，以步伐測量她和相機之間的距離，她現在明白，他那樣做是為了算準焦距。但她印象更深的是他的手指順著她的臉頰輕拂，引導她的臉面向光源，還有他確知自己拍到想要的鏡頭時愉快的神情。

有一次拍攝留給她的記憶格外鮮明。黎當時是九或十歲，那天正是相機說明書裡「陽光充足」的日子，對比度太高，不宜在戶外拍攝。她父親在門廳裡架起相機，拉上窗戶前厚重的簾幕，同時耗著耐性忍受滿屋亂跑的她一遍又一遍問「你好了嗎？你好了嗎？」，她每跑完一圈，就將拉門開關一次。

當他終於架設完成，他喚她過來，關上兩扇門，將房間與屋子其他空間徹底隔絕。寬大的門扉關上後，形成一個狹小密閉的空間，天花板高得讓視野歪斜，彷彿家具全擠在送餐升降機的底部。一切是如此陰暗華美，牆上裝著紅木寬飾板，和笨重低矮的紅木家具相配成套。她父親的白髮襯著暗色的木材微微發光，身形看起來像一片肉乾般單薄而硬韌。

「站到簾子旁邊。」他說。她有幾張以這個姿勢拍下的照片，她身著及膝的歐根紗洋裝，腰間繫的是垂墜的蝴蝶結，領子是水手服樣式。她的黑色長襪在奔跑時沾上了灰塵。前幾個鏡頭裡，她的表情漫不經心，眼皮沉重地盯著相機。

如今，黎伸出手指劃過眼前成串的數字，她明白了那是一段多麼耗費心力的過程，明白了她父親當時為什麼才拍一、兩張，就跑到她站的位置，一臉疑惑、探詢的表情研究著她。

「黎，」他說：「這件洋裝在簾子旁邊太亮了。我們脫下來試試看，好不好？」他幫她解開胸衣背後一整排裝飾精細的釦子，鬆開繫在她手腕的綁帶。他的雙手溫暖而粗糙。他褪下她的衣物時，硬繭勾住她精緻長襪頂端的鬆緊帶，指甲在她乾燥蒼白的皮膚留下淺淺的刮痕。

「這樣好多了。」他說得沒錯。黎對那張照片的記憶歷歷如繪。照片中，她赤裸的身體白皙得近乎發亮，像一隻從幽暗森林中現身的野鹿，大大睜開彷彿驚魂未定的眼睛猶如鹿眼，充滿對慈父的愛意。

3

黎習慣每隔幾天就去深夜的布里克托酒吧聽音樂。現在是九月了，離她造訪德羅索家已經過了兩個月。酒吧狹小陰暗，瀰漫著嗆人的菸味，擠滿人群。爵士樂團坐在角落的小舞臺上，深膚色臉龐滲出的汗珠閃耀著光芒。樂聲響亮而銳利，高音撼動她的耳膜。

黎的手頭已經拮据到得節儉度日才夠付接下來三個星期的房租。她想到她從紐約帶來的那些昂貴服飾，現在都過季了，她思索要是自己有儲蓄的習慣就好了。幾天前，黎拍了電報回家借一筆錢。她想要獨立，但也知道她父親會幫她。他總是如此，雖然他也總是堅持掌管她的財務。然而，她這天下午收到的回覆令她相當詫異。**靠得住廣告實乃醜事**，他在電報裡說，**奇恥大辱**。完全沒提到要寄來她請求的那筆錢。

那晚，前往布里克托的路上，她在國際書報攤駐足，翻閱最新出刊的雜誌，終於找到了：她身穿一襲白色絲絨洋裝的照片登在八月號的《McCall's》雜誌，下方以圓圈字體寫著：「在最輕薄貼身的裙子下墊上這款護墊吧！」

黎記得那張照片是史泰欽為她拍攝的，但是並不知道照片後來賣給了靠得住。她想像得到她父親的憤怒。他往往對不得體的舉止深惡痛絕，更厭惡任何針對女性生理機能的談論。黎的內心震動不已——既是因為那張照片，也是因為她讓父親失望了。小時候當她有這種感受時，她總是奔向他懷裡，但如今她人在遠方，而且他正是她所冒犯的人。

現在，黎在酒吧裡，隨著音樂節拍手指輕敲桌面。她該怎麼做？她無法想像回紐約，但她也一籌莫展，倘若自己沒有工作又失去目標，該怎麼留在巴黎？猶豫不決讓她備感無力。她只能努力別哭出來。

接著，她看到了他們，珀比和吉米。他們急匆匆走進來，後面跟著另一對男女，四人穿著相同的黑西裝和蝴蝶結領帶。黎太過寂寞，一遇到認識的人就不免雀躍起來，於是將先前那晚的窘境暫且拋開，站起身朝他們走去。

「珀比，」黎說：「我能加入你們嗎？」

珀比轉頭一看，臉上毫無表情，活像歌舞伎面具。「抱歉，妳一定是認錯人了。」

「我們在附近的餐廳見過，當時還一起搭計程車去了德羅索家。」黎為了蓋過長號的樂聲而大喊。

「真奇怪。」珀比喃喃低語，回頭轉向吉米，手臂像條蛇般靈活地勾上他的臂彎，一起推開人群前往吧檯，徒留黎在他們背後乾瞪著眼。

珀比和吉米並肩站在吧檯邊，散發出漫不經心的氣息，就像那種對於自己在世上的位置毫無疑問的人。他們看起來如此自在、如此輕鬆，黎回想還在紐約時的自己，也像他們一樣，是個人生中隨時想要什麼都能得手的女孩。而今全新的她——悲傷、孤單又困窘——不是她真正的自我。過去的黎對任何醜事都能一笑置之，就算是那則靠得住廣告也能微笑自嘲，要是手邊缺錢就找一個（或三個）男人幫她埋單，而且毫不在意珀比和吉米這種人。

黎走向吧檯，倚在圓角處。她只消打個響指，就吸引了酒保的注意。她等他前來幫她點單時，在吧檯後霧朦朦的鏡子裡瞥見自己的倒影。悶熱潮溼的室內讓她的臉頰泛起紅暈。「笑一個。」黎模仿嚴厲的男性嗓音悄聲說，盯著鏡子裡的自己照做。她的臉龐美麗如昔，那也正是她想要的微笑。現在，她想，她要點一杯琴酒馬丁尼，冰冷清澈，像一杯子的鑽石，等她喝完，她要走進擁擠的舞池中央，找個人牽著她翩翩旋轉。而明天，她就要拿著一直放在口袋裡、曼・雷給她的那張名片，去他的工作室拜訪，問他能不能收她當學生，要他傾囊相授。

隔天她抵達時，剛過下午兩點。她敲了敲門，同時思索著所有可以搬出的說法。曼・雷可能根本不記得在德羅索家那晚遇見她的事，但如果他記得，她可以一笑置之，或是像珀比一樣，假裝成完全不相干的人。

等待的時間一長，她開始後悔自己來到這裡。終於，門打開了，曼・雷站在她面前，正拿著一塊髒汙的破布擦手，頭髮仍像她第一次見到他時那樣往外翹。

「妳不應該在兩點半前來這裡。」他說。

黎退了一步。「我、我根本不應該來這裡。」

他抬起手遮住眼睛。「妳不是我兩點半約的那個？」

「不、不……我是……我們見過面。」話一出口她就後悔了，但她沒有停下來。「我們在德羅索家見過。」

他往外走到門階上，仔細盯著她瞧，然後笑了。「是了！『他這輩子別想碰觸我的胸部。哪怕是我從一座著火的高樓墜落。』」

「就是我。」黎不由得泛出微笑。

曼以動作示意她一起進門，隨後將門關上。前廳的牆上雜亂地掛滿畫作和照片，裝在各不相襯的畫框裡，房間邊緣延伸出一道寬幅木製階梯，通往樓上的平臺。他不發一語爬上樓梯，她跟著他。他們踏進一間小客廳，曼走到一臺擺著電熱壺的推車旁，開始泡兩杯茶。黎坐的扶手椅上綴著華而不實的飾釦。她看著他，他的個子和她記憶中一樣矮，但這次他穿著流行的寬褶毛褲與相襯的背心，身上散發出一股彈簧般的活躍能量。他一手倒水在茶包上，另一手在茶碟上擺放湯匙與方糖，黎喜歡他富有效率的樣子，他的身體總有某部分處於動態中。他端茶走過來，坐在她對面的椅榻上。她也喜歡他深褐色的眼睛，他打量她時，她在那雙眼眸中看見才智與幽默。

「沒想到會再見到妳，」他說，語音輕快。「妳那時看起來很生氣。」

「這個嘛——」黎傾身向前，緊繃的手指拿起茶杯。「我那天晚上丟了相機。我知道你是攝影師。我想，你離開時會不會剛好看到它？」她環視房間，彷彿期待她的相機就放在旁邊某座架子上。

「妳去德羅索家時帶著它？」

「對，但我弄丟了。」

「最好別帶值錢的東西去那地方，那裡可都是些不正經的人。還有毒蟲。」他拿起茶杯，喝得咂咂響。他放下杯子時，兩道眉毛蹙在一塊，神情似乎在為她擔心。

黎改變策略。「我是個攝影師——呃，不真的算是。我也是個模特兒，我搬來之前在紐約當模特兒，我認識康德．納斯特和愛德華．史泰欽，我知道你認識他們。」

「史泰欽拍過妳？」她感覺得到曼的目光停留在她的頸子、頭髮和嘴脣。

「當然。拍給《VOGUE》，還有其他雜誌。」黎感受到自己熟悉的模特兒氣場，坐直身子，刻意將好看的側臉轉向他。

「我拍得更好。今天兩點半後我就沒有別的約了，我會幫妳拍照，妳可以從這裡開始。我認識聖羅蘭的一些人——他們總是在找新面孔。」

黎放下茶杯。「我不是要你幫我拍照。我想要**攝影**，我想當你的學生。」

「我不收學生。我不曉得康德是怎麼對妳說的，但妳真的很迷人，我看得出來為什麼《VOGUE》會用妳。我免費幫妳拍，妳可以放進妳的作品集裡。」

他背後的一座老爺鐘響了一聲，隨後傳來敲門聲。曼起身，黎知道這是她最後的機會。顯然他覺得她漂亮，她可以輕而易舉地與他調情、維持他對她的興趣。但她不想要他對她有那種想法。

「我一直想我會怎麼拍你的照片，」黎在他快走到門邊時說。他回頭看著她。「我會讓你躺在桌子上，相機放在你腳邊。我會讓你看起來像一道風景。」她這一串話脫口而出。她一邊說，眼前彷彿就是那個畫面：他身上布料的浮凸凹折一如山脈，他的五官夷平，成為抽象的圖像。

曼在門口停下來，仔細思量。「行不通，那樣拍絕對對不了焦。」

當然不行。剎那之間，一切她不了解的事物像個寬闊的深淵，取代了她的篤定與自信。黎站起來，像個女學生般握緊雙手。「所以我想要當你的學生，你可以教我這些事。康德提過，我可以來找你——」

曼揮揮手。「他叫了一堆人來找我。我一開始犯的錯就是樂於幫忙，現在每個人都覺得自己可以來找我學東西了。我沒時間浪費在每個想成為曼・雷接班人的傢伙身上。我很忙，還有照片要拍——要拍給康德的雜誌。他該知道的。」

「你會怎麼拍我？」黎垂下肩膀、抬起下巴，直勾勾看著他。

曼以打量的目光掃過她。「可能是妳臉部的近拍特寫，妳的手要放在喉嚨，黑色背景。」他的語調急促，帶著打發她的意味。敲門聲又一次在室內迴響。

「真是無聊。」她為了拉回他的注意接著說。

曼輕聲笑了，雙手環抱胸前。「哦？或是讓妳站在窗邊，一側照光、一側在陰影，閉眼、裸著身體，就像妳在德羅索家那樣。」

「你只是又想看我的胸部。」

他驚訝地瞪著她，然後放聲大笑。「妳從不害羞的，對吧？」他朝著門走了一步，接著豎起一根手指。「在這裡等著，哪兒都別去。」

她聽見他跑下樓梯、打開前門，然後是低語聲、腳步聲。曼領著一名女子走過客廳，他們消失在曼的工作室時，黎瞥見她，像是一座包裹金緞的柱子，頂著一頭高聳的龐畢度髮型。黎坐著等待，一面緊瞅老爺鐘上的秒針滑動。她欣賞牆上的油畫、塞滿的書架，以及壁爐上堆放的物品，一列按大小排列的鳥蛋和一組照同樣規則擺放的琺瑯瓶，最小的那只瓶身不比腰豆大。她走到書架旁，端詳書脊上的書名。她拿起一個搪瓷材質的母牛塑像，放在掌心掂了掂重量。她想要這一切，全部都要。接著，她往外走到看得見工作室內部的走廊上，曼正在裡面架設反光燈。

瞥見她杵在那裡時，他說：「妳能過來幫我搞定這些燈嗎？」

這間工作室裡有塵埃受熱的氣味和溴的味道，看起來就像她去過的所有攝影棚：白色的牆，光線從寬敞的窗戶透進來，相機擺在臺座，上頭罩著大張的黑色蓋布。但這一次，她走向其中一具反光燈，抓住一邊支架，曼則抓住另一邊，他們又拉又扭地將它就定位。這一次，她拿起一只玻璃盤遞給他，專注地看他裝上相機。穿著美麗洋裝的女子向他們攀談。她來拍肖像照給她的丈夫，紀念結婚二十週年。相機架好後，女子將臉龐揪成一個小小的、緊繃的笑容。曼友善地閒聊，試圖讓她放鬆，黎馬上就看出來他多擅長和拍攝對象建立聯結。但黎對此也略知一二，在曼鑽進相機蓋布前，她告訴那名女子：「微笑時眼部肌肉放鬆。」片刻遲疑後，女子照做了，她的表情立時顯得自然許多。曼從蓋布下探出頭看了看黎，對她微微點頭，表示肯定。她頷首回應，這是她離開紐約後始終渴望的感受，彷彿她終於讓某些美好的事物得以開始。

4

「鮑比！」曼在男子抵達時大喊。男子體型肥胖，身軀塞滿門廊，擋住了光線。一進門，他就對著曼微笑，大又禿的頭配上咧嘴露齒的笑容，就像個巨大的嬰兒。他們笑著握手，鮑比搥了搥曼的背。

「好久不見。」曼說：「收到你的信時真是不敢置信，大人物鮑比・史戴納來巴黎了！想都沒想過有這一天。」

「要是通用電氣公司幫你架了火圈，你就得跳過去。我現在是歐洲分部的負責人了。」

「我聽說了，天大的好消息。你還知道來找我，可真聰明。我要幫你拍張照，要照出你實至名歸的模樣。」

「這樣最好。」鮑比又笑了，他環顧四周，瞥見黎的時候停下來，舉起雙手作投降狀。「嗨，美女！」他說。他走向她，一邊臉頰湊過去索吻，十足美式作風。「老曼，你的新女友？你有新女友了？我喜歡你上次帶去紐約的那個。」

黎以為曼會解釋，但他只是笑了笑，對鮑比低聲說了些她聽不到、也不想聽到的話。她覺得自己的臉頰漲紅，不是難為情，而是煩躁。鮑比站著看了她一會兒，放任目光上下打量她的身體，然後兩個男人走進曼的辦公室，關上門。

黎當然不是曼的女友，但也不是他的學生。那天下午，來拍結婚週年照的女人離開之後，曼請黎留下來，解釋他手頭的工作量已超出負荷，她正好可以幫忙。黎不確定是自己做的哪件事讓他改變了心意，但無論如何，她沒有質疑他。他告訴她，他請過其他助手，最後一位幾個月前走了。這算不上光鮮亮麗的工作：要記錄曼的財務狀況（他形容為一場大災難）、安排工作時段、架設工作室器材，有時還要幫忙沖印。他描述職務內容時，黎不住點頭，她都快擔心頭要從脖子上甩下來了。他接著說，倘若她期待優渥的薪水，他可付不起，但是他不需要暗房時，可以讓黎使用，而且她的時間很自由。他還沒說數字，她就同意了。儘管那數字驚人地低，但她不在乎。這是個開始，一個起點，通往她所渴望的事物。替一位著名攝影師工作，這念頭多麼迷人，她搞不好還願意不支薪呢。

如今，過了一個月，她逐漸適應新工作的節奏。她通常早上九點或十點——以巴黎的標準而言很早——上工，使用曼交給她的黃銅小鑰匙進入工作室。她會先進辦公室，坐在他的書桌前。平衡收支是她的工作，帳簿好大一本，要拿出來通常得移開曼的各種雜物：鳥蛋、裁縫師的收據、玩具兵，甚至還遇過一個漂浮著章魚標本的大玻璃罐。他就像隻烏鴉，老將亮晶晶的寶藏帶回巢穴裡，而黎發現自己喜歡他這習慣所創造出的一片混亂。

黎的頭腦對數字還算擅長，但她仍搖著鉛筆進行這項工作，然後小心擦掉所有錯誤的痕跡，以她工整的圓弧字跡重新計算。前一位助理並不像黎這麼謹慎，所以她一有空閒，就翻回帳簿前幾週的紀錄，改正前人留下的錯誤。

這些數字告訴她的是：攝影工作收入甚豐。曼的其他形式創作，像繪畫和雕塑就不是如此。

他很有錢，特別是以藝術家的標準來說，但極不擅於理財。他從不存錢。反而接到大案子時，他會視為意外之財，給自己藉口慶祝或是購入浮誇的奢侈品。支出欄位的條目比收入多，且大部分支出都是衝動消費：在菁英咖啡館吃生蠔、去聖馬洛的飯店住兩晚——十二個月前更買了一臺Voisin[12]，閒暇時開去鄉下，或是夏天去比亞里茲度假，還得額外付一筆高昂費用給附近的車庫。

黎回溯一九二八年的紀錄，當時許多條目都跟著一個字母縮寫：「K房租」、「給K的帽子」、「與K晚餐」，有時候縮寫旁只有數字，沒有任何說明。有一天，她將所有K的紀錄加總起來，驚訝於曼居然在這個人身上花了這麼多錢。肯定就是鮑比口中的那個女孩了。但她是什麼人呢？目前黎還問不出口。看到K的帽子的眾多紀錄，黎不禁想像她有張蒼白的臉龐，可能也很小心照顧肌膚；也許她的年紀比較大——至少和曼一樣。黎不確定曼的年齡，但肯定比她大，大多了。可是K後來怎麼了？一筆筆龐大的開支紀錄之後，一月過後就沒再出現了。他們吵架了？她有了別的男人？黎的手指滑過一欄欄數字，想像兩人分手，或曼暗自承受的折磨。K的位置沒有人取代——一月過後就沒有縮寫了。如今唯一和帳簿有關的女人是黎，由她負責開支票，於是她享受起每週為發薪水報償自己辛苦勞動的扭曲樂趣。

曼通常不到十一點不會進來，所以黎每天早上有幾個小時的個人時間。她喜歡利用這段時間打掃他的房子，喜歡列出一串任務清單在他當天抵達時報告。他出現時，往往呈現這三種狀態：畫了一個早上的圖之後手上沾滿炭粉和油彩，心不在焉；得知下午重要客戶來訪，預期整天要做

12　一九三〇年代備受上流社會人士喜愛的法國古董車。

他不喜歡的工作而情緒煩躁；抑或心情陰鬱，可能是模特兒擺出的連續姿勢中斷、或是他得付一份他漏掉的帳單。黎會以混雜著公事公辦與稍顯疏離的態度對應他所有的情緒，曼也回以同樣的專業態度，禮貌地與她互動，這是她當模特兒時從未有過的待遇。

下午，她會在工作室或暗房從旁協助他，這是她目前一天當中最喜歡的時段。曼堅稱自己當老師極不稱職，說她什麼也學不到，黎卻發現他不僅擁有豐富的知識又極富耐心。他很溫和，出人意料地敞開胸懷分享他所知道的各種技巧。他告訴她，攝影比起藝術更像科學，而他們就是在實驗室裡做實驗的化學家。在她看來的確如此，暗房裡的技術和原創性的藝術觀點，與攝影同等相關。

但是曼不會每天沖印照片，每週也不到一次。他沖洗時，黎會幫他裝設好暗房，穿戴橡膠手套和圍裙，準備顯影液、急制液和定影液。她將木製的夾子放在托盤裡，以滴油管吹淨放大機，確認暗房安全燈運作正常。她拿下夾在曬衣繩上的舊照片，拿去工作室，謹慎地放進一個大型平面檔案櫃裡，中間夾著洋蔥紙。儘管曼如此不擅於理財，他沖印的技術卻極好，幾乎不曾洗出棄之不用的照片。極少的情況下，當第一次沖洗的成果太暗或對比太低，他會將這些照片留存起來，供其他創作使用，有時會剪成長條絲帶狀貼在木製背板，或直接翻到反面用來素描。

有時候，那些照片美得讓黎不禁停下工作盯著看。比如舞蹈家海倫・塔米瑞斯的人物照，曼拍攝她著一件寬鬆的浴衣躺在地上，蓬亂的髮絲像一大朵黑雲，圍繞她的乳白色臉龐。這是非常非常優秀的作品，光是拿著它、知道自己有一天會在同一間暗房沖印照片，就已是一項榮耀。

黎不曾在曼面前談起她的攝影，儘管曼僱用她時提過這個話題。她首要的考量是讓一切關係保持在專業範圍之內。她翻閱帳簿時——以及早上翻看他的書桌抽屜時，雖然她不願承認——發現貝妮絲．艾伯特，先前的助理之一，經過曼的同意在他的工作室裡沖印自己的照片，如今已經在紐約闖出了名號。黎覺得自己還有足夠的時間，而且她正在從觀察中學習，就像一名科學家。此外，目前也沒什麼好沖洗的。黎放絲襪的抽屜裡還有三捲未沖洗的底片，但她眼下最不想做的，就是將曼的耗材庫存用在那些觀光客等級的照片上。

此刻，黎站在工作室裡，聽著曼和鮑比的話語聲在辦公室裡起起落落，不時爆出笑聲。但黎工作時要用的物品也在辦公室裡，她一時顯得侷促不安。這個情境和這位訪客讓她想起了兒時她父母舉辦的晚宴，她往往被趕去角落，等她要去幫忙調飲料時才能現身。黎猜想小時候的自己應該看起來相當嬌貴可愛，身上綴著法國蕾絲，頭上綁著漿挺的白蝴蝶結，就像一隻巨大的蛾。她長大一點後，情況變得令人不安，她端上雞尾酒時，男人們朝她嘻笑調戲，沾溼的雪茄咬在緊繃的微笑唇間。

辦公室的門打開時，黎站在工作室裡。兩人的對話正進行到一半。「山姆去幫里索斯基工作了——你聽說了嗎？他靠法拉盛那塊地賺了不少。」鮑比說。

「有，他曾寫信給我。他聲稱那份差事讓他少了許多時間寫作。」

「米妮肯定很高興他終於能寄錢回家。」

曼的兩道眉皺在一起。「我們之中要是誰能找到一份真正的工作，不再搞藝術，我媽會很高興。」

鮑比輕笑出聲。「沒錯。她叫我問你什麼時候要放下這一切，搬回家去。」

「她還是不放棄要你傳話。」曼笑了出來，聽起來卻隱含怒意。他拿起一張凳子，走到房間中央，示意鮑比坐下。鮑比龐大的身軀坐定，一雙粗腿在身前叉開，炭灰色鞋子旁的腳踝一前一後，他一臉嚴肅憂慮、斜睨雙眼，應該是想讓自己看起來充滿自信或全神貫注。

「別來太多花樣，」曼說著：「這樣看起來就很好，只要一個簡單有力的鏡頭。」

「你確定？這可是通用電氣要的。我們不是在四十三街上了啊，老曼。」

「謝天謝地。」他們一齊笑了。曼轉向相機，站在暗房門邊的黎清了清喉嚨。

「我能幫上忙嗎？」

兩人看向她。鮑比說：「來個那種夾奶油火腿的小三明治吧。」

「啊，好，來點吃的好。妳介意幫忙嗎，米勒小姐？」曼說。她確實介意，但她告訴他不會。外面很熱，那間餐館隔了幾個街區遠。黎買了三個法式三明治，在街上先吃完了她的那份，像個吉普賽人似的。回到工作室時，他們已經拍完了。通往門廳的門關著，菸絲的甜辛味從入口傳出。黎將三明治放在托盤上，敲著門廳的門。更多笑聲和話語聲傳來，然後曼才開門。她將托盤遞給他，暗自期盼臉上漠然的表情委婉地傳達出她的不悅。

曼接過三明治後轉身，旋即停下，又回頭看向她。他露出一種她不曾在他臉上看過的表情，一種驀然的覺察，摻雜感激之情。「米勒小姐，」他說：「以前沒有妳，我都是怎麼過的呢？」

「我想你只能自己去買三明治了。」黎說完轉身走開，感覺他的目光緊跟在她身上。

倫敦
一九四〇年

大轟炸期間，黎和羅蘭投宿在漢普斯德，她不只一次醒來發現自己的床鋪染上褐色的經血。被空襲警報的尖嘯驚醒時，彷佛什麼觸動了她的身體，經期的痛楚隨之而來。黑夜過後的早晨，她在水槽清洗床單，上頭淡紅銅色的塊狀汙漬卻怎麼也洗不掉。

黎永遠無法向人傾訴的是，每當她聽聞炸彈墜落的轟鳴聲、感受房間震動搖晃並因粉塵撲面襲來而猛打噴嚏時，內心幾乎是興奮的。她永遠無法傾訴，她多麼期待翌日早晨揹著相機在城市裡穿行，炸燬的景物在她眼中猶如一位不知名超現實舞臺設計師的作品。一間已傾頹教堂前方的瓦礫上擺著一臺打字機，四平八穩，安然無損；幾乎炸得全毀的雕像上，剩下一隻做出懇求姿勢的手臂。她邪惡的那一面愛上了轟炸的混亂本質。

有一晚，她和羅蘭被一陣陣不同的噪音驚醒，是一道巨大的窸窣聲，彷佛整間房子是個正在包裝的郵件。黎拉開窗簾，咻一聲，一塊鬼魅般的銀色布料冷不防從敞開的窗子拋進來，嚇得她拚命將它從臉前揮開才冷靜下來。羅蘭笑著告訴她，那是防空氣球，於是他們從外面合力將氣球布料從房子上拉開。隔天，她花上幾個小時拍照，拍下熱氣球頹然垂死的空殼掛在樹梢或圍在她身上的場景。那些照片沒拍好，但過了一個星期，她行經漢普斯德荒原時，看到另一個墜地的防空氣球，拖在地面上，氣只消了一半，就像一顆巨大的蛋，還有兩隻鵝驕傲地站在前方。她拍下照片，成了驚人的奇觀，這是戰爭帶給她的第一份禮物。黎飄飄然喜不自勝，對於未來的日子將帶給她的一切充滿期許。

5

不久之後，黎就發現曼得靠著變化才能保持昂揚的情緒，一旦日子一成不變，他就坐立難安。他會做出一些黎從來不敢想像的事，比如當他的繪畫進度順利時，他會打電話要她重新安排下午的工作，哪怕客戶早在幾個星期前就預約了。她問他如何向客戶解釋，他只說「得了壞疽！」或「公車事故！」，甚至是「臨時起意去潘普洛納！」。於是黎不理他，僅對客戶聲稱家人突然生病。他那群客戶想必覺得曼的家人真是體弱多病。

有一天，曼進來看了看日曆：當天下午可喜地空著。「美好的一天，」他說。

他說的沒錯。黎早上走來上班時，對於必須進到工作室感到難過，拿鑰匙開鎖前，還在階梯上努力呼吸，讓清爽的空氣充滿整個肺部。

曼繼續說：「要是我沒弄到那個新的檔案櫃，整個計畫就要完了。」

「那是什麼？」

「我們需要額外的空間放檔案，」曼拿起外套穿上。「韋爾奈松有。要一起去嗎？」

於是，不到一個鐘頭，黎就置身於城內最大的跳蚤市場，裡面似乎沒有一件東西不是待售商品。成堆的鍍金空畫框、巨大的齊本德爾風格衣櫥、成綑的舊信件、發黃的襯衣、戰爭勳章、白蘭地杯、一盒盒故障的時鐘、生鏽的鑰匙、裡頭放著破舊絲綢枕頭的一排排嬰兒車。黎驚奇地在一座棚子前駐足，是一臺摩托車，上面擺著許多假牙清潔粉的空罐。曼走到幾碼外，回頭一看才發現她落後了。她微笑，連忙跟上。

十一月的陽光在晴朗無雲的天空閃耀，這是黎見過曼最輕鬆愉快的姿態。逛了兩個小時，他們還沒走到家具攤尋找曼需要的檔案櫃，他告訴她那種櫃子在比較高價的畢洪宅邸區，他們稍後才會去。

他們走過的泥土地小巷擠進上百名攤販，面前陳列著攤開的厚重東方地毯，攤子上的貨架也堆滿商品，但大都看似垃圾。黎先前看到曼帶了好幾個大購物袋時，還感到疑惑，只見他在一座賣瓷娃娃頭的棚子前停下，向拾荒者討價還價，她這才懂了。曼已經裝滿了兩個袋子，而且就快裝滿第三個了——他成功殺價買到四個瓷娃娃頭。

又走過幾個攤子，他們停下來盯著一隻手套工匠展示用的假手，白色的手一隻隻直放在鐵網層架上，像一座林立著白色樹木的迷你森林。

「要是我的相機還在，我要拍這個。」黎說。

「好眼光。」曼伸出手指比了個正方形，舉在面前，像觀景窗。「妳用什麼相機？」

「我沒——」她頓住。「我是說，要是我的相機還在。我還沒找到。」她再度感到那股失落，像最初丟失時一樣深刻。

攤子更裡面是假人模型的部件，大木板箱裡放著一堆手肘。曼拿起一隻察看。「我忘記妳告訴過我了。真可惜，妳得弄一臺新的來。」

黎默不作聲。他難道不曉得他付給她的薪水多微薄嗎？他們繼續沿巷子漫步。下一個攤子，擺著一排排立體幻燈片，放在盒子裡，依主題分類。曼伸著拇指撥過去。「這些東西感覺好過時。」他拿起一張特拉法加廣場停滿馬車的照片，上頭是兩張成對的影像。黎走到他旁邊，翻著另一個盒子。

「我父親也拍過立體幻燈片。」她說。

「真的？那需要技術。他是攝影師嗎？」

「對，小時候我們搬到農場住，他在那裡蓋了間工作室。我會幫他的忙。」

曼看了看她。「難怪妳對這工作很了解。」

「沒有，我幫的不多。」這不是真的，但她不知道自己為何這樣說。在人群中，曼突然間投來的眼神讓她的情緒浮動起來。

黎又翻看一些照片，其中一張讓她停下來，是一個穿著僵硬維多利亞式洋裝的母親，膝上坐著她的小兒子。由於曝光時間長，母子兩人都一臉空洞的表情盯著相機。在農場的時候，黎的父親將立體幻燈片收藏在他的圖書室，裝成幾十個鴿灰色的箱子，排放在書架下層。他工作時，黎會走進圖書室，跪在他的書桌後方，從箱子裡拿出大人不准她玩的幻燈機，將幻燈片一一插進格子。她將機器舉到眼前，小幀的黑白影像會先各自懸在一側的視野，然後才融合成三維度的立體，場景瞬時變得銳利寫實。有時候，當黎看著某幅格外美麗的風景——萬神殿或大金字塔周圍的棕櫚葉——她會渾然不覺地將空著的另一手往前伸，彷彿要觸摸她眼中的景物，就像盲人嘗試摸索周遭物體輪廓那樣。她父親有上百張幻燈片，他是個什麼東西都蒐集的人，而這是他數量最豐富的收藏品之一，那是他的狂熱。

曼已經往前走了，但黎放下那張幻燈片，走進攤子裡，她翻找另一個盒子，先看到一些巴黎和哥本哈根的街景，再裡頭是裸女照，她們靠臥在微亂的床上，羞怯地貼著黃銅床柱，在化妝鏡前梳頭髮。這些照片也很熟悉。她父親也有這樣的收藏，黎獨自待在他的辦公室裡時會留戀地看著它們，記住那些女人攫取她父親注意的肢體動作。黑色嘴唇、黑色頭髮、白色肌膚、肉感的豐腴身軀，對應在黎身上仍然纖瘦的部位。尖楦頭的鞋子、綴著亮片面紗的帽子，或是及膝長的網襪。在她發現那個箱子以前，她都以為她父親除了她以外不會看任何女人的照片。

黎察看曼走得多遠了，然後拿起一張照片，照片中的女子全身只在乳頭和雙腿間戴著三簇流蘇，扭腰擺臀搖曳生姿。她舉起照片，向那名拾荒者問了價錢、付款，將照片匆匆塞進手提包，然後在她和人群中的曼走散前趕上他。

另一個棚子下有好幾架的制服，顏色像天空一樣藍，旁邊倒放著碗似的頭盔。黎伸出手，手指拂過那些羊毛衣領和鋼鈕釦。曼消失片刻後，現身時戴著一頂頭盔，在空中揮舞著銳劍指向她。

「接招！」他大叫。黎放聲大笑。曼戴著頭盔看起來傻氣極了，他無憂無慮的天真模樣也令她感到意外，她覺得那很美好。於是她也拿起一把銳劍指向他，然後假裝被刺中，踉蹌地後退倒向那堆制服。曼的雙眼發亮。他放下劍，拿起一塊圓形的金屬網，舉在頭上欣賞。「啊，瞧瞧這個，」他說：「這個我們要帶回家。」

那東西外觀呈鸚鵡螺骨架的圓弧狀，直徑兩呎，至於它是拿來做什麼的則完全是個謎。黎早就知道曼喜歡這類玩意，鐵線編成的格網，吸收光線再反射出紋樣的金屬。曼以雙手捧著它，看起來興奮不已。

「那是什麼？」

「我不知道——某種模子吧？」

攤子後的小販告訴他們那是擊劍時的護手盤。曼很快決定買下它，塞進另一個袋子。「我很愛來這裡，」他們繼續向前時他如此告訴黎，眼中閃現如獲至寶的光芒。「你永遠不知道你會發現什麼。有一次我買到一整具骷髏——真正的，從醫院來的。它就那樣掛在一個攤子後面。」

他們很快就到了畢洪宅邸區。路上的塵埃都由小長柄刷掃了起來，採購者的服飾也明顯較為昂貴。曼沒花多久就找到他需要的檔案櫃——這裡似乎什麼都有，從玄關桌、砧板到貴妃椅——並且迅速安排好隔天送貨。

他們經過一位推著推車、同時牽了個孩子的母親。那孩子正在大聲哭鬧，臉頰上像是沾了糖漿略顯黏膩。曼和黎見狀不約而同聳了聳肩，對上彼此的眼神微微一笑。「妳母性不強，對吧？」曼說。

「應該吧。」事實上黎根本無法想像自己養育孩子，沒有任何事比那離她的人生規畫更遙遠。

「就我的經驗而言，藝術和孩子不是好的組合。」曼說。

黎納悶他是否在提醒她——在他眼中，她是藝術家嗎？她存疑。「你也不想要孩子？」

曼在另一個家具攤駐足，正打開一張寫字桌端詳內部。「從來不想。這也是我和妻子分手的一部分原因。」他往前走向下一個攤子，黎落在他後頭幾步遠。她並不知道他結過婚。她猜想他的妻子或許是帳簿上的「K」，同時加快腳步跟上他。

「你在這裡結婚的嗎——在巴黎？」

「不，不。好幾年前，在美國結的。上輩子的事了。」

「美國哪裡？」黎不曾揣想他的過去，此刻卻驀然感到一股衝動想要了解他。

「紐澤西。那裡生活比紐約容易些。比較便宜。我們有過一段不錯的日子——」曼停頓，咳了一聲。「但我們並不完全是因為想要孩子而分開。」

黎不確定是否該催促他說下去，但他接著說：

「我們那時還好年輕。我——呃，我根本不知道我想要什麼。我應該像我父親一樣當裁縫師，但我想成為藝術家。我的家人多半支持我，但他們從未真正了解我。我母親認為這只是過渡期，妳知道，一種興趣。所以我搬離布魯克林，和一個朋友在里奇菲爾德租了間房子。妳去過那裡嗎？」

「應該沒有。」

「也是，妳怎麼會去呢？那裡很小、很安靜。有段時間，我在那裡和我朋友哈博特真的創作出了點東西。我們弄了臺印刷機、辦了份雜誌，我每天作畫。然後我遇見艾苳，她對我們做的事很感興趣。她寫詩，寫得很美，我從沒遇過像她那樣的人，後來我們結了婚。但當我想要走得更遠、搬到巴黎，艾苳她——就沒興趣了。她在文學圈小有名氣，我們好幾年沒說話了。」

艾苳，看來不是「K」了。而且是好幾年前。「我很遺憾。」黎說。

曼聳聳肩，伸手梳攏頭髮。他們停下腳步，站在市場的邊緣，原本推擠的人潮來到這裡稀落了不少。

「啊，沒必要遺憾，」曼說：「我甚至不知道為什麼對妳說這些。」他移動肩上的購物袋，背得更高一點，一會兒之後他說：「妳為什麼想拍照？」

黎撥了幾綹髮絲到耳後。她想起她剛才買的立體幻燈片，還有她父親往昔年復一年為她拍的照片，然後說：「哦，因為我父親。我想是……而且我厭倦了模特兒的工作，厭倦被拍攝。我想到鏡頭另一端，看看它是怎麼運作的。」

曼點點頭，彷彿覺得她的話有道理，接著說：「最近我倒是想著要放棄。」

「真的嗎？」

「這不是藝術。不是真正的藝術。我一直以來唯一的理想就是作畫。室內人像——但客戶……」他的聲音變得微弱。

黎思索她目前為止看過的曼．雷作品——他最近剛為達利拍攝肖像，將達利的臉從下方打光，他的眉毛在前額投下魔鬼似的尖銳陰影。她想告訴曼這件作品讓她有何感受、又是如何觸動了她，讓她既為自己的無知擔憂，又對自己必須學習的一切深深渴望。聽他說想放棄，令她十分意外。倘若她擁有他的才華，她永遠不會停止拍照。「但是你的攝影作品那麼優秀。」她說，旋即感受到她的評語如此淺薄。

「當然，但要引起評論家的興趣就難了。在他們眼中，攝影並不是一門**藝術**。而我某部分也同意他們。攝影的首要目的不是藝術，而是複製。」

黎好奇地看著他。「我覺得你幫芭比特拍的那張人像——重曝的那張——那就是藝術。」

曼從鼻子哼氣。「也許吧。但我對室內工作、上服裝店這些瑣事厭煩了。真是折磨。要是能隨心所欲，我會回頭專職作畫。」

「為什麼你沒這麼做？」

他拿起其中一個鼓鼓的購物袋，扁起嘴微笑。「靠作畫去不起韋爾奈松。」

過了幾個街區，黎和曼走下地鐵站，一股酸臭的氣流將落葉吹上樓梯、吹向他們周圍。她去買票時，曼揮手阻止她，幫她付了錢。他們上車，曼將沉重的袋子換到另一側肩膀，挽著她的手肘。一對年老的伴侶裹著大衣坐在遠處，看著他們走進車廂。在這對伴侶眼中，黎和曼想必像一對夫妻，他幫她背袋子，關愛地牽著她的手臂。顯然是老夫老妻的這對男女，肯定不覺得這幅景象有何不同。許多年前，曼想必也是這樣對待他的妻子。黎想著她和曼在世人眼中的模樣，這是個奇怪的念頭，卻帶給她奇怪的快樂。

6

每個月有幾次，曼會付一小筆費用請工讀模特兒來，讓他拍沒有案主出資的照片，這種時候他的心情總是很好。今天他要用一位名叫愛蜜麗的新人，個子嬌小、深色頭髮，一如曼僱請的所有模特兒。黎聽見他準備工作室時吹著口哨。

愛蜜麗吸著鼻涕，遲到了十五分鐘。她的鼻子發紅，眼裡都是淚水。

「妳生病了？」黎問道。黎看著那女孩時，很確定自己也感到喉嚨裡癢癢的，下定決心等回家就要調一杯通寧水。

「不，我很好。」愛蜜麗宣告。但在攝影棚待了幾分鐘以後，她顯然並不好。她像一朵凋萎的花朵般軟趴趴地靠在躺椅上，擺姿勢時張著嘴，因為她似乎光靠鼻子無法呼吸。

曼彷彿沒注意到，或是不在乎她生病了。他哼著曲子，說笑話，讓愛蜜麗擺成各種奇異的姿勢，屏息喃喃低語「太棒了！」。黎逐漸發現他對自己作品的讚賞相當討喜。

「現在，」他說：「我想我們可以試試這個。妳到窗戶前面，和影子玩耍一下吧。」他拿出在韋爾奈松買的擊劍護手盤，在愛蜜麗面前展示，她面無表情地瞪著他，直到他拿著它走過去。「妳的手臂，過來這裡。」那團金屬網像蕾絲般精細，邊緣銳利。愛蜜麗伸過手臂，看著桌上的護手盤時皺起眉頭。

曼往後退。他像平常一樣仰起頭，尋找影像所需的中軸。他跪下來拉住愛蜜麗的手，試圖讓她的手掌張得更開一點。

「像這樣，」他說完再度拉她的手臂，試圖移動到一個扭曲的角度。滿意之後，他便消失在相機蓋布下。愛蜜麗淺淺地呼吸著，黎察覺自己也減緩了呼吸配合她的節奏。過了一會，曼依舊不見人影，時不時出聲叫黎移動反光板，或是調整他們背後的布簾。

終於，他從蓋布下鑽出來。「大功告成。」他對愛蜜麗說，然後離開房間，讓她安靜穿衣。她從護手盤中間抽出手臂，皺著臉顯露出過程中的不適感。

「這好銳利。」她對黎暗暗埋怨，揉著蒼白的手臂內側一道紅紅的印痕。

「模特兒就是得配合要求做出動作。」黎毫不掩飾她的不以為然。

愛蜜麗投給黎一道不悅的眼神，隨即消失在簾幕後。片刻後，她穿好衣服走出來，這時黎已經離開，在辦公室的書桌後忙著處理文件。

「再見。」黎在愛蜜麗經過時喊道，對她的離開佯裝出不自然的雀躍。愛蜜麗走了之後，黎去找曼。他正在門廳倒茶。他示意手上的茶問她——來一杯嗎？——但她搖搖頭。

「你不該再找那些學生了。」她說著坐到馬毛躺椅上。

「哦，她很好。她骨頭上是得多長些肉，但我要拍很多局部照，而她皮膚很好。」

「她沒有熱忱。」

「她們不需要熱忱，只要站在那裡聽我的話就行了。」

他在黎對面坐下，大聲地啜了一口茶。她看著他，感到煩躁不休，但無法確知原因。那女孩讓她心煩意亂。黎想像她帶來的細菌是無數的小小跳蚤，在躺椅、擊劍護手盤和整間攝影棚內跳著舞，但不僅止於此。更是因為她在拍攝期間滿不在乎的表現。愛蜜麗到底知不知道曼是**何等人物**？

「我看過這種人，在我還是模特兒的時候。」她說。

「看過什麼？」

「那些模特兒根本不知道自己為什麼站在那裡。連我也——」她停頓。

「妳？」曼又喝了一口茶，差點噗哧笑出來。「我敢說，不管誰來拍，妳的每張照片都一定相當美麗動人。」

黎臉紅了，眼神刻意避開他。從他僱用她那天起，曼就沒再談論過她的外表。她以為這是她想要的——毫無牽扯的工作關係——但近來幾週，她發現自己常常好奇他對她的看法。前幾天，她才穿了她其中一件高級洋裝來工作室，暗自期待他會不會予以讚美。他沒有，也好，但現在他的話在她體內引起一陣她不該感覺到的騷動。

「這對我來說**是**很簡單，」黎說：「但不是你所想的那種原因。我總覺得……」她頓住，突然覺得自己話太多了。

「妳說下去。」

她走到茶壺邊，背對曼站著，說道：「我有個招數。我想是我小時候讓我父親拍照時學會的，我的表情可以任意變化——」說到這裡，黎轉過來，自信地迎向他的眼神，雙眼斜睨。「但我這麼做的時候，我的心思也在神遊。讓我父親拍照時，我偶爾會假裝自己是女王，英國女王，我正在拍攝的照片即將在臣民面前展示，供他們敬仰。後來我在《VOGUE》，我會穿上禮服，假裝自己正要參加慈善晚會，或是任何他們在照片中安排的場合。我猜那就像是演戲。我小時候還幫它取了個名字。」

「叫什麼？」

「我叫它心靈狂奔。」這時她咳了幾聲掩飾自己的難為情。

「心靈狂奔。我喜歡。」

「是啊。但愛蜜麗沒有這種能力。她待在這裡的時候，可能全程都在想著芥子軟膏[13]。她的臉就是這麼說的。」

曼放下茶杯。「妳願意讓我拍攝嗎？」

他聽起來充滿渴望，令她一陣雀躍。她想允諾他。她心中有一部分總是想答應任何對她有所渴求的男人，以討好對方。而且她曉得曼為她拍的照片會很美，也許會勝過以往所有照片。幫他創作也是個誘人的念頭。但就算只讓他拍攝這一次，他們之間的關係也會隨之改變。她會為他給出某些屬於她的事物，即使他並不如此解讀。此後他看著她的時候，會永遠想著她在他的鏡頭下看起來是什麼模樣。

「對不起，我不能——今天下午還有好多事要做。」話語懸在空中。

「好吧，」曼的語氣告訴她，他不會再對此事窮追不捨。他重新斟滿茶杯，放了兩顆方糖，然後說：「我看過妳的一些照片。上週我買了一本過期的美國版《VOGUE》。」

她心中浮現他前來工作室途中在國際書報攤前停步的畫面。他在店鋪後方積了灰塵的雜誌堆裡翻閱，看到她的照片時停下來，尋找她、接近她——或者，就她對他的了解，他會批評照片的構圖。他離開書報攤時將頭上的帽子壓得更牢，刊有她照片的那本雜誌捲成筒狀，塞進他的大衣口袋。

「哪一期？」

「哦，妳穿的是黑色絲絨和皮草，我記得。還有一個跨頁主題是珍珠——妳戴了一條頸鍊。其實構圖很好。總之，妳顯然有才華。如果妳改變主意，我很想拍妳。」

他呼嚕喝下最後一口茶，大聲地放下杯子，然後手在大腿上一拍，說道：「好了，繼續工作。」便消失在辦公室裡。黎仍坐在那兒，摸著脖子上佩戴過珍珠的位置，試圖回憶拍攝那張照片時，她心裡在想什麼。

13　一種由芥末種子製成的藥膏，有止痛功效。

7

黎的這臺新祿萊相機有著美麗的面板、兩個正圓的鏡頭，和貌似時髦小帽子的對焦罩。黎為相機繫上一條短帶子，掛在頸上，不敢相信它居然如此輕盈——裝底片後也不到兩磅。她將一隻眼睛對著取景鏡頭，鏡片讓景物看起來比她裸視時更清晰，她發現自己更喜歡相機景框裡的世界。

黎仍然不敢置信，這臺相機是她的了。她是用曼給她的聖誕節獎金支票買下的。曼將信封立放在辦公室的壁爐爐臺上，上頭以連寫字體大大地寫著她的名字。她打開時倒抽一口氣——這是一份奢華得驚人的禮物，而且支票金額和她看中了好幾個月的那臺相機價格詭異地接近。但當她向他道謝時——她感激卻也彆扭，支票捏在指間，像預期他會再索討回去——他只揮了揮手，彷彿那算不了什麼。

「意外之財，有福同享。」他這麼說，指的是他從贊助人，亞瑟與蘿絲．惠勒夫婦那裡意外獲得的一份創作委託。

「太貴重了。」她微弱地抗辯著。

現在，有了新相機，黎發現自己正在尋思這份禮物是否讓她對曼有所虧欠，其中是否隱藏任何她未能理解的涵義。而且，值得她尋思的不只是那張獎金支票。自從曼邀請她擔任模特兒之後，他們之間就有些什麼在蠢蠢欲動，如靜電般取代了原本平靜的空氣。但黎想不出是他們之中誰先誘發的。就在前幾天，她坐在桌前，曼來到她背後，彎身越過她的肩膀閱讀她正在替他打字的一份合約，他的臉頰離她好近，即使沒有碰觸到她，她仍然能感覺到他的肌膚。無來由地她驀然也湊近他的臉，想觀察他會怎麼做，他完全沒有退縮，令她不知所措。但或許什麼也沒有。他就是會靠近她，或是需要指出什麼給她看，到現在為止，她都不曾對此多想。

令人挫敗的是，她不想要他們之間出現任何變化。**我希望這不會改變我們的關係**。但她道謝時，他如此漫不經心，於是她斷定她感受到的變化都是想像出來的。接著，彷彿在證實她的擔憂毫無根據，她幾天後帶著新相機去上班時，曼看了一眼，只說：「好女孩。」他毫無拘束的笑容讓眼睛瞇了起來，然後他從她手中拿過相機，指尖輕輕拂過，帶著她每次觸碰它時同樣的熱切，喃喃唸起了它的性能特色，像個能背誦球賽數據的瘋狂球迷，這時他們之間的電流靜止了。黎指出了幾項他沒注意到的功能，片刻之後，曼交還相機，說道：「想用暗房的話，隨時都行。」

黎向他道謝，說有需要時會告訴他。

祿萊相機是她步行時的夥伴，像在脖子上戴了一雙更銳利的眼睛。聖誕節過後幾週、一個冰冷的星期天，黎拿著相機到處漫遊，在聖米歇爾大道拐彎，左轉進入盧森堡公園，裡面的草地被寬敞的碎石步道分割成一個個整齊的區塊。細小的雪花飄落，為萬物籠罩上一層白。她在公園中央的湖邊停下，欣賞綠頭鴨在尚未結冰的水域游動。其中一隻在岸邊戲水，黎踏上軟泥地，看著牠上下抖動。她拍了張牠尾巴的照片，露出水面的姿態像一座小小的冰山。她橫越公園，前往聖敘爾比斯教堂，列柱在建築物表面投下狀如條紋的陰影，她拍了一張照。她轉往花神咖啡館，坐在一張靠窗的桌子前，望著身裹厚重大衣與圍巾的行人經過。她很高興自己手中捧著一杯溫熱的咖啡，而且有錢付帳，也為她的工作、相機，還有在曼身邊學有所得的感覺而高興。一旁的纖瘦女人獨自坐著，背對黎。她有一頭細密的髮夾捲，穿著白色上衣，每隔不久就伸手按摩頸部。她的指甲銼磨成尖銳的形狀，彩繪成與法式指甲顛倒的配色：白色甲面、黑色甲尖。她的頭髮是濃郁的紅褐色。她又揉了揉脖子。黎拍了一張。

這一天很完美，寒冷又清朗。黎走到巴黎大堂時，已經拍滿兩卷底片，她可以想像出每一幅捲進底片軸的影像：俐落、原創、專屬於她。黎唱歌總是五音不全，但這天回家途中，她放聲高歌，不在乎任何人聽見。

倫敦

一九四三年

這一年，英國版《VOGUE》來了一位新編輯，奧黛麗・威瑟斯，有牛津的學歷，從財務部門一路奮鬥到這個位置，政治頭腦好過漂亮手段，精明幹練的成分多於時髦亮麗。在她的掌理之下，《VOGUE》清醒過來面對現實，聞到火藥硝煙，不再假裝戰爭沒有發生。奧黛麗不再讓黎記錄當季的最新樣式——緊身腰線、曳地長裙、桃心領，而是分派她執行專題報導：工廠女工的短髮造型、戰爭期間維持身材的方式，還有女式制服的不同剪裁。黎讓模特兒的頭髮向後攏進髮網，要她們轉身背對相機，雙腿不再併攏，腳踩平底鞋。她拍攝美麗的女子爬進防空避難所，讓她們戴上防火面罩，便沒人看得見她們漂亮的臉蛋。

黎參訪了婦女國防軍團、志願服務隊、皇家海軍婦女服務團。她拍下女人揹著比腿還長的步槍，像手提包一樣輕鬆地懸掛在肩上。她拍下正在包裝降落傘的女人，彎身通過好幾碼吊掛的尼龍布，將繩線和布料摺疊收起成一個個包裹。只要一條線纏住，就可能害一個她們親愛的人送命。要是繩子卡住，就可能讓一名軍人跌碎骨頭。大氣中充滿鮮血和灰燼，令人不敢想像。

晚上，黎拖著羅蘭去惠特比，所有攝影記者消磨閒暇的地方。他們就是如此認識大衛・謝爾曼，他幫《生活》雜誌拍照，歪著嘴的笑容和邪氣的幽默感同時迷住了他們倆。很快地，大衛就搬去漢普斯德和他們同住。他破產了，又對黎半懷愛慕之情，而有那麼一陣子，她和他們兩個——大衛和羅蘭——都相愛，而這一切——這兩個男人、新的工作任務——幾乎足以讓她快樂。

直到那一晚，她準備就寢時，大衛來敲她的門，給她看了他的戰地委派證件，說他被派去報導義大利的軍事行動。黎試圖微笑道賀，但他的話召回了那道她內心無以名之的陰翳。她感覺自己眼眶盈滿淚水，心中惱怒不已。

「我原本希望他們不會派你去。」她說。

「我不能留在倫敦。這裡風平浪靜，我能做什麼？像羅蘭一樣在軍校教大兵畫手指畫？我肯定會瘋掉。難道妳不會？」然後他說：「妳也該去申請委派證件。讓康德．納斯特幫妳擔保。妳是美國人，和我們所有人一樣有資格。」

黎笑了，安靜的房間裡掠過一聲短促刺耳的聲響。「我，當軍人？不，我要窩在這裡織襪子，還有募集物資支援戰事。」

這次她的眼淚真的從臉頰滑了下來。黎假裝咳嗽，趁機擦去淚水，但大衛看到了，上前抱住她。他以為她是為了他而哭，她也讓他這樣想，因為這無關緊要。

幾天後，黎腦中仍盤桓著大衛的話。她為什麼不能？她甚至對奧黛麗隨口提起這個想法，試探《VOGUE》是否可能刊登她的照片。奧黛麗沒做出承諾，但她說倘若黎能寫些文章搭配照片，也許可行。

黎打了電話，填寫表格。四週後，她收到證件：她將和大衛一樣前往戰地報導，與三十八師同行。再過幾天，她量身訂做制服：鈕釦式褲襠的橄欖綠長褲、橄欖綠襯衫、和馬毯一樣厚重難看的羊毛夾克。這套制服她一穿就愛上了，她穿起來如此不顯身形，層層衣物下能看到的肌膚如此之少。

離開倫敦前，黎要大衛拿出相機。她將夾克扣到領口，站在窗邊，讓她的美軍徽章反射光線。她不微笑，不試圖展露魅力。有生以來第一次，她不需要這麼做。

8

離愛蜜麗來攝影棚到處咳嗽那天，已經過了好幾個禮拜，但黎還是被那女孩傳染了感冒，她很確定。喉嚨乾癢，眼窩醞釀著一股黏滯的壓力。可黎還是出門了，和曼一起，她偷偷擦拭盈滿淚水的眼睛，暗自盼望別打出噴嚏來。

曼隨興所至地邀請她出席一場文學沙龍，彷彿那是他們尋常的晚間活動。雖然她生病了，卻還是無法拒絕。挽著曼的手出門，這個念頭的吸引力遠超過她願意承認的程度，現實的版本甚至更美好——曼令人愉悅地專注在她身上，在他們走進書店時伸手搭在她的下背引導她，幫她脫下大衣、和他的一起掛在擁擠的衣帽架上。

室內擠滿了人、煙霧瀰漫，書架已推到牆邊，讓出空位擺放摺疊椅，但沒有人坐下，反而在這塊小空間方圓一公尺內三兩成群交談。每個人的外表都很時髦，但沒有幾個男人比得上身穿雙排釦外套、頭戴紳士帽的曼。黎一直很喜歡懂得打扮的男人。事實上，她忍不住覺得他們是全場最亮眼的一對——黎雖然染上感冒，還是正式打扮了一番。她穿了新的百褶天鵝絨洋裝，顏色是孔雀藍，腰部是緊身的，她走路時，散開的漸層裙襬便環繞著她的雙腿擺動。到場之前，她本來擔心過於花枝招展，但現在她毫不介意與眾不同。倘若有什麼辦法能讓她感覺好過一些，那肯定就是盛裝打扮了。

曼掃視室內，他的目光從黎身上移開時，她迅速拿起手帕按了按眼睛。所有人對黎來說都全然陌生——但對曼來說不是——她不曉得當他們看到她和他一起出現會怎麼想，不曉得他們會如何看待她的存在。她不確定是因為感冒，或是她從藥局購入的那罐寫著晦澀法語成分表的咳嗽糖漿，她覺得自己比平常更脆弱易感，彷彿情緒就在表皮底下蠢蠢欲動。黎朝著曼靠近了幾吋，思索她若是勾住他的手臂會如何。他會喜歡這樣嗎？畢竟他都邀她來了。但他沒在看她，於是她也掃視這個擠滿人的狹小空間。

「那是安德烈嗎？」黎一面問，一面將頭傾向房間另一端的一名男子，他有著厚重的褐髮，優雅的捲度從額前往後攏起。他正在和兩個人交談，一個比他矮的男人和一個高挑豔麗的女人，一頭金色捲髮盤繞在頸間。他們走到書店途中，曼曾對黎大致介紹過出席者，她費力回想著那一串男人的名字。安德烈就是安德烈．布列東，黎直視他，想起曼曾指出的特質：熱衷政治、蒐集面具、自溺。

「對，那是安德烈，」曼說：「他身邊的就是崔斯坦。我曾和他一起辦過雜誌。那女孩是塔香娜．亞——亞柯凡卡？尤柯凡卡？」曼聳聳肩。「我永遠搞不清楚俄羅斯人的名字。大家都叫她塔塔，她很常出現，通常是和馬亞柯夫斯基一起。妳沒見過安德烈？我幫你們介紹。」

黎跟在曼身後，試圖擠出些睿智的話語。崔斯坦為三人圍成的小圈子挪出位置，然後上前和曼握手。「我們還擔心你不來了。」他說。

「別蠢了，」曼說完稍稍轉往黎的方向。「安德烈、崔斯坦——這是我最新的助理，黎．米勒。」

崔斯坦與安德烈禮貌地點頭，隨後崔斯坦伸手牽起黎戴著手套的手親吻，再往前一步親了她兩邊臉頰。塔塔只是瞪著她，鮮紅的嘴唇漂亮地嘛了起來。

「幸會。」黎微笑著對兩人說，但她其實感到失望。曼**最新**的助理。無疑地，她只是一長串可能全是女性助手中的一人。黎心想她或許該和那兩個男人調情，這樣一來他們對她的興趣會使曼注意她。但她還沒實行這個想法，喉嚨後方就癢了起來。她置之不理，吞了吞口水，但乾癢感更強烈了，她又吞嚥幾次之後，終於忍不住，她離開人群，彎身對著手帕劇烈地咳嗽。曼走來關切，問要不要幫她拿杯水，但她揮揮手，說不出話，總算擠出了一個詞——「廁所」，她彷彿被掐住咽喉似的聲音嘶啞地說著，塔塔優美的手指為她指出正確的方向。

黎鎖住廁所的門，在獨處的狹小空間裡猛咳。好不容易止住了咳嗽，她又得轉而處理臉上已暈成黑圈的眼線，以及泛起紅斑的皮膚。她打開門，看到狹窄的走廊上排了一長串人，顯然都因久候而不滿。黎站到一旁以便側身通過，並試圖向這些人一一致歉。在通往書店主要區域的門口，有個男人駝背靠牆佇立，擋住她的去路。他穿白色外套，釦子像廚師服一樣扣到頸部，胸前別了一個牌子，上頭以凌亂的字跡寫著「**問我的理由**」。

「借過。」黎對他說。

男人沒有移動。

「請讓我過。」黎又說了一次，男人依舊不動如山。於是她挺起肩膀說：「好吧，你的理由是什麼？」

他有個長長的鷹勾鼻，眼窩有一道深紫色的眼袋，頭髮削短到貼著頭皮，卻參差不齊，像是拿起剪刀隨便剪的。他專注地看著她。「一個童年的夢想。一副面具。一個謊言。」他說道，聲音低沉而粗啞。困惑的黎後退一步。

「嗯，好。」黎說。

「藝術。隱形者之舞。」他說話時，蠕動的嘴唇形成一個怪異歪斜的橢圓形，唇色白得幾乎和蒼白的臉龐融為一體。

黎納悶他是不是瘋了。她假裝咳嗽，想要遠離他，擠向大房間。曼幾乎立刻就看見她，朝她走過來。「妳還好嗎？」他問：「妳去了滿久的，朗讀會快開始了。」

「我很好。」黎很慶幸看到她熟悉的臉。「只是剛剛在走廊上遇到一個奇怪的人——他衣服上掛著個牌子，寫著『問我的理由』，我錯了，我真的問了他。但我覺得他似乎瘋了。」

曼踮起腳尖往回看著黎走過來的方向。他笑了，「妳說的不會是克洛德吧？」

黎跟著他的視線，望向那個男人，身影清晰，正通過房間朝小舞臺走去。「對，就是他。要在這裡找出唯一在衣服上寫了那些字的男人，應該並不難。」

曼輕笑道：「克洛德是**女人**。」

「不是。」

「是，」他的表情簡直是歡欣雀躍，「我一開始也沒發現，但這就是她要的。她隨時在表演。安德烈一直想帶她進這個圈子，但她不肯正式加入。她頗有才華，會寫作、攝影。說實在的，我還滿欣賞她的自畫像。」

黎還來不及答話，安德烈就站上了房間另一端臨時搭設的舞臺，眾人紛紛移動，找座位就坐。幾位詩人陸續上臺。黎試圖集中精神，但就算沒生病，她也很難專心欣賞詩作。她才專注聽了幾行詩，心緒就四處漫遊，幾分鐘後發現自己正在想早餐吃了什麼、和計程車司機聊了什麼，或是幾天前在商店櫥窗瞥見的一雙鞋。她偷偷看向曼，只見他前傾身軀，手肘放在膝上，外套口袋塞了太多東西而沉甸甸垂著。他將雙手交疊，下巴靠在手背，那全神貫注的姿態中似乎有什麼吸引了黎的目光。冷不防回過神來，她趕緊讓注意力回到朗讀者身上。一片朦朧的大海、奧德修斯、海妖的歌聲如銀鈴般在水面迴盪。現下她聽起來，驀然察覺這首詩相當美。奧德修斯將海妖的秀髮纏繞在他頸上，秀髮即樂聲，但稍後它就勒住了他，大海拖他下沉，這首詩就此結束。

下一個上臺的是克洛德。她——黎還是難以相信那是女人——跳了起來，然後沉默佇立片刻，盯著臺下的人群。她開口時，低沉又粗啞的嗓音溢滿室內。

「我——能——怎——麼——做？」她大吼，抓住所有人的注意力。聽眾一片沉寂。

「在一面窄鏡裡，顯出全體之部分？
混淆靈光與水花？
拒絕撞向牆壁、撞向窗戶？」

她的眼瞇成一條線，她的嘴在蒼白的臉上形成一個黑洞。

「當我等著看清一切，我要獵殺我自己，鞭笞我自己。

我想刺擊、殺戮，用最尖銳的端點。
餘下的身體，任何的後續，多麼浪費光陰！
只立於我自己的船首而行。」

克洛德停頓，點了根菸。眾人毫無動靜，黎感覺一口氣鎖在胸口，她忘了自己的感冒，泛淚的眼睛反而讓這一幕更加清晰透徹。克洛德吹出一個懸在空中的菸圈，隨即又吸回口中。接著她脫下外套，外套下和別在她上衣後的是她的一張臉部照片，一邊眼睛掩映在濃重的陰影下，同一側的嘴脣以口紅勾勒出脣峰，另一側是蒼白的素顏。亦男亦女、非男非女。克洛德站著，讓每個人都能看到照片，然後她伸手扯下背後的照片，整齊地撕成兩半，任它飄落地面，在群眾的喝采聲中走下舞臺。

稍晚走回家的途中，黎是這幾天以來頭一次兩側鼻孔都能呼吸、嗅聞氣味——是火堆？或是烤栗子？她心想，又想起栗子是紐約的產物，這座城市必然有著不同的冬季氣味，是她還不認識的氣味。曼對朋友介紹她的方式讓她感受到的不滿已逐漸淡去，她覺得輕鬆而快樂。

曼走在她身邊，配合她的步伐。

「我感覺美妙極了，」黎說道，然後放輕了語調：「謝謝你邀請我。」

「我很榮幸。我真喜歡崔斯坦的新作，那首青蛙的詩。」

黎不記得崔斯坦的詩。「我覺得克洛德是最厲害的，『立於我自己的船首而行』，不是很美嗎？」

「是啊，完全就是安德烈在宣言裡想表達的。」曼說道，然後開啟了一段關於超現實主義的漫長獨白，黎早已聽過了。**我自己的船首**，她想著。黎不知道——或者她也不真的在乎——她是否完全了解克洛德所要表達的意含，但她想要成為那些文字讓她感覺到的狀態：孤獨卻不寂寞，不需要任何人，過著目標明確的人生。

「我想我喜歡克洛德的一個原因是，」曼說完後，黎再度開口：「她好像根本不在乎是否有人喜歡她。」

「我並不覺得重點在於**喜不喜歡**她。」

「我只是想說——」黎對於自己的詞不達意感到挫敗，「我猜……我不知道。她就是那麼**醜陋**。」

曼笑了，黎繼續說：「我不是那個意思，別笑我了。」

「我為什麼要笑妳？」曼問道，但他的態度是和善的。他們越過一條街時，她發現他們的步伐完全一致。他們又沉默地走了幾個街區，離家不遠了，深夜的街道和陰暗緊閉的店鋪變得愈來愈熟悉。

「天啊，」黎說，又連續打了幾個噴嚏。她從皮包裡拿出潮溼的手帕在臉上沾拭。

「可憐蟲，」曼說著拿出自己的手帕遞給她，「我讓妳在外面待太久了。我得快點讓妳回家。妳住得地方離這裡很近，對嗎？」

「隔兩條街。」

黎在手心緊緊捏住曼的手帕。他們走到她的旅館門口時，曼說：「妳會沒事吧？」

「我會的。」

他點點頭，不太相信的神情。「我母親總說要喝熱威士忌、脖子圍上法蘭絨圍巾。過去我從不費事找來圍巾，但熱威士忌有效。巴黎人都是用麗葉酒調製。」

「聽起來不錯。」

「我幫妳買一杯。」曼望向空蕩的街道，看著遠處一間餐館正要關門。

黎努力微笑。「我會沒事的，我只需要趕快上床睡覺。」

「當然。」他們站在同一道臺階上，驀然降臨的安靜瀰漫著一絲尷尬，直到黎又咳了一聲打破沉默。她轉身背向他，在門口笨拙地轉動鑰匙。推開門時，她對他揮揮手，因為她想不到該說什麼。

「明天倘若還是覺得不舒服，就躺著休息吧，」他說：「別擔心工作。」

黎關上背後的門，靠在上面，眼裡無來由盈滿熱淚。她吸著鼻子，跌跌撞撞地通過黑暗的走廊到她樓上的房間。她迅速脫去衣服，鑽到被單下，貼著她溫熱臉頰的枕頭涼涼的，很快就被她眼中不住流淌而出的淚水沾溼了。

不曉得過去多久時間，樓下的聲響吵醒了她。她聽見旅館的女老闆瑪森太太在走廊上大聲的耳語，像是和某人爭吵。黎翻個身，想繼續睡，但還沒入眠，她的房門就響起了刺耳的敲門聲。她將被子披在肩膀，開了門，看見瑪森太太站在走廊上。

「啊，妳醒了，」瑪森太太說：「門口有個男人要給妳的。」她伸出的手裡握著一只茶杯。

睡眼惺忪的黎困惑地接過茶杯。「他還在嗎？」

「我叫他走了。現在實在太晚了，不能有訪客。」她戲劇性地哼了聲氣，表示不贊同。

黎將茶杯端到窗邊，往下望著陰暗空寂的街道。

她回到床上，雙手捧著茶杯，麗葉酒和威士忌，既甜且苦。她啜飲時，驚愕地發現她的雙眼在今晚第二度盈滿淚水。黎想像著曼小心翼翼地拿著茶杯走過街上，杯內的液體灑到了茶碟上。這個舉動所透出的溫柔，熱威士忌雖冷了，烈酒的暖意仍流遍了她全身。

早上，黎的身體狀況沒有好轉。房間裡寒冷刺骨，她的床單卻因汗水而溼透。等一月天微弱的陽光高升到足以穿透窗簾，黎才將身上壓皺的睡衣在腰際打了個結，搖晃地走向廚房，心中深深地、真切地為自己感到難過。她拿了水壺燒水，洗淨曼帶給她的茶杯，等待再次使用。

廚房裡很冷，水槽內放滿了別人的碗盤。黎受不了這片髒亂，於是端著茶杯回到房間，她正要上樓梯時，瑪森太太從辦公室叫住她，說有她的郵件。

郵件！一封是她的好友坦雅寫來的信，還有另一個信封，比較小、也比較薄，她驚訝地看見上頭她父親的字跡。自從那封責難靠得住廣告的電報之後，她再也沒收到他的音訊。但這會兒，奶油色信封上就是他的字跡，字如其人，瘦長而稜角分明。黎拿著信上樓，爬回床上。

她好奇她父親想對她說什麼，但還是從坦雅的信讀起，這封信有好幾頁，手寫的字跡歪歪扭扭，彷彿是在火車上草草寫下。坦雅正在環遊歐洲，時間幾乎和黎待在巴黎一樣久，一位名叫巴辛維太太的監護人同行。她的信讀起來就像安妮塔．露絲[14]的小說片段，充滿前言不對後語的文句和八卦閒談。

上星期我和一個在塞維亞遇到的男人相約開了一趟超恐怖的車，穿越西班牙南部。我們要去隆達（妳去過嗎？我記不得了。那裡好美啊——那座橋！），但是那男人開起車來就像我們正在無人公路上飆車，而非千鈞一髮地懸在一側山坡上。他還帶了個東西一直放腿上，我原以為是劇場用的望遠鏡，正覺得奇怪，他拿那個來做什麼呢？在路上賞鳥嗎？可接下來他就轉開一邊的鏡頭，喝了一大口！那時我就覺得巴辛維太太或許不是過於大驚小怪，找同伴一起駕車跨洲旅遊之前，的確應該先將這些人打探得更仔細點。

黎不禁大笑，接著又開始咳嗽，不得不先放下信紙尋找手帕。她幾乎可以想像她的朋友就坐在她床上那頭，深棕色的秀髮凌亂地塞在耳後，臉上掛著大大的笑容。

黎寫起信來，近來反倒謹慎許多。不過約一週前，她寄給坦雅的最新一封信，開頭先描述黎的新生活，但寫著寫著，從和她住旅館同層樓的一名怪異貴氣女子的故事，變成了曼為一位真正的貴族拍攝的軼事，接著她描寫曼為杜象拍的照片，又說起曼的工作習慣，很快就寫滿了整整四頁，總共提到他的名字十七次。於是她撕了那封信，重新開始，寫了一封節制許多的信，解說一

---

14 Anita Loos，一八八九～一九八一，美國小說家，也是二十世紀最有名的好萊塢女性編劇之一，作品包括《紳士愛美人》（*Gentlemen Prefer Blondes*）等小說與劇本。

種她在攝影棚學到的新技術，只提到曼一次，說他是個出色的老師。坦雅在信的末尾提起了這件事。

我為妳開心。很高興妳成功了。妳離開紐約時，我並不覺得那是個好主意。妳在紐約的生活那麼美好，我還曾經想像妳搬到巴黎之後在路上孤獨一人、身無分文，最終染上了鴉片癮。我知道這聽起來太極端，但我當時的確很擔心妳。可從妳的信看來，妳的選擇是正確的。妳正在做妳一直想做的事，我很高興妳找到了這樣一個地方，可以向曼・雷這麼有才華的人學習。

黎喝完茶，打開她父親的信。只有一張信紙，正反兩面，開頭是寒暄式的招呼。波啟浦夕市年度的聖誕樹點燈儀式，參加民眾非常多。她弟弟艾瑞克在開利公司升職為技術顧問，現在主掌整個部門。黎翻到背面，接著讀下去。

妳的兄弟上個月跟我一起去了墓園，他們都說，沒有妳同行去看妳母親，令人多麼難過。我多說了幾句，讓愛倫知道妳雖然人在遠方，還是想念她。

我們常常想起妳，希望妳過得好。我告訴許多人，不久後就會在每本雜誌上都看到妳的照片，就像妳說的。要是刊出了，一定要寫信給我、讓我知道，我才不會錯過。說到刊登，波啟浦夕市建築學會的一份小期刊才登出了我的幾張照片——我最近幫加農街上那棟漂亮的新藝術風格房子拍攝的。我希望這會帶來新的工作案，我隨信附上，讓妳看看我的作品。

黎拿手帕擦了擦鼻水。沒去母親的墓前弔唁，讓她感到一絲罪惡感，但主要是因為這會讓她父親悲傷。黎和母親向來並不親密，黎當模特兒時，愛倫就已對女兒的美貌和成功表達出強烈的嫉妒。

然而，惹她煩躁的並不是關於愛倫的那幾行字，而是她父親在信裡寫及自己是有作品付梓的攝影師。她重讀了那一段，但沒有看還塞在信封裡的照片。她父親比她先發表了作品。總是等到有關於自己的事要說才寫信，這可真像他。而且他連一個問題也沒問她，就擅自當作她沒有發表過作品，最後還補上一句，提醒她家鄉每個人都等著看她功成名就。她心想，他對她失望了，她讀著他的信時那股妒恨的怒火，此刻只剩下挫敗。

黎回想過去的幾個月，她一而再，再而三拖延，不去使用曼的暗房。她在等什麼？當他的助手已成了她的習慣，她自己的作品只存在於未沖洗的膠捲。多麼愚蠢。**只立於我自己的船首而行**，黎心裡想著，於是下了床到走廊，撥電話到曼的工作室，不耐地站著等待撥通。終於，他接電話了。

「我想謝謝你昨晚帶了那杯飲料過來。」黎說，她的聲音粗啞難聞。

「沒什麼。妳感覺如何？」

「不太好，但我相信很快會好起來的。」她說，然後清了清喉嚨，「我還想問你，我回去之後，要是哪天我們沒有排太多工作，我有一些想要沖洗的底片，如果這不會太麻煩你……」她討厭自己的聲音聽起來這麼低聲下氣，幾乎想叫自己住口。

「我相信我說過，妳隨時都可以使用暗房。」

他的語氣是覺得有趣還是不悅？黎無法分辨，於是她繼續說：「對，我想你說過。我只有幾卷而已。我想我知道該怎麼做，應該不需要你幫忙。」

「妳操作過嗎？」

「我父親給我看過幾次——」

「但是妳沒有獨自操作過？」

「沒有，沒有自己處理過。」

「哎呀，」即使透過電話，他的聲音仍然聽得出沾沾自喜，「這些照片重要嗎？」

黎回想在城裡散步那天拍攝的場景，「對我而言重要。」

「我覺得我應該幫妳沖洗，妳再將照片印出來。」

「要是你幫我沖洗了，我要怎麼學呢？」

電話另一頭變得沉默，然後，「妳說的對，」他說：「第一次讓我幫妳。給妳魚不如教妳釣魚嘍。」

「謝謝你。」黎不自覺嚥下一大口口水，又引來一陣咳嗽，趕緊將話筒拿離嘴邊。她再將話筒放回耳邊時，聽見曼問她是否需要什麼。

「不、不，我很好。」

他們又在線上停頓了幾秒，這陣靜默沉重得觸手可及。「還是謝謝你的熱威士忌，」她最後說。

「別客氣。」

她想著他當時得走多遠才弄得到酒，他要對餐館說什麼才讓他們允許他帶走杯子。「嗯，很美味。」

「好好照顧自己，黎。」曼說。她掛斷電話時，才發覺在此之前，他從未直呼過她的名字。

9

隔天，黎起床時頭腦清晰，擁有迎向新的一天足夠的能量，她心想這是一道恩賜。為什麼她身體無礙時沒能更加心懷感激呢？她兀自哼著歌，準備上工，輕快地踏下旅館前門的臺階，底片膠捲收在皮包裡。她一路走著，一邊欣賞她新的麂皮便鞋襯著石子路的畫面。

這是多麼美好的一天，巴黎任她盡收眼底，冬天的清冽氣息振奮人心。在梅因大道和植物園街的路口轉角，她停下來向她最喜歡的攤販買了一個法式三明治，脫下手套後打開蠟紙包裝。她一邊吃，心中充滿抱負和善念。曼最愛用的相紙存量不夠了，有販賣的店家距離她超過一公里遠，但她處理好這件事會讓他開心，於是她轉向十五區，並且暗暗得意自己想到這件事。她從丹齊格道抄捷徑，走去蜂巢藝術村，那棟建築物有著特異的圓環結構，窗戶上懸著過大的遮棚，看起來像半閉上的眼皮。大門附近一如往常擠了一些人。多半是乞丐或醉鬼，也可能是晚歸而進不了工作室的藝術家。黎穿越巷弄，將剩下的三明治擺在一個蓋著棕色破棉被睡覺的男人旁邊。她也可能淪落至此，她心想。倘若曼當初沒有僱用她，她可能會和所有餓肚子的藝術家一同住在蜂巢這個不需房租的垃圾堆裡。她伸手摸了摸皮包裡的底片筒，發自內心地感到慶幸。

到了傍晚，曼才準備好幫黎沖洗底片。她站在走廊上等他，心情就像第一天入學般興奮。靠近大廳底端的沖洗室原本是一間掃具櫃，曼在裡面釘了一塊櫃檯高度的木板，上方有一層小架子，整齊堆放著瓶罐和托盤。黎走進去，曼跟在她後面。這空間光是站一個人就很緊繃，兩個人擠進去恐怕會引發幽閉恐懼症。微弱的光源來自檯面上的小型防風油燈。曼關上門，拉上一道厚重的黑色門簾，整理到它完全平整為止。房間非常狹小，連黎往後緊貼著牆面，兩人都難免得挨在一起。她的舌頭摩擦著牙齒，這是她緊張時的習慣，她嘗試在狹窄的空間裡給他更多餘裕行動。

接下來，曼進入教授模式。「光線是我們的工具，」他說著：「底片只是一個捕捉、留住光線的平面，但在底片沖洗前，外部的光線是我們的敵人。」他一面說，一面準備器材，將它們排放在他貼了黑色膠帶標示位置的桌子上。

「隨時將所有工具按照相同的順序擺放。不然妳就得在黑暗中胡亂摸索，還會讓工具掉下去。將工具依照妳使用的順序逐一擺放：底片、開罐器、剪刀、節拍器、顯影液、急制液、定影液、水盆。」他碰了碰她的肩膀，移動到她身後，就像在窄小的房間裡跳著一支彆扭的舞。「妳吹熄燈之前，手放在器材上，眼睛閉起來，這樣妳就能記住它們的位置。」

黎雙眼緊閉，移動雙手摸過器材。室內一片靜默，只剩下油燈燈芯的嘶嘶聲。

「準備好了嗎？」曼問道，她說好了，他便繞過她吹熄油燈。火焰變成一個尖細的紅色小點，然後撲地熄滅。小小的空間裡充斥著煙味。當然，她早就知道室內會變得全黑，但不知怎地，現在比她想像得更暗，這片黑暗比房間有照明時更濃厚、鮮活、溫暖。她感覺到曼在她背後，卻看不見他。他的手懸在她的手上方，肌膚散出溫熱的氣息。

「我要妳去感覺，這就是大多數攝影師最感棘手的時刻。妳可能拍得出世上最棒的照片，但要是妳沒辦法好好沖洗出來，還不如乾脆一開始就別拍了。」

她的手放在底片罐上，他的手就在她的正上方，她不自覺改成抓握的手勢，她的手背擦過他的掌心。她這麼做的同時，他的手已經往下將她的完全握住，他的皮膚乾燥、有點粗糙，她滿腹心思都在他的手上，那麼近的距離。這很簡單，她原先沒想著他，然後她無法不想。她必須甩甩頭，才能重新集中注意力聽他說話。

「拿開罐器，撬開底片罐。」他說。

黎遵照他的指示。她試了幾次，才將開罐器對準底片罐的蓋緣，但她很快就掌握了動作，隨著金屬的刮擦聲，罐蓋逐漸打開。

「好，」他說：「現在取出底片，盡量別在上面沾到指紋。摸到細的那頭了嗎？從那邊開始。妳要剪下那一片，然後從兩端拿著底片，這樣就可以將它浸到托盤裡。」

黎在黑暗中摸索著剪刀。曼從她身邊稍微移開，給她空間。「我覺得我做好了，」她說。她聽得見他的呼吸，煙味消散了，她聞到他鬍後水的木質調氣味。出於作業需要，他現在幫她、檢查她動作的時候，幾乎是抱著她。這過程十分親密──她先前沒意識到他們會如此親密。她可以輕易地轉過身面對他，有一部分的她很好奇當她這麼做了會發生什麼事，倘若她真的觸碰到他會是什麼感覺。但這是黑暗的把戲，試圖影響她。她真正想要的是她的照片，是將它們沖洗出來。

「很好，」他說：「接下來啟動節拍器，然後將底片浸入顯影液，來回移動，讓它整體在溶液裡浸泡的時間能夠平均。幾分鐘應該就夠了──我通常會數到兩百，然後就移去浸泡急制液。」

她再次聽從他的指示，在黑暗中伸手撥動節拍器，然後找到底片的兩端，試圖平順地在水中移動它。然而，底片浸溼後變得滑溜，她想改變抓握的手勢時，整條底片滑出她手中，掉到地上。

「哦，該死！」她嚇壞了，若不是這麼暗，他會看到她滿臉漲得通紅。

「沒關係，」他極富耐性。「腳別動。妳現在最不想做的就是踩到它。」

「它搞不好已經沾滿灰塵，而且——」

他在她背後蹲下，頭與她的大腿齊高，她可以聽見他在地上摸索。黎努力保持靜止不動，大氣不敢喘上一口，卻不時察覺他的頭所在的位置。

「沒事，這不是最糟的狀況。」

黎淺淺吸了口氣。「什麼才是最糟的狀況？」

「是妳接到委託幫帕布羅・畢卡索拍照，拍到了你認為你職業生涯中最好的鏡頭，但你將顯影液和急制液搞混了，到頭來沒一張照片能用的——真的一張都沒有。那才是最糟的。」

他說話的同時找到了底片。他往後站，空著的那隻手沿著她的下臂摸索，直到他找到她的手，那觸感令她顫抖。他握住她的手，握得似乎久了那麼一點，她全然靜止地站著、等待著，然後他將底片交還給她。

「你當時怎麼做？」她問。

「請大師去他最愛的酒吧喝一杯，然後求他隔天在家裡讓我幫他拍照。」

「他答應了？」

「對，當然。改天給妳看照片。」

黎拿回底片，再次將它浸在托盤裡。在房間裡，節拍器就像另一陣心跳，與他們同在。她匆匆吐出一口氣。

「快好了，再一分鐘吧，也許，然後將底片移去急制液。」

她照做的同時，他的手再度放在她的手上，但已不像先前那樣令她忐忑。她讓他引導她，底片在他們的手中順利移動。短短幾分鐘，卻感覺過了很久。他們將底片拿到最後的水盆裡，這時節拍器停了，室內一片寂靜。「做得好，」曼說。黎在黑暗中微笑。

她沒多想，驀然伸出手摸索到他的手，輕輕一捏。「謝謝你。」

「沒什麼，妳是來工作的，也是來學習。」

「我知道……但還是謝謝你。」

「不客氣。」他說。他的聲音沉靜而帶著粗礪，聽起來令她喜歡。她想再多說些什麼，但思緒一片空白，最後他說：「準備開燈了嗎？」

「嗯。」她說，但她完全沒準備好。她但願他們可以在那間暗房裡待上幾個小時。她可以發誓，她感覺到曼轉過身時，不必要地與她輕輕擦身。他拉開簾幕、打開門。突然沐浴在光亮下令她愣在原地，就像電影散場後走出戲院，困惑地發現這一天仍和她暫別時是同一個模樣。

在走廊明亮的光線中，她看著曼。他的嘴角兩側有幾道她先前沒注意過的紋路。在他低下頭的片刻，她發現他頭髮的分線一絲不苟。她想像他站在浴室的鏡子前進行晨間梳洗，他頭皮上那一道白色的分線，透出某種私密且不設防的意味。一陣奔湧的情感讓她全身躁熱，只得將目光轉向地板。

「我還有幾卷底片要沖洗。」她對著地毯說。

「好，妳還想要我幫忙嗎？」他的語調公事公辦，將手錶晃到手腕處，盯著錶面。

她不曉得該作何感想。他原本似乎渴望來幫忙，如今卻彷彿渴望能遠離她。

「不用了，我做得來。」

「好，我得──我會在辦公室裡。如果妳需要我的話。」他轉身，消失在走廊深處。

黎回到暗房。她心中某一部分希望自己開口要求曼幫忙。她想起他的身體在她背後，他身上帶有電流般的特質，一股彈簧般躍動的能量，驅使他，也讓其他人──包括她在內──想接近他。要說她有任何專長，那就是判斷男人何時對她有了興趣，而除了幫她買熱威士忌那次，曼從未顯露出任何她熟悉的好感跡象。

黎撬開下一卷底片，放入顯影液，有節奏地來回移動。每卷底片都處理完畢後，她打開天花板的燈，拿起底片對著光。頭尾的幾幅影像似乎沒有充分顯影，但她算了算，至少洗出五、六張。湖的照片、女子手部的照片，所有的影像都是負片，所以鴨子成了黑色水面上的一塊白影，女子的指甲是襯著亮白頭髮的陰暗色點。黎無從得知這些照片拍得好不好，現在她只在乎這些是她的作品。

她將底片吊在曬衣繩上晾乾，訝異地發現已經五點鐘了。一天迅速過去了。走回工作室、進到曼的辦公室途中，她決定問他要不要一起喝一杯，慶祝她小小的成功，她親自沖洗出第一批照片。何樂而不為呢？但辦公室空蕩蕩的，客廳也是。黎雀躍的心情立時像刺破的氣球般消了氣。

她好想將這份感受與人分享。也許曼只是出去抽根菸。

為了打發時間，她查看圖書館式櫥架上的書。有幾十份文學和藝術期刊，和一架經典文學套書，她幾乎能確定曼根本沒讀過；此外還有幾本小說，甚至有《查泰萊夫人的情人》的義大利語版，她聽過許多人私下耳語討論這本書，但很震驚曼也有一本。她不禁感受到一股慾望，想要翻閱書裡淫穢的篇章，轉念又想倘若被他看到，自己該如何回應。

她躺上沙發，盯著天花板。黎的人生中有過許多男人，多過她肯向熟人承認的數目，甚至多過她願意向密友承認的數目。她十四歲的時候，在波啟浦夕市的麵包店遇到一個名叫哈利的男孩。她去買星期日晚餐的麵包，他排隊時站在她後面，他柔和的棕色眼睛外圍是一圈深邃的黑睫毛。她不是在他們的互動中第一次發現自己對男人的魅力，但這是她第一次有意識地加以利用。她問他想不想明天午餐時間來她學校空地見面，絲毫不帶羞赧。在哈利身上，她發現從廉價小說裡讀到的調情手段的確管用，於是他們走在一起時，她不時咬咬嘴唇、眨眨眼睫毛、輕輕將手放在他的前臂上，說他看起來很強壯。他們走去學校後面一座廢棄的乾草倉，她喜歡他瘦長的身體貼著她全身的感覺。她上下摸遍他，覺得好奇，卻也詭異地疏離，彷彿她飄浮在這兩副身軀的上方，觀看她自己，並且評論，**這就是男生的肚子摸起來的感覺，這就是他的手在我背上來回撫摸的觸感**。他們除了撫摸之外什麼也沒做，但這段記憶仍然長駐她心中。

黎又等了曼將近一個小時。最後，她情緒激動到無法就這樣躺著，便離開工作室。

幾個街區外，有一間叫做「醉舟」的酒吧，外觀一如其名：寬大笨重，歪向一側的姿態像個不勝酒力的醉漢。曼曾對她提過那裡，是他最喜歡的去處之一，但她告訴自己，她並不是懷著可能見到他的希望而去，只不過是個出於方便的選擇罷了。酒吧有六張戶外桌，在冬天的寒意裡空置著，室內也沒有客人。這裡打從幾十年前就裝潢成度假遊艇的陳設，黎從鍍鎳的螺旋梯爬上二樓，酒保就著一杯酒坐在吧檯邊，是個骨瘦如柴的女人，穿著灰洋裝和黑圍裙。

黎隔了幾個座位坐下，摘下帽子。她將祿萊相機放在桌面上，指尖輕輕拂過鏡頭，這是帶給她撫慰的習慣。

「喝什麼？」那女人問。

「茴香酒。」

女人從高凳上起身，到吧檯後面彎身開冰箱，然後在一只小玻璃杯裡裝滿碎冰到杯緣，倒入濃稠的液體。冰塊融化時啵啵輕響。

黎喝了一大口，冰冷的烈酒混合熱甘草糖漿，是她熟悉而愉悅的灼燒感。

玻璃杯冰過，黎坐著以指甲在杯子表面結的白霜上劃出花紋。她的照片為她帶來的興奮感已經消散了。在她過去對遷居巴黎的想像中，她以為自己會快速融入她父親警告過要當心的波西米亞式生活圈；她以為這裡比紐約更開放、親和。然而如今她在這裡，仍舊孤身一人。

酒保失禮地盯著她瞧，最後終於說：「妳看起來好眼熟。妳是演員嗎？」

「不，我在附近工作。我是攝影師。其實我還在見習。曼．雷。他有時候會來這裡。」

「啊，當然。」酒保的態度變了。「我們都認得他。麗葉酒加一片柳橙。」

「我想是吧。」

「他拍過妳，對吧？」

「不，我是他的助理。」

女人笑了。「吉吉[15]知道了會怎麼想呢？」她問。

「吉吉？」黎問道。但就在她大聲說出這個名字時，她知道那是誰了：帳簿上的K。

女酒保又笑了，這次笑得更大聲，然後她轉身對著後面的廚房喊了幾句法語，速度快得黎完全聽不懂。另一個聲音喊了回來，又大聲唱了一段香頌。

「吉吉？」酒保問：「妳怎麼可能認識曼．雷卻不認識吉吉？」

黎沒有回答。那女人令她困窘不堪，彷彿就連在她終於適應的這個巴黎的小角落裡，她也仍然找不到歸屬。

廚房裡的男人走了出來，他們合唱起那首香頌，還配上略顯淫穢的舞步。酒保抖著肩膀前後搖擺，男人則朝她伸出舌頭調情，最後兩人雙雙跌靠在吧檯上，縱聲大笑。

男人轉過來面對黎，舉高手臂。「星期六晚上，可以在騎師咖啡廳欣賞我們下一場演出。蒙納帕斯區的奧坦絲與皮耶！」然後他走回廚房，仍不住吃吃笑著。

女酒保說：「別介意，我們前幾天晚上才看了吉吉的演出。」

「她是舞者？」黎想起了那些付給裁縫和帽商的費用。

「妳真的不認識她？她是舞者、繆思女神、歌手。她什麼都是。有些人說她是巴黎最美的女人。她已經和曼．雷在一起好幾年了。聽說對他很壞。但她想怎麼對人，就怎麼對人——總之就是這樣。」

黎點點頭，端起茴香酒，走到角落處可以俯瞰下方街道的餐桌。對話到一半她就離開吧檯，但現在她才不在乎禮貌。

看來就是那位神祕的K了，某個美麗的香頌歌手，而且和曼在一起許多年。黎不禁好奇，吉吉是否曾擔任他的模特兒，也揣想倘若自己在他要求時同意讓他拍攝，如今兩人的關係是否會有所不同。但那次之後他再也沒提過，此刻黎卻渴望他注意她、同樣渴望她。他按在她手上的手，黑暗中他貼在她背後的身體。要是在暗房裡她轉過身，嘴脣湊近他脣邊，又會如何？他會吻她嗎？

黎又點了一杯酒，然後再一杯，每杯都慢慢啜飲，等她喝完，已經過了幾個小時。她坐在那裡望著樓下的街道時，酒吧裡逐漸聚滿了人。每次有人上樓梯，她心中都有一部分期待那會是曼。但來的只是愈來愈多的陌生人，穿捲邊長襪、剪伊頓式短髮的女人，以及穿大翻領外套、戴彎沿紳士帽的男人。他們成雙成對結群而來，在餐桌邊緊挨彼此坐下，互相抵著肩膀，對於各自交際圈以外的事物，一概渾然不覺。

就在這時，一個男人從螺旋梯上來，直直走向吧檯。他蓄著淡淡的鬍髭，身穿灰色毛呢西裝。他將帽子放在檯面，帽頂朝下，然後環視四周，隨後手指又旋轉起帽子來，就像轉陀螺似的。他的頭髮光滑得足可反射穿過室內的光線，從他那條紅橘格紋的寬領帶，黎猜想他是美國

15 Kiki de Montparnasse，蒙帕納斯的吉吉，極受歡迎的模特兒、歌手和舞者，巴黎當時眾多藝術家皆視其為繆思女神。

人。巴黎男人絕不會穿戴得如此張揚。她與他眼神交會，等他先轉移視線，她才別開眼。他轉向吧檯，對酒保說了什麼，等一點完酒，視線又回到黎身上。她往自己身旁的空椅點一下頭，轉向他抬了抬眉毛。他微笑點頭，拿到酒之後就走過來。

「這座位比吧檯舒服多了。」她對他說英語。

「看起來的確是。妳在等人？」她猜對了——他不是巴黎人。但他的口音是英國腔，不是美國腔。近距離下，他露出略帶歉意的微笑，她總覺得英國男人這樣的表情很有魅力。

「我在等你。」她大著膽子說。

「這我持懷疑態度。」他拉開椅子，等她再度開口才坐下。

「哦，不是，我說真的，這些法國男人都不來找我說話。」黎挑逗地噘起嘴。

「我想他們是不敢接近妳。」

「你這麼覺得？」

「我想就是這樣。妳是我看過最漂亮的女孩，從我……好吧，可能是我所看過最漂亮的。」

黎笑了。她感覺到她的好心情，她沖洗照片時的心情，又回來了。

她靠向他。「我以前是模特兒。」

「我可不意外。那妳現在是？」

「是個從離開紐約後連一杯香檳都沒喝過的女孩。」

他仰頭大笑，她看到他補過的臼齒。他迅速一抬手，清空了酒杯，然後舉起手指在空中向酒保示意，對方過來，銳利地掃過兩人一眼。

「皮耶爵香檳，四分之一瓶，」他說。看到黎一臉失望，他隨即改口：「來整瓶吧，謝謝。」

酒瓶放在一臺精緻的銀色推車上，靠在他們桌邊，香檳的泡沫像一連串親吻，微微搔癢地沿著她的喉嚨滑下。男人名叫喬治，來自多塞特郡，到巴黎出差三天。他從事金融業，但黎對此一無所知，任由他大談自己的事業，就像她過往在紐約一夜接著一夜聽男人說話。他有一雙綠眼睛，嘴唇看起來很柔軟。若說她在他清醒時就讓他著了迷，那麼他是愈醉愈著迷了。不久，日落時分，他們仍坐著，手臂擱在桌上，手肘相觸。

「我可以說一件事嗎？」她問他，忍住一陣啜飲香檳後想打嗝的衝動。

「什麼事都行。」

「我來巴黎之後，還沒有吻過任何人。」

「這算是罪過吧？」

「我想是，都說這裡是愛情之城了。」

「是這樣說的嗎？我還以為是叫作光之城市。」

「應該吧。但也改變不了沒人來吻我的現實。」

喬治笨拙地拿起剛送上的香檳，再次斟滿他們的杯子，還灑了一點在她手臂上。他小聲說：「我每隔幾個月就會來一趟，對我來說這裡更像悲傷之城。我總是一個人，到處混時間，希望有人能和我共享這一切。」

「悲傷之城——我也這樣覺得。」他們凝望彼此，他給了她一個淺淺的微笑，她感到一股權力的快感。她輕輕舔舐嘴唇，啜了一口香檳。

「我受夠這樣的時間了。」喬治說。黎往前靠向他，就像她想對曼做的那樣，然後她感覺到他的嘴脣與她交會，如此溫暖。他們在酒吧裡接吻，越過小小的桌子，舌頭火熱而溼潤地交纏，直到兩人撞上了餐桌，笛形香檳杯伴隨一陣驚人的碎裂聲落地。他們同時倒抽一口氣，看向遠處的酒保，就像兩個偷糖果被當場逮著的孩子。喬治拿出一疊鈔票放在桌上，然後他們快步離開，手臂互挽著，爬下螺旋梯時，他握著她的手，彷彿他們正跳著一支輕快優雅的舞。

喬治投宿在聖詹姆斯奧巴尼飯店，黎已經好久沒有躺在這麼舒服的床鋪上，蓬鬆的枕頭、包覆真皮的床頭板，還有小小的圓形靠枕，她一揮手臂就將它們掃下地板。他解開領帶時，她慵懶地躺在床上，任雙腿張開，讓他看見她的襪帶、大腿和內衣——謝天謝地，她穿了好的內衣，是藍色的，有蕾絲玫瑰花紋滾邊。他站在她上方，和襯衫鈕釦、褲子吊帶和皮帶奮戰。她看得出他已經硬了。她沒有幫他脫衣服，只是往床尾移動，一隻腳放到他腿上，扭著往上攀，在他解開褲襠、拉下褲子時撫觸著他。他一脫光衣服，就俯到她上方，一面幫她寬衣解帶，一面在親吻的空檔說：「妳……是我見過最……完美的……女人。」

黎微笑著將他拉到她身上，他繼續親吻她，柔軟的吻落在她的脣上，一路往下到脖頸。她將頭向後仰，思緒受到窗外的景致吸引稍稍分了心，沉鬱的天空中飛掠過白色雲朵。他的吻輕柔得讓她幾乎感覺不到。她一手壓著他的頭，要他輕咬她的乳尖。但他沒那樣做。她拱起背脊，讓自己的胸貼向他的臉，但他移開了，於是她伸手向下，攬住他的腰將他拉上來，直到他進入她體內。有那麼一會兒，她的心思只集中在他溫熱的滑動，但接著他就退縮了，在她上方暫停動作，眼睛緊閉，喃喃低語像是在道歉，身體動也不動，他們就這樣等在那裡。她再度親吻他，將他的下脣拉進自己嘴裡，咬下去之後才放開。他不禁微弱呻吟出聲，再次緩慢地動作起來，太過緩慢，她讓雙腿環住他，好加深他帶來的感覺。然後他的動作加快，是照著他想要的節奏。黎感覺自己的心神抽離了此時此地，她在性愛途中有時會如此，她飄浮到這張床的上方，俯視著自己。她從上方看著他高潮之後倒在她身邊的床墊上。她看著她將他的手按向她雙腿中間，看著他撫觸她直到她也達到高潮。但她沒有真正感覺到這一切。她看著兩個陌生人在床上並肩躺著，一點感覺也沒有。而她旁觀的同時，她想的一直是曼。

10

黎並不打算陪喬治過夜，但是香檳的酒意讓她沉沉入睡，她清醒時發現他正摩挲著她裸露的手臂，朝她微笑。在歐根紗窗簾濾進來的日光下，他看起來既濫情又黏人。他提議去飯店露臺餐廳吃早餐，但她的頭隱隱作痛，而且她不想和他一起去餐廳，於是他們叫了客房服務的餐車，在床上吃了佐龍蒿的煎蛋捲，同時試圖交談。一股熟悉的感覺：困窘、喘不過氣，而最多的還是深深的厭倦。她明白喬治的心思正繞著下一場性愛打轉，接下來是牽手漫步巴黎，但是他還沒機會展開具體的提議、或越過床鋪向她伸手，她就匆匆掃完煎蛋後起身，迅速套回自己的衣服，幾乎不給他時間理解她急著想離開。她的道歉虛假卻堅定。對，她得去上班了。她可不能遲到。對，她晚上會嘗試和他在醉舟再見個面，而且見面之前會一直想念他。然後，黎像個從祕密路線逃脫的囚犯，走進冷冰冰的城市裡，大大喘了一口氣。

天氣很晴朗，但她腦袋裡仍浮滿了昨夜的香檳泡沫，當她想著曼的雙手，想著黑暗中他站在她背後，泡沫幾乎要淹沒她的頭骨。她迅速走回旅館房間，將自己鎖在共用浴室裡，泡進一缸她所能忍受最熱的洗澡水。她離開紐約之後，似乎就沒有好好洗過一次澡了——總是有別的房客捶著門催促她洗快一點。不能怪她們，她每次準備出門快遲到時也是如此。

黎微微彎腰，雙手捧了些水潑在臉上。她盯著破裂鏡子裡的倒影。她的眼窩浮腫，下巴中央一顆紅腫的痘子正在醞釀。她捏捏雙頰，讓臉上多點血色，對著鏡中倒影吐了吐舌頭，然後栓上門，將浴缸灌滿水。

要進工作室的念頭讓她焦躁不安。她可以打電話給曼請假，但是她想到了她的負片，還掛在曬衣繩上，她無法不去將它們印出來。她簡直迫不及待回去看看它們呈現的成果。她要先印鴨子的那張，那張或許有點潛力。

黎約莫遲到了一個小時，工作室裡安靜無聲，一時間她心想曼也許不在。她爬上樓梯，走進辦公室，裡面也空無一人。但接著她就聽到他在暗房裡旁若無人大聲地哼著歌。

她要對他說什麼呢？她在腦中試了幾句話：**我無法停止想你、我一直想起你的手放在我的手上、我昨晚去你最喜歡的酒吧找你**。每個選項都顯得荒謬又庸俗。她過去的感情都不曾讓她湧現這樣的感覺，她不知道如何告訴像曼這樣的人，她對他有興趣。或許是因為她敬畏他，也可能她只是不知道若是說了，他會如何回應。就她所知，他可能還是愛著吉吉，或是愛上了另一個新對象。

但黎又想到，曼還沒看過她的負片。他們可以談這個，這話題比她對他的任何感覺都簡單多了。也許他現在正看著她的負片。她如此渴盼聽到他的意見。她任由想像力編織出一個不同的場景，場景中她走進暗房，他站在裡面，手裡拿著她的作品，臉上流露出驚喜。「這是我們沖洗出來的作品嗎？」他會問：「太完美了，沒想到妳這麼有才華。」接著她會半認真地謙虛回應幾句，將照片印出來，不久，會有某位藝術收藏家來到工作室，看到照片後決定帶回藝廊展出，所有照片在一個月內售出。她認識的每個人，包括曼在內，都會對她的成功妒羨不已。

他們特別約定過一種方式：她在暗房門上敲了三下，曼開了門，他戴著橡膠手套，袖子捲上手肘。她過去幾個小時都在想他，以至於看到他的時候，反而隱隱感到失望。實際站在眼前的他比不上她腦中的想像，儘管她並不知道自己到底期待什麼，不知道這份失望是來自她無法精確記憶他的長相，或是來自她眼前這個人的真實面貌：他沒刮鬍子，雙眼間的距離比她記憶中更靠近。但是看到他，也紓緩了她昨天離開工作室後就不斷累積的壓力。他只是個男人。世界上的男人何其多。

「妳遲到太久了。」他說，眉頭皺在一起。在他身後，她看見她的負片還掛在曬衣繩上，和原本夾的位置一模一樣。

「我知道，對不起——」

「這可是工作。」

黎很清楚自己應該要為此愧疚——她完全沒有遲到的藉口，而且至少她該打電話通知他一聲。但她同時感到怒火在疲憊下被點燃了。「我知道。對不起——我忘了說我今天會晚到。」

他嘆氣。「我整個早上都在等妳幫我處理愛蜜麗的照片。」

「你開始處理那些照片了？」

「對。」他說，語氣稍微軟化。黎走向水槽，裡面浮著愛蜜麗戴著擊劍護手盤的照片。這張被裁切成特寫，只呈現出她的下巴和肩膀，金屬網在她的肌膚上交叉投下幾何形狀的陰影。曼小心拿著鑷子從白邊夾起相紙，水流過相片表面，滴入托盤。

「這是個好的開始，」他說：「看看金屬在她肌膚上的樣子。臉頰的柔軟和金屬的銳利線條。我覺得令人驚嘆。」

黎幾乎沒看照片，她轉開視線，她眼中只有曼凝視照片的神情、他臉上泛起的淺淺微笑，還有他拿著鑷子懸在急制液上方的手。

「我喜歡。」她說，聽起來有點敷衍。她略顯尷尬地轉過身去。

他舉起第二張照片，很類似第一張。「妳覺得這張如何？」

黎湊過去，兩人一起看照片。那是一個更直接拍攝愛蜜麗的鏡頭，她將擊劍護手盤當成枕頭，躺在上面。構圖很美，但黎知道曼想要她提供什麼，幾句建議或評論。坦白說，她覺得這張照片有些乏味，容易預期，但她不能這樣說——她早知道別人批評他的眼光時，他的防衛心有多重。她必須做的，是建議暗房後製的方法，而非在藝術性下評語。但她找不到合適的語彙。

她拿鑷子指了指。「光線透過窗戶照進來的這邊，看起來太亮了。」

「對，」他愉快地說：「妳會怎麼修正？」

「印得暗一點？」

「嗯……但是這樣右邊就會太暗。我來示範調光吧。」

他轉動暗房的門把，確認門完全關上。然後他點亮紅光燈，滅掉白光燈，一切都呈琥珀色，像是在營火的照耀之下。他架設好放大機，黎看著他將香紙曝光，使用一種小型的自製工具作為輔助，是一根尾端以膠帶黏著圓型紙板的棍子，會在影像上造出小面積的陰影。他拿著棍子迅速地到處移動，為時約二十秒，從不在同一個位置久留。

「人們總是問我：『你的照片怎麼沖印得這麼均勻？』」他說：「其實很簡單。很多人以為攝影就像魔術，但其中並沒有魔法。只有兩個顏色的混合：黑與白。一個多一點，另一個少一點。」

這兩者妳的照片都需要：純黑和純白。有了這兩個顏色，妳可以隨心所欲調出不同的灰階，照片還是一樣好看。一般來說，當妳沖印出一張照片，上面沒有至少一個純白區塊，那意味著若非影像拍得不堪用，就是妳沖印技術太糟了。妳會想要一個白色的閃光點出現在人物嘴上的唇膏將光線反射回相機的地方，或是在人物的眼白，或是在他們的衣物上。白色不能太多——通常只需要一點點，和照片上的一切形成對比。」

曼說話的同時，輕而易舉地在狹小的空間裡移動，關掉放大機，然後輕輕將相紙放進顯影液。紙上出現了相同的影像，起初只有輪廓，像沙灘上的足跡，然後填入了剩餘的部分。這次，照片更均勻了，黎一看就知道曼會滿意。

「看哪！」他舉起照片讓她仔細觀察，直到她以點頭和微笑表示她也和他一樣滿意。「現在換妳試試。」曼說。他轉向放大機，把調光棒遞給她。

這就像是沖洗室的情景重演，她的緊繃感再度一股腦湧上。他站在她背後，她覺得他站得比他需要的位置還近。他們將相紙送進框內，曼伸手繞過她點亮燈。她抓著調光棒，等待他的指導。燈亮了，影像在相紙上微微發光，愛蜜麗的臉在負片影像裡成了一片黑。黎想著他剛才的話，人物的嘴唇上需要一點純白的閃光。她生澀地揮動調光棒，在相紙上方到處移動。她突然一陣暈眩，吞了吞口水，舌根嚐到久置的香檳味，她不禁想曼是否聞到了她身上的酒氣和菸味，甚至是那個陌生男人喬治的氣味，她擔心即使洗過澡，他的氣味仍然縈繞不去。曼在她背後如此靠近，她感覺得到他的氣息吹在她的臉頰上。

「這樣對嗎？」她問。

「妳做得很好。」她往後瞟向他，但他的眼睛牢牢盯著照片，沒有和她的目光交會。

接下來幾個小時，他們在看似和睦的靜默中合力工作。這個房間只比沖洗室稍微大一點，裡面有一臺附水銀燈的放大機，一座大型木製水槽用來定影和清洗照片，還有一個顯影盆，他們必須輪流使用。午後的時光飛逝而過。他們一起沖印了那次拍攝留下的數十張照片，倘若黎能自在一點，她會為曼教給她的一切興奮不已。但眼下她必須努力讓心思專注在手邊的任務，她不受控的思緒就像一本厚重的書，她得一再闔緊它。這個房間很小，但這足以解釋曼總是靠她這麼近嗎？照片都很出色，但他不需要將同一次拍攝的照片洗這麼多張出來吧？一切似乎在對她傳達訊息。他脫下橡膠手套按摩雙手，他與她擦身而過時沒有讓路，反而像刻意占據空間，讓她不得不碰觸他。她努力要自己專心。

終於，幾個小時的沖印工作之後，他朝她還掛在曬衣繩上的負片比了個手勢。

「那些是我們上星期沖洗的？」

「是——但今天可能沒時間沖印了。」

「為什麼？我們完成這麼多事了。動手吧。」

黎看著錶，時間沒有她以為的那麼晚。她完成手邊進行的工作，然後拿起她的那一條負片，剪裁成三份，排放在一張相紙上。他們工作時，曼大聲唱起歌來：「我渴望見到妳，親愛的／自從妳離開以後／渴望讓妳擁抱我／讓我靠近妳。」他的歌聲愈見高亢，感傷的歌詞搭配他的布魯克林口音有些可笑。黎清了清喉嚨。

「怎麼了？」他邊說著轉向她。「哦，我唱出聲了嗎？真是壞習慣。」

「沒關係。」她說，於是他又唱了起來，這次唱得更響亮，還加上幾個誇張的舞蹈動作，逗得她笑了。

「妳會唱歌嗎，米勒小姐？」他裝出正經八百的語氣問她。

「只在我相當確定沒人聽到的時候才唱。」

「好，我們會有辦法的。只要找我上幾個月的課，妳就可以準備登臺嘍。」

「你要教我唱歌？你看起來倒像是位真正的大師呢。」她說著想起了吉吉。他們會一起唱歌嗎？曼肯定看過她演唱，也許看過上百次。「那是吉吉的歌嗎？你……認識她，對嗎？」黎盡量讓語調保持平穩。

他忙到一半抬起頭，看了看她。「吉吉？對，我認識她，」他說：「雖然我不認為她唱過這首歌。」

「我沒聽過她的……我昨晚去了醉舟，酒保聊起她。」黎踏上了一條危險的道路，但每個字還是源源不絕地從雙唇間吐了出來。「我喜歡那裡。很不錯的酒吧。他們會調很棒的麗葉酒。」

很棒的麗葉酒？哦，他們單單將這種酒倒進玻璃杯的技藝還真是高超。

曼似乎沒注意她說了什麼。「我喜歡那間酒吧，那道螺旋樓梯和二樓看出去的景觀。」

「但是吉吉沒在那裡駐唱，對吧？」

「在醉舟？不，吉吉通常是在騎師咖啡廳。」

「我沒去過那裡。我該去聽聽看。」

「嗯。」曼漫不經心回應，然後又唱起歌來，但比較小聲了。黎心想她是否不該提起另一個女人——也許曼現在正想著她，回憶他們共度的所有美好時光。那些他買給她、保護她脆弱肌膚的帽子，那些他帶她去過的奢華餐廳。

黎照著曼示範的方法做了底片印樣，幾乎等不及定影液從相紙上滴掉，她就拿起鑷子從角落夾著印樣，拿到工作室裡，擺在報紙上，以透鏡察看。每張照片都讓她的喉嚨興奮地縮緊一點點。她想看照片放大的樣子，於是趕忙選了一張，拿蠟筆在旁邊畫叉，然後回到暗房，將那張負片送進放大機。照片拍攝的是咖啡店裡的女人，從背後近拍她的頭髮和頸部。

黎打開水銀燈，慢慢數到四十，然後關燈。她小心翼翼地將相紙拿到顯影盆邊輕放進去，用她已經學會的方式攪拌。幾秒之內，她的照片就出現在相紙上。一開始只有女子頭髮模糊的外框線，接著是肩膀的輪廓，然後相片裡的明亮區塊也出現了：她的手、她的指甲、光線照耀在她每縷鬈髮上形成的對比。這就是亮點，黎心想，閃耀的白色亮點對比她的頭髮。黎抬頭一會兒，瞧瞧曼是否在看。這對她而言是如此魔幻——她自己的照片，就這樣出現在她眼前。但他沒在看。她的目光回到照片上，正好及時阻止它過度曝光。照片定影之後，她定定看著它。雖然不知道該怎麼說明理由，但她感覺這的確是張好照片。儘管只是一個女人的頸窩，和她搔抓著肌膚的手指，但這幅影像讓一陣顫慄順著她的背脊直竄而下。

這時，曼轉過來將他的相紙放進顯影液，她看著愛蜜麗的另一幅影像出現在他們眼前。他的作品放在她的作品旁邊，他當下沉默不語，而她開始驚慌，生怕自己的照片相形之下平庸無趣，只有業餘水準。終於，經過一段彷彿無比長久的時間，他瞥向她放在急制液裡的照片說：「很優秀的作品。她是妳朋友嗎？」

「不，只是個陌生人。」

「妳拿出相機拍照，她沒發現？」

「對——這麼做不恰當嗎？」

曼笑了。「不，不，當然不是。這樣沒問題，只是讓我對妳另眼相看。」他輕輕帶過，好像他不明白這對她的意義是多麼重大。

「你真的喜歡？」

「這個嘛，我認為我們可以稍微調整曝光時間——」他拿鑷子指了指女子頭髮中的陰影處。「然後在這個角落做點調光。但要是以第一張照片來說，這已經非常好了。」

若說黎本來的感覺是新奇，她現在覺得更新奇了。他的話讓她體內血液沸騰，又彷彿刺痛了她。但她滿心驕傲，看著她的照片時升起全新的自信，心想要是她繼續努力，或許真的能夠成為攝影師。這股自信讓她大膽起來，她的兩個欲望——創作，還有和曼在一起——在那一刻合而為一。兩者之間不必只能擇一。他說了「我們」——「我們可以稍微調整曝光時間」。也許有一天，她的作品足以和他的並稱；也許他們會共同創作——某種形式的夥伴關係。於是，她轉身面對他，直到她行動前，她對於下一步仍毫無頭緒。

「我對那個擊劍護手盤有不同的想法，」她說：「要是你還想拍的話，我可以當模特兒，但你要讓我自己擺姿勢。」

曼挑起眉毛。「之前邀請妳拍攝的時候，妳拒絕了。」

「我知道。但如果我們能一起——我可以設計鏡頭。我有想法了。」

「真的嗎？唔，好吧。讓我先稍微整理過。」

等待曼走進攝影棚的同時，黎站在相機旁四處查看，鋪在沙發上的布料，半拉上的窗簾，周遭的一切是多麼明亮、雪白、潔淨。她扯下桌面和牆上的掛布，換上黑布，沙發也如法炮製。然後她走進辦公室，拿出擊劍護手盤，將它轉過來又轉過去。她回到攝影棚時，曼已經在等她。

這是黎第一次做出他指令以外的事。她知道他想看見什麼，從初識他就知道了。但是，要到了她看見她在顯影盆裡的作品、聽到他像是對待自己的作品一樣做出評價，她才意識到她知道。

「你讓愛蜜麗在窗邊，」黎說著拿起護手盤走到沙發另一側，放在自己的手臂上。「但要是妳讓她在這裡呢？」她又走回相機旁邊。「讓我來？」然後她掀起蓋布，第一次鑽到布幕下。深色的蓋布透出菸草和雪松的氣味，一股陳舊的、陽剛的氣味。黎望進觀景窗，稍微調整相機，讓她的視野中只有罩著黑色布幔的沙發。從觀景窗看出去的房間是上下顛倒的，沙發像吊在天花板上，令人暈眩。曼走進景框時，黎差點倒抽一口氣，他從看似天花板的平面走來，然後坐下，看起來荒謬地比站著時還高。

「妳需要對焦的參考物。」他說，他的聲音穿過蓋布，像在水面下說話一樣含糊不清。她來回轉了轉對焦鈕，看著曼一下模糊、一下清晰。上下顛倒的他成了陌生人。她不認得他的雙眼、他的嘴脣，就算在街上看到他，她也認不出來。令人迷惑。她從相機蓋布下出來，一切又回歸原位，曼坐在沙發上，看著她走向他。

黎走去角落的更衣間，隱身在屏風後方。她慢慢脫下上衣，先鬆開袖口的鈕釦，然後解開衣襟，讓衣服滑落在地上。然後她脫下長褲，解開褲襠上五顆釦子中的三顆，將褲子往下推到骨盆處，露出平坦的腹部。接著她雙手伸到背後，手臂像天鵝翅膀一樣伸展，想像著這個動作會在布幕上投射出什麼樣的影子。她解開背上胸衣的釦子，將它甩落在地，掉在她的襯衫上。她脫衣時腦中只有她那天在公園裡拍的天鵝，牠們翅膀的肌肉和骨架，和牠們拍動空氣起飛時所需的力量。她走回曼先前在沙發上坐的位置，將金屬護手當成面紗一樣罩在臉上。

直到這一刻，黎只感覺相當平靜，她的行動和所隱藏的情緒保持距離，幾乎就像當年她父親拍攝她時的感受。等她一坐下，望見曼僅僅挑著眉流露些許情感的臉龐，她霎時清醒過來，全身發冷，乳尖縮成兩個硬挺的凸點。

曼清清喉嚨，說話時的聲調聽起來比平常高而尖細。「保持這個姿勢，」他走到相機旁邊，鑽進蓋布底下。

擊劍護手盤實際上比外觀沉重，它刺鼻的氣味讓黎嘴裡冒出一陣酸苦。它是用來避免什麼樣的傷害呢？她不禁想像細劍的弧度曲線，和鈍刃下深及骨頭的瘀傷。黎閉起眼睛，維持頭部抬起的位置。

「哦，很好！」曼叫道，他的聲音被蓋布悶住了。「保持這個樣子。」

黎不想要靜靜坐著，不想完全照著他的要求，於是她換了別的姿勢，手臂沿椅背伸展，最後在雙膝間交握，頭部大幅後仰，護手盤沉進她的鎖骨凹陷處，令她感覺有股力量緊緊掐住她的脖子。她閉上眼，並且努力放慢呼吸，防止那不斷灌入鼻腔的金屬氣味。

「我想妳是對的，」曼從蓋布下鑽出來，走近她。「放在臉上的效果很好。」

黎站起來，拿掉護手擱在一旁。她站得離他如此近，她感受到兩人的身高差距。他的眼睛正好和她的下顎骨齊平。

「這些照片會很不錯。」他說。

「我知道。」黎說，她朝他走近一步。她光裸的乳尖摩擦著他的亞麻襯衫，她的下腹深處湧起一股渴求。

曼深呼吸。「黎，我——」

「我知道。」她再說了一次，並且又走近一步。

然後，他們的嘴唇緊貼在一起，牙齒撞擊。他的手臂環住她，將她的雙臂按在身側。他們就這樣站著相吻，感覺像過了好幾個小時、好幾天。曼牽著她的手，帶她走回客廳。她踢掉長褲，他快速除去衣物，在夕陽的柔光下，曼讓她躺在沙發上，俯跪在她身邊，雙手拂過她赤裸的肌膚。她拱起背讓身體更貼近他，但是還不夠近，於是她將他拉到身上，吸入他的氣息。他的肌膚貼著她的，溫暖如水，將她浸得溼潤，這一次，她無法思考，只剩感官。她唯一的念頭是，從此之後他們再也無法回到往常，她對此感到無比慶幸。

諾曼第 一九四四年七月

法國的氣息、觸感與味道猶如金屬。灼熱的鋼盔貼在黎汗溼的髮間。她的座架式相機在她手上留下氣味。她舔舐鋼筆的筆尖，墨水將她的舌頭染得一片藍。還有醫院。骨鋸。挖出後扔進碗裡的子彈。傷口感染的腥臭飄散在空氣中，像舔一分硬幣時嚐到的甜味。

不管她看向何處，構圖都是恐怖的景象。黎拍了又拍，勉強嚥下湧向喉嚨的膽汁——連那股味道都帶著金屬感。黎的任務是拍攝美籍護士登陸後的值勤狀況，於是她記錄下血漿袋、盤尼西林和外科手術的畫面。她拍下美國女性和德國護士比肩工作，壓下她對德國佬與日俱增的憎惡。

她將照片和文稿寄給奧黛麗，但是她也知道審查機關會將她寫的大部分字句刪得一乾二淨。連她寫給羅蘭的信也遭到徹查，她的每字每句大多只剩下空格。他回給她的手記也被檢查，寄出後過了幾個星期才送達。儘管如此，尚存的文字讀起來仍平凡而舒心，那些文字將她安全地牽繫在戰地外的世界。

某天收工時，黎聽見一張病床上有個聲音呼喚她。她轉頭看見一個全身裹著繃帶像木乃伊的傷者。「女士，」他說，聲音微弱得和口哨一樣輕。「幫我拍張照吧，讓我回家後能看著笑一笑。」

他的眼、嘴、鼻都被抹平成黑色的窟窿，手則是厚厚包紮起來，大得像烤箱的隔熱手套。

「笑一個，」黎輕聲說，然後緊抓著相機的暗色金屬外殼，嘗試對焦。

11

三個月過去。曼讓黎搬到一間新的公寓，同樣在蒙帕納斯，和他的住處只隔幾個街區。他幫她付了頭一個月的房租、購置家具，給她幾幅畫掛在牆上。他們像老夫老妻般在春天百貨閒逛，曼為她挑選床單、咖啡杯，還有放在寢具裡的薰衣草香包。他們為她的臥室貼上幾何花紋的壁紙，在地板鋪上裝飾藝術風格的地毯，厚厚的毯子踩在腳下十分柔軟。曼送給她一條自己的被子，他不在身邊時，她就鑽進被子裡尋求撫慰。黎向來不太在意居住環境，但是她發現這間公寓成了她對曼的情感延伸。公寓不大，他來過夜時，她就將兩人的鞋子堆在門邊，她喜歡她的高跟鞋塞在他鞋裡的畫面。這個空間的大小對她而言恰到好處，她置身其中時感到一種從未有過的寧靜。

深夜，他們躺在她床上，床墊中央凹陷，兩人只能滾向彼此。在熱得沒道理的四月天裡，他們的身體溫熱，黏膩的肌膚貼在一起。他親吻她的腳趾、手腕和股溝。她會在早上發現他的鬍渣刮得她肌膚微微刺痛。

他總是在幫她拍照，拍個不停。他的相機就像是房間裡的第三人，他拍照時，她對他、也對它嫵媚調情。他們一起沖印照片，在暗房裡側身相貼，看著她的身體在相紙上像花開一樣浮現。如此一來，他們就能第二次享受同一個時刻，讓影像召喚出他們前一天的情感。有時候他們會停下手邊的工作，迅速地重溫性愛。她的手抓著水槽邊緣，顯影盆裡的照片就此被忘卻，整張變黑。

曼會連續好幾天不接案，他們在背後鎖上工作室的門，電話響時她也不去接。他們會沖印黎的照片，或者曼會作畫、雕刻——他全身充斥著近乎瘋狂的能量，他說這股能量來自於她、來自她在身邊的時刻。他作畫時會求她待在一旁，她也往往應允，坐臥在他畫架旁的扶手椅上，呼吸著樟腦和松節油的氣味，凝視他工作時的神情。他有時畫抽象畫，有時參考她坐著的姿態或是他們的照片——她頸部的線條變成高空走索表演者的平衡桿，她的胸部變成一座穀倉、再變成一座山。他在暗房裡謹慎細心，此時更專注投入得近乎著魔。他要她待在旁邊，但有時根本忘了她的存在，最後黎會氣惱得從他手上搶走畫筆，叫他回神，不斷親吻他，再度將他占為己有。

他們共進晚餐、或僅相鄰而坐的時候，黎有時會盯著他，納悶起自己當初為何以為他們不會在一起。這件事顯得如此絕對。比起初遇他時，他現在看起來就像個完全不同的人。他成了她眼中最親暱的人。他睫毛的末梢、耳朵的渦狀，而今他的一切在她眼中比她自己更熟悉。他聞起來幾乎像松樹的氣味。即使她洗完澡，身上還是聞得到他的味道。她將鼻子湊近肩膀，吸進他的氣息。

在派對上或餐廳裡，她不需要看，就曉得他人在何處，他們會迎上彼此的目光，對視得比旁人更久。他們之間的羈絆顯而易見到人們只要看上一眼，就能想像他們在臥室裡是多麼火熱激情。他們需要彼此。同處一室的所有人肯定都能聽見她的心跳，那一聲聲赤裸的怦、怦、怦。

曼不在身邊的時候，黎就做自己的作品。她發現自己和他一樣湧現熱烈的創作欲。幾個星期過去，她覺得比起棚拍，自己更想去外面走走，於是在曼接下客戶案子的那幾天，她就將祿萊相機掛在頸上，在午後的城市裡長途散步，切過寬敞的大道，越過塞納河，在瑪黑區迷路，當地猶太人好奇地看著這個金髮閃亮、帶著相機的高個子女孩。也許，獨自在城裡漫遊的她應該心懷戒懼，然而相機不但給了她目標，彷彿也保護著她。她喜歡拍攝街景時的靈光乍現，嘗試不同的取景角度，將人物錯置成詭異的位置。她每沖印出一張自己拍的照片、得到曼的欣賞，她就會更有自信，感覺更接近自己想要成為的那種人。

她散步回來時，會帶著一紙袋的法式水果軟糖或馬卡龍，甜點的質地極為輕軟，光是放在舌上就會融化。她拿起甜點餵曼吃，他舔掉她指腹上的糖粒。她回家時，正是夕陽西沉時分，照在她床上的光影就像太妃糖表面的條紋。曼趁天暗下來前為她拍照。她的頸部和軀幹映上一道道陰影，雙腿與被單糾纏著，側躺時浮凸出肋骨的曲線。接著，他將相機放到一旁，在她身邊躺下，撫摸她身上的每一吋，所有他拍攝過的部位，還有他不曾拍攝的部位。她閉上眼，努力集中精神，這感受如此美好，前所未有。當她開始神遊，心思也漂向了他們的照片。

時節邁入春季，樹上的翠綠新葉初冒出頭，一天傍晚，黎回到公寓，在門口停下腳步，詫異地發現一名女子正坐在門廊上。她的褐髮剪成長度到下巴的鮑伯頭，閉著眼，臉龐微微抬起，迎向陽光的暖意。她身邊有個小行李箱，上頭放了一頂綴著面紗的小帽子。

「坦雅？」黎不敢置信地問。坦雅睜開眼一躍而起，兩人擁抱著跳躍，低聲歡呼。

「哦，黎，」坦雅說：「我好想妳啊！」

黎帶坦雅上樓，讓她在房間角落的椅子坐下。坦雅談起她的上一趟旅行，那些瑣事像一道由文字積聚成的甜美河流，流過黎的內心。她總是很享受和坦雅相處時的自在，過不了多久，黎也回到過去的自己，和好友說起了暗語暱稱閒話家常，兩人笑成一團。

「黎，妳真應該看看。我們比預計時間晚到米蘭，天都黑了，只好搭計程車去我朋友露絲推薦的飯店——妳記得露絲嗎？總之，那家叫做賭場飯店，露絲聲稱那裡精采得很。她說錯了，根本是**超級**精采。我絕對忘不了巴辛維太太的表情，她就站在大廳裡，周圍簇擁上一群煙花女子，我很肯定她們是。她連忙拖著我離開飯店，那速度快得我頭都暈了。」

黎笑了。「妳要在巴黎待多久？」

坦雅扮了個鬼臉。「就這週末，巴太太不肯讓我離開她的視線範圍更久了。拜託告訴我一些下流到不行的場所，然後帶我去。」

黎遲疑了。她本來要和曼去一場她期待已久的派對。要帶上坦雅應該很容易，但是要和其他人分享曼，讓她不太樂意。但另一部分的她也想要炫耀他——炫耀她的生活——於是她最後說：「我今晚打算去個派對，離這裡幾個街區的一間公寓，妳要來嗎？」

「那還用說！」坦雅說著在房間裡跳起舞來，哼著不成調的曲子。「派對吔！派對！」

黎著裝完畢，她們一起走向坦雅的旅館。以前坦雅去紐約拜訪她時，她們總開玩笑那些觀光景點只是她們聊天時的背景，在大都會美術館、在歌舞廳，她們聊的都是一樣的話題。在巴黎也是。她們沿路漫步，聊個不停。但是，這次黎還帶了相機，她時不時會放開坦雅的手去拍張照。她覺得自己的心智已然分成兩個不同的層次運作：她一邊聽朋友說話，腦子裡另一個區塊則專注在眼前所見的事物，想要捕捉即將消失的暮色餘暉，她的目光到處移動，一張張照片在她的腦海裡構成而後逸散。有些影像牽動她的心，讓她想保留下來，於是她將它放進景框，對準焦距、按下快門。黎決定拍一張坦雅的照片，拍下她談話時比畫手勢的姿態。她滿懷興味，看著坦雅意識到她在做什麼時變得扭捏起來。

「今晚曼．雷也在嗎？」坦雅問她：「你們工作上還順利嗎？」

黎想告訴朋友她和曼之間的進展，一時卻不曉得該說什麼。曼和照片——她的照片——給自己的感覺都還很鮮明。她不想回答，她想將這些事留給自己，像封閉在蚌殼裡的小粒珍珠。停頓良久，黎清清喉嚨說：「我還沒告訴妳，但是曼和我——我們……」她的聲音變得微弱。

坦雅抬高眉毛。「真的嗎？」

「對。」黎漲紅了臉又心煩意亂，撇開頭，拍了一張聖母院的石像鬼照片，背景是鐵灰色的天空。她放下相機時，坦雅仍瞪著她，但一句話也沒說。

到了旅館，黎忍不住羨慕起坦雅環遊歐洲途中購置的服飾。短洋裝的裙襬比黎以前熟悉的款式更蓬，超短版外套的肩部縫了肩墊。兩個人的服裝尺寸一模一樣，於是坦雅換衣服時，黎就試穿她的縐紗洋裝、試戴珍珠項鍊。坦雅看了，就讓她借去衣服和首飾。黎站在鏡前，欣賞自己的身影：她的雙頰因為走路和期待見到曼的情緒而泛著紅暈，嘴唇近來顯得柔軟而豐滿。坦雅走到她背後，挑剔地打量她，然後將項鍊轉半圈，讓珠鍊像披風一樣垂在她背後。她們出門時，黎感覺自己來巴黎那麼久，終於像個巴黎人了。

派對前，黎帶坦雅到多摩咖啡館小酌一杯，在一個隱蔽的角落，坦雅俯身啜飲滿到杯緣的馬丁尼。她邊喝邊看著黎，漆黑如炭的眼睛瞇了起來。「他幫妳付房租嗎？」她說：「他對妳可是認真的。妳怎麼沒告訴我？」

黎專注地看著坦雅右後方的一組人。其中一個女人很面熟，但黎想不出曾在哪裡見過她。曼的朋友？是不是來過工作室？黎見過曼的社交圈裡太多人，實在記不清楚。

「黎，」坦雅在黎面前揮手，試圖喚回她的注意。「妳應該告訴我。寫了那麼多信，妳一丁點都沒說。」

「我知道，」黎努力讓語氣充滿愧疚。「我只是覺得——這一切才剛發生。發生得太快了。」她不想和坦雅眼神相交，便環顧室內。她發現她們正巧坐在曼和友人的一幅照片下方，那照片已經在牆上掛了十年。她指著站在十餘人中間怒目而視的曼，說：「那就是他，和他達達主義的那群朋友。他們以前常在這裡聚會。」曼告訴過她，以前的多摩咖啡館和現在多麼不同，如今菸斗和政治討論已被八卦和香檳取而代之。黎指著粗粒子的照片，「右邊是崔斯坦・札拉——妳今晚也會看到他，我猜。他和曼合辦了一本叫做《221》的雜誌。妳看過嗎？曼說——他告訴我，那份雜誌可能是我以後刊登作品不錯的管道。」黎掩不住聲音中的驕傲。

坦雅又喝了一口酒。「我知道他就要來了，但是我……」坦雅從杯裡撈出調酒用的洋蔥，丟進口中，慢慢嚼著，神情像在審視著黎，然後才繼續說：「妳替他工作，妳也只認識他認識的人，他還幫妳的公寓付租金。黎，只是這……要是你們之後發展不順利怎麼辦？妳也知道每次妳厭倦交往對象時，都是什麼態度。」

黎悶悶不樂地垂眼瞅著交疊在腿上的雙手，手套上一塊灰燼染上的汙痕讓她分心，她想以指尖抹去汙漬，那痕跡卻愈變愈大，變成一塊灰色汙痕。

看到黎沒有回應，坦雅接著說：「亞蓋爾對妳還念念不忘。」

「無聊。」亞蓋爾是黎離開紐約前的情人之一。他曾駕駛雙座位私人飛機載她飛越閃亮緞帶般的哈德遜河，帶她回家，他們做愛時，他的皮膚還散發汽油味。他也是黎曾經折磨過的一長串男人中的最後一人。這些男人一對她明白示愛，她就不再聯絡他們。坦雅總是在她身旁，知道所有的細節——要是黎願意再想深一些，或許這正是她不想向坦雅談起曼的一部分原因。當黎不談他，他就不會和其他男人一樣出現缺點，黎也可以當個更好的人。

終於，黎說道：「這次不一樣。而且，說真的，女人會成長吧？就算我愚蠢了一輩子，也不代表現在的我會繼續愚蠢下去。」

坦雅伸手越過桌面，捏捏黎的手臂，「妳從來都不愚蠢。」

「呃，可能蠢過一、兩次？」

「好吧，或許。」坦雅說，她笑了，但接著又嚴肅起來，「妳是真的喜歡他，對吧？妳提到他的時候，讓我感覺很不一樣。」

黎點頭。的確不同。當她回想起過往的情人，她只記得自己的煩躁與不滿。他們總是對她有愈來愈多索求，但她沒興趣給予。她在餐廳和他們面對面坐著、或是一起躺在床上時，她大部分的時間都在思考要如何脫身。彷彿他們愈努力想接近她，她願意流露的情感就愈稀罕，最後她覺得她的身體變成了一個牢牢釘緊的木頭盒子。多年前有一次，她想向坦雅解釋，但好友只是疑惑地看著她，沒辦法理解她。所以，現在更不可能讓坦雅知道，曼為何不一樣，他們的相處是多麼敞開而柔軟。她也無法解釋，她和他共度的時光愈長，她就愈渴望他。「我是真的喜歡他，」她只簡短回答：「我很高興妳可以見到他。」

他們抵達派對現場，曼看到黎帶了朋友來，又驚又喜。他勾起兩人的手，帶她們輕快地穿行，加入一場場對話。與崔斯坦的兩個朋友閒談片刻後，曼將她們介紹給一對年長的男女。

「亞瑟、蘿絲，」曼說道：「真高興見到你們。」

亞瑟和蘿絲．惠勒夫婦是曼的主要贊助人。他們不只贊助過他的電影，也總在他工作不順時給他委託案。曼和兩夫婦交情甚篤。往年夏季，他甚至會隨他們一起到比亞里茲旅行——黎看過幾張那趟旅行途中拍的相片，也聽說他們某天為了拍攝羊群將主要道路堵住，讓牠們受困在鄉下好幾個小時。曼的照片裡羊群擠成一團，眼神驚恐，眼白像透亮的彈珠般向外突出。

蘿絲望向黎，臉上笑容燦爛。「**妳**，」她說：「妳一定就是黎．米勒。我們聽了好多關於妳的事——也看過妳，曼幫妳拍的照片真美。」

曼笑著將黎拉近他。「沒錯，這是我的情人。我很高興你們終於見到她了。這位是她從紐約來訪的好友，坦雅．拉姆。」

他們繼續聊著，黎雖然也跟著眾人優雅地啜飲閒談，腦海中卻都是曼滿溢情感的棕色眼眸望向她的表情。他剛才用的字眼是「我的情人」。黎敢肯定旁人都注意到了，他們的視線滿是妒羨。黎如此幸運，能和曼相戀；也如此幸運，能讓所有人知曉這段戀情。

坦雅稍早的疑慮已然消失殆盡，她見到曼不久就被他給迷住了。黎並不意外。曼此刻的心情樂於社交，在場的賓客多是他認識的人，無需裝模作樣，他在這樣的場合完全能夠展現他自己。他穿著深色長褲和白襯衫，簡單而不失優雅。他還戴上自製的電子袖釦，上頭的紅色燈光不規律地閃滅著。每次他比畫手勢時，黎就看見燈光在人群中閃爍。

黎看得出曼對坦雅同樣著迷，但這是當然，坦雅總能迷倒所有人。這也是黎喜歡做她朋友的一部分原因：在任何社交處境下都顯得從容不迫，毫不複雜的直率性格。她們從裡到外都是彼此的反面；黎總覺得坦雅有著天使般純白無瑕的靈魂，自己則像個長滿尖刺、陰暗糾結的鳥巢。不像曼和坦雅，黎往往在擁擠的社交場合中感到緊張，過度擔心她的外表和應有的舉止。

現在，黎搜尋起崔斯坦的身影。自從曼提到他和崔斯坦可能會在雜誌上刊登她的相片，她便忍不住想和他聊上幾句。四下張望的同時，她看見另一個熟悉的臉孔：削平的頭髮、死白的膚色、鬆垮的西裝。「你看——是克洛德，」黎對曼說。他看過去，微微點頭。「我想對她說我多喜歡她的詩。」黎說完便走向她。

克洛德獨自站在角落，大口抽菸。黎走上前對她微笑。「已經是幾個月前的事了，但我想告訴妳，我很愛妳在莫尼耶書店朗誦的那首詩。」

克洛德吐了個菸圈，瞇起一隻眼，彷彿要穿過圓圈中間看著黎。「那不是詩。」

「哦，我以為——那是什麼？」

「我的宣言。我對自身的辯駁。」她的英語帶著濃重的口音。

黎克制想翻白眼的衝動。過去幾個月，克洛德朗讀的字句反覆出現在黎的腦海中，她都忘了她本人有多古怪。黎不禁左右顧盼，試圖優雅脫身。

「妳是和曼．雷在一起的那個人。」克洛德指出。

「對。」黎再度感到一陣自豪。

「他的繆思。」克洛德說，指尖嘲弄地在空中為這個字加上引號。

「其實我是攝影師。」

「是嗎？」

黎試圖以同樣嘲弄的語氣回敬克洛德。「妳也是？我好像聽說過。」

克洛德將手中的菸遞給黎，嘴啣過的一端菸草微微溼潤，她在外套口袋裡翻找起來，然後拿出一疊小卡片，遞給黎一張。上頭是克洛德扮成舉重選手的相片，並寫著一處位在拉斯帕伊大道的地址。

「我正要辦一個展覽。」她說。

黎不認得這個地址，但還是感到佩服。克洛德想必比她想得還出色。「我不知道這裡，」黎說：「是藝廊嗎？」

克洛德的嘴角上揚成輕蔑的笑容。「那地方才稱不上藝廊。店主管它叫藝廊，但我叫它兩棟建築物間的走廊。話說回來那店主也是個——你們是怎麼說的？狗娘養的。整件事都是災難。一開始說只有我的作品，現在變成我還有其他二十幾位藝術家。我一直考慮退展，但又太喜歡看自己的作品掛在牆上。妳不會這樣想嗎？」

黎沒回答，她腦中浮現了一幅景象：她的作品被裱框後掛在牆上。人群在室內簇擁，安靜地在一幀幀相片間移動。那些相片——她的相片——縈繞在他們心中，久久難忘。

克洛德掃視屋內。黎跟隨她的視線，發現她正看著曼。他仍在角落吸引眾人注意，袖釦在昏暗的空間中不住閃爍。克洛德的雙眼暗示性地在他和黎之間來回，表示她能夠想見他們之間是怎麼回事。「大人物，」克洛德說，語氣卻透露出她實際的看法和說出來的完全相反。

黎想到她大可以一走了之，於是轉身將克洛德的菸丟入堆滿的菸灰缸捻熄，順手從一旁的托盤拿起一杯酒。

回到曼的身旁讓她如釋重負。黎靠上她熟悉的皺外套，他結實的手臂又緊緊環繞她腰際。坦雅如往常喝醉時一樣，向她露出迷人的微笑。惠勒夫婦已經離席，曼和坦雅正同一位戴了十或十二串珍珠的年長女士聊天，她將酒杯高舉過頭，像拿火炬一樣。

「然後我告訴瑞米，」年長女人大喊：「我說會毀掉藝術的不是年輕人，年輕人很好，不管人們總批評他們不長腦袋這類的話。事實上，毀掉藝術的正是**商業活動**。」她最後那四個字終結了她威嚴的口氣，然後她搖晃起高舉的酒杯像在強調這一點，杯中的液體緩緩晃動著。

坦雅走向黎，小聲模仿年長女士的口氣：「商業活動。」

但黎對這個話題很感興趣，等著年長女人說下去。

「你們要是覺得，現在的美國人還會請人繪製肖像，」年長女人說，紫褐色的指甲指向曼，「那你可就大錯特錯了。」

曼清了清喉嚨。「真的那麼嚴重嗎？我們還沒多大的感覺。事實上，我才和亞瑟．惠勒談到這件事——」

年長女人打斷他。「我從匹茲堡來的，」她搖搖頭說道：「我去提領這趟旅行需要的錢，但你能想像嗎，他們告訴我他們沒錢。我的銀行！他們沒有**我的**錢！」

曼皺眉，點點頭，又向那年長女士提問，音量低得黎聽不清楚。坦雅轉向黎說：「剛才和妳談話的怪人是誰？」

「克洛德．卡恩，也是攝影師。她準備在附近的藝廊辦展。」黎將卡片遞給坦雅。她瞥了一眼便還回去。坦雅對於藝術並不特別感興趣。

「老天，希望她在那之前能先整理好自己的頭髮。」坦雅說，兩人笑了出來。

「她其實很有才華，」黎說：「不是每個人都有機會在這裡展出自己的作品。」

坦雅優雅地聳了聳單邊肩膀。「很快就會輪到妳了。」

「我也希望，」黎說，但心中只有一小部分相信這會成真。她想起父親上一封信裡的隻字片語。「我父親的攝影作品要在雜誌上刊出了。」她說。

坦雅驚訝地看著她。「他拍攝妳的那些照片嗎？」

「一些建築攝影。」

「哦。」

坦雅從她們小時候就認識黎的父親，她和黎一樣當過他的模特兒，但從沒喜歡過他。她們還一起當他的模特兒，黎到現在都還感到難為情，他父親將她們拍得像情侶而非朋友。黎還沒回信給父親，她將那封信隨手塞進某個抽屜深處，盡量不去想起。

「我喜歡曼。」坦雅輕聲轉換話題，她靠向黎，話語中帶著酒氣。

「真的？」

「真的。我感覺他真的很愛你。」

黎伸手摸摸坦雅的手臂。「他說了什麼？」

「他大部分的時間——直到那女人加入前——都在告訴我妳多有才華。好像是妳拍的某張舊雨傘相片？他說個沒完。」

黎感到自豪，臉卻不由得紅了，趕緊啜了口酒作為掩飾。她不曉得曼喜歡那一張，雖然她的確挺滿意的。曼還在和那女人談話，黎便問坦雅需不需要再來一杯，兩人一起往吧檯走去。她們在那兒站了一會，小口吃著醃蛋，然後乾掉手中的酒，再換新的一杯。她們回去找曼的時候，崔斯坦．查拉也加入了他們的談話，內容聽起來和她們離開前差不多，只不過周圍聚集的人潮變多了。每次黎見到崔斯坦，他都在跟別人進行辯論，從他真誠熱切的表情看來，今晚也差不多如此。他實在該隨身帶個演講臺。

「當階級本身都還是個大問題，還有人在困苦求生之際，我們要怎麼去合理化藝術生產？」崔斯坦喊道。

「藝術從來不需要理由！」某人喊道，一些人跟著以指節敲擊桌面表示贊同。

黎靠過去親吻曼的臉頰。崔斯坦朝她點了點頭便改以更快速宏亮的法語接著說：「他們必須將人們從布爾喬亞式的思維中解放出來。人們在資本主義體制的鞭笞下遭受剝削，剝削本身意味著死亡。」黎拉了拉曼的袖子，想問他雜誌的事，不曉得他們能否請崔斯坦採用幾張她的攝影作品，但她還來不及問，曼就開口了：「我們打算將《221》下一期全部的篇幅都拿來談這個主題。一份全新的宣言，關於藝術和攝影如何將人們的思想從無知自滿中解放。」

又是更多的宣言。說、說、說。或許這些言詞真能改變什麼，但黎現在看不出作用。比起這種好似為了衝突而衝突的公開爭論，她更喜歡和曼在獨處時討論藝術。在工作室裡，他們討論欲望，討論它和飢餓是多麼相似，愛之於藝術又是如何和革命同等重要。黎覺得這些討論有趣多了。但即便如此，那些想法還是讓她感到虛偽，也可能不是那些想法本身虛偽，只是她並不認同藝術必然要傳遞訊息。曼的作品中，她最喜歡的也是無需解釋前後脈絡的那幾張；那些作品只是單純在她觀看時觸動了她。

然而，崔斯坦的發言、他思想背後的熱情還是賦予了某種激勵。黎轉頭望向站在她後頭、一臉不耐煩的坦雅才意識到，過去幾個月她和曼的談話，已然對她的作品本身造成影響。就算她不確定自己想達到什麼，但是讓理念和目標成為她創作影像背後的支撐，相當重要。

今晚她陪同朋友前來，黎看著她，感覺到彼此一輩子的情誼。她從圍繞著崔斯坦的人群往外移動，手臂攬上老友的肩，帶著微笑朝坦雅舉杯。

12

黎和曼躺在工作室的沙發上。她的肚腹和大腿在他雙手的撫摸下沾染著顏料。他將頭靠在她身上，說過去幾個月是他最有創造力的一段時光。那些攝影、繪畫和雕塑——全是他至今最棒的作品。

「是因為妳，」他說：「全是因為妳。」

「那吉吉呢？」她問他。兩人交往的四個月來，曼都不曾提起她，黎也沒提，但還是常想起她。黎向來不在乎男人的情史，卻對曼的過往介意到不願承認的程度。

「不一樣。」

「怎麼不一樣？」黎坐起來扣上襯衫的鈕釦。

「她那時很年輕——」

「我也很年輕。」

他看著她，再次開口：「她那時很年輕，我也很年輕。我在一間咖啡廳遇見她。這段感情是個錯誤——妳不需要在乎這些。」

「不，我在乎。」

黎逼他供出整段故事。那時他剛到巴黎，在丁香園看到一個女人和朋友坐在角落。即便是從布魯克林初來乍到的他，也曉得女人不屬於這裡。她沒戴帽子、披頭散髮、腮紅濃得像結核病人，語調太大聲又急促，帶著刺耳的喉音。曼在紐約老家畫過裸體人像，吉吉鬆散的髮型讓他想起當時常為他擺姿勢的娼妓。她們身段柔軟，也很樂意做這種只要站著不動就能了事的工作。曼第一眼見到她就想保護她。他看一名服務生上前要求吉吉遮掩那一頭亂髮，不然就得離開餐廳。吉吉尖聲喊叫，不願配合。服務生很堅持，於是她從座位起身，爬上餐桌，很快地踩兩步下桌後便往門口走去。她經過時曼伸手抓住她的手臂，歡迎她來自己那桌坐，他會讓服務生別再找她麻煩。他幾乎完全不會說法語，吉吉則英語不通，但不知怎地，兩人對彼此全然神魂顛倒。他帶她吃晚餐、看表演，接著她去了他的工作室、上了他的床，兩人在一起長達十年之後，他才離開她。

「為什麼離開她？」黎想知道，因為她想確認自己比吉吉好，想知道那段感情失敗的原因。

「她太愛吃醋。」

「吃什麼醋？你做了什麼？」

曼一臉受傷地看著她。「才不是！她喜怒無常——太戲劇性！她每晚都唱著描寫背叛的曲子，沒多久她看什麼都是背叛。」他起身走向辦公室。「來，給妳看個東西。」他帶著一小本黑色的通訊錄回來，裡面列著許多人名，全是曼俐落的字跡。但黎仔細一看，有些人名和號碼被修改過，黑色的筆跡重複堆疊，那些字母變得像一頭頭畸形的動物。

「有一天我回到家，發現它變成這樣。」他翻了翻，挑了一頁，遞給她。「我住在費城的表姊芙蘿拉、我的祖母，裡頭每個女人的名字都一樣。」

「你同時和別人交往嗎？」

「不、不，絕對沒有。」

黎一頁頁瀏覽。紙上墨跡的力道之重，翻到背面都能看到，還有幾處筆尖刺進紙纖維留下的凹陷。吉吉在其中一頁的空白處以法語寫下「**狗屎、狗屎、狗屎**」。黎想像吉吉在曼的房間裡握緊雙拳、怒氣沖沖的模樣。但當黎接著翻下去，這個女人的怒氣不知為何牽動著她的心，她驚訝地發現自己居然對這女人產生了同理、乃至於親切感。「她這麼做，肯定有什麼原因——」

「沒有，我對她全心全意。」曼的語氣尖銳。「我和她在一起的時候，全力幫助她。她想畫畫，我幫她買畫布，讓她使用我的油彩顏料。她想演戲，我就帶她回美國探親，替她在紐約安排面試。她想寫作——她想要寫回憶錄，於是我看了她早先寫的幾頁，幫她翻譯成英語。然後將她介紹給我一個朋友，布洛卡，他辦了一份蒙帕那斯區的小報，我想他可能會對吉吉的故事有興趣。唉，他豈止有興趣。她後來成天去他那兒工作。**寫作**。後來她就搬去他家了。」

黎感到疑惑。「所以……是她離開你？」

曼拿走黎手裡的電話簿，放在邊桌，接著穿過房間看向窗外。「不，是我離開她。我清楚向她表明無法接受這種行為。確實如此。我後來發現，布洛卡不但酗酒，還有藥癮，總是在街上遊蕩、自言自語。吉吉和他在一起沒多久——後來好像和她的伴奏跑了。一名手風琴樂師。」

從曼的語氣聽來，他顯然還對往事滿懷氣憤。他沒有回答黎的問題——吉吉吃醋的原因，但她不想逼問下去。她走到窗邊，雙手環抱他，親吻他的耳朵。

她等了一會兒，然後說：「我想見見她。我想聽她唱歌。」

「呃，她有時挺刻薄的。她知道我們在一起。」

「你擔心她會給我臉色看？」黎嘛起嘴，眨了眨睫毛。

曼的手指沿著她的側臉輕揉，又往下揉到頸部。

「妳想知道？我擔心妳們兩個成了好朋友，然後吉吉會對妳說一堆我的壞話，讓妳後悔莫及。她做得出這種事。她真的這麼做過。」

「我還以為你是擔心**我**。」

「擔心**妳**？我覺得妳完全有能力照顧好自己。」

黎走在蒙帕那斯區時，不時會看到吉吉演出的宣傳海報，而無論她怎麼做，都無法將這個女人驅逐出腦海。那週稍晚，她問曼能不能讓她看他拍攝吉吉的作品。她克制不住自己，而他從不放過展示自己作品的機會，所以當他走去檔案櫃拿出資料夾時，她也不太意外。

她第一時間的感覺是鬆了一口氣，脖子上原本沒意識到的緊繃也緩和下來。這就是全巴黎最美的女人？以黎的美國眼光來看，吉吉就像發酵過度的麵包一樣臃腫、妝感俗氣、髮型過時至少二十年，臀部寬而垮，猶如半空的麵粉袋。

然而，其中某些構圖又熟悉得令人不適。曼房間的窗簾，和現在的一樣。那是吉吉稍微轉頭的模樣——曼拍了她的頸部特寫。那也可能是黎的頸部，畫面是如此相似。曼似乎不期待黎的評論，不住叨唸著他拍攝某張照片時的想法，或是停下來檢視其中一張，然後闡述他現在會如何改變沖洗方式。

他給她看了至少一百幀相片。看完之後，她沉默不語。曼問她的想法，黎猶豫片刻後，做了她認為必要的回應：吉吉很美。

「當然，」曼說：「但妳覺得作品本身如何？」

13

「比亞里茲。」曼說。

黎在作帳，曼坐在房間遠處角落的桌子前。他這週的工作約都已經排滿。

「比亞里茲？」

「走吧，」他說：「我可以去開車，我們開車過去。妳沒去過，對吧？」

她幫他打電話，道歉電話——曼．雷非常抱歉，但他剛好家人過世，可以重新排約嗎？一部分的她明白曼應該要考量財務狀況、不該惹火出錢的客戶，但要無視這些想法也不難。倘若他不擔心，她也不需要。

她花了一小時收拾、回家打包行李，等她從住處下樓，他已經停好他的Voisin敞篷車等她，那輛又大又長的車就像動物一樣在低吼著。黎從沒搭過這麼高級的車。她綁上條紋頭巾遮住頭髮，手臂放在皮革表面的車門上，感覺自己魅力四射又淘氣叛逆。路程中，她的手大都放在曼的大腿上。

由於車程漫長又路況不佳，他們在普瓦捷停留一晚，像觀光客一樣漫步在鵝卵石鋪成的街道上，在一間小餐館點了裸麥麵包和紅酒燉牛肉當晚餐。燉牛肉的肉汁散發出濃郁的干邑白蘭地香氣，佐以紅蘿蔔、馬鈴薯和小洋蔥。黎吃得太多，離開餐廳時洋裝的腰帶都變緊了。夜裡，他們在旅館的小房間裡做愛，只靠著明亮的滿月光輝穿透沒有簾子的窗戶凝視彼此。到了早上，他們在床上吃可頌當早餐，手指沾奶油，滑溜溜的，飄著砂糖和酵母的香氣。他們走到外頭，耀眼的陽光讓他們不禁抬手遮住眼睛，這和巴黎的光線是如此不同。黎拍了幾張相片，司法宮上的高塔彷彿戴著小丑帽的人，她感到前所未有地愉悅，心情自在、明朗又愉快。他們走過陸橋時，她轉向曼。「讓我拍你。」

「我沒讓人拍過照。」

「別傻了。」她說，相機舉到眼前。

他聳肩一笑，同意了。她先取景，石製寬扶手向後延伸至地平線某處，相機稍微傾斜，讓他的身體與後方的街燈平行。他套上白色圍巾、下身是奶油色的亞麻褲。他笑著，淺而淡的笑意，風將他的頭髮和圍巾吹往一側。他看起來略顯老態、有些疲倦，但這莫名讓她更迷戀他。

他們開了整整兩天的車，終於抵達比亞里茲，這裡的景致就像一張張明信片。他們進城時，適逢日落時分，曼打開Voisin的頂篷，載著兩人從舊港廣場一路行駛前往拔地而起的貝爾薩別墅。那棟房子就像是直接在砂岩峭壁上雕鑿而成。曼將車子停在附近，兩人沿著小徑往上走到別墅大門。

黎等著曼訂房，同時欣賞大廳的優雅陳設和厚重的絲絨窗簾。他拿著一把大鑰匙走向她，她看了微微暈眩。他們已經等不及了。上樓梯時她走在前面，他一邊走一邊大膽地摸上她的雙腿間，炙熱的手指碰觸長筒絲襪蕾絲上方的肌膚，他摸得如此深入，肯定感覺到她雙腿間濡溼的溫熱。旅館房門一關，他們立刻跳上床。他們做愛——是她一貫喜愛的速度和力道——窗戶開著，她聞到大海和鹽分的味道，她覺得自己往後想到他時，可能都會想起鹽。事後，她向後靠在一個大枕頭上，第一次好好地環視四周。旅館房間的牆面覆上紅色錦緞，吊在天花板的紅色帷幕垂落於床頭板，連梳妝檯和座椅上都披了一層紅布。

「這是什麼地方？」她問他。

「很棒的地方，不是嗎？」他說，她的表情令他大笑。「等妳到歌舞廳就知道了。」

他們小睡一會，再度做愛，之後離開房間用餐，讓一堆海鮮料理撐滿肚子：白酒淡菜、橙漬鰤魚，以及某種黎沒吃過的魚做成的生魚冷盤。酒不斷續杯，黎感覺自己似乎永遠吃不飽。像這樣吃——想吃什麼就點，甜點盤裡的最後一點糖霜也掃得乾乾淨淨——她覺得彷彿回到童年，片刻間她變得焦躁難安。然而，曼隨後帶她走進歌舞廳，裡面就像他保證的那般絢麗奢華，她很快又放鬆下來。他們坐在鏡面的桌子旁，膝頭緊靠彼此。舞臺上的女人穿著綴亮片的胸罩和高聳的羽毛頭飾跳起了搖擺舞。音樂既大聲又俗氣，表演結束後仍然持續演奏，大部分客人都起身跳舞。曼拉著黎到舞池。他跳起舞來奔放不羈，不太優雅但充滿歡欣，讓她忍不住跟著他的步伐，愈跳愈忘我。等他們跳得滿頭大汗、喘不過氣，曼從兩人桌上摸走一瓶酒和兩個杯子，然後他們上樓，爬上紅色大床，聊到凌晨三點。藝術、靈感、繪畫和攝影間的差異，對話本身也像舞蹈一樣，反覆迴旋到她近乎喘不過氣。

白天，兩人走路到處女岩，然後又去大海灘，在那裡打赤腳沿著乾沙地散步。現在是五月中句，夏季前的海邊並不擁擠。一排排的遮陽篷無人使用，因為黎想要，曼便去租了一個。他們打開帆布門簾，看著一波波白浪起伏。黎的身子半掩在遮陽篷下，一半曬著太陽，頭上戴著向路過推車攤販買的巨大遮陽帽，起身時只是為了在腿上潑點水，想感覺海風吹過肌膚。曬乾的海水在身上留下細絲狀的鹽分痕跡。曼在一旁的躺椅上打盹。她看著他放鬆的下巴，脖子周圍的肌膚也鬆弛下來，全然平靜。黎決定趁他睡著時去晃一晃。她帶著相機往滿是時髦旅館的濱海人行道走去。著反摺長褲的草帽男子和穿絲質寬褲的女郎手牽手散步。黎拍下沙灘上小蘑菇般一排排散開的遮陽篷，還有扛著巨大陽傘邊走邊吵的情侶。海灘邊緣有個女人在販賣天然海綿做成的項鍊，黎喜歡極了，買了一串要拿給曼看。項鍊聞起來有鹽水和深海廢棄物的味道，但她還是戴上了，然後回去找他。他還在睡，於是黎在他身旁坐下，稍微往太陽的方向轉頭。幾分鐘後，他睜開眼看見她，接著拿起她的相機。她沒有移動，在他拍照時閉上眼，陽光溫熱了她的臉，像融化的奶油般流入骨髓。

離開前，他們回到遮陽篷，拉上門。四周厚重的帆布擋住海浪聲，只剩細語般的輕響。他們將毛巾鋪在柔軟潔白的沙灘上，躺在上面，然後曼親吻她，吻得既深且長，彷彿要將她飲下。黎震驚於自己對他如此渴望。她拿起他的手放上自己腰間，他解開她的褲釦，以拇指褪下她的內褲撫摸她，直到她全身虛軟顫抖，她溼潤的肌膚沾上薄薄的細沙。之後，她靠在他身上，身體全然放鬆。他緊抱她，她希望這一刻能延續到永恆，沒有任何事物能破壞她此刻的感受。

黎心中浮現了那句話，但她希望曼先說出口。她將注意力全轉到他身上，希望他說，還讓頭蹭了蹭他的胸口，又清了幾次喉嚨。**我愛你**。兩人都沉默了一陣，傾聽海浪輕拂岸邊的聲響。

終於他說：「我希望妳別在我睡著的時候出去散步。」黎微微坐起身好看著他，但他的眼睛閉著。

「為什麼不行？」

「我們在一個不熟悉的小鎮。我不知道妳跑去哪裡。而且妳一個人——我會很擔心。想到其他男人看到妳，我會不開心。」

「其他男人看到我？」他在開玩笑吧。「所以你睡著的時候，我都得坐在一旁等你醒來嗎？」曼睜開眼看著她。「也許照妳的說法，聽起來的確有點荒謬。我只是……我需要妳，黎。」接著他更溫柔地吐出話語：「永遠別離開我。」他拉她躺回他的胸口，輕撫她的髮絲。

這並不是她想要他說的話。然而，其中還是隱含令人興奮的成分。那種脆弱。他給予她的權力。她想要有所回應，讓他知道她明白他袒露了一部分的自我，於是她將頭靠在他肩膀上，低聲說：「我不會。」

倘若留在他身邊，能讓她永遠像這趟旅程中一樣快樂，這算不上困難的承諾。「我們能不能每年都來這裡？」她問他。

「我會再開心不過。」

黎想像兩人未來將共同創造的生活儀式，想像二十年後的情景，比起現在會是錯落在他鬢角的白髮、更明顯的皺紋、更深陷的眼窩。他會像個老男人那樣抱怨，而黎會成為疼惜這種男人的女人，手提包裡裝著他的通寧水。他的愛會讓她成為那樣的女人。

曼將她抱得更緊，兩人靜靜躺著，直到黎變得全身發燙，遮陽篷裡也悶熱起來。她往後坐起身，稍微整理衣服，然後再次拉開門，眺望大海與地平線的模糊界線，同時欣賞門廊框起的景觀。

聖馬洛
一九四四年八月

黎還沒看見飛機朝堡壘俯衝，隆隆轟響和嗡嗚就已響徹天空。飛機的姿態完美地同時打直，引擎運轉聲被炸彈的嘶嘶巨吼取代。轉眼間一片混亂，堡壘爆炸起火。黎拍到一張投彈的影像，以及一名士兵遭煙霧籠罩、身體成了火焰畫出的剪影。戰爭結束後，她才知道這是美國首次使用汽油彈——這不只說明他們為何審查她的照片，也解釋了當時烈焰何以像糖漿一樣黏在那名士兵身上。

攻勢持續不久。耳鳴不已的黎從堡壘下樓回到總部，但槍響跟隨著她，開槍的位置近得她幾乎能感覺到那股反彈的後座力。她迅速閃進一座地窖，躲藏起來，蜷縮身子抓緊胸前的相機。地洞裡瀰漫著戰爭和腐敗的臭味，牆上濺滿血般的液體。黎往前踏一步，鞋跟踩到某樣東西，感覺像屍塊，她在慌亂之下跑回街上、拔腿狂奔。她的耳鳴嚴重到無法集中精神。這時有人朝她大喊，起初她還沒意識到那是盤查，轉身才發現四名陸軍士兵正盯著她瞧。

「妳是……女人？」其中一人問道。

黎很驚訝他發現了。她知道自己現在看起來是什麼模樣，髒到能以指甲剝下肌膚上的泥土。但這些男人很高興能看到一個貨真價實的女人，還是從紐約來的。**繼續說話吧**，他們懇求。**我們太想念祖國女孩的聲音了**。更多槍響傳來，他們尋找掩護，後來躲進了一座附近的酒窖。一箱箱的酒瓶陳列在牆上，蘇玳、隆格多克、麗絲玲。槍響總算停歇，士兵們能拿多少就拿多少。那天晚上回到飯店，黎和這群士兵在宵禁時間用髒床單將偷來的水晶杯擦得發亮，要拿來喝酒。

「一個波啟浦夕女孩跑來這種地方做什麼？」一個士兵含糊問道，手指著黎的方向，手裡的酒從杯裡灑到褲子上。他的臉頰布滿剃刀傷痕和青春痘，夾克上有一等兵的V形臂章。

「不該只讓你們找樂子啊。」黎回答。士兵們都笑了。黎瞅著那個一等兵。「你殺過德國佬嗎？」她問他。

「我在安濟奧[16]作戰。」

「但你殺了嗎？你自己殺的。」

其他人已經轉到別的話題，於是黎挪動身體靠向他。他點點頭，沒有看她。「我開槍射死一個狙擊兵。他殺了坐在我旁邊的朋友，我就開槍射他。」

「那是什麼感覺？」

「沒什麼感覺。」男孩的聲音因為酒意而變得混濁。「但我一直想到他。他的金髮好亮，簡直像白色。不曉得為什麼，但我忍不住想他母親肯定很想念他。」

黎感覺從肚腹間湧上一股濃烈的憎厭感。「他母親是怪物。他們全是怪物。要是我能開槍射他就好了。」

那個士兵驚訝地看著她。房間另一頭有別的士兵想給黎看他家鄉女友的相片，她便離開男

16 Anzio，位於義大利中部的城市。

孩，過去找他。相片裡的女孩戴著端莊的珍珠項鍊，露出充滿信任的微笑。黎討厭她那種乾淨嬌慣、安全地窩在印第安納老家的模樣。

酒瓶傳來傳去，他們熬夜，喝酒聊天。等早晨的陽光從遮光簾的縫隙裡透出，士兵們紛紛打起了哈欠，有的拿借來的毛毯躺下，或是靠在牆邊坐著入睡。黎幫自己再倒一杯酒，盯著酒杯表面魚眼變形的倒影良久。接著她站起來，腳步踉蹌地往刀疤一等兵就寢的角落走去，他的嘴像孩子一樣張開。黎伸出靴子輕踢他的腳，踢醒了他，他臉上掛著困惑的笑容，彷彿她也是夢境的一部分。「過來。」黎悄聲說。他跟著她到走廊上的一間空房間。她一把將他拉進來，推他坐到床鋪邊緣，他一臉驚訝又期待似地仰望她。他肯定比她小了有十五歲。

「女士？」他說。

「別出聲。」黎脫下他的靴子，然後在她鬆開自己的鞋帶時，他扭動著身體脫掉制服、裸身往後躺在床上。他的肌膚蒼白得幾近透明，胸膛平滑無毛。黎想要襲擊他。她爬上床趴著，示意他到她後面，等他就定位後，她伸手幫他進入她體內。

「動手。」她說。在安靜的房間裡，她的聲音彷彿來自某個憤怒的陌生人。腎上腺素在她體內流竄，她在腦海中召喚出這男人殺死的金髮士兵的畫面，憎恨在她血液裡沸騰。黎不曉得自己何時變成這樣的人，受怒火驅使，但她喜愛不顧一切的壯烈感，她的情緒自由奔竄。

「用力。」她說。

男孩欣然照辦，但幾乎還沒開始就已經結束。等他在床鋪上翻身離開她、悄聲說他很抱歉的時候，她幾乎看都無法看他一眼。

幾個小時後，黎走出去，天空豔陽高照，萬里無雲。昨日轟炸時濃重的煙霧，如今居然回復一片晴朗。她走過的城市遍布坑洞，大樓成了瓦礫堆疊的空殼。黎自己也成了空殼。她走了幾公里回去找她的護送部隊，行經之地皆未能自轟炸中倖免。

14

時序又來到六月，黎意識到自己來巴黎已經滿一年了。這座城市對她來說依舊新鮮，但她終於安頓下來，有習慣出沒的場所，逐漸凝聚起歸屬感。天氣好的時候她會漫步去離住處不遠的蒙帕納斯公墓，或是到文森森林望著在平靜湖面浮沉的小船和天鵝。她總是帶著相機，拍下旋轉遊具上的雕刻豬，以及孩子們等候玩鐵圈遊戲的熱切神情。到了傍晚，她和曼會到菁英咖啡館或圓頂餐廳享用美食，幾乎每次都滿意得毋需多言。有個黎特別喜歡的玩具小販常在菁英咖啡館擺攤，每次他來到他們那桌，曼都會買一隻玩具狗給她。黎的衣櫃上已經有一整組收藏了。

她幾乎不再像初抵巴黎時那樣會驀然陷入憂鬱。每當想起剛來到這座城市的時候，回憶都透著些許寂寞的滋味——雙手緊抱胸前在市內漫步，蹺著腳坐在床邊時腿上擺著速寫本，或是在商店櫥窗瞥見那滿臉憂愁的倒影。搬來這裡比她預期的還要困難。但如今那些回憶彷彿早已遠遠超過一年，她當時的模樣也變得遙遠而陌生。

有時候，曼晚上會和同圈子的熟人外出。現在金融問題和貨幣短缺消息頻傳，焦慮感在大眾之中瀰漫。他們去德羅索家，試圖討他歡心，希望賣出幾件作品；或是去崔斯坦那間神祕的家族財產撐起的奢華公寓；有時又待在曼暗暗抱怨氣氛和價位的多摩咖啡館。

黎曾經陪他去崔斯坦那裡，最終是場災難。她是在場唯一的女性，所有男人都因為她在場而覺得煞風景。連曼都變得不太一樣——自負又輕浮。他們的話題圍繞在性事：口交技巧、同性情慾、超現實主義藝術裡的插入描繪。賓客們不住看向她，似乎等著她發表意見，還稱呼她曼・雷太太。她不確定自己究竟該作何反應。一開始她隨著話題隨興發笑。她對於雙關黃色笑話一概不拒，也欣賞曼在作品裡安排的視覺雙關——他相片裡形似生殖器的打蛋器，或是他拍攝桃子的特寫——但當她嘗試向眾人開黃腔時，曼卻投以不贊同的表情，讓她顧慮起他的看法。倘若對話中有女性在場，男人就不必做出驚嚇的反應，她不禁想自己是否該故作震驚。到了午夜，所有人都醉得像女學生一樣吃吃傻笑，黎決定起身回家。

所以，現在曼晚上偕朋友外出時，她大多獨自在家，或是回工作室多完成一點進度。這也是她認為暗房美好的地方之一。徹底與世隔絕，時間也將失去意義，只剩下提醒她顯影與定影的節拍器。從暗房裡微弱的暗紅色光源調適到城市的夜晚並不難，她往往一回家就直接倒頭大睡，一夜無夢，連晚歸的曼都叫不醒。有時她很亢奮，精力無窮，她會戴上帽子在家附近閒晃，直到疲憊才返家。太陽要到快十點才會下山，之後天空仍會殘留些許光線，灰藍色的雲層會遮蔽星空好幾個小時。下雨的夜晚，路上會冒起溼氣，在黎走路時環繞在她腳踝邊。

曼幫《221》雜誌寫的文章暫時停擺，然而隨著截稿日逼近，他的焦慮也與日俱增。原來曼寫作的時刻是這麼令人難以忍受。他會在辦公室裡把紙揮落地面，猛力搥打他的大型雷明頓打字機，製造出擾人的巨響。有時候他會讓手指停在鍵盤上五到十分鐘，然後像發了瘋似地拚命敲打，最後從打字機上扯出那張紙丟在地上。黎的工作被迫移到一張小邊桌進行，注意力也不停被他的嘆息和提問所打斷。

「這樣如何？」他說，然後大聲朗讀：「『藝術家的形式就是感知的形式。經由感知和再製現實，藝術家得以創造出自身經驗的仿生體，這同時是藉由藝術家之眼看到的新形式，且在終極層面上，是存在經驗的次等擬像。』」

「嗯，」黎放下手中的鉛筆說道：「你到底想說什麼？」

他呻吟起身，將稿紙揉成一團。「我想說的是當我看著妳的照片，我想精準感覺到和拍攝當下同樣美好的感受。攝影能夠捕捉真實，但它要如何捕捉情感？情感不就是真實之所以真實的原因嗎？」

「那你何不這麼寫就好？」

「我是這麼寫！或至少我在嘗試。」

「有時寫得直白一點更好。」黎說，回頭處理她的信件。

有天晚上曼隨朋友出門，黎獨自去拉斯帕伊大道上的小藝廊看克洛德的作品。展覽名稱是「面具」，每一位參展攝影師都對此主題做出不同的詮釋。克洛德總共展出三件作品，她分別在其中扮成不同的造型：宣傳卡上的舉重選手、頭髮燙成小捲的泳者，以及頭戴議會假髮、身穿麻布洋裝的護士長。作品很棒。甚至教人目不轉睛。黎在狹窄的走道上來回欣賞——克洛德說得沒錯：這間藝廊更像是兩棟房子間的通道，而不像個完整的空間。她充分吸收了所有展出的作品，看著這些相片讓她妒羨得身體發痛。

離開時，黎判斷自己應該是餓了，打算讓食物來消除那種隱隱作痛的匱乏感。街上一間小餐館的大理石吧檯空出座位，黎點了一份濃稠的肝醬佐開心果，旁邊附上一小碟黃芥末，配著白酒沖下肚。餐點很美味，但她感覺又脹又累。她沒回家，而是回暗房將同樣的負片重複沖印好幾次，每次都出現不同的問題：一張曝光不足，下一張表面卡了一根頭髮，另一張角落有黑點。每次沖印出來的成果都不像樣，黎挫敗地咕噥一聲，重新準備負片，再試一次。

截稿日到了，曼才寫完他的文章。那天晚上他在工作室待到凌晨三點，黎先回家，但她想像他在辦公室裡的樣子，又是喝酒又是扯頭髮，頭髮老是給他抓得像個雞毛撣子。

他回來悄悄脫掉衣服，以免吵醒她。她睡眼惺忪喃喃問他：「寫完了？」

「嗯，完成了。我定了個題目叫做〈我們的時代之光〉。」

「〈光之年代〉，」她說：「這樣更好。」

「更棒！」他讚賞地說：「妳這方面很厲害。」

「我在很多方面都很厲害。」

「絕對是。」曼說著在她身邊躺下。黎蹭向他，直到她的身體和他完全貼緊。

黎某天下午散步時，突然有了靈感。一個女人，不是黎，跪在桌子後方。桌面上有個鐘形罩，女人的頭部與它切齊，所以看起來像是頭浮在玻璃容器裡。黎太喜歡這個點子，便開始速寫，很快就畫滿整本筆記簿。然而在她透過鏡頭構圖之前，都無法確定這個點子是否行得通，於是她先在攝影棚裡實驗，不用模特兒。那時她才理解到愛蜜麗的優點，一個可以任意替換、就只是擺姿勢的模特兒。基於某種緣故，她不想將她的創作計畫告訴曼，想要這個計畫只屬於她。於是，她在他以前曾徵人的藝術學校貼了啟事，沒過幾天就收到了回音。

黎叫那模特兒早上七點來攝影棚，遠早於曼來到工作室的時間。光線很理想，模特兒很漂亮，也很合作，儘管當她察覺相機背後站的也是個女人時，明顯流露出訝異的神色。黎感覺自己愈來愈果斷，善於指揮。她只花了一個小時，就捕捉到想要的鏡頭。

15

這件晚禮服是借來的，曼不曉得用了什麼方法才弄到手。黃綠色的水波紋，上半身精緻的馬甲是由小片的絲綢拼成的，就像層層堆疊的綠葉。一排閃亮的鈕釦一路延伸到收緊的腰線，腰身收得比時下流行的樣式更高更緊。裙子的長度及地，有短拖尾，黎穿起來完全合身，簡直像是為她所訂製。她穿上禮服，曼看得目不轉睛，等他們抵達巴杜宅邸，她感覺在場男女賓客的目光也都在她身上。曾有人對她說過，盛裝打扮是為了給其他女人看的。她環視場內，眼光被女客吸引，男人只是背景，不時彼此偷瞄的她們，被襯托得豔麗如蜂鳥。黎打從心底相信那句話。

「很驚人，對吧？」曼湊近她低語。他挽著她的手，領她踏進奢華的大宅內。他幾年來接了尚．巴杜不少案子，他說他只是為了參加派對才接的。「他應該可以付給我好一點的薪水。我們去多喝點香檳賺回來吧。」

這個計畫看起來毫不困難。幾十名服務生在室內繞行，托盤上排滿香檳杯，黎一逮到機會就拿一杯，然後走到一處壁龕，她心想自己站在窗邊一定很美。

這個場合不是曼的，反而比較適合她。他穿起燕尾服略顯彆扭，她想叫他別再拉領結了。倘若是在紐約，她會認識在場的很多人，但一個人也不認識的感覺，某方面來說也不錯。黎注意到房間對面有兩個格外俊美的男人，長相酷似，應該是兄弟。她試著不動聲色地欣賞他們，而他們也在掃視周遭，她驀然發現他們似乎正朝她的方向走來。他們身上的西裝自在服貼，彷彿那是他們天生的衣服。她挺欣賞那套窄版西裝褲樣式，褲腳截短在閃亮的皮鞋上方。

黎在腦海裡搜尋適當的辭令，好在他們讚美她時得體回覆——現在他們很明顯正走來要向她攀談，但她什麼都還沒想好，而他們已經站在她面前了。

「曼！我們可想你了！」其中一人說著英語，俄羅斯口音很重，但相當高雅。

他們幾乎看都沒看黎一眼。曼拉了拉襯衫領口。另一人——他們相似到簡直是雙胞胎——又說：「我們下週四約在迪米崔家。你會來嗎？」

他提問的同時，伸出手幫曼調整歪掉的領結，然後指尖輕輕拂過曼的臉頰。這個小動作就在片刻間，黎原本應該很容易忽略，但她沒有。那是一個無心而親密的動作，就像在陌生人面前不慎喊了戀人的小名，他們之間有些什麼引起了她的好奇。

曼顯然不太自在，只回覆他也許會去。終於，兄弟倆看向她。他們又對曼說了幾句話，她聽不太懂，然後他們便走開了。

「你怎麼沒介紹？還真體貼。」黎等他們走後才說。

曼瞪了她一眼。「阿歷斯和戴尼．迪梵尼。我以為妳知道他們——或是聽過他們。」

「我沒有。」

他說了一個冗長曲折的故事，聲稱那兩兄弟在最近的一場派對上惡作劇，晚餐吃到一半就去換穿粗布工作服，堅稱要提早離席，好去工廠上班。

「他們在工廠上班？」

曼從鼻孔哼氣。「他們和某個沙皇還是哪來的貴族有親戚關係。他們只是在搞笑。」

「聽起來挺好笑的。」

黎的心情被破壞了，顯然曼也是。他們雙雙喝完一杯香檳，又拿一杯。

「他們邀請你去做什麼？」她終於問。

黎看得出他不想回答，但還是沉默且富耐心地盯著他，直到他不得不答話。「保羅和崔斯坦——妳知道他們都出身極好——和迪梵尼兄弟是同一個社交圈的。我們約莫一個月會聚在一起討論藝術。」

「討論藝術。」

「對。」曼說。他說話時又拉了拉領口。室內很熱，他冒著汗。她不了解他到底想對她隱瞞什麼，又為何要這麼做。

他們回到黎的公寓時，已經很晚了。她堅持兩人一起留在公寓過夜，因為她要穿脫洋裝和存放都很麻煩。曼笨拙地摸索包布鈕釦。她舉高手臂，讓他幫忙她從禮服裡出來。他將硬挺的絲料拉過她的頭時，黎意識到自己喝得有多醉，去刷牙之前，她先在地板上坐了幾分鐘，對著鏡裡的倒影打嗝，聽曼在另一間房裡跌跌撞撞。那股不愉快的情緒還在，他們爬上床，棉被拉高到下巴，兩人之間隔得很遠，黎還得克制自己不滾向床墊中央。就她記憶所及，這是他們第一次這麼疏離。

最後她開口：「你今天晚上讓我難過了。」曼過來抱她，但她伸出手臂推開他。「到底怎麼了？為什麼你不告訴我……？不管是什麼事。」

外面有一輛車停下，傳來人們談笑及甩上車門的聲音。更遠處是一陣尖銳而持續的警報聲。

「妳有沒有……」曼的聲音變得高亢，帶著遲疑。「妳喜不喜歡……」

她等他說完。

「有時候我會喜歡……被綁起來。」

房裡太暗，她看不見他的表情。她太緊張了，內心一部分的她想要大笑。但她可以從他的語氣聽出來，他多想要坦白這件事。

黎已經醉得感覺不到自己身體的輪廓。曼等待她回應。她聽得見他的呼吸，她發現自己想要讓他等。另一層樓傳來腳步聲。

她等到他準備道歉或一副想解釋些什麼的時候，快速爬起來。她赤腳踩在冷冰冰的地板，腳步略微踉蹌。椅背上掛著她的條紋圍巾，她走向衣櫃摸索著另一條。

黎俯跪在他身邊。「這個可以嗎？」

她的床附有黃銅矮床柱，每當他們做愛時就嘎吱作響。她伸出拇指和食指握住他的手腕，感覺到他脈搏加速。

握著曼的手腕時，她又想起了那對兄弟，他們摸他臉頰的表情。

「你曾和他們**在一起**嗎，那對兄弟？」黎將他的手腕緊緊綁在床頭板上。

「嗯。」他說。

「幾次？」

「沒幾次。和妳在一起之後就沒了。」

黎對曼的回答並不意外。她不曉得原因，可能在派對上看到他們碰他的當下她就知道了。要是女人，她肯定會火冒三丈，但想到這些男人在一起的畫面不知為何讓她起了興致：兄弟的其中一人、或是兩人都在、被綑綁起來而卑屈順從的曼。他們之中的權力。

她綁住他另一隻手腕。

「你喜歡和他們在一起嗎？」

他的聲音低到她幾乎聽不見。「喜歡，但——」

黎打斷他。「我不在乎你們做過什麼。既然現在你和我在一起，就別再那樣做。」

曼還穿著衣服，黎起身脫去他的衣物，讓他的身體完全裸露。他的臉和身體都籠罩在陰影中，眼白在僅有月光照明的房間裡發亮。黎站著低頭看他，等待自己的呼吸平緩下來。接著她跪下，捧起他已經勃起的陰莖放入口中，雙手同時撫弄著。她只做了幾次便停下，再次起身好低頭看他、挑弄他、讓他等待。他的視線沒有離開過她。她的手放到自己的雙腿間愛撫，同時享受著他旁觀她這麼做。

「黎，拜託……」過了一會曼小聲地說。

她等到自己也忍耐不住，才再次彎下身子。

事後，她最驚訝的是自己多麼喜歡這一切。掌握權力的感覺多麼美好。

巴黎
一九四四年十二月

苶齊巨林讓黎的牙齒陣陣作痛，卻也幫助她寫稿。大衛幫她從其他士兵那裡再弄來了一些，現在她有足夠的存貨撐到文章寫完。她起床就吃了一顆。敲開管子後小心拆開裡面的紙片，弄成一顆藥丸配熱水吞下，因為已經沒人有咖啡了。接著她坐在克難的書桌旁，手指放在打字機鍵盤上，輕撫著圓滑的邊緣。不久，感覺來了，文字就會泉湧而出。那些她焦躁失眠又爛醉得爬不起來工作的夜晚，閉上眼躺在床鋪看見的文字。旅館的窗戶外頭擺著幾個儲油桶，有的裝滿覆盆莓，有的是琴酒，統統都是觸手可及的誘惑。她得先寫出草稿來。

她最新拍的一張相片擺在她桌上。相片中，幾名外科醫師圍著一個截肢的傷患，他們抱著他的姿態彷彿令人驚恐的聖母慟子像。黎拍攝時難以掩飾內心升起的反感，所幸士兵已失去意識，看不見她的表情。再看一次相片，比苶齊巨林還醒腦，黎盡可能迅速再打了幾行。她重讀一遍，紙上的黑字和她腦海所見截然不同。這樣寫不對，全都不對。她的照片爛透了，文章也一樣爛，她會讓奧黛麗和任何信賴她的人失望透頂。她還天真得以為自己有能力當作家？焦慮從她肚腹深處升起，像隻受困的小鳥在她喉嚨裡慌亂振翅。黎猛力蓋上打字機的蓋子，捶牆壁叫大衛來。他立刻就出現了。他曉得她亢奮過度，但他沒多說話，只是上前替她按摩脖頸肩膀，直到她的心臟不再撲通狂跳。

他讓她冷靜下來之後，拿起她桌上那疊相片跳上床。

「這張，」他說，拿起剛投降時她在巴黎拍的一張照片，是凡登廣場上一名穿著襯衫式風衣的女子，被框入破碎的櫥窗邊緣。「老天，妳強調彈孔的方式真好。」

「你真的這麼認為？」

「真的。」

他的讚美讓文章找回重點。黎回頭再敲出一個段落，只因語氣問題而中斷一次。完成後，她將打字機滾筒上的紙拉下來，遞給他。他慢慢讀著，但這次黎不需要他告訴她寫得很好。她已經知道了。他一邊讀，她推開窗戶取來一個桶子，斟滿兩只玻璃杯。時間還不到中午，但最近，她將每件事都當成慶祝的理由。

16

七月，巴杜宅邸派對約莫一個月後的溽熱夜晚，曼再次外出，黎在工作室待得比較晚。她最近在處理鐘形罩系列照片，現在已經有一小組作品了，成果令她很滿意。取景讓模特兒的頭看起來像漂浮在鐘形罩裡，儘管她是跪在後頭，卻像一件被困在玻璃後方的標本。其中幾張模特兒的表情迷濛，另外幾張她閉起雙眼、頭往一側微微抬起。每一張都帶有些許幽閉恐懼的氛圍，讓人感覺既衝擊又熟悉。黎開始以這種方式來理解自己的作品：她有意識地召喚某種感受，而非碰運氣拍出好的畫面。

黎決定如果今晚能完成這個系列，她要拿去給曼。這是她目前最好的作品，而她一直在等所有照片都沖洗出來。也許其中四張可以裱在同個畫框裡，或是排成三連圖，發表在《221》上。以系列作呈現效果最好，好像它們本身就是一組標本。或許等哪天她能辦自己的展覽，這些作品可以釘在牆上而不裱框，或是放在鐘形罩裡展示，也許會創造出最強烈的衝擊感。

黎現在已能輕鬆地在暗房裡移動。暗房幾乎成了她第二個家。

沖印完，黎回到沖洗室裡。還剩一卷鐘形罩系列的底片，她很好奇都拍出了什麼。她依據先前學到的技巧，備妥工具後關燈。但每當四周陷入黑暗還是讓她湧生畏懼。她的手摸上底片和開罐器，打開底片罐、準備將底片泡入顯影劑裡時，猝然感覺到一個搔癢的小東西正竄過她鞋子，直直往她腿上衝。黎大叫一聲丟下底片，瘋狂地甩動雙腿，在慌亂中伸手打開天花板的燈。驟亮的強光中，黎首先注意到老鼠鑽進桌底前露出的尾巴。隨即她慌張發現底片在桌子上捲成一團，八成是毀了。她立刻關掉燈。該怎麼辦？要救回底片的機會可說微乎其微，但她太喜歡那些照片——那是鐘形罩系列的最後一卷，她認為這卷可能是拍得最好的。

游移不定之下，她還是走完整個顯影流程。等影像終於來到定影階段，她發現它們並沒有如預期般全黑。但比起其他卷底片，的確較暗、對比低且模糊不清。她被強烈的失落給擊潰，既因為失去了優秀的作品，也來自想讓曼對她刮目相看的渴望。那些負片在曬衣繩上晾乾的模樣，就像一條可憐的緞帶，象徵了她的失敗。她直接回家，連另一組本來打算沖印的作品也不想碰了。曼回來時，她假裝已經睡著。

隔天早上，黎來到工作室。她將負片拿到放大鏡下檢查，畫面確實受到影響，但她放大來看，發現它們似乎顛倒過來，底片上亮暗部的分布似乎完全對調。她覺得有趣，就挑了一張沖印成照片。隨著影像在顯影盤內浮現，她倒抽了一口氣。她猜對了——它產生某種反轉效果，在影像構圖亮暗部交接的邊緣有一條細細的黑線，像是鉛筆輕輕勾勒出它的輪廓。影像本身對比過低的確很可惜，然而配上黑色外框鬼魅般的效果，卻讓它與眾不同。

黎急忙再沖洗了幾張，每一張的效果都呈現細微的差異。她想，或許這和每格影像受光面不同有關——但它們都有黑色外框和同樣虛無飄渺的質感。在曼進來之前她又多沖印了幾張，等不及要拿給他看。

他走過來親吻她，但她此刻沒心情和他耳鬢廝磨。

「你看。」黎給他看那些照片，解釋她在沖洗室裡的遭遇。他拿起其中一張還在滴水的相片，走到亮一點的地方仔細檢視。

「很有趣，」他說。他的手懸在相紙表面，沿著鐘形罩的輪廓勾勒。「妳是說，妳打開了顯影室的燈——天花板的燈——然後得到這樣的效果？這實在不太可能。」

「我知道。我還以為它們全毀了，但總之我還是都沖洗出來，然後得到了這些。」

「因禍得福。」他喃喃唸著，黎在一旁緊繃地咬著牙。他看向其他相片，拿起一張說：「妳知道，我們可以來做點實驗。假使曝光更長或更短時間會出現什麼效果。妳印象中燈亮了多久？」

「可能有十秒？」

「我們可以實驗十五或二十秒——我們也可以讓底片擺在桌上，保持一致的曝光程度。」他一邊說，同時緩緩地掃視一張張相片。

「倘若我們一開始就調低底片曝光，結果也許不會那麼模糊。」

「對——我們應該試試看！」他表情滿是興奮。「我們只需要找一些拍壞的相片來實驗。」她跟著他離開暗房。他從辦公室拿了兩人的相機，穿回大衣，丟了幾卷備用底片到相機包裡。

兩人走到外頭，黎在橋上做鬼臉、擺姿勢，曼也擺給她拍。為了盡快用光底片，他們拍路人、拍影子、拍招牌、拍垃圾桶和古董櫥窗。這很快變成兩人的遊戲，比賽誰能和陌生人擺出最怪的姿勢，於是黎走去坐在咖啡廳客人後面，拿餐巾紙擺在頭上像俄羅斯娃娃一樣，然後一臉驚訝地看著相機。曼靠在一臺剛停好的車後，黎拍他趁司機下車沒注意時吐舌頭的表情。每一卷他們都做了曝光不足或過曝的試驗，也仔細記錄每一卷分別做了哪些處理。不到一個小時他們便拍光所有底片，回到工作室沖洗。

在工作室他們就很嚴謹了。總共十二卷底片。他們做了一張表格掛在牆上，分別標注每一卷預計曝光的時間，以及是否一開始就曝光不足。顯影盆一次只能放一卷底片，所以他們分工：曼負責處理曝光和浸泡顯影液，黎負責急制、定影和吊掛風乾。他們一開口談的就是工作。

「這卷是十二秒。」

「我覺得我們應該貼上膠帶註記，以免風乾後混淆，也可以和表格對照。」

當她和曼視線相接，她明白他也有相同的感受：他們在做一件意義重大的事。能夠直接操弄負片本身，影響它們的化學屬性和本質，而不只是以刮或剪的手工進行改動——這感覺像他們正在創造一種全新的媒介。她渴望一切順利，渴望她第一次做出的效果不只是誤打誤撞。

兩人不再多說什麼，彷彿不約而同決定等兩人處理完所有底片，再來檢視照片。黎將底片掛起來，甚至沒拿到安全照明燈下看過，就貼上膠帶做了標記。終於，幾個小時後，十二卷底片都掛在曬衣繩上。曼揉揉她的背，一起站在那看著底片。

一股她內在感受到的渴望，讓那三個字不由自主脫口而出。「我愛你，」她說。

曼雙手環繞她的肩膀，抱緊她。「我也愛妳。」他輕聲說。

這是他們第一次對彼此這麼說，這理應是重大的時刻，卻又像是他們一起工作中的一部分。

黎迅速回抱了他後便走開，拿起一條依然潮溼的負片膠捲去外面，立刻發現他們顯然重現了黎意外做出的效果。路燈打下白光，輪廓緊連著白色的街道。曼的頭髮和車子的連接處有一條黑線。黎的眼眸驚人地黑，襯著她詭譎的膚色。她感覺像是從另一個星球上看著這些相片。她和曼從十二卷中各挑出一張來沖印，兩人在暗房裡繞過彼此的動作，如舞者般流暢。

等相片一張張擺出來，他們發現其中的明顯規律——他們實驗的曝光不足程度，創造出細微的效果差異。他們持續談論、評價著那些照片，何種效果最適合哪個畫面、要是重來他們會做哪些修正。兩人拋出源源不絕的想法，過了一會黎放下手中的筆伸展身軀，按摩脖子上緊繃得讓肩膀也發痛的部位。

「妳餓了嗎？」曼問她，然後移開她的手換上自己的手替她按摩頸部，深深按進她的肌肉裡。

她回過頭來，閉上眼睛。「嗯，餓死了。但我又不想中斷。」

「晚點再弄也行。」他說，兩人拿起外套走去多摩咖啡館，曼點了一堆生蠔和香檳。黎原本累得提不起食欲，等吞下第一顆生蠔時，卻如同一陣海浪襲來，她霎時感到無比飢餓。漬物、檸檬、香檳入口時綿密的氣泡、曼放在她腿上的手、餐廳裡圍繞著他們的喧鬧，所有感官都被放大，比以往的感受都還要強烈而美妙。

「喝完這瓶你還能工作嗎？」她問，指向那瓶酒。

「不能——我們今天先收工吧。明天再繼續。」於是他們喝完之後又點了一瓶。周圍的客人來來去去，舊的走了又來新的。他們看到認識的人時也視而不見。他們待得愈久，黎愈感覺不到身旁的噪音，彷彿生出一層薄薄的殼將他們與世隔絕。他們眼中沒有任何人，人們也看不到他們。

他們帶著醉意興奮地回到家，便立刻奔回床上。曼從她的腳開始輕柔地吻遍她全身。他在她的嘴脣附近稍作徘徊，接著停下，從床頭櫃拿出他們最近常用的圍巾。黎抬起手讓他綑綁。但他搖搖頭，將圍巾對摺成蒙眼布，覆上她雙眼。

她冷不防伸手推他胸口想阻止他。她突然間心跳加速，不斷冒汗且無法呼吸。

曼整個人僵住。「妳怎麼了？」

黎說不出話來。蒙眼布讓她驚恐至極。她的雙腳跨到床邊，雙手環抱肚子坐著。曼輕撫她的背。她的心跳聲怦怦傳上頸部，她試著深呼吸冷靜下來，卻只能急促地抽著氣。曼起身裝了一杯水。她喝下去。他等著她開口。

黎捧著空杯子的手放在大腿上，閉上眼睛。回憶的片段不情願地向她湧來。叔叔——黎從來不讓自己想起他的名字，但那個字眼的輪廓在她腦海中模糊浮現。她七歲那年，借住在紐約的親戚家。其他人都出門溜冰了，只有黎發燒在家休息。儘管她的病情已經好轉，他還是被找來在眾人出門時照顧她。他給她吃一根很大的苦薄荷棒棒糖，然後看著她吃。棒棒糖的滋味和他來之前黎服用的藥味道相去不遠。他帶她到客廳，問她想不想玩捉迷藏。「但我們只有兩個人。」她記得自己說：「沒關係，我們可以一起躲。」他找來一條圍巾蒙住她雙眼，讓她旋轉幾圈。她聽見他的腳步聲逐漸消失，去找藏身處。黎記得自己在數數，記得自己踏出第一步、手盲目向前揮舞，記得自己多擔心會在整潔卻擁擠的客廳裡打破東西。黎數到二十，在管家的食物貯藏室找到他，他攔腰抓住她，將她抱在膝上。接下來的一切模糊不清，只剩下幾段黎不願回想的感官記憶：他潮溼的吐氣吹在她耳邊的聲音，空氣中滯悶的苦甜氣味，他巨大火燙的身體在她大腿中間施加的壓力。

黎從不曾提起這段回憶，也往往將之拋諸腦後。但今晚，那些影像反覆襲來。她看得出曼希望她能說些話、解釋發生了什麼事。他想知道該如何安慰她，但她無法開口。終於，黎的脈搏緩和下來，肺也能大口吸氣。她說：「我做不到──我只是不想要你那樣做。別蒙住我的眼睛。」

「老天，當然沒問題。」他抓起她的浴袍披在她肩上，隔著柔軟的布料撫摸她的背。他的雙眼之間蹙出細紋，臉上帶著關切的神情，但沒有催促她說明。

她又深呼吸了幾次。「你能幫我泡杯茶嗎？」

曼走進廚房，她也跟上，她需要待在他身邊。水壺響起笛音時，她又嚇了一跳。他遞給她一只馬克杯，她伸出雙手包覆杯子，它的熱度給了她一個專注的焦點、微不足道的安慰。他們在沉默中對坐良久，黎對此心懷感激。

在熟悉而陰暗的廚房裡，黎低下頭湊近茶杯，嗅到佛手柑的芳香。但一這麼做她就後悔了。又有一陣影像如潮水襲來。黎和母親一起待在浴室裡。遭到侵犯後好幾年，每個月黎的母親都會拿碘液和苦味酸擦拭她的下面──她母親就是這樣說的，**下面**。母親為她施用防治淋病的藥水時，嘴脣抿成緊緊的一條線。瓶子裡的酸液呈現尿液般的黃色，苦味強烈，令黎的眼睛泛淚。她母親事後會趴在浴室地板上，潑灑漂白水清洗黎碰過的所有地方。她的表情流露出對這份差事的厭惡，黎知道這份厭惡也成了她對女兒的厭惡。謝天謝地，還有她父親──他會抱著她，身上的雪松皂香蓋過苦澀的氣味，他會一再輕撫她的頭髮，直到她鎮靜下來。

黎還沒準備好回到床上，茶杯就在她的手裡變冷。他們靜靜躺下，她將曼拉近身邊，讓他抱著她直到入睡。

翌日早晨，黎看著陽光在天花板投下變幻不定的光影。曼在她身邊熟睡，手壓在枕頭底下。她鑽出被窩，小心不吵醒他。她坐起身，發現圍巾還在地上，仍然是蒙眼布的狀態。她的心跳再度加速。她一腳將圍巾踢到床下，逼自己想些別的事。但不管想到什麼，她的心思總是會回到昨晚那突如其來的恐慌之中。她走進浴室，往臉上潑冷水，然後凝視鏡中的自己。剛睡醒的凌亂頭髮，以及眼窩討厭的陰影。她腦海中響起低頻的電流嗡鳴，曼稍晚起床時，她等著他問起昨晚的事。但她很高興他終究沒有開口。

他們整天在工作室裡沖印曼為《McCall's》拍攝的時裝照。他們昨天花了點時間做實驗，導致進度落後。黎很高興此刻能享受截止期限前的緊急狀態、埋首工作的平凡日常。曼表露感情的小動作也令她滿足，他在暗房裡經過她的時候，會將手輕輕放在她的肩上。當天收工時，她才意識到已經好幾個小時沒想到昨晚的事了。她不確定曼是要給她空間，或是感到尷尬而避談，但他維持的沉默讓她放鬆。

＊　＊　＊

幾天過去，他們沒有做愛，也沒有討論那晚的事。黎察覺她對於那天所表現出的恐慌反應，羞恥感逐漸消退，她知道她可以讓自己假裝不曾發生這件事。再不久，再過一、兩天，她就可以一如往常地和曼歡好。將思緒推回原本藏匿的地方是如此簡單。她如此擅長以這種手法將自己封閉起來。她不曉得他是否會任由她保持沉默。但另一部分的她知道，倘若她不說出口——倘若她對他和其他人保持相同的距離——他們的關係永遠無法更深入。他們永遠無法真正了解彼此。這就是她曾對待無數情人的方式，只在劃定的範圍內讓他們進入她內心，然後將他們推開，或棄他們而去。她不想要這樣對曼。目前為止，她可以呈現自己不同的一面與曼相處，她也要求自己堅持下去，營造一段比過往更好、更長久的感情。

又過了三個晚上，他們在床上躺著，鼻子碰鼻子，房間裡的光源來自曼買給她的彩繪玻璃小燈，就放在床頭櫃上。黎看著他——臉龐上熟悉的輪廓曲線，還有那雙長睫毛——然後閉上眼，她知道他的每一部分都鉅細靡遺地存在於她的記憶裡，一如存在於現實之中。她清清喉嚨，卻說不出話。他們之間的空氣緊繃起來。曼執起她的手，放在他的胸膛上按著，溫暖地貼著他的肌膚。

終於，她輕聲說：「我小時候遇到一件壞事。從來沒有告訴過任何人。」

「告訴我。」他的語氣平靜。他給她時間。她的腋下滲著汗。她感覺得到心臟怦怦狂跳。終於，她繼續說：

「我母親生了重病，於是我暫時住在親友家。他們住紐約。那個男人，我們都叫他叔叔——」她幾乎要說出他的名字了，卻還是說不出口。「有一天，人們留下我和他獨處。之後父母才來接我。那年我七歲。」她的陳述順序就是回憶在她腦中浮現的狀態，片段而不連貫，她話音一落，霎時顯得疲憊不堪。

「黎，我很遺憾。」曼輕捏她的手。

黎緩緩地換氣。曼靜靜等待。「之後，父母帶我去看精神分析師，看了幾年，很有效。分析師幫助我了解整起事件——那不是我的錯。我應該將記憶放進一個小盒子裡，然後丟掉鑰匙。這樣是有用的，但有時候……記憶會回來。」

「當然會。」

「他還告訴我，事情只發生在我的身體上，無關於我的……唔，他說是靈魂。他說等我長大，我會找到愛我的人，一切會完全不同。」

黎的嘴變得麻木，這些字句聽起來像是另一個人的言論。房間裡很暗，她慶幸她看不見曼的表情。

「**真的**會完全不同。」曼說。

「我知道。」

「我很難過妳遭遇了這種事。真的、真的很難過。」他讓手臂環住她的腰，她翻過身鑽進他的擁抱。他身體的觸感是一種純粹動物性的撫慰。黎感覺自己變得放鬆，心跳也緩和下來。

「我愛妳。」他對她說。

「我也愛你。」

「妳覺得困難嗎？」曼問道：「和我在一起？那些我想要妳做的事？」

「不覺得。」黎說。但臉上又浮現困惑：「只是——蒙上眼那次，我嚇到了。」

「我很抱歉。我們不是非那樣不可，當然不是。」

「我想我會嚇到的一部分原因是，我想要你那樣做。」

他的手與腳將她圈得更緊，她讓他肌膚的暖意滲進她的身體。他極為輕柔地拂過她的頭髮，親吻她的臉頰和脖頸。他們就這樣躺了許久，最後她說：「我覺得我想要你那樣做。」

「妳確定？」他聽起來和她一樣緊張。

「對，沒錯。」

他起身拿來圍巾，但又停下動作。「不，」他說：「也許改天吧，等妳真的想要的時候，但不要現在。」

黎看著他。他再度將她拉近，他們停頓片刻。然後，黎的嘴唇找到他，她感覺內在空洞飢餓，彷彿向他傾訴之後體內留下一大片空白。他依舊溫柔對待她，連親吻也顯得猶疑，但她突然想要靠他更近，雙唇緊緊地貼上他的嘴，使盡全身的力量壓向他。曼移到她上方時，她閉上眼，手臂搭在他身上，想像置身於蒙眼布下全然的黑暗會是什麼感覺。她看不見，只剩下觸覺。曼的拇指輕觸她的乳尖，他的大腿靠在她雙腿之間。她的眼瞼下綻放美麗而燦爛的亮光。曼在她體內移動，她全心想著他——不管如何，她心裡再也沒有別的念頭。在她造出的黑暗中，只有他們，他呼喚她的名字時，她感覺自己消散成光點、成為底片上的粒子，結束之際，兩人的身體交融得讓她分不清邊界。

他們比以往更炙熱。他對她的欲望從未饜足。早上，他拍攝她像貓一樣弓背從床上爬起的照片。在工作室，他讓她站在窗戶旁，或是彎身抵著牆壁。他不用攝影棚的相機，改用頸掛式的小相機，以便更接近她。他的手撫過她的短髮，將她的頭往後拉，為她的脖子拍下模糊的特寫。在照片中，她的肌膚看起來不像肌膚，更像河川，肌肉成了沖過石頭的水流。他的手指拂過她的乳房，拍下她肌膚上的雞皮疙瘩。他總想要靠得更近，他拍了十來張照片，照片中只有她的嘴唇、她的耳朵、她的眼睛。

在暗房裡，他們改良她發現的技巧，計算出精確的處理時間，好重現那幽魅般的雙重曝光效果。她們拿她的照片做實驗，她看見了他們共同創造的成果——她的軀幹像幽靈般螢螢發光，變成一個她幾乎不認得的人——與此同時，黎感覺到體內沸騰的熱血、自豪與愛意。

他們決定將這種技巧命名為「中途曝光」[17]。它給她的感覺確實是如此，眩目迷人，彷彿他們藉此讓她的身體脫離地面的束縛，往上升起接近太陽。

經過幾週的實驗，他們沖印出一張兩人都覺得完美的照片。照片很簡單，只是一張她臉部的特寫。她放在灰色的背景前，中途曝光技巧為她的臉孔加上一圈黑色光輪。她看起來像一幅蝕刻像，自外於時間之流。她的臉前所未有地美麗。曼拿起一枝筆，在照片的白框處寫上「曼．雷／黎．米勒。一九三〇年」，然後在下方簽名，並將筆遞給她。黎伸出顫抖的手簽下自己的名字。看到他們兩人的名字雙雙出現在紙頁上，美好得無與倫比。

過了幾星期，黎完成了她的鐘形罩系列作品，和她想像中一樣是三連圖。第一張照片呈現的是模特兒雙眼睜開，目光向外凝視、越過觀看者；第二張，她閉著眼，頭微微偏向一側，像是靠

17 solarization，字首 solar 為太陽之意。

在鏡子上休息；第三張經過中途曝光處理，帶有一種好似浸在水底的質地。這組照片感覺非常私密，彷彿訴說著故事，或是揭露一件她始終無法言說之事。

黎羞怯地將作品展示給曼看。她心裡知道這組照片是好的，但他觀看時，她依舊惶恐至極。她沒有藝術眼光。她想她是個冒牌貨。他看了良久，她努力提醒自己，他的習慣一向是這樣。

終於，黎再也忍不住。「我不確定照片的質地對不對——也許第一張要暗一點，才能與其他張平衡？或許我應該只放兩張，而不是三張？可能是第一張和最後一張？或第二張和最後一張……？」

曼最後才開口：「真是不可思議。三張一起的效果——這就是我們該刊在《221》上的作品。我來跟崔斯坦說。」

那天晚上，興奮的黎去布里克托聽音樂。她單獨去，挑了一張後排的桌子。約瑟芬・貝克[18]正在演唱。她的嗓音沉鬱，歌緩慢而感傷。「**憂鬱的日子，皆已遠颺／從此以後，唯有藍天晴朗。**」

黎閉上眼，頭後仰靠牆。這首歌感覺非常切時。

---

18 Josephine Baker，移居巴黎的美國黑人舞蹈家、歌唱家，曾於二戰期間聲援法軍，是連文豪海明威都為之傾倒的世紀紅伶。

第二部　解放

17

巴黎 一九三〇年

八月底某個悶熱難耐的日子，是黎最後一次站在她的公寓門口。她已經將行李打包裝箱寄去曼的家裡，不屬於房東的幾件家具也賣掉了。她環顧整個空間，清掉了她的物品之後一片空蕩蕩，她希望自己做了正確的決定。

她有上千個理由搬去和曼同居。過去幾個月來，錢成了令人擔憂的問題——巴黎的物價雖仍相對低廉，家鄉卻不斷傳來親友破產的壞消息。他們認識的人裡，也有一些結束多年的法國生活返回美國。曼接到的肖像拍攝委託減少了，雜誌的情況也不樂觀，頁數逐漸縮水。曼似乎不太擔心，但也同意，與其節省其餘開銷，不如省下一筆租金。他們兩個都不擅長節儉度日。黎早已習慣幫著花曼的錢，而當他想花錢在她身上的時候，她更是難以拒絕。

他們已經每晚形影不離好幾個月，討論同居以前，黎就搬了愈來愈多物品到他那裡。但如今，她凝視著眼前空蕩蕩的公寓，卻起了一絲憂慮。坦雅來訪時就精準地指出，黎和曼一起工作、一起社交，現在她甚至失去了自己的空間。他們的生活完全結合在一起。倘若她需要獨處時怎麼辦？當她感到憤怒或悲傷，卻得在曼的面前展露無遺怎麼辦？黎想像自己就如初抵巴黎時，在無人的咖啡館消磨度日，只不過她現在出門，是為了給自己一點空間，而不是渴望與人互動。

對曼而言，同居是個輕而易舉的提議。每天晚上，他們兩人的床總有一張是空的——那也挺浪費的。而且他愛她。他喜歡她一起，痛恨他們分開的時刻。留著兩間公寓到底有什麼好處？

他們同居幾個星期後，某次晚餐上，黎問他：「你當時也和吉吉同居嗎？」

他送了一口沙拉進嘴裡，咀嚼幾下，等吞下後才回話：「有，幾年的時間吧。妳真該看看的。狄多街旁邊的一個小地方，那時也是我的工作室。我在床的四周隨興搭起一圈簾幕，有人來找我拍肖像的時候就拉起來。那時居然有人把我當一回事，也是個奇蹟。」

「你們在一起多久，她才搬進來？」

曼從腿上拿起餐巾，擦了擦嘴。「她立刻就搬來了。但妳得了解，吉吉沒有錢，完全沒有。她和一個又一個男人同居，而我們交往之後，這麼做也很合理。我好久沒想起那裡了。妳要爬四層樓才上得去，悶熱得很——比今晚還熱。幾乎無法呼吸。我絕不可能再搬回那種地方。」

「吉吉就這樣流連在不同的男人之間？」黎鄙夷地皺眉。

「黎，那可是二〇、二一年，當年的巴黎比現在奔放多了。」

黎嘆了口氣。「那些巴黎當年的奔放事蹟，我聽到都不想再聽了。」

「嗯，但那些事千真萬確。」

「你和艾苳住哪裡？是什麼樣的地方？」

「又小又擠的房子。方形的格局裡塞了四個房間，還有一個小閣樓，我經常在裡頭工作。但是窗外的風景很美，天氣晴朗的時候妳可以清楚看到哈肯薩克到帕特森一帶以外的視野。艾苳還會在窗邊插花。」

插花聽起來多美好啊，有著黎所缺乏的居家感，儘管她難以想像曼會嚮往這樣的事物。這很不像他。黎此刻才清楚意識到，自己對曼過往的人生一無所知。他們之間最接近花束的存在，是他曾經送給她的一朵玫瑰，她隨手將玫瑰插進工作室裡的花瓶後不知不覺就枯萎了，凋謝後的棕褐色花瓣掉落堆疊在桌上。

她看起來肯定一臉鬱悶，因為曼接著說：「那都是上輩子的事了，」接著手越過桌子握住她的手。

在他們同住的公寓裡，曼創作了一幅以她的嘴唇為主題的畫作。他將畫布掛在床上方，是她鮮紅色的嘴唇，那是黎幾乎每天抹上唇膏的顏色。那款唇膏的金色外殼觸感冰冷，蓋子上以雕刻裝飾，啪一聲打開時，膏體會奢侈誘人地從殼裡朝外旋轉，表面因溽熱的酷暑而析出細小的水滴。黎擦上唇膏時的霧面效果很美，卸妝時卻麻煩得要命。等垃圾桶內堆滿棉球，冷霜也染成了血紅色，她的嘴唇表面依舊覆蓋著一絲頑固的紅色痕跡。

曼調了一款紅色顏料重現那款口紅，鎘紅色和溫莎玫瑰色。他調了一罐又一罐。他的畫布很大——足足八呎寬——她狹長的嘴唇在畫布上脫離了身體，飄浮於魚肚白的天空。

曼說她的嘴唇是他所見過最美的。但他也如此稱讚她的眼睛、耳朵、肌膚，還有她難看的門牙。她向他坦承她是多討厭自己的牙齒，他告訴她，他有多喜愛它們，接著手指輕撫齒面，微微伸舌舔舐。某方面來說，這或許是他對她做過最親密的事了。

曼毫不間斷地忙著那幅畫。黎終於明白他能專心致志、不問世事到什麼程度。他現在的模樣讓她想起他們在一起頭幾個星期：他取消所有排約、不吃不喝，充血的雙眼對外面的世界視而不見。只是對現在的她來說，狀況不一樣了。如今她有自己想做的事，她發現自己沒辦法只是看著他做事，而且在他旁邊待太久會讓她心神不寧。他堅稱他需要她陪在旁邊，所以即便她不太情願，當他得移到她上方作畫時，她還是會面向他躺在床上好幾個小時。一天下來，蓋在她身上的罩單和她的皮膚都會被噴濺上些許顏料。

他作畫時往往一語不發，但有時候，倘若他遲遲畫不好某個部分，或是需要中斷長時間的專注休息片刻，他會對她說自己這幅畫想追求的是什麼效果。他告訴她，她的嘴唇就像他們放鬆時的身體一樣，後方的地平線就像銜接天地般將它們連在一起。在她的嘴唇後、靠近畫布邊緣的空白，他畫了他們每晚沿著聖米歇爾大道漫步回家時都會看到的那座天文臺。

「我希望這幅畫能透過空間來傳遞意義，」他告訴她：「這樣每個人都會曉得我畫的是妳。」

每當曼陷入靜默，有時黎會什麼也不想，只是讓思緒自由奔馳。有時她在那兒躺得夠久，她會想像人生是一條長線，她做過的一切彼此交織，從過去延伸至未來。她終於感覺到，在這裡，她立於自己的船首。她所學到的一切，就連當模特兒的那幾年都變得重要，那時的經驗成為她理解如今想創作的影像的一種方式。《VOGUE》或《McCall's》上的照片，藝術技巧曾令她難以理解，如今她已能透過批判的角度去檢視。構圖的骨幹在她眼中更加顯而易見，她意識到自己時常質疑打光的方式，或是手不自覺在頁面上比畫、裁切出不同的畫面比例。

「曼，」一天早晨，她在曼作畫的時候問道：「崔斯坦對我的照片說了什麼嗎？就是那些要刊在《221》上的。」

他忽然一臉怯懦地往下看她。「妳知道的……我實在很抱歉。從妳上次問我到現在，我都沒和他見面。我很快會去問他——下星期就去。」

「好吧。」黎說，但她很失望。她感覺前幾天才聽曼提到他和崔斯坦見面，也許是她記錯了。

曼畫了一陣子後說：「還有件事我忘了說——真不敢相信我居然沒告訴妳。費城攝影協會很喜歡我的文章，所以邀我投稿作品，參加他們下一次展覽。」

費城攝影協會聞名國際，展出的都是引人入勝的當代作品。對於許多攝影師來說，參加協會的年度展覽不啻為神聖的目標，黎早就懷疑曼因為不曾受邀而內心忿忿不平。

「太好了！你打算投什麼作品？」

「我還不確定。我有些想法，但想再花點時間思考。必須真的非常出色，而且有開創性。」

黎明白這個機會對他的意義，也試著無私地對他的成功感到喜悅。相較之下，他卻如此輕易忘記向崔斯坦提起她的作品，這讓她耿耿於懷。「要是我們能同時發表作品，不是很有意思嗎？」話一出口，她就對自己的說法深感懊悔。她覺得自己實在太小心眼了。

曼放下畫筆盯著她。「黎——我說了，我會去問他。他現在生活比較緊張。我得挑個適合的時間。」

黎閉上眼讓他繼續畫她，想像完成後的畫作掛在藝廊牆上的景象。

18

月曆上的格子全空著。

「完全沒有？連續幾天了？」曼的語氣透著疲倦。

「沒幾天。」上一個付錢委託的客人是三週前來的，但黎想這時還是少說點好。他最近沉迷在他的畫作和費城攝影學會獎項需要的作品說明上，對案子進度毫無概念，要是再找他談收入開銷，只會讓他惱羞大談自己能將時間花在**真正**的藝術上多開心。

曼來到她身後，越過她的肩膀看向那頁空白的月曆。

「我先去處理那個香水瓶的跨頁，」黎說。

「算了，我有個更好的點子。外頭美極了。沒有案子，工作也沒意義。我去開車，然後我們可以去尚蒂伊野餐。」此話一出，曼整個精神都來了，片刻間，他就從衣櫃裡挖出一個野餐籃，以及一疊野餐墊和旅行用調酒組。

曼去車庫領車時，黎去拿食物，野餐籃裡裝滿了麵包、蘿蔔、奶油、手撕火雞肉冷盤、乾臘腸，還有來自街尾甜點店、他們最喜歡的小閃電泡芙。她將餐點擺在榭密雍白酒冰過的瓶身周圍，接著站在工作室門口的臺階上等曼開車回來，她的大衣扣到脖子，軟軟的兔毛領口貼著她的臉頰。曼繞過街角，她朝他揮了揮手，但這時一個送西聯電報的男孩在工作室門口停下腳踏車，跑上門階，手裡抓著一只信封。

「給曼．雷的嗎？」黎問他。

男孩朝上頭印刷的字體瞥了一眼。「不是，是給利．米勒先生。」

「我就是。」

男孩困惑地皺起眉頭，但還是遞過電報和簽收簿讓黎簽名，然後騎車離開。曼在門口怠速等她，汽車引擎在安靜的街道上隆隆作響。黎朝曼比了個手勢，然後打開電報，心裡已經做好最壞的打算——有人過世或重病，或是因重大意外而殘廢。但內容卻讓她始料未及。

黎：

十月一日將搭阿貢昆號去巴黎
出差兼拜訪妳
艾瑞克和約翰向妳問候

妳親愛的父親

曼接連按了幾次喇叭，黎只得先將電報塞進包包裡，跑下臺階，將野餐籃綁在車後，然後上了車。她將貝雷帽往下拉，蓋過耳朵。

「重要的事？」曼問她。

「沒有，算不上重要。晚點再說吧。」

「好，我們出發！」曼喊道，聲音裡滿是將責任全拋在腦後的喜悅。他邊開車邊聊個不停。黎很安靜，手提包放在大腿上，電報還塞在裡面。毫無溫度的打字機，生硬的文字，一點也不像她父親，卻還是足以喚起和他有關的記憶。**妳親愛的父親。出差兼拜訪妳。**不到一個月後她就要來到巴黎，來到他們的公寓裡，窺探她與曼共同經營的家。她曾想像自己的新生活在他眼中的評價，然而當他真的要來了，卻讓她感到不太舒服。她要對他說什麼？她的世界在他眼中看起來又是如何？

曼持續往北駛離市區，很快地眼前的道路便通往郊外田野，牧場和農作物相繼映入眼簾，不時點綴一棵棵山毛櫸，樹葉仍未枯黃成秋天的顏色。

「真是太美了。」黎說，然後稍微降下車窗，好呼吸外頭的空氣，聞起來似乎有遠方燒壑的味道，天空也因此染上一層灰霧。

黎很清楚她的世界看起來是如何：她離開一個幫她拍照的男人，然後遇到了另一個。後者當然不是她父親。但她還是不願想像她父親看到他們公寓後的反應，因為屋裡掛滿了曼替她拍的照片。

到了尚蒂伊，黎和曼參觀了城堡，在美麗的圖書室裡逗留了一會。午後，他們飢腸轆轆，再往城堡周圍的空地行駛不久，就在上頭橫越漂亮小橋的河流旁停車。天氣如此平靜，靜止的水面幾乎能反射出樹木和雲朵的倒影。黎鋪好野餐墊，切了幾片厚厚的奶油，塗抹在切片麵包上，然後放上幾個薄蘿蔔片，最後從紙袋拿出鹽灑在上頭。曼閉上眼，心滿意足地嚼著麵包，兩人以稍微退冰但依舊可口的榭密雍白酒佐餐。

「我有時候會想當個廚師。」黎說，丟了一小片莫爾比耶起司進嘴裡，享受它的灰褐色外皮和蘿蔔、白酒同時入口的味道。

曼睜開眼望著她。「我從沒看妳煮過任何東西。」

「我會煮！唔，有合適的設備我就會。煎鍋、食物儲藏室，我還小的時候常常下廚。」

「妳都煮些什麼？」

「什麼都煮。我從來不看食譜。湯和燉菜——我就是在鍋子裡丟進各種食材，煮到好吃為止。」

「好吃嗎？」

「我父親總是覺得好吃。」黎記起自己拿著隔熱墊捧住湯碗兩側，穿過走廊，好不容易端到她父親桌上的場景。她會放在他手肘邊，在一旁徘徊直到他放下報紙和鉛筆喝上一口，等著他父親回頭朝她微笑的那刻。哦，她曾經如此敬愛她的父親。

「也許哪天我可以煮給你吃。」黎對曼說。

「也許。但我喜歡帶妳出門吃飯。」

「這樣可以省錢。」她說，停頓後又開口，「他要來找我們——我父親。早上那封電報是他發來的。」

曼坐起來拿過酒瓶，先替她倒滿，再倒自己的。「我不曉得妳還和他保持聯繫。」

「我沒有。」黎上一次收到席奧多的消息，就是他提到自己的照片要在雜誌刊出的那次，她沒有回信。她偶爾會提起他，但曼看起來並不特別感興趣。他刻意斷絕和家人的聯繫，似乎也不曾對此感到後悔。他的交友圈裡許多人都奉行這樣的哲學。他說，他和他們一樣渴望從往事的糾葛中解脫，因為這份自由會幫助他更專注在藝術上。

「妳想見到他嗎？」

黎盯著溪邊一隻在泥堆裡探頭探腦的鳥兒，思索著他的問題。「我實在不確定。我還是很氣他之前斷了和我的聯繫，但我也有錯。」

「妳只需要想清楚，恢復聯絡會不會讓自己開心。要是會，妳就應該見他。」

黎點頭。過了一會，她說：「我還小的時候，父親有一本相簿——其實是很多本——他記錄了我的成長歷程。學走路時的第一步，嬰兒時發燒第一次看病，我所有的學校報告，我寫給他的幼稚短詩。他總是對我感到驕傲。他也拍了一堆照片。有時我覺得我所有的兒時記憶，都是從那些照片裡來的。」

「他也幫妳的兄弟整理那麼多相簿嗎？」

「我想有吧，但很明顯，我是他最疼愛的孩子。當時我也的確比他們都需要他。」

「為什麼？」

「因為……因為發生了那件事。」

「當然。天啊，我很抱歉。」

「你不需要道歉。我只是……我很想他。他總是陪伴著我。他很愛我。」

曼在堅硬的地面調整坐姿，伸展雙腿時微微皺眉。「嗯，他當然很愛妳。那是父母的天職。

但我只想說，倘若妳不想，不需要因為他來就得見他。妳也成年了，對他並沒有虧欠。」

黎再次點頭。一部分的她同意曼說的，席奧多寄來一封久違的電報，不代表她就得原諒他幾個月來失去音信的事實。而且他甚至不是來看她的，如果她理解的沒錯，這趟遠門是為了公事，與她碰面只是額外的行程。但「親愛的父親」在她腦海裡反覆打轉，在她的童年，他確實扮演了這樣的角色。

曼站起來伸展四肢，然後拍拍肚子。他走下河堤，從河邊撿起一顆石頭往平靜的水面打出水漂。黎過去加入他，也撿起石頭裝滿口袋。

「要不要我教妳？」曼問。

黎從大衣口袋裡拿出一顆石頭。她握在手裡一陣子，回憶以前的經驗，接著手腕俐落一轉，將石頭順利拋入河裡，在水面上跳了比曼多出快兩倍的距離才沉沒。「哈！」她大叫，對自己的表現相當滿意。

曼吹了聲口哨。黎丟出一顆又一顆石頭，每一次都更完整地找回手感。她兒時和兩個兄弟整個下午都在家裡的池塘玩耍，跳石頭、捉魚，黎的褲管捲到小腿肚上，她母親堅持要她綁在髮辮上的優雅白蝴蝶結不只鬆掉了，還濺滿了泥水。曼停下丟石頭的動作，看著她，她沉醉在他的目光裡，那和他為她拍照時的目光很不一樣。

「妳小時候是個野孩子，對吧？」曼問。

「我想是吧。」黎知道他的**野**是指自由，而她確實如此，尤其是她還很小的時候。那時她和她的兄弟間幾乎沒有區別，整天在外頭探索。她記得那時自己感覺就像能占領整個世界，然後放在湯匙裡一口吞下。直到他——她幾乎聽到他的名字在腦海裡響起，但一如既往制止了自己——的那件事，她的童年就此斷裂成兩半，之前與之後。之後，她才真的野了起來，但不是曼指的那種。那時，她的狂野成了一項她覺得必須隱藏、見不得人的事物。

黎不再打水漂，定定凝視水面。或許曼曉得她在想什麼。她不確定。她只知道他很安靜，而她很感激他這樣做。

過了一會他說：「妳能示範給我看妳怎麼做的嗎？妳手腕輕輕一甩的動作。」

她走到他身後，將自己的小手放入他的大手裡，兩人手指緊扣在冰冷圓滑的石頭，她示範了幾次，然後讓曼自己嘗試。他試第一次的結果直接沉入水底，但沒多久他就完全熟練了黎久遠以前學會的優雅技巧。等他們消磨了足夠時間，就走到橋上，站著俯瞰水漂的漣漪退去後，平穩如鏡面的河流。

稍晚他們開車回去時，黎脫下鞋子，雙腳塞到座位上，頭靠向曼的肩膀。她感覺滿足又溫暖，昏昏欲睡。她想，讓她父親來不是那麼困難的事。讓他看看她的新生活吧。她正打算向曼開口時，他突然問她：「妳父親的那些相簿——妳母親有幫他一起整理嗎？」

即便是黎感到如此滿足的時刻，提起母親還是讓她內心滿溢酸楚。「我懷疑她就算在我小時候，也沒打開相簿看過我的照片。」

「妳從來不提她。」

「我從來不想要提她。我說過我們感情不太好，就算在我很小的時候也是。我長大後……我不可能讓她開心的。我總是在學校惹麻煩，我做的每件事都讓她失望，而且她嫉妒我。」一如往常，黎一提起母親，就難以克制語氣裡的苦澀。

「嫉妒妳？」

「是真的。我小的時候，她嫉妒我父親幫我拍的那些照片，我長大之後她嫉妒我的模特兒事業。她年輕時很美，但我一直比她美，而她始終畏懼自己年華老去。」

他們逐漸接近市區，黎往外看向點綴在風景中的平房。曼說：「我並不意外妳母親對那些相片有意見。」

他的手緊握方向盤。黎抬起頭看他。「沒錯，她討厭我和我父親那麼親密。」

曼彷彿想說什麼，但隨即閉上嘴。他們安靜地繼續開車。過了一陣子他說：「我只是想，在妳經過那樣的事之後，妳父親難免會更想保護妳。只是妳說的那些相片，總讓我感覺有點怪。」

「不、不、不，」黎說，坐起來將腳從身子底下移開。「你懂嗎？他拍那些照片是為了讓我感覺**好一點**。是為了幫我重建自信。」

「是這樣嗎？」

曼沒再多說什麼，黎接著說下去：「我很確定這就是為什麼我能快速成為成功的模特兒。而模特兒的工作引導我來到巴黎，引導我遇見你。」她靠上前吻了一下曼的手臂，然後讓頭再次靠著他。

他們轉進一條比較窄的小徑，前方一輛貨車擋住去路，曼必須小心不讓車子熄火。空氣因為沒了風而變得沉悶，黎徒勞地幫自己搧風。好不容易，路上有一處讓貨車可以切進溝邊，給他們先通過。確定和馬車拉開距離後，曼趕緊加速，輪胎灑出一堆砂石。他們開到一座山上，巴黎的景致盡收眼底，即使在這樣的距離，經過鄉村的靜謐洗禮後，這幅景色仍讓人感到無限生機。一開始建築物還壓低偎在地平線上，但隨著曼駛進市區，天空被逐漸高起的建築物所遮蔽，馬薩式屋頂的傾斜線條在黎看來比山間景致還要美麗。道路上塞滿車輛，轉角的人們緊貼著彼此。曼將車子轉進拉斯帕伊大道，黎才意識到這個城市有多舒適，就像家一樣。他們住的那一區混雜著花崗岩和垃圾的氣味——她抬起頭深深吸氣。

「我想，我父親來的時候，我會去見他，」她說。

曼捏了捏她的膝頭。「妳想怎麼做都好。」

「我想讓他看看——我想讓他看看我離開紐約後的成就。讓他知道我一個人在這裡也很好。」

「豈止是好而已。」

「沒錯，好得不得了。」

黎看著一棟棟建築物從眼前掠過，想像自己的人生在她父親眼中會是什麼模樣。她成長了多少。他會對她感到多麼驕傲。

19

席奧多來到巴黎，黎前往火車站和他碰面，早到了幾乎一個鐘頭。十月的這天寒風瑟瑟，風吹過她的帽子和衣領，讓她後悔沒有帶上一條圍巾。

過去幾個星期，黎都在想像席奧多的來訪；她會說哪些話、做哪些事讓他留下好印象。如今，等待他的火車進站時，她在腦中順過一次她為他安排的行程，都是仔細安排來呈現她在巴黎的藝文生活。她要帶他去一間小餐館，向他介紹那些他未曾嚐過的美食。然後為他導覽蒙帕那斯區，隨興介紹沿途的街道和房屋，她知道他欣賞的藝術家和作家都在這裡創作與生活。接著回到工作室，她會向他展示暗房的設備，假使他問起，或許還能給他看一些她的攝影作品。

火車到站的汽笛聲準時響起，席奧多是第一批走下車的乘客，他還沒找到人群裡的黎，黎就看到了他，同時震驚於他現在的容貌——才過一年，他看起來卻老態畢現，臉上的皮膚鬆垮地掛在骨骼上。即使裹著厚外套，還是顯得比過去清瘦消沉。但或許是來自長途旅行的疲憊。他一見到她，緊抿起的嘴立刻露出笑容。黎本想親吻他的兩側臉頰，一種輕鬆的法式招呼，但他張開雙臂走向她，在她反應過來前他們已經擁抱在一起，他的外套聞起來有炭灰和旅途的氣味。「我的小不點，」他說：「我真想妳。」

幾年下來，她都不曾聽到或想起他為她取的這個暱稱。這個字眼動搖了她企圖展現獨立的決心，她感覺身體完全沉浸在這個擁抱裡。雖然這並非她所預期的，她還是回應：「我也想你，爸。」她的聲音微微顫抖。

席奧多將行李遞給挑夫，讓他們送去他的旅館，然後隨黎一同走去她挑的那間小餐館。那是個溫馨舒適的地方，變形蟲花紋的紅色桌巾，每張桌子上淌著蠟痕的燭臺。席奧多堅持坐在戶外，儘管天氣冷得讓他們仍得裹著外套。

「庫普曼醫生說每個人每天都應該呼吸六到十小時的新鮮空氣。」他對黎說，無視於在一旁打轉、盼他們改變心意進到室內的服務生。席奧多總是熱衷於時下最新的飲食與運動風潮。他幾年來堅持每天走路九公里、不吃特定組合的食物——比如肉和起司不能一起吃，水果和穀類也不行。黎差點忘記這回事，於是快速翻閱菜單，思索該如何讓他的用餐習慣融入巴黎的飲食。結果不太順利：他花了五分鐘以破爛的法語質問服務生，直到黎介入替他點餐。烤雞和馬鈴薯、一小份沙拉。等他們終於坐定，他看向黎。

「妳看起來不錯。很健康，長了點肉，但不會太誇張。我從妳的臉上看得出來。」

「你嘴真甜，爸。」她不禁蹙起眉頭。

「這個嘛，要是妳想再瘦一點，只要照著——」

「庫普曼的方法。我知道。」

黎換上輕鬆的語氣，問他這次出差和她兄弟的事。他告訴她，他任職的第拉瓦正在拓展版圖，他來這裡是為了見一位法國人，他擁有一種具市場潛力的新型分離器專利。胡佛的關稅法案讓公司面臨到一些困境，倘若要維持獲利，席奧多就得替公司拓展業務範圍。他一邊說，一邊審慎地盯著他的雞肉。黎略感無趣地扒了幾口餐點，然後靠在椅子上檢查起指甲。這段對話如此熟悉，她還小的時候就不時會聽大人們談起，那時他會讓她鑽到桌底，背靠著他的腿坐在地毯上，等待大人們用完晚餐。

黎猜想他何時會將話題帶回她身上，問起她這裡的生活。但他直到用完餐後才隨口問起。

「坦雅的家人幾個月前來拜訪過一次，」席奧多說：「他們說妳在曼．雷身邊學習攝影？」黎很意外他知道這件事，但這也解釋了他怎麼會有她工作室的地址。「不算是學習。我和他共事。」

「他的時尚攝影很出色。」席奧多自詡時尚專家。自從黎擔任模特兒之後，他的相簿裡就是滿滿的黎和幾位他欣賞的模特兒。

「他所有的作品都很出色。」

席奧多的視線透過眼鏡射向她，有那麼一刻黎感覺不太自在，接著提醒自己，她已經二十三歲了，她和曼的感情與她父親無關。

「要是這次能和他見上一面就太好了。」席奧多說。

「他——」黎開口，然後停頓。「**我們**在工作室很忙。我會看看他能否挪出時間。」

隔天下午，黎打掃工作室、摺好散落的衣物、將相片歸位、堆起雜誌、扶正相框，就為了她父親的來訪。她並不緊張，但她希望席奧多環顧四周時，這裡能呈現出最好的樣子。曼一進來，看見她將他蒐集來擺在壁爐架上的鳥巢排列整齊，不悅地從鼻子噴著氣。

「他兩點到？」曼問：「他知道——妳怎麼對他說的？他認為我是妳的情人還是僱主？」

「僱主。」

「哦，那麼見面時，我會克制自己別提起我們忘情做愛的事。」

他在開玩笑，但黎知道他覺得不滿。「親愛的，」她說，上前從他背後環抱住他，「你希望的話我們可以告訴他。我只是——他總是會問個沒完，問到你寧願自己從沒提起過。」

「我擔心妳覺得我讓妳丟臉。」

「什麼？怎麼可能……」

曼拉開兩人的距離，轉頭看著她，然後朝自己的身體比畫了手勢。「妳父親年紀多大？五十？妳有沒有意識到，比起妳的年紀，我更接近他的歲數？」

「我不在乎你的年紀。況且你是成熟，不是老。」

「成熟。」

「對，成熟。我喜歡你年紀比我大、比我有經驗。而且不管怎麼說，我父親已經五十六歲了。」

「我還是比較接近他的年紀。」

「你們完全不同，」黎說：「這也恰恰說明了為什麼我不想告訴他我們在一起。」

「好吧，」曼再次將她拉近。「我們不會告訴妳父親我是妳成熟又年長的情人，我會隨時和妳保持三公尺的距離。但要是他問起任何事，我也會對他說教。成熟地說教。」他再度開起玩笑，隨即走去暗房，在她打掃時都待在裡面。

黎的父親如往常般準時。她帶他進來，注意到他站在天花板較低的大廳時得低下頭。他品評似地環顧四周，在懸掛布拉克和雷捷作品的那面牆停步，其中也穿插著曼的作品。

「立體主義，」他說，吸了吸鼻子，伸手進口袋掏出手帕擤鼻涕。「不是我感興趣的，但非常受歡迎。」他移開手帕。「我很確定我要生病了。巴黎的空氣教人難以忍受。」

「那麼庫普曼醫生怎麼說？」

席奧多沒聽出她語氣中的調侃。「哦，我來巴黎之後吃了更多的十字花科蔬菜。但很難實行——菜單上都是馬鈴薯。」

他有慮病症，其實她也受他影響。光是聽他描述自己的病況，就讓她感覺喉嚨發癢。就在這個時候，曼走下樓梯。「米勒先生！」他大喊。

「幸會！我這位美麗的助理提過好多你的事。」

黎對他熱情好客的態度一陣感激。

「雷先生，我才榮幸。」席奧多說。他握住曼的手上下搖晃。他們穿著類似的黑色高腰長褲和白襯衫。在曼稍早的那番談話之後，黎努力阻止自己去比較他們。

曼領著他上樓，像面對客戶那樣輕鬆閒聊。黎刻意放慢速度跟在他們後頭，手滑過欄杆扶手。來到辦公室，她父親已經將話題轉到攝影上。黎聽到他不停詢問曼一些技術性問題，其實那些問題，現在的她也有能力回應了。

「你知道，」她聽到曼說：「我花了不少工夫嘗試不同的曝光時間。我在處理某系列照片時，我稱做『實物投影法』的相片——」

「直接將物件放在相紙上。有，我讀過。」

黎甚至不需看向曼，就知道這回答讓他很開心。「你想必很了解這個領域的知識。在美國很少人聽過。」

「哦，是的，我一直都熱衷於最新的技術。攝影是我特別熱愛的領域。」

席奧多在辦公室裡漫步，檢視牆上的照片。大都是較早期的作品——曼懶得更換——其中幾張是黎的。看著席奧多四處走動，她變得更焦慮了。壁爐旁掛著一幅她的照片，她裸著背，越過肩膀回望，神情流露愛意。她強烈希望她父親沒看到它。

「爸，」黎說：「讓我帶你看看暗房的設備。」

席奧多轉身，好像很訝異見到她站在那裡。

「啊，當然好，小不點。」他說完，旋即對曼投出近乎歉意的眼神，轉身跟著她前往另一個房間。

黎知道席奧多沒看過曼手邊這些專業器材。他從各個角度仔細觀察曼放在角落檯面上、附變阻器的攝影泛光燈原型，似乎對它格外感興趣。他對氙氣燈泡的元件也很感興趣，說道：「我應該去弄一組來，或是一個弧光燈。雷先生有那種燈嗎？」

「我想沒有。」

「亮度很高，就算在室內，也像在陽光下拍攝一樣。我曾讀過相關資料。」

「那不是主要用於電影拍攝上嗎？」

「目前是這樣沒錯，但它的優勢在棚拍時會更明顯。記得以前每次我要妳跟我去外拍、妳卻不願意的時候嗎？」

她當然記得。她整個童年都處在這種困境。無論是在室內或戶外拍的數百張相片。她十四歲生日時，她父親將黎打扮成現代版的林中女神，就像出自奧維德的詩篇，頭上戴著樹枝編成的桂冠，站在他們家南邊的小溪旁。她那一整年，心情就是如此憂鬱——沒有任何事物能讓這股憂鬱好轉起來——而他只告訴她拍照很好玩，像在演戲一樣。「這會讓妳心情好起來，」她記得他這麼說，但事實並非如此。他的立意良善，但那天在相機前令她很不自在，而她找不到合適的方式告訴他。相片裡的她顫抖著蜷縮身體，雙手環抱自己光溜溜的身子，眼眸圓又暗淡，就像在她擺姿勢時刺進她腳底的河邊碎石。

黎不想再花時間回憶往事。「我帶你去看樣東西，」她說，帶她父親到檔案櫃另一頭，拿出幾張她最近的攝影作品，包括鐘型罩系列的一張，以及她最近在兒童划船比賽拍攝的帆船抽象照。她將照片一張張擺在桌上，給她父親時間瀏覽。他小心地抓著相片邊緣拿起幾張相片仔細查看。黎滿心期待地站在桌子另一端。這些拍得很不錯，她心想。她等著他開口。席奧多拿起帆船那張端詳許久。黎俯身從另一個抽屜拿出更多她的作品，街景和棚拍，她整個作品集。全部看完足以令人驚豔。但他們杵在那兒愈久，眼看席奧多費了更多時間拿起一張、放下一張、再拿起一張，黎感覺不太對勁。

「伊莉莎白，」他終於開口：「這些全是妳的作品嗎？」

黎點頭正要回應，但這時曼走進房間，脖子上圍著一條圍巾。他瞥了桌子一眼，然後看向黎。「我想出門喝杯咖啡。你們想一起嗎？」

黎羞於讓曼察覺她正在炫耀自己的作品，卻也因為他的和善而鬆了口氣。她匆忙地將相片堆成一疊，放回資料夾。「我想去。爸，你呢？」

「當然，我可不想錯過任何向雷先生請教的機會。」

他們出門的路上，黎將席奧多拉到一旁悄聲說道：「叫他曼就好了，或是曼．雷。沒有人叫他雷先生。」

他們來到花神咖啡館，圍著戶外的一張小桌坐下來。曼點了一杯雙倍義式濃縮咖啡和一杯茴香酒，然後問黎：「妳也一樣？」他們每次來都點一樣的。

「大白天喝酒對消化很不好。」席奧多提醒他們兩人，接著轉向服務生，以一口破法語說：「我要一杯熱水加檸檬，我女兒要喝紅茶。」

「其實，」黎說：「我想要黃金泡沫咖啡，謝謝。」

服務生點頭後離去，緊接著一陣沉默，曼開口：「茴香酒就是餐後酒，可以幫助消化。它總能舒緩我緊繃的腸胃——這不就是重點嗎？」

黎嘆了口氣。曼可是給了席奧多暢談飲食習慣的完美開場，而他一說教，三人之間的氣氛不免緊張起來。黎看得出來曼的不悅。他認為一切飲食理論統統是江湖郎中的傑作，而他也真的這麼說出口。

「照顧好身體才不可笑。」席奧多自信地說。

曼咳了一聲，拿起水壺替自己的水杯倒水，再拿起長湯匙攪拌那略顯混濁的液體，裝忙來化解尷尬的氣氛。「只能同一時間吃特定的食物？吃下肚之後，不都會進到同一個胃裡？這實在……請原諒我，很荒唐。」

黎過去好幾次腦中都浮現相同的想法，但她想要緩和氣氛。「我認為任何人都可以去做自己認為適合的事。」

曼投給她一個嚴厲的眼神。「妳這樣認為？」

「沒錯，」黎說，對曼挑了挑眉，然後轉向她父親，意圖轉移話題。「爸，昨晚的歌劇怎麼樣？」

席奧多笑了。「很好，好極了。我一直很想看《威廉．泰爾》。巴黎歌劇院比柯靈伍的豪華太多了。妳去過嗎，小不點？」

「沒有，沒去過。」

「真意外，妳以前可是很愛歌劇。」他對曼說：「你沒見過像她那樣專注的小女孩。她的兄弟才看二十分鐘就膩了，但伊莉莎白全都喜歡。她說長大後想當莎拉．伯恩哈特，或是電影明星。」

「哦，妳還記得我們看她表演那時候？」伯恩哈特到波啟浦夕舉辦告別巡演那年，黎應該才十歲，但她記得所有細節：大廳裡壯觀的百合花裝飾讓空氣瀰漫著一股甜膩。每一層座位和戲院售票亭都擠滿了當地居民，穿著他們最好的衣服，居民幾乎認不出來彼此。所有人頭上的圓頂天穹繪有美麗的義式濕壁畫。黎全神貫注坐著欣賞整場演出：開場短片的默片、活人畫，最後終於輪到莎拉女神本尊，厚重華貴的紅褐色天鵝絨自她身上垂下，手拿象牙製的手杖在舞臺上移動，一如埃及豔后之死，暈倒在與她的洋裝相同顏色的躺椅上。

席奧多咯咯地笑。「妳記不記得，後來妳還重演電影裡那幕火車場景？」

「有嗎？我沒印象了。」

席奧多轉向曼。「伊莉莎白的哥哥在家後面的穀倉做了一臺兒童版的火車，外加一條沿著山坡下到平地的木製軌道。很厲害。他現在是航空工程師。伊莉莎白看了那部默片之後，堅持反坐在那臺火車上，雙手還緊抓著她的布朗尼相機，就像個電影裡拿相機的特技演員。」

「沒錯！」黎說：「我幾乎都忘了那臺舊火車。我還要你付我風險津貼，一副專業攝影師那樣正經八百。」

「我也真的付了。沖洗完相片之後，我給妳三塊錢。」

黎想起快樂的回憶，開心地笑了。曼看著他們，不發一語。

「我可以說是妳的第一個付費客戶。」席奧多伸手拍拍黎的腿，接著手擺在她的大腿上，一臉自豪。黎喝光她的咖啡，又陷入沉默。曼的眼神游移在席奧多的臉和他放在黎大腿上的手。

等他們喝完，曼起身準備買單，席奧多揮手阻止。「讓我來，」他說，然後大動作喚來服務生。曼沒說什麼，將錢包收回口袋。

他們走回工作室，黎暗忖是時候讓她父親離開了。已經四點，他會想在晚餐前休息一會。

聽她這麼說，他沒有回應，而是轉向曼。「我走之前，想要和我女兒合照一張肖像。時間來得及嗎？」

黎尷尬極了。實在太冒昧了。「爸……」她為難地開口。

曼也是一臉驚訝，卻說：「不，當然，我應該要先想到的。」

「時間不早了，」黎說：「光線可能不夠。」

工作室門前，曼站在黎身後的階梯上，有那麼一秒，他的手擺在她後腰上。「沒關係，黎。我們有足夠的時間。」黎看向她父親，觀察他是否察覺了曼和她的互動，但他正忙著翻弄脖子上的圍巾。

他們一起走進工作室。曼拉來一張高背椅放在房間中央，讓黎的父親坐下，然後測試幾次打光。黎站在一旁，雙手環抱在胸前。她父親直挺挺坐著，她看著他的側臉，他的鷹勾鼻和刮剃整齊的鬢角。黎走到他旁邊，試著讓自己的表情放鬆，不要顯得太侷促。曼拍了幾張。接著席奧多說：「小不點，我們是在拍照，不是在行軍。來，跟我坐一起。」他握起她的手將她拉過來，她照做了。在她意會過來之前，她的頭已經靠上了他的肩膀、身體坐上他的大腿，就像她小時候常做的那樣。

曼從黑色蓋布底下喊著：「好了？」

她父親外套的粗糙質地刮著她的臉頰，散發熟悉的氣味：藥草、土壤和他肥皂的雪松香氣。黎直直盯著相機，眼神幾乎要穿過去，接著她的靈魂彷彿脫離身體，從曼的視角端詳這幅影像：身體在觀景窗裡上下顛倒、黎依偎在她父親的頸間。完全是她抗拒成為的形象，溫馴而被動。這個姿勢是如此平常——她坐在父親大腿上幾千次了——但曼的在場讓一切驀然變得難以忍受。黎試著挪動身體想拉開距離，但她父親的手緊抓著她的腰，於是她在他的懷裡反而變得更僵硬。

再拍了幾張，曼從布簾底下出來。「我需要去拿另一卷底片。」他的語氣生硬而專業，接著快步走向器材櫃，鞋跟重重踩在木頭地板上。

黎起身。「你拍了幾張？」

「五、六張。」

「我想這樣就夠了，」黎說，然後轉向她父親，「曼動作很快。你不會失望的。」

拍完了照，席奧多卻似乎還想逗留，而黎早已等不及帶他到門外。看到他終於離開，曼顯然很高興。黎送席奧多到他的飯店，步伐快得讓厚外套底下都悶熱了起來，連她步幅不小的父親也差點跟不上她。到了飯店門口，他上前想親她臉頰，但她往後退，留下他一人在原地。

她過了一個街口後躲進一家酒吧，在吧檯找了位子坐下，深呼吸後點了一杯又一杯白蘭地，直到她空空如也的腸胃充滿灼燒感。兩杯下肚後，她才打量起四周，環視酒吧裡的其他客人。

巴黎仍是一座陌生人的城市。人群中不是兩人就是三人一組，臉孔都像月亮一樣又圓又白。他們聊天嘻笑，誇張的動作就像在演話劇。

黎但願自己當初沒有答應在她父親來訪時見面。不知為何，對他展示自己新生活的念頭，反而讓它被貶低了。也像是她被貶低了。她還記得她小時候，時常沉浸在這樣的憤怒：尖叫、踹牆壁、抓自己的頭髮，直到手裡握著一撮又一撮的髮絲。那些憤怒最終都化為烏有，化為順從——她還小的時候，她父親要求的那種順從。曼為他們拍照時，她再次感覺到了；席奧多的手放在她腿上時，她就感覺到了。她以為她早已拋下了那段人生，但他一來到巴黎，往事卻再次浮上心頭，就像一對幻燈片聚合成影像。她和曼的關係又有何不同？她也服從他所有的要求。

＊＊＊

她回到工作室，才發現自己忘記帶鑰匙，於是她按了門鈴，曼來門口接她。

「我以為妳要晚一點才會回來。」他說。

「我只是送他到旅館，然後回來路上停下來喝了一杯。」

曼的面孔扭曲，在黎看來那是作嘔的表情。「我聞得出來。」

她爬上樓進到客廳，曼跟在她身後。「我們再喝一杯？」她問：「我覺得我們應該再喝一杯。」

她埋首在調酒餐車，倒了兩杯白蘭地到成對的杯子裡。她遞給曼其中一杯時，他說：「謝謝妳，**小不點**。」

黎聽了那刻意的語氣皺起眉頭。「曼，拜託……別這樣。」

「那是**怎麼回事**？妳和妳父親——感覺就像妳想讓我嫉妒你們之間的關係一樣。」

「你在說什麼？」

「讓他付咖啡的錢……要我幫你們拍照……」

「我沒有**讓他**做任何事。他想做什麼就做什麼。更何況，你本該主動提議幫我們拍照。」黎並沒有真的這麼想。她和曼一樣對席奧多拍照的要求感到突兀，但她忍不住想對他生氣。

「哦，是嗎？」曼說：「我並不在意幫你們拍照。我在意的是，我感覺自己是多餘的。妳彷彿根本不需要我。」最後幾個字的語氣變得微弱，他的聲音聽起來既自憐又黏膩。這反而令她更為惱怒。

黎將酒杯放在邊桌上，連同曼的一起收走。然後她伸出手指勾住他的襯衫領口，將他拉近，以幾乎令人窒息般的力道親吻他到會覺得痛楚的程度。

「別動。」黎說。她轉身到走廊，取來了那條他下午圍的圍巾。她背對他，手撫過整條圍巾。

「黎——」

她單手將他推向沙發，然後跨坐在他身上，強行吻住他的嘴脣。儘管他先是抗拒她的吻，她還是能隔著衣服感覺到他的硬挺。見他無法抵抗，讓她感到歡愉。她拿起圍巾蒙住他的雙眼，在他的頭後方緊緊打上一個結，將他推倒在沙發上。這是他們第一次這麼做。看著他被蒙住眼，為她帶來的興奮超乎她想像。她的性慾高漲到幾乎令她羞恥。也許出於憤怒——她想要傷害曼，讓他疼痛。他們一起脫下他的衣服，然後她脫掉自己的。她緊緊抓住他的手腕，力氣大到她能感覺肌膚下滑移的骨骼。接著她伸手到兩腿之間，將他往自己體內推入，開始在他身上搖動。

「黎，這——我覺得不——」他的聲音幾乎透著畏懼，但她鬆開他的手腕，手掌蓋上他的嘴，不讓他說話。她在他身上扭動，專注在自己身體的需求。她加快節奏，快到她能感覺到他的陰囊拍打著她的身體。他呻吟著叫出她的名字，彷彿他難以說出口，並且抓著她的腰，讓她一次又一次在他身上碰撞。

他嘗試將她換成別的姿勢、讓她放慢速度，但她不肯。她繼續加快速度，直到她感覺他整副身體僵硬，然後再次吶喊出她的名字。即便如此她還是不願停下，持續在他身上碰撞，指甲在高潮時掐入他的肩膀。

事後，她躺在他身上，彼此的肌膚緊貼，她伸手替他解開圍巾。曼將她抱向自己。她擔心兩人做完了，他會想要找她談談，於是她閉上雙眼假裝睡著。他撫摸她的頭髮好一陣子，見她沒有回應，才溫柔地推開她，從她身下抽出手臂。她聽見他穿上衣服，接著感覺到他在她身上蓋了一條毯子。她在那裡躺了幾小時，直到窗外的光線逐漸消褪，房間陷入一片黑暗。她渴望一個能夠獨處的地方。

萊比錫
一九四五年四月二十日

德國投降之後，第八十三步兵師過了很久才抵達萊比錫。黎被她同行的軍團拖慢了。她知道瑪格麗特・博克—懷特[19]比她早抵達，其他人應該也是，而她只能坐在陷入泥濘的特種部隊吉普車裡，催促他們開快一點。最後他們晚了半天才到，穿著髒汙棕色裙子的老婦手拿花朵，在街頭迎接，他們揮手微笑，將懷裡的小孩高高抱起。但街角不遠處戰鬥持續進行，槍響不時淹沒婦女們的歡呼聲。

黎聽過納粹分子會如何不擇手段躲避追捕，但她不曉得自己該不該相信那些傳聞。下毒、開槍、上吊。一家工廠的老闆邀請數百名客人前來晚餐。第六十九步兵師攻下這座城市後，他按下按鈕，引發爆炸，餐桌上所有人全送了命；朋友們舉槍相對，數到三扣下扳機；有人還告訴她，萊比錫新市政廳的納粹分子全自殺身亡了，這讓她對他們更加鄙夷，一群懦夫。

黎來到市政廳時，裡面一片寂靜，觸目所及都覆蓋著一層厚重的白色塵埃。她獨自走過一間間辦公室。一顆炸彈在外頭爆炸，更多粉塵從天花板落下。走上二樓，她停在一間豪華的房門

19 Margaret Bourke-White，一九〇四～一九七一，《生活》雜誌的第一位女性攝影師，曾赴蘇聯、二次大戰前線、印度等地拍攝。

口。一扇窗戶開著，油亮的皮革家具上沒有灰塵，一對母女側躺在沙發上，一名男子坐在書桌前的椅子，頭靠著他面前的壓墨器。有那麼一刻，黎感覺自己似乎只是個闖入者，而這家人正在酣睡。她瞥見桌上的氰化物空罐，如紙鎮般壓在這家人的身分文件上。

女兒應該快二十歲了。她戴著護士帽，黑外套上別著紅十字的臂章，雙手交疊於腹部。黎拍了一張遠景，然後靠近，讓女孩的臉幾乎填滿整個景框。她的金髮剪成和黎一樣的髮型。尖聳的顴骨形似鳥的翅膀。她的嘴脣微啟，下顎鬆弛，牙齒出奇地好看。黎拍完之後忍不住撫摸了她，只為了感覺她骨骼的觸感。

20

蒙帕納斯區的每個角落都出現了那張海報，釘在路標柱上、疊在咖啡廳門邊、貼在地鐵站裡。海報上是一名披著寬大羽毛披肩、著低胸洋裝的女子，張著嘴，露出狂喜的笑容。照片下方印著**吉吉復出巡演**。黎躲也躲不掉。每一次她路過騎師咖啡廳——很頻繁，就離他們公寓幾條街遠——看見喧鬧的人群從門口蜂湧而出，一臉陶醉的神情，她總會感到好奇，這麼大的騷動究竟所為何來。

黎花了許多時間思考吉吉的事，想到連她都不覺難為情。曼明明早已堅稱他並不愛她，黎是他如今唯一深愛的人，為何吉吉依舊在她的腦海裡揮之不去？

某天，一陣十月的冷風將那張海報從建築物的牆面吹落，捲在黎的前腿，她從腿上扯下海報帶回家。才走進門，就舉起海報，盯著曼說：「我想去，今天晚上。」

他哀號了一聲。他已經披上睡袍，在沙發坐定，腿上擺著一本大大的書。「我以為我們要待在家。」

黎的目光掃過海報上的日期。「好吧，今晚不去。星期四呢？」他嘆了口氣，表示同意。她將海報放在他面前的桌上，他看了一眼上頭的吉吉。

「那張照片都快十年前了。」他說。

性。」

「真的？」

「吉吉現在老很多。她已經胖到沒辦法跳舞。」

黎略感得意。「我不在乎她多胖，我們還是要去。而且，我還以為你喜歡腰部有點肉的女

到了星期四，曼信守承諾。前往騎師咖啡廳的路上，他都很安靜。他穿了新買的法蘭絨長褲，戴著貝雷帽，他們走路時他不停調整那頂帽子。黎穿上衣櫃裡最時髦的裙子，想像自己在咖啡廳桌上舞動——蒙帕那斯的黎。

「你上次見到她是多久之前的事？」黎問道。他同時挽起她的手臂。

「上週才見過，在艾呂雅那裡。」

黎回想上週的行程。「你沒有提過這件事。」

「我偶爾會見到吉吉，畢竟她替很多人當模特兒。都是巧遇。我們仍然是朋友。」

「我以為你說她的嫉妒心很重。」

曼饒富興味地看著她。「她是。我也是。是有那麼一點。其實當初我就是這樣發現我們兩個相愛。」

「因為她嫉妒？」

「因為我們都在嫉妒。交往之初，我們還是開放式關係，但後來發現那樣行不通。就算我們都說好不和別人交往，只要一分開，我還是會想像她和其他男人相處的模樣。」

曼輕描淡寫，但黎並不喜歡他就這樣帶過。她想起她留他一個人在比亞里茲海灘上、獨自去散步的那次，他有多不開心。

「我們永遠別嫉妒。」黎的語氣堅定。

「有時候嫉妒也是好事。」兩人避開人行道上的垃圾，曼將她拉近自己。

「我記得有一天晚上，吉吉登臺演出。她唱了一首香頌老歌——我幾乎聽不懂歌詞——我環顧四周，全場觀眾都停下手邊的動作緊盯著她。她有一種習慣的跳舞姿態：蹲得很低、靠攏膝蓋，然後以她獨特的方式扭腰擺臀，讓裙子輕微飛揚起來。乍看之下很詼諧，卻也很性感……讓人目不轉睛。那天晚上，我就明白自己愛上她了。我記得當時想著，我之所以明白，是因為我看到其他的男人和女人多想擁有她，而她是我的。我因為他們這樣看著她而感到嫉妒，但他們才應該對我感到嫉妒。也許他們確實如此。」

黎忽然從他身邊走開，停在人行道上面對他。她屈膝半蹲，開始扭腰擺臀，她將裙子捲到大腿上，吊襪帶的夾子露了出來。「像這樣？」黎問：「她是這樣做的？」

「嗯……差不多。但妳的版本比較……美式。」他伸手抓住她的手臂，再次將她拉向自己。他們站在人行道中央，身旁擠滿了傍晚外出散步的人潮。他們成了人潮中的路障，後面的人不得不停下來繞過他們，彼此撞個滿懷，然後重新調整路線。

「你覺得這些人會嫉妒我們嗎？」她問。

「我想，只要是有長眼睛的人，都會嫉妒我和妳在一起。」

「要是我想和其中一個人約會呢？好比說那男人，對面的那個。」黎指著對街一位正在下計程車的肥胖男子。

「和他？」

「對啊，有何不可？」

曼不太舒服地笑出來。「我不想去思考這件事。」

他的語氣堅定，但黎可不想就這樣放過他。

「我們從沒談過，我們到底能不能有彼此之外的伴侶。最初就沒談過。」其實黎並沒想清楚自己正在說什麼。她只知道他們要去看吉吉，而她想要曼的注意力留在她身上。黎的身上。

「我不想要妳和別的男人在一起。」他們還站在人行道中央。她不曉得場面會不會因此鬧大。

「那你呢？」

「遇見妳之後，我就沒想過和別人在一起。一分鐘也沒有。黎，我想和妳共度一生。」

曼沒有別開視線，表情十分嚴肅。黎聽了他的話理應會十分開心，但她同時發現自己正思索著那段話字面上的意思：她不能找來上床的其他所有男人，不管現在或以後，對她而言都是陌生人。然後，她想像一種不同的未來，那些男人站在她的臥房裡，脫下吊帶褲，他們的腹部堅實，她的雙手拉著他們褲頭的釦子，將他們拉下來躺在自己身上。男人的舌頭觸感和她的一樣柔軟溫熱。她想像數十人——甚至是上百人——排成一列，往她的未來延伸，然後曼的形影取代了這幅景象。幾乎像一場實驗，她湊向前，親吻他的嘴。他回吻她，感覺就像兩人在一起時的每個吻一樣美好——甚至更好——路上行人如流水般從他們身邊掠過，黎毫不在意這些人的目光，就連曼抓住她裙下的大腿後側、將手指伸進她的絲襪上緣時也一樣。她意識到自己想要人們看見，於是她的腿勾著他，將他拉得更近。

過了一陣子他們才分開。

「我們該去騎師咖啡廳了嗎？」他說，再次挽住她的手臂。

* * *

騎師咖啡廳裡每張桌子都坐滿了人，每個客人看起來都很有意思。室內的空間雖寬敞，卻由幾座大柱子分隔開來，柱面上繪著牛仔或印第安人等不同主題。角落裡有個小舞臺，一名拉手風琴的男子和一隻看起來很兇猛的猴子正在表演一首黎聽過的香頌歌曲。空氣裡隨處菸霧瀰漫。曼轉向她，似乎問了什麼，但四周吵得她聽不見他的話。

「你說什麼？」她大喊。

「妳想喝一杯嗎？」他喊回來，比畫著拿起杯子飲用的手勢。

「好，幫我拿一杯！」他消融在人群裡，她走向一根柱子旁靠著，那根柱子上畫了一名印第安戰士騎在人立的馬背上。

很快地，曼拿著兩杯琴酒馬丁尼穿過人群朝她走來，酒杯上還插著精緻的螺旋形檸檬皮。但他在路上被兩名男子攔下，一陣寒暄，然後他拿起酒杯朝黎的方向比了一下。就在此時，手風琴師結束演奏，酒吧裡的喧嘩聲稍微沉澱下來。黎走過去，曼為她介紹，黎並不認得兩人的名字。他們色瞇瞇地打量她。曼瞥見兩張空位，便帶他們去那桌。他們一坐下來，黎拿起她的那杯馬丁尼，便一口灌下大半杯。她還想再喝一杯，但曼和兩個男人談得正起勁，擠在桌子一側，幾乎將她排除在外。她感覺有人拍了拍她的背，轉身看見一名坐著的男人，朝她遞來一杯裝滿透明氣泡液體的可林杯。他專注地盯著她，於是她接過酒杯。

「我是拍電影的。」男人以帶有腔調的英語自我介紹。他有一頭從前額往後捲的濃密棕髮、長又直的鼻子，和深褐色的眼睛。他轉身反坐在椅子上，他的嘴唇如此靠近她的耳朵、那聲音如此低沉，她將他的話聽得清清楚楚。

「我是拍照的。」黎回他，喝了一口酒。

「我在拍一部新的電影。我受到這裡的繪畫啟發，而我需要找人演一座雕像。妳演過電影嗎？妳長得很漂亮。」

他的語氣直率得令她緊張，而他的目光不曾離開過她。曼雖然還在和那兩位男子聊天，但眼神也不住飄向她。黎感覺到無論她看向何方，都免不了和其中一道視線交會。她再喝了一口琴費斯，味道不錯，清爽又帶有檸檬香氣——對於眼下只聞得到菸味的她來說備感衝擊。

那男人的眼睛眨也不眨，令她略感不安。「我不懂為什麼要找人演雕像，」黎說：「不能直接找個雕像嗎？」她讓語氣帶有嘲弄的意味。

「一位詩人在尋找繆思。雕像有了生命。妳有那樣的形象。」他往後靠，像是要讓自己慢下來，然後說：「我是尚．考克多，」執起她的手輕輕一吻。「妳聽過我嗎？」

「沒聽過。」酒喝完了，而黎感覺這段對話太過熱切。她看向曼，一對上眼就露出細微的求救表情，往考克多的方向眨眼。曼稍微觀察了兩人，起身越過桌子走向她。

「尚！」他說。黎因為他前來解圍感到一陣欣喜。

「哼——嗯——嗯，」尚閉脣哼了幾聲。他甚至沒有抬頭看曼。

「尚，」曼再喊了一聲：「好久不見。我們在你上次表演之後就沒碰過面了。」

「嗯。」尚又應了一聲，明顯聽得出來他在哼一段旋律，那神情就像個孩子一樣。黎覺得不太自在，心下揣摩著換去另一張桌子坐。

就在此時，所有人開始鼓掌。他們將椅子轉往舞臺的方向。

吉吉從一道側門出現，小心翼翼地走向舞臺，那姿態就像頭鵝般誇張地左搖右擺。她伸出一隻腳踏上階梯，又大笑著抽回來。場內一片寂靜。她的腳再次踏上臺階，像走在鋼索一樣伸出雙臂，緩慢而謹慎地走上去。舞臺上除了一張咖啡廳椅子外空無一物，她反轉椅子背對觀眾，然後跨坐在上面。她的洋裝很短，連遠在後頭的黎都能看見她的底褲。吉吉又一次大笑，所有人都跟著笑了，黎也是，雖然她不確定自己在笑什麼。吉吉從擺在椅子旁的小袋子裡取出一面鏡子和一些化妝品，在臺上化起妝來。她的動作很有意思。她拿起紅色的脣膏塗在嘴脣上，接著抿脣好按勻口紅。接著她拿出一支亮藍色的眉筆，在眼睛上方畫出兩道弧線，位置比她已剃掉的眉毛還要高上一吋。她將嘴張成O形，一臉驚訝地望向觀眾。她的眼皮畫成了綠色，顴骨則抹上了一道鮮豔的粉色圓圈，接著她緩慢而仔細地將所有化妝品和鏡子放回袋子裡，再擺回地板。

整個過程應該有整整五分鐘，黎偷偷瞥向曼，只見他捲了一支菸放在雙脣間，一口一口短促地吸著，吐菸時，手上的菸離他的臉只有幾吋遠。黎身後的尚早已全神貫注在舞臺上。

鋼琴聲響起，吉吉的身體往木框椅背前傾，她的胸脯緊貼椅背，雙腿張得比先前還要開。

黎的心裡不再有疑慮。吉吉長得驚人的醜陋，她的鼻子寬而扁平，一張嘴就算上了妝也還是太小，她的頭髮往後緊緊束起，連黎遠遠都能看出她前額被扯得多緊繃。從她的裙襬往上看，布滿一圈圈肥肉的大腿也露了出來。然而當吉吉開口唱歌，黎才明白她的迷人之處。她的音域很高，卻充滿磁性，好像她正從一場漫長的午睡中醒來，那嗓音讓黎想起了臥房。吉吉的醜陋反倒令她更富感官性。她唱的這首歌一如她的造型般放蕩。那是一首法語打油詩，歌詞寫的是一名男學童和圍成一圈的課桌，以及拿著鞭子的年長嚴師。吉吉的演出精采到黎幾乎不需要聽懂所有歌詞。當吉吉唱到「鞭子」這個詞，她會挑起一邊高聳的眉毛在前額彎曲，然後瞬間又回到原位。她一面唱著一首叫做〈煙花女〉的歌，一面抓起肚子上的層層肥肉，再撩人地往雙腿間摸去。她靠著這些動作掌握了全場目光，當她將歌唱的音量降低成輕聲細語，全場也安靜下來傾聽。

十餘首歌之後，吉吉宣布她再唱一首就結束。哀怨聲從人群裡傳出。她的手指在空中搖了搖，不、不、不，要大家別難過。接著她走到舞臺邊緣，看著曼的方向以法語說：「這首歌要獻給偉大的曼．雷，他今晚在場。過去他曾帶給我許多年的美好時光。」然後她甜甜一笑，所有人一邊拍手一邊回頭尋找曼，向吉吉的愛人、蒙帕納斯的至愛舉杯致意。

在那一刻，黎覺得自己對吉吉無比崇拜。她站在舞臺上閃耀的燈光下，看起來如此甜美，黎很高興吉吉在曼身上找到快樂。或許黎也能這樣，找到足以維持多年的真正的快樂。聽到吉吉稱讚曼，她很開心，看到酒吧裡的觀眾朝他敬酒致意，而他坐在那裡既不羞赧也不自滿的態度，讓她更感欣喜。他臉上帶著淺淺的笑容，放鬆地坐在席間，好像一切毫無不尋常之處。而或許確實如此。或許他和吉吉交往時，這種情況並不稀罕。

吉吉再度唱起歌來。起初一切都很好——唱的是月光下的貓或類似的歌詞。但隨著歌聲悠揚，黎察覺到曼的身體僵硬，雙手抱胸憂慮地望著她。黎朝他微笑，讓他知道她很開心。曼起身走向吧檯，點了一杯酒後站著抽菸，盯著臺上。

「給你一個／給你兩個／這裡只有我們兩個，」吉吉唱著，然後傾身解開上衣的釦子。釦子不少，還有一些緞帶，但她很快就將衣服解開到腹部。她直直望向吧檯邊的曼，手探進衣服裡拉出一邊的胸部，讓它像牛的乳房一樣外露搖晃，觀眾則是一面以指節敲打桌面一面歡呼。接著她袒露出另一邊的胸部，雙手揉捏，口中唱道：「沒有你的／沒有你的／從你離開後就沒了。」

實際上看到吉吉，比曼的鏡頭下的她還糟。站在舞臺上的她是如此——嗯，真實。黎意識到這是個錯誤。她無法看向曼，她不想看到他現在的表情。她轉過頭，發現尚已不再關注舞臺上的表演，而是低頭在小筆記本上寫東西。他看了黎一眼，只吐出一個詞：「可恥。」對臺上半裸的吉吉搖頭，一臉鄙夷。

黎笑了。這男人並未受到那對袒露的胸部吸引，感覺不錯。她將椅子拉向他。

「大家好像都被她迷住了。」黎說。觀眾又一陣歡呼鼓譟，坐在椅子的身體更往前傾，指節在桌上敲得也更大聲。

「一群蠢豬。妳和他一起來的？」尚指著曼的方向。

「對。」

尚翻了一個白眼。「我想要妳來我的片廠看看，我拍電影的地方。」

「現在？」

吉吉還在舞臺上唱歌、搔首弄姿，但黎盡量不看她。

「不，白天來，光線比較充足。也許明天？」尚說：「他會讓妳來嗎？」

「曼？」黎在椅子上坐直。「當然——我是說，我不需要問他我能不能做什麼。」

尚湊上前輕聲說：「他不喜歡我。」

「他向你打招呼的時候看起來很開心啊。」

「他覺得我是個值得結識的名人。我的確是。」

吉吉的演出在他們談話時結束了。她端正地扣好上衣，肢體緩慢而誇張地走下舞臺，以同樣的方式結束表演。黎預期她會走向曼，也讓自己做好心理準備，只見吉吉在人群中游移，反而離她愈來愈近，直到她在黎的面前站定。她的妝容近看很可怕，那是舞臺效果，不適合近距離欣賞。

「我知道妳是誰。」吉吉一口生硬的英語，從嘴裡噴出的口水沾到黎的臉頰。黎往後一縮，抹了抹臉。一旁的觀眾交頭接耳，在椅子上轉向她們。

「我是誰？」黎說完後起身。她比吉吉高了足足六吋，吉吉得仰頭才能繼續盯著她。

曼往她們走來，舉起手臂，就像在招計程車。

「婊子！」吉吉大喊，聲音大到數十人同時往這裡看。曼還在另一頭。「你是曼的**婊子**。**妳爸是死玻璃，妳媽是賤貨。我要在妳的婊子屁眼上撒尿！**」她冷不防伸手打了黎一巴掌，她正想打第二次時，曼及時抓住她的手。黎感覺到臉頰上抽痛的灼熱感。

全場一片寂靜。曼一把抓住扭動的吉吉，固定她的手。尚見狀立刻起身，卻不慎撞翻自己的椅子。他朝黎走來，隨手拿起一條紙巾在水杯裡沾溼，然後將紙巾按在她的臉上。吉吉再次叫喊起來，瞇著眼，雙唇是一圈憤怒的鮮紅。「別來這裡，永遠都別來，妳這婊子、賤貨、骯髒的小騷貨。」

黎僵在原地。她難以置信，吉吉轉瞬間就褪下舞臺上的人格、燃起不可遏抑的怒火，就像這股憤怒也是演出的一幕。或許的確是——黎感覺咖啡廳裡所有的眼神都投向他們。她從沒被人打過巴掌。她想要曼做些什麼，上前安慰她，或採取任何他此刻在做的以外的行動——別光是扶著吉吉，企圖對她低語，讓她冷靜下來。在不知情的人們眼中，他們看上去就像相擁的戀人。

「妳不該待在這裡。」尚說。黎沒有多想，便讓尚帶她穿過餐廳。黎轉頭看了曼最後一眼，他的手放開吉吉，正往她的方向移動。但黎只是前進，讓尚為她開路，走向大門，在他們開門踏上街道時，門上的小鈴鐺愉悅地叮噹作響。街上依舊滿滿的人潮，夜晚的空氣輕拂在黎發燙的臉上感覺十分涼爽。他們走上蒙帕納斯大道，然後左轉往聖米歇爾大道，再轉進馬可波羅花園。

時間已經晚了，他們走在公園裡的碎石路上，這裡不像街上的人行道，不見半個人影。

「妳的臉還好嗎？」尚問。

「還在痛。」

「妳應該放一塊肉在上面。一塊牛排。」

「牛肉？」黎覺得自己可能沒聽懂他的法語。

「對，可以讓瘀血退掉。」他作勢在手上放一塊肉，然後假裝壓到自己的臉頰上。

她每踩一步都能感覺到鞋底的碎石喀啦作響。在他們頭頂，微風吹拂的榆樹沙沙搖擺。

「啊，那就是我想給妳看的。」尚說，指向規則式庭園外圍的一座大型噴泉。那座噴泉的底座有幾匹銅製的馬從泉水裡竄出，它們的身體被變成魚尾，眼睛恐懼地轉動。頂端有四個女人，高舉一個球體，仰頭凝望天空。

「看到那女人了？就是她讓我想到妳，讓我覺得妳應該來演我的電影。」

「你想要我在你的電影裡演那個雕像？」

「不是她，不是。妳會是卡黎歐琵，掌管藝術與詩歌的繆思女神。但妳會像那樣，一尊美麗而不可褻玩的雕像。妳接著會活過來——妳會看到的。會很棒。我的每部電影都是。」

他的自負本該顯得失禮，但此刻黎只能放一半的注意力在他身上。她無法不去想，曼先去找吉吉，而不是她。她在腦海裡一次又一次重播那一幕。她試圖揣測他的想法，但她想不出半點道理。他拋下她——就在他們剛談完嫉妒的話題之後，這讓她格外氣憤。

他們就這樣盯著噴泉，水噴出來之後好似在空中停頓片刻，才落入下方的大理石盆中。黎試著不去想曼，同時希望此刻身上揹著相機——她會拍一張馬的眼睛被弧形的水流圍繞的照片，長時間曝光會讓石頭背景前的泉水變得柔和。

「我得回去了，」黎打破沉默。「我覺得好累。」

「回去哪裡？」尚問：「妳和他同居？跟曼．雷？」

「對。」

「你們彼此相愛嗎？」尚問。

黎點頭，但沒說話。她當然愛著曼，但她不想在咖啡廳裡挨巴掌事件後和一個陌生人討論她的感情。話說回來，愛這個字又有什麼意義？他們幾乎不對彼此說這個字——除了他們進行中途曝光的實驗，以及後來在床上那幾次。她厭惡這個過於正式的說法，像是承擔了歷史上所有在他們之前說過這個字眼的戀人的重量；又或許她不喜歡這句話所帶來的脆弱感，透露出她的深情善感，也要求情感能得到對等的回應。

泉水湧出又落下，湧出又落下。黎可以就這樣一直看下去。她不確定該對尚說什麼，最後她決定據實以告——他是如此真摯而熱切，也喚起了她內心相同的態度。

「有時候我擔心自己不曉得如何與人相愛。」

尚丟給她一個審視般的眼神。「這與『如何』無關。而是像呼吸，如此簡單。」

「嗯。」黎語帶遲疑。的確，在某些時刻一切感覺如此簡單——和曼在床上交纏，緊密到感覺他們全然融為一體——但是通常，尤其是最近，她發現自己會從遠處審視他們的關係，敘述她對他的愛情：**那就是我愛的男人。看看我們，多麼關心彼此。能被這樣深愛著的女孩可多幸運。**黎曉得這不正常，但有時候，這是她唯一能讓自己在生活中感到踏實的方法。此刻她不打算說這些，於是她換了個話題：「你的電影就是在談這些？愛情故事？」

「哦，比起愛情故事，更是一個關於藝術的故事。但兩者是相連的，不是嗎？這部電影會探索藝術與夢境，以及生死之間的掙扎。是一個偉大的實驗。」

「我一直都想演電影。」

「妳現在就該來演！一看到妳，我就知道妳是完美的人選。」

黎感覺受寵若驚，驀然又想起曼——他現在在哪裡，當她說要演電影時，他會作何反應——但她甩甩頭，他應該要替她感到**開心**，他應該也希望她能擁有這樣的機會。要是他不這麼想——

嗯，或許不懂愛人的該是他才對。

「你知道，我有工作，我是曼的助理。」

「我猜，他付給妳的薪水是……知識？」尚笑得不懷好意。「片廠也能提供很多知識。電影是未來的潮流，而且我每天會付妳一百法郎。」

「要拍多久？」

「一個星期，或兩星期？不是每天拍，但每天都有薪水。」

黎仰頭望著那尊雕像，想像自己身上也覆上金色葉片，自由灑脫，在女神長袍下熠熠生輝。

「我想拍。只是需要跟曼說一聲，確保他工作上沒問題。」

「好極了！」尚興奮地跳上跳下，他的熱情讓黎笑了出來。他們離開噴泉往下走，走到花園更深處。他們邊走邊聊，直到她忍下一個呵欠，再次說她需要回家。

「妳家在哪裡？」

「蒙帕納斯大樓。」

「我知道那裡，在他的工作室附近。我請他替我拍照時去過幾次。」

「你在騎師的時候，好像沒特別喜歡他。」

「很多人都不喜歡彼此，但這並不阻止他們合作往來。」

尚要陪她走回家，但她阻止了他。黎想像回去時公寓裡仍陰暗且一片空蕩，想像曼正和吉吉在一起。

「你家在哪裡？」黎問。

「就在那裡，過去兩條街。」

「我能去你那裡過夜……睡覺就好嗎？」黎認為她有必要先澄清。

尚在幽暗的街燈下盯著她。「如果妳長了鬍子和屌，我就會對妳有興趣。否則妳無需擔心。」

她大笑出來，勾著他的手讓他帶她回家。一晚也好，黎想，就讓曼擔心會失去她吧。

21

早上，黎在一張白色大床上醒來，清晨柔和的陽光透過長窗，流瀉進天花板挑高的房間裡。房間很漂亮，潔白而極簡。黎心想這裡有多適合拍照。她躺了一會，享受著帶有檸檬香氣的床單和它涼爽的觸感。曼在家裡也正要起床吧，她想著，或許他才剛察覺她沒回家；又或許他也沒回家——或許他去了吉吉那裡。黎不曉得哪種情況比較可能發生。但要是他在家，肯定會對她大發雷霆。

尚留了張紙條給她，說他已經去片廠了，要她把這裡當自己家就好，於是黎簡單洗了個澡，在浴室的鏡子前察看臉頰。看起來沒有瘀青，但摸起來敏感刺痛且微微發燙。她沒辦法整理頭髮。整間浴室沒有絲毫女性使用的痕跡，連梳子都沒有。黎以手指梳開打結的髮絲，最後還是放棄了。

黎回去時，公寓裡空蕩蕩。她四下都沒看到曼的身影。前一晚的事再次浮現在她腦海。那首歌、吉吉的怒火、曼在黎離開時安慰吉吉。她走進廚房打算在爐子上煮一杯濃縮咖啡，以她學會的方式點火、拿捏咖啡分量。咖啡渣像泡沫般浮到表面，整間廚房瀰漫著刺鼻的香氣。

他們的房子。待過尚的公寓後，黎發現這裡在早晨明亮的光線下顯得狹小而雜亂。她坐下來喝咖啡的餐桌上堆滿了失敗的照片、空杯子，還有個表面附著一層棕色肉汁的盤子。黎不是會持家的人。直到這一刻，她才留意到她——她和曼，他也不特別注重整潔——所製造的一團混亂，而那堆疊的碗盤與雜物讓她想起他們曾共度的時光。過去幾個月裡，要無視日常中的例行家務是如此簡單。但如今這放眼的髒亂令她欲嘔。她起身將雜物集中、一一分類，碗盤都放進水槽裡。

黎很少一個人待在屋裡，感覺很不自在。她想念曼和他在身旁時散發出的活力。他不在時，房間猶如罩上一道幽暗氣息。她察覺到堆積在角落的灰塵、中國風壁紙上重複的紋樣在接縫處沒有對齊，櫻樹枝的花樣因紙張從壁紙上剝落而斷裂。

他在哪裡？她記得曼給她看過一張吉吉的照片，她背對相機，臉轉向側面。她想像他們兩人在一起，他的指尖沿著吉吉的脊椎勾勒出一條精細的紋路。她蒼白垂晃的乳房，曼那工人般的方正手掌像揉麵團般揉捏它們。她不經意想像吉吉臉朝下趴在曼的床上，雙手被綁在身後，而曼的身體就在她雙腿之間。這個念頭讓黎打了一陣寒顫，她切實感覺到咖啡因在她體內流竄。她走過房間，一手抓著三個杯子的手把，還有一疊盤子靠在她前手臂，窗外的光線射向一面裱框的相片，那角度恰巧讓她看到自己的倒影——她的洋裝起皺、頭髮乾燥得一團亂——凌亂不整的倒影令她喪氣，一股突如其來的強烈悲傷幾乎要擊倒她。黎放下杯盤，倒在椅子上。

她做了什麼好事？要是曼真的對她生氣了怎麼辦？沒有他，她還剩下什麼？她完全沒有能力經營與他無涉的生活。她想要爬上床，屈服於這股悲傷之下，等待曼回家後給予她撫慰。無論他何時回來。

或是她可以離開。黎一直很擅長藉由逃離來解決問題——從她不願多待的派對不告而別，或是遠渡重洋離開一份她不再享受的工作。只要她離開，或許就能暫時遠離這股幾乎要將她吞噬的悲傷。

黎在房間裡整理頭髮。她換上另一件洋裝，塗上一抹紫褐色的唇膏，戴上一對垂墜式耳環。她的動作迅速，毫不拖泥帶水，離開公寓的時候，任由房門重重關上。她走遠時，腳下牛津鞋的鞋跟在路上喀喀作響。

黎抵達片廠時，裡頭一片混亂。尚正在攝影機後拍攝某個場景，裸著上身的主角站在臺上，一臉痛苦地搥打自己的胸膛。二、三十人四處忙活，看都沒看她一眼，她倒是站在入口將一切盡收眼底。尚喊了一聲「停！」，演員放鬆肢體，扳起了手指，懶洋洋地轉頭繞圈。這時尚朝主角走了過去，激動大喊：「你是詩人！」尚握著演員的手腕搖晃。「這是你的血液，你必須試著感覺它。可是我在裡頭什麼都看不到，只看到了噗噗噗噗噗噗。」他模仿氣球洩了氣的聲響，又滿臉期待地直盯那演員。「我們再試一次？」

「當然。」男人說完，將頭前後轉動一次，伸展得很用力，脖子的肌腱都凸了出來。他有著一雙深色的瞳孔和砂紙般的鬍渣。他稍微提了提褲子，卡在臀部的位置。尚神情專注地看著他。

「我想要的是，」尚說：「你生活在全然的孤獨之中。我希望你在這一刻能夠理解到，你從童年裡偷走的事物，命運不可能彌補你。你明白嗎？」

他們重拍了這場戲三次。黎感覺男演員演得過於賣力，但或許她並沒有完全了解靜態攝影和這種新型態媒介之間的差異。她覺得應該讓這個演員喘幾口氣、步調慢下來。倘若是曼在拍攝，他會要他徹底忘記攝影機的存在，想像自己一個人待在靜謐的綠地上。但兩者都不是尚採取的方案。只見男演員愈發緊張，而尚也變得愈來愈激動，連轉動快門桿時，手臂肌肉都跟著緊繃起來。

終於，拍完第三次，尚似乎滿意了。「很好，休息十五分鐘後再開始，」他大喊，於是演員和忙碌的工作人員紛紛從舞臺離開。片廠內安靜了下來。尚走到一旁的桌前點了根菸，吸了一口後慢慢吐出，讓菸霧在他鼻子附近繚繞，像蓄著灰色的鬍子。

黎待在原處，靠在邊緣的一根柱子上。

「尚。」她說。

他看了看四周，然後發現她。一抹微笑浮上他的臉龐。

「啊，我的卡黎歐琵！妳的守門人讓妳離開籠子了。」

她心中燃起一陣不悅。「沒有籠子。」

尚點頭。「很好。妳準備上工了嗎？從今天開始？或只是來參觀我們拍戲？」

黎看向舞臺，黝黑的地板髒汙破舊，簡單的牆壁上漆了白色水泥，還有一面假窗戶，正中央擺著一張木製小桌和兩把椅子。要是曼發現她來了片廠，他會怎麼想？

兩個小時過後，他們大致決定出需要哪些材料來製作黎的戲服。它看起來要像是從外包覆起女性軀幹的硬殼，要比黎的體型再寬一些；為了模仿古希臘雕塑，手臂部分在手肘處截斷，然後披上類似羅馬長袍的白色布料，將她從脖子往下整個包裹起來。她無法坐下，手臂以粗繩固定在她體側，所以也動不了。布料上塗了加強硬度的塗料，以寬筆刷塗好幾層後放乾硬化。包在裡頭的黎發癢冒汗。尚和三名男子圍在一旁討論她。他們拿一塊大型海綿在她臉上撲上一層又一層白色的舞臺妝，然後尚跑去鏡頭前看了一會後回來，嘴上唸著還不夠好、不像一尊雕像、還沒到位。很快地，他們決定嘗試在她的臉和頭髮也上塗料，並且指示她過程中必須完全靜止不動。

「它好像在燒。」黎告訴他們，她的下巴動彈不得，只能從齒縫間硬擠出那幾個字。

「很快就不會了。」尚告訴她。這和她想像的完全不一樣，金色葉片和光輝上哪去了？

塗料乾了以後，燒灼感消失，但黎柔嫩的臉頰依然刺痛，而她只能專注在臉上的刺痛，才能忘卻身體其他部位也在隱隱發疼。那位名叫安瑞克的主角被叫了過來。他和尚及其他舞臺人員站在一旁討論她，彷彿她是一件道具，她內心煩躁不已的情緒讓舞臺裝下的肢體全身發熱，不適感和一股惱火讓她此刻汗流浹背。

「是布料皺褶的問題。看起來不對勁，」安瑞克說：「垂下來的方式和大理石不一樣。」

那些男人在房間裡四處走動，尋找可以用的材料，一名義大利工作人員走上前，比手畫腳描述起某樣東西，手勢就像在碗裡操作烹飪用的攪拌器。然後出現了奶油、糖和一只真正的碗，男子替他們攪拌起來，然後他們拿出一把刀將攪拌後的濃稠液體塗抹在黎的戲服上。聞起來很香，像奶油餅乾在烤箱裡烘焙的味道。

又過了一小時，這些男人依舊還沒處理好她。他們讓她在舞臺上嘗試各種姿勢，要她走路，讓她的下半身看起來像在滑行，但尚對成果不甚滿意。黎的不適感愈發強烈，沒多久她就感到強烈的尿意，但在脫掉戲服前，她什麼也不能做。

「她還是一個女人。」尚失望地說。

她當然是。他們究竟想從她身上找到什麼？黎很習慣在男人拿著鏡頭瞄準她時討好他們。她再次走過舞臺，腳一刻也沒有離開地板，但還是不對。她已經全身酸痛，她的脖頸和肩膀變得僵硬，身軀所散發的熱氣壓迫著她的肌膚。一股難以抑制的欲望企圖挪動她的手臂、企圖抓癢、蹲下，撐破這身緊繃難耐的布料獲得自由。

接著，黎想起最近看過的一部曼的電影，那是曼還沒徹底放棄電影時拍的。其中一幕，他讓吉吉躺下來，往上凝視攝影機，然後當她閉上眼，一雙畫上去的眼睛出現在她的眼皮上。她走到舞臺中央閉上雙眼，很清楚這就是他們想要的——盲目的她——然後她略顯猶疑地在地板上移動，目不見物，形如鬼魅。

尚愛極了這效果，上前最後一次調整她的戲服，她咬緊牙關告訴他曼在吉吉閉著的眼皮上畫眼睛的點子。他的臉上慢慢浮現一抹好勝的笑容。他拿來一支眉筆，她在閉起的眼皮上感受到筆尖的壓力。黎睜開後又閉上眼，讓他確認效果，最後再閉上，完成那天剩下的拍攝。

她閉上眼的時候，權力反而轉移了。黎驀然感覺自己拿到了主控權，房間裡的男人們爭相取得她的注意。她和他們隔開了。她在他們要她走的時候走，將身體轉向她看不見的事物，但那些對她而言就只是聲音。片刻之後，她彷彿也失去辨認聲音源頭的能力，外頭的一切變得扭曲模糊，猶如全塞進一只巨大的魚缸裡。

稍後，緊繃感舒緩，她從酸痛的身體裡飄浮而出，就像她被拍攝時所經歷的那樣。但這一次，她不需要心靈狂奔，她留在當下。她依舊閉著眼，觀看自己滑行著穿過片廠，同時留意舞臺燈光變化和其他演員經過她面前時形成的暗區，以及在她眼皮外造成的光影變化。然後，黎全然感覺不到自己的身體；但她能看見它在石膏下的模樣，看見她在銀幕上讓那尊石像活過來時，將會多麼充滿力量。

當天，刺眼的舞臺燈關掉之後，尚走上前帶黎到一張椅子坐下，他和一名工作人員著手替她脫掉戲服。他們取下那層硬殼、解開固定她手臂的粗繩。結束後，她往頭頂伸展手臂，恢復行動能力的純粹快感差點讓她喘上好幾口氣。接著，尚將手擺在她臉龐兩側，輕輕擠壓，讓她的妝裂開，好動手剝除一層層的塗料，將它們像蛋殼一樣從她臉上拍落。他的動作緩慢，近乎溫柔，結束時拿來一大塊布，盡可能拭去殘妝。

他們收工離開，她告訴尚要去曼的工作室一趟，他和安瑞克便自願陪她同行。一路上，兩個男人很沉默，黎卻顯得充滿活力。這天改變了她。片廠發生的每一件事——拍攝現場的擁擠忙碌與刺激的能量——和拍照的感覺如此不同，更加活力充沛。

起先黎稍微走在他們前面，安瑞克接著湊近她身邊。「妳以前演過戲嗎？」他問：「我沒看過妳。」

她搖頭表示否定。

「妳表現得很棒。尚對演員的要求都很莫名其妙。」

黎笑了出來。戲服帶來的不適感已是遙遠的夢境，只留下一股她說不上來的異樣感，彷彿她情感上經歷那被賞了一巴掌的衝擊，如血液般浮上肌膚。

平靜的空氣中瀰漫著一股異味，是樹葉在溼土壤裡腐敗、垃圾桶起火、從路邊餐廳和麵包店飄出的麵包酵母和過期蔬菜腐爛後甜膩的氣味。黎發現自己餓壞了，她不停地想著食物，也許來份濃郁的燉牛肉，再搭配果醬葡萄酒。她頭髮裡還卡著蛋糕麵糊，裙子也被灰塵和舞臺妝弄髒了，但她毫不在乎。她邊走邊擺動雙手。尚不時看向她並露出微笑。

「我們能找到她很幸運，對吧？」他在等待過馬路時對安瑞克說。看著她轉動身軀，可以讓最後一絲緊繃感舒展開來。

安瑞克點頭回以簡單的微笑。他就像拍戲時一樣緊繃，看起來幾乎像在生尚的氣，但黎不明白原因。

他們來到曼的工作室前，熟悉的門扉和上頭簡單的黃銅敲門環，令她腸胃翻攪——她不確定自己是期待還是憂慮。

尚疑惑地問：「黎？」她才意識到他剛才正在和她說話。「我們明天見嗎？」他問，黎點頭答是。

他們離開後，黎在門前的階梯站了一會兒。曼在裡面，或不在。她不曉得哪種情況比較糟。她打開門，讓一小道光線照進幽暗的走廊。

22

工作室內沉靜無聲。黎爬樓梯上二樓。先是到客廳，再走進辦公室。曼不在裡面。她的腸胃緊張翻攪，強烈得蓋過了她的飢餓。室內一片昏暗，籠罩在陰影中，相機就像熟睡的大型動物般潛伏在角落。

黎考慮回家找他。她往後走到暗房，看見門邊的琥珀色警示燈是亮的。她敲了三下門。他沒有回應。她正要再敲一次時，曼正好打開房門。他手上是一張濕漉漉的接觸印樣，起先沒有真正定睛往她看。但他的目光很快就瞟向她的臉，這才注意到她的狼狽。他走過她身邊，將印樣放在桌上，說道：「妳不回家，跑去膠水工廠過夜？」

他沒說錯。她現在看起來肯定很詭異。黎抬起手摸了摸頭髮，感覺還有蛋糕麵糊的結塊，低頭一看，身上衣服滿是石膏粉塵。

「我是去——」

他打斷她。「妳為什麼不說妳去了哪裡？妳可能在任何地方，和別的男人一起。我怎麼知道？」

她的火氣也跟著爆發。「吉吉**當眾打我一巴掌**，你卻站在她身邊？我才懶得跟你說那麼多。」

「我得控制她的情緒。她一旦暴躁起來——妳根本不懂。」

「你說的對，我不懂。我也不想懂。我不敢相信你和那種女人在一起十年。」

「等她冷靜下來，妳已經走了。走了！我根本不知道妳去了哪裡。」

黎雙手悍然一揮，又聞到身上的麵糊、石膏以及歷經數小時拍攝後的汗味。「哦，」她說，感覺滿腔怒火不受控制，「我不曉得我還得像個孩子一樣，無時無刻向你報備我人在哪。」

「像個孩子。我是妳父親？我不認為妳打算將妳爸扯進來。」

「什麼意思？」

曼略作停頓，像在斟酌自己的用詞。「妳真是不可理喻。妳和我明明都曉得，在意妳整晚不回家，和掌握妳的去向完全不同。」

「我只知道你也沒回家。」

「那是因為妳不在。」

黎的口中驀地吐出一聲嘆息，又像是一陣悶吼。「尚帶我回他家，我在他的客房過夜。」

「尚？妳和尚已經熟到直呼名字了？」

黎的肚子裡傳出聲響，她雙手環抱作勢遮擋。「他希望我演出他正在拍攝的一部電影。他很照顧我。」

「黎，不是每個男人都能要妳。讓那些同性戀去玩他們的。」曼故作打趣似地微笑。他的笑容反而更加燃起她的怒火。

「我要去演他的電影，」黎說：「我一個星期不會進來，也可能更久。」

「妳不能這麼做。」

「只有一個星期。而且他會付酬勞。」

「我的意思是，妳不能為他工作。考克多——他這個油嘴滑舌的虛偽小人。他的政治理念和我的藝術概念水火不容。崔斯坦受不了他，安德烈受不了他——我不是唯一這樣想的人……」

黎想要將曼逼得更緊，看他到底能說到什麼程度。「但那正是問題所在：**你**不喜歡他。那是你的藝術，但我不是**你**。」

曼揉了一下僵硬的脖子。「你不能**不是**我。」

「這又是什麼意思？」每次黎一生氣，眼底很快就湧出淚水。她跌坐在身旁的椅子，不住搓揉前額，看著身上的粉塵掉落在地板。

曼抬起下巴。他低聲說：「昨晚——妳沒回來的那段時間——我意識到我們之間已經變了。我們聊到吉吉的時候，我對妳說的那些關於嫉妒的話，那是我和她在一起時的感受，而不是我對妳的感覺。在妳身上，我需要更多。我不再——我快樂不起來，除非我能從妳身上得到某種承諾，否則我無法和妳在一起。」

「你需要更多。」黎往上盯著他看。

「妳想知道我昨晚做了什麼嗎？妳離開之後，我送吉吉上計程車。我一分鐘也不想再和她相處——我滿腦子想的都是妳。但妳對我做了什麼？我不是這樣的人。我不是這種人。然後我回家，坐在廚房裡等妳，等了又等，還是等不到妳。於是我開始想像各種**可怕**的情景——」他的口氣非常激動，她看得出來他環抱胸前的手臂抓得更緊，想止住身體的顫抖。「我想像妳受傷了，或是和別人在一起，而我無法承受這一切。我無法承受去想像妳和別人在一起。」

「我沒有和別人在一起，我剛剛說了——」

他打斷她。「那不是重點。而是我**永遠**無法接受妳和別人在一起。我需要妳答應我……不然……」

黎起身，雙手抱胸，態度變得冷淡。「不然怎樣？我實在不懂你的意思。」她從他面前轉過身。「我需要喝一杯。」

她穿過辦公室走進客廳，到移動式酒車旁倒了一杯蘇格蘭威士忌。曼跟在她身後，她將那杯遞給他，替自己倒了另一杯。她緊握杯子，手指在杯面的凹凸紋路上摩擦。曼再次開口，聲音平靜許多。

「給我承諾，妳就可以去演那部電影，」他說：「我想要這樣。應該要這樣。」

「但我不明白你的意思，什麼是給你承諾？」

「答應我，妳只能和我在一起。」

「**永遠**？」

「對。」

黎不知道該說什麼。威士忌沒有像平常一樣讓她暖和起來，於是她灌了更大一口。她完全沒料到這場對話會演變成這樣。黎才是那個該生氣的人——黎，一個昨晚被拋下來、不得不自我療傷的女人。她腦中再次浮現曼環抱著吉吉的畫面，他的嘴靠在她耳邊，悄聲安撫她。

「所有人都看見你先去找吉吉，而不是我。你怎麼能在眾人面前這樣對我？」

曼扯著頭髮。「我是要控制住她的狀況。我不曉得她接下來會做出什麼事。她什麼事都做得出來，真的。」

「你把她說得像是一頭野獸。你到底在害怕什麼？你自己、她還是我？」

「我不知道。我沒辦法思考。等我回過神來妳已經走了。」

「我待不下去。我討厭那女人。」黎說出這句話的聲音聽起來就像個孩子，幾滴眼淚又滑過臉頰。她隨手擦掉，然後笑出來。「真的，我討厭她。」

曼放下酒杯，更靠近她。他清了清喉嚨。「黎……我想說的是，這對我來說不只是愛。我對妳感受到的——是更巨大強烈的感情。這讓我——讓我變回我過去的樣子，我已經遺忘的樣子。昨晚，我在我們的床上——床好大又好空虛。我總是躺到妳那一側，希望能感覺到妳就在那裡。今天早上——我幾乎沒睡著，我今天並不是整天都在工作室，相信妳也看得出來——我來的路上繞了一大段路去看塞納河，從頭到尾我都想像妳在我身邊。我說得不精確。我並不是想像，而是**看見**妳在我身邊。無論我往何處看，眼中都是妳。」

他取走她手裡的杯子，放在邊桌上，然後握起她的雙手。他的手在發燙。她知道他在等她開口，但她不確定他到底在等她說什麼。他從沒有這樣對她說過話。他們討論過婚姻，但討論的是兩人對婚姻都抱持反感。他們都同意婚姻不適合他們。但現在——似乎不一樣。曼的聲音粗啞，雙手緊握她的手，幾乎讓她覺得不舒服，好像他能透過雙手的力道讓她理解他的想法。

在黎開口前，他繼續說：「我想給妳一切。我，不是別的男人。而我**已經**給了妳這麼多——我讓妳變得出眾。妳現在是如此才華洋溢，每次妳給我看妳的作品，都遠比妳過去的更優異，讓我感覺更有理由深愛著妳，去擁有那些原本在我眼中複雜晦澀的情感。」

她盯著那包覆她雙手的手指，指節間長著短短的深色體毛。他是如此認真，但那些話對她而言沒有太大意義。承諾——同意、答應。待在他身旁、在這間工作室裡占有永遠的一席之地，這難道不是她所渴望的嗎？於是她點頭，然後開口：「好吧，我答應。你知道我愛你。」

他將她的手握得更緊，她可以感覺到肌膚下的骨頭緊壓著彼此。「我想要妳永遠愛我。」「永遠。」她點點頭，不想再多說什麼。她抽開手環抱他，他抱著她前後搖晃。他們維持這樣的姿勢好一陣子。之後她終於從擁抱中脫身。曼挺起身子，看起來在讓情緒平復下來。

「我該去工作了。」她說完便往暗房走去。她轉身想看他是否跟在後面。但他拿起壁爐架上的一個鳥巢，一隻手捧著。

「黎，」她離開房間時，他說：「去拍那部電影吧。」

「好。」她再說了一次。她當然會去拍那部電影。她早就決定了。但讓他認為自己影響了她的決定，不也無傷大雅嗎？

黎站在暗房外，看向他放在桌上的印樣。「你在沖洗什麼？」她問。

「妳的照片，」他說：「還會有什麼？」

黎拿起放大鏡。印樣上有九張圖像，每一張之間幾乎沒有差異，就像曼只是盡可能快速地反覆按下快門。照片裡，黎躺在他們的床上，睡著了。她一手擱在頭上，另一手繞過身軀。她在被單下，從布料的皺褶明顯看得出她雙腿大開，曼拍照的角度讓被單皺褶突起的陰影猶如箭頭般，指向她雙腿間。黎沒印象他拍了這些照片——昨天或幾個月前拍的都有可能。曼以前就在她睡著時拍過她。那並不令她困擾。但現在盯著自己睡著的身影，一排三張，她並不喜歡這些照片。不是因為這讓她想到曼看著她睡覺，或是其間的窺淫視角令她不適。不，她不喜歡的是其中毫不掩飾的**信任**所透露的關係狀態。她在自己身上看見了脆弱。

黎不確定這是不是曼所謂的承諾——他真正想要的，是她徹底臣服。

稍晚他們一起回家。曼對於在工作室的談話似乎很滿意。走回公寓的路上，他握著她的手，溫柔地領著她繞過路上的坑洞。等他們進入屋內，他替她準備洗澡水，在她洗好換上浴袍後，她發現他在小廚房裡為她準備炒蛋。它在盤子裡散發蒸氣，擺在吧檯桌面，然後曼在一片吐司上塗抹奶油，放進盤子裡。黎餓壞了，掃空炒蛋後又吃下更多。胃裡的食物溫暖了她，還有沐浴後披上浴袍在腰間打結所帶來的熱氣。她和曼幾乎沒有交談，但這股沉默卻令她感到平靜。倘若這不是愛，還有什麼算是？

達豪

一九四五年四月三十日

如果黎使用廣角鏡頭，納入整片風景，在畫面裡放進鄰近村莊整齊的草坪，就能呈現出火車距離民眾多近，他們知道，他們一定知道——

如果她在敞開的火車車門取景，前景是死人的頭顱，那顆頭顱的顴骨幾乎切穿所剩無幾的皮膚——

如果她替集中營裡養大的一隻兔子拍照，拍下牠乾淨潔白的毛皮，和一層層嬌生慣養的脂肪。兔子養大之後會做成皮手筒，塞進某個痴肥德國女人的手。一名囚犯伸著滿是泥濘的手餵那隻兔子吃穀物——

如果她拍下一張旁人凝視她所見之事的照片。囚犯張著飢餓惶恐的雙眼看著一具具屍體被丟進坑洞裡。一名親衛隊員下顎骨折，看著另一名隊員的鼻子被揍得濺血——

如果她嘗試不同的角度，或是更靠近。空空如也的鐵碗、手腕上的數字、男子脫下靴子後被截去一半的腳——

如果她拍下那些掌權者。一名德國官員，在一堆堆屍體旁邊嘔吐。再來一張自殺場景，他的舌頭宛如黑色的蠕蟲，自口中伸出——

有時候，黎讓相機擺在面前，只是為了能閉上雙眼。有時候她寧願在看不見的狀態下拍照。

如果他們曉得——他們肯定曉得——他們不可能不曉得——

如果她——這股氣味。她要寫這些，給奧黛麗。

採訪團的成員一個個離開。黎留了下來。她必須見證。她的口袋裡塞滿底片罐，就像手榴彈，寄出、刊載之後將帶給世界爆炸性的震撼。

23

尚從歐洲各地挑選演員和劇組成員，算是湊合出來的團隊。第二天，黎懷著決心與動力抵達片廠後，她也成了團隊的一分子。大部分成員甚至連語言都不通，但這並不影響他們共事：他們會開玩笑，對任何狀況都試圖以反覆而冗長的獨白描述，糊裡糊塗間反倒讓彼此有了更多理解、創造出情感上的共鳴。有個叫安努喜的女人會讀掌紋，有一晚，所有人都讓她看手相，坦白了許多平時少有機會提及的事；又有一晚，他們喝白蘭地，將清空的金屬垃圾桶放在舞臺上生火。才過了幾天，黎感覺自己和這群人彷彿已經成了朋友。

有時下午收工，他們會闖進更衣室拿出戲服。不分男女，將自己塞進愛德華時代風格的禮服中，然後因馬甲太緊而氣喘吁吁；或是穿上鎖子甲，手拿鈍劍互相打鬥。他們會上演一些小鬧劇，隨即倒在別人身上哈哈大笑。尚要是對當天的拍攝感到滿意，便會率領眾人，想出瘋狂又精采的情境來演出。

黎發現自己樂在其中。每天拍攝結束後，她從雕像的拘束中獲得自由，都使她感覺輕鬆自在。她會將娜芙蒂蒂的皇冠放在頭上，感受自己從頭到腳的儀態舉止變得更加沉靜高貴，她的真實身分則消失無蹤。其他演員都驚訝於她居然從沒演過戲。她沉浸在眾人的讚美，也察覺其實自己也努力想博得他們欣賞。拍電影也在一定程度上啟發了她的攝影。她的工作方式和拍攝現場會遇上的狀況有共通之處。她開始從電影的角度去理解攝影。當她拍照時，她是從上千個充滿潛力的時刻匯聚而成的時間長河裡，揀選出其中一個。而這個選擇，或是將它從中揀選出的行為本身，便是攝影之所以是藝術的一部分理由。

在電影攝影機後面的尚是大師。黎終於明白了。他去刺激，乃至於激怒演員的方式，對他達成目的來說的確有效。特別是安瑞克。她很快就意識到，他們倆在拍攝現場和日常生活中都有著同樣火花四射的關係；他們所有的互動都顯示出他們是一對。他們的關係激烈。他們會當著眾人面前相互叫囂，有一次黎甚至看見安瑞克要對尚動手。所有人會聰明地無視他們，到頭來頂多對安瑞克過度流露的情緒唸個幾句。黎不禁想，他們的私人糾葛也幫助了他們創作，這讓她想起自己和曼，她無法將對他的感情和他們共同進行的創作區隔開來。

即便黎很高興能回到自己一個人工作，她還是常在片廠想起曼。她在拍攝時感受到的自在，就像不斷湧出的噴泉，在她內心注滿罪惡感。有時想到曼獨自待在工作室裡，讓她但願自己沒那麼開心。她不確定她是不是本來就該有這樣的感覺。沒有他的陪伴、一個人在外頭，都不應該令她如此快樂。但下一秒她又發現自己正大笑出聲，忘了遮掩早已露出來的牙齒，腦海裡想的全是她等不及向他分享這一切，讓他加入她的歡樂。

某天下午，他們花了好長時間才拍完一場瘋狂的戲，在戲裡，詩人的嘴脫離他的身體，重新在他手上出現。結束後，黎坐在舞臺邊緣一張搖晃的椅子上。他們叫她來拍某場群眾戲，她很喜歡在不化那些極為負擔的舞臺妝時上鏡。她身旁的演員放鬆閒聊著。有人拿出一瓶白蘭地讓眾人分著喝，另一人在吧檯椅上捲了菸分給大家，不久，舞臺上便瀰漫起菸霧。時間可能來到下午四點，又像在深夜。就像在暗房裡，電影的拍攝現場也讓人失去時間感，讓黎想一直逗留。她的胃裡空蕩蕩的，白蘭地在裡頭的作用像是熱水瓶，舒服又溫暖。過了一會兒，酒喝完了，眾人起身回家，拿了外套和帽子，彼此道別。

很快就剩下黎和其他幾人。她拿起大衣走去後臺，再看最後一眼。黑暗的空間裡有菸、溼毛線和室內芳香劑的氣味，她愉快地吸了一口氣。再過幾天，拍攝就要結束了。黎還捨不得放手。

有人走到她身後，手搭上她的手臂。她吃了一驚，一轉頭原來是尚。「你嚇到我了！」

「我很抱歉。」他深吸一口氣。「妳也常待得晚——我之前就發現了。我從來都不想回家。」

「我也是。」她看著他，他給了她一個讚賞的表情。

「我今晚要去看芭蕾——是里法[20]的首演。妳想來嗎？」

黎順一順頭髮，低頭看著身上皺巴巴的洋裝。「我看起來很嚇人。」

「妳美極了。而且，我們打算偷溜進去。」尚做出小動物鬼鬼祟祟的手勢。她忍不住笑了出來。

夕陽西沉之際，他們一起步出工作室。紫色的雲朵聚集成堆，陽光從雲間透出刺眼的光芒。

「哦，你看。」黎說，兩人停下腳步凝視陽光移動，直到光線消失。接著黎愉快地勾起他的手。

---

20 Serge Lifar，烏克蘭的編舞家與舞蹈理論家，也是二十世紀知名男芭蕾舞者。

「安瑞克不想去嗎？」她問。

尚嗤之以鼻。「安瑞克不喜歡被看到我們在一起。」

「怎麼可能。」

「最近看來就是這樣。」

「我很抱歉。」

尚聳了聳肩。「妳呢？曼．雷晚上沒有帶妳出去玩？去調調情？」

「曼已經沒必要找我調情了。」黎說完大笑。

尚看了她一眼。「妳隨時都需要有人跟妳調情。有人得去提醒他。」

巴黎歌劇院幾乎可說是全巴黎數一數二的美麗建築，裝飾著幾尊象徵詩歌與和諧的繆思女神像。黎往入口走，卻被尚帶著繞去南邊，從一扇不起眼的小門進去。

「我們真的要偷溜進去？」她問。

「沒錯——像小老鼠一樣。妳該去瞧瞧後臺。」

他們穿過一條狹窄的走廊，走進服裝室。數十件芭蕾蓬裙懸掛在栓進天花板的精緻鐵框上。在服裝室的深色木質背景前，那些蓬裙恍若掠過夜空的縹緲彩雲。黎立刻拿出相機拍了幾張，但從小窗戶照進來的光線逐漸消失，她知道這幾張應該不會是好照片。

「你改天能再帶我來這裡嗎？」她對尚說，但他正專心領著她往建築物內部走。他們爬了一小段樓梯來到後臺。這個房間幾乎令她屏息。深色木頭和包裹起來的場景道具，漆成黑色的大片地板上滿是芭蕾舞鞋摩擦的刻痕，空氣裡瀰漫著舞鞋保養油的氣味。黎朝舞臺走去，等眼睛適應黑暗之後，她留意到一旁應該是晚上表演要用上的場景道具：織著田野風光的美麗壁毯、畫上圖案模仿四柱大床的布料、奢華派對的餐桌場景。每一組布景都像芭蕾蓬裙一樣，由許多纜線懸掛起來。黎很喜歡那些繩索和天花板交錯的景象。她的視線被吸引到房間頂端，最後幾道夕陽從一排小窗戶映照進來，塵埃在光線下迴旋閃爍。

黎出神看了好一會，才發現屋椽上有一個人，站立在懸掛於兩條繩索之間的木製平臺上。他一條腿跨到平臺外，抓起一根繩索交錯到另一個壁架上，然後身手矯捷地爬下梯子，靠向地面。她現在看得比較清楚了。他一身黑：黑色緊身褲、黑上衣，還有一條黑色圍巾像皮帶一樣綁在腰上。他繼續動作，拉起另一條繩索來調整其中一組布景，她看得出他體內蘊涵的力量，一股優雅的男性氣質。等她終於將目光移回尚身上，這才意識到他也在注視著他，兩人會心一笑。

「卡盧索！」尚朝那名男子高喊：「我們看到你了！」

男子轉向他們，黎拿起相機，在觀影窗裡框起他襯著繩索的模糊剪影。她對好焦，按下快門，然後收起相機。男子往下爬，俐落地跳回地面，他雙腳觸地的力道，讓松香粉在空中飄揚。

尚上前擁抱他，男子沒有多做回應就接受了。

「卡盧索！」尚又說了一次。「你在這裡——你為什麼在這裡？我需要你來我的劇組！」

卡盧索沒有回話，只對尚微微一笑。接著他看向黎，臉上閃過一種似曾相識的表情。他們眼神相會時，黎也認出他來。柔軟的深色頭髮，尖挺的顴骨，胸毛自敞開領子的上衣中隱約可見。乾而厚的嘴唇。她驀然想起他的名字：安東尼歐。在德羅索家見到的男人。

安東尼歐伸手進後口袋，拿出一包壓扁的菸草，然後坐在椅子上捲菸。

「卡盧索、卡盧索，」尚說：「我最後一場戲需要你。我需要你幫我畫一間撞球室。」

安東尼歐舔了舔菸紙邊緣，然後捲起來。「你知道里法付我多少錢？很多。」

他點起香菸，吸了好大一口，嘴唇因為吸入的力道而泛白。他走來遞香菸給黎。

「我不抽菸，」她說。但他無視，直接放進她嘴裡。他大膽的舉動出乎她意料，他的手指碰觸到她的臉時，她起初還想著菸灰肯定會燙到她，但只感覺到他的肌膚在她臉上發燙。這根菸帶來荒謬而巨大的效果，世界彷彿變得更為清晰，好似她揉完了眼，一切都已對好焦。她覺得自己好像才剛起床，而她被他碰到的臉頰與臉上其他部位徹底分離，各自甦醒過來。她吐出菸霧時，喉嚨灼燒得刺痛，她努力忍住不咳嗽。安東尼歐又替自己與尚點了兩支菸。黎試著不看向他。但每當她不經意看過去，安東尼歐都直直盯著她瞧，目光毫不動搖地捲著香菸。他有一雙灰色瞳孔，清澈得像河裡的碎冰，而他似乎也並未因為自己毫不掩飾的視線而感到尷尬。

他們一起抽菸。黎想伸手再碰觸安東尼歐，確認是否會出現同樣的感覺。交談間她幾乎無法集中精神，於是她走開去察看其中一組布景。這幕景是在雙宮綢上刷幾道顏料，好營造出森林的氛圍，在樹的枝葉等較鬆散的線條之間，隱約可見畫工精細的鳥。此時身後傳來一陣氣流，絲綢微微震動起來。

「我記得妳。」安東尼歐來到她身後。德羅索家那晚的回憶湧現。

「妳是珀比和吉米的朋友，」他說。

「我和他們算不上朋友。」

黎的腦海中浮現那晚，她為了讓自己開心和獲得歸屬感，喝了好多好多酒。

「我後來又遇到珀比，」黎告訴他：「但她一副不認識我的態度。我至今想不透為什麼。」

「那樣可能也好。她總是在搞新的事。」

「什麼意思？」

安東尼歐聳聳肩。「她和吉米——他們老是四處騙錢，我過了一陣子才發現。總之他們不是什麼好人。」

黎猜想說不定就是他們偷走她的相機。那是她當時身上唯一值錢的東西。安東尼歐抽完菸，看了看手錶。「時間差不多了，」他才說完，後臺就出現第一批舞者和工作人員。她準備離開，尚一把抓住她，引她往布幕走。布幕無比巨大，由厚重的天鵝絨製成，邊緣飾有濃密的編織流蘇。尚拉開布幕，探頭進去。

「過來——妳得來看看。」他說完，黎走上前和他交換位置。她也將臉從絨布間探出，布幕像厚重的面紗一樣包圍她，她看著眼前空無一人的歌劇廳，一排排座椅往後延伸進陰影，旁邊是美輪美奐的貴賓包廂。一切如此寧靜，充滿了引頸期盼的興奮。在這樣的舞臺上表演，因刺眼的燈光看不見在場的數百名觀眾，會是什麼樣的感覺呢？黎鬆開布幕往前踏了一步，卻發現後臺已人滿為患。該離開了。

離開時，黎四處搜尋安東尼歐的身影。他正站在角落和一名工作人員談話，她看向他的時候，他對上了她的目光，臉上浮起一抹詫異卻異樣的微笑，好像他與她在房間兩端共享某個玩笑。黎回以笑容，感覺到一條線在彼此之間緊緊牽了起來。

他們是頭一批入座的觀眾。他們看著人潮湧入巨大的表演廳，聊到他們的電影和芭蕾。尚告訴她，他對今晚表演所知的一切，接著燈光暗了下來，音樂響起。舞臺上站滿舞者，他們的肢體堅硬如大理石，跳起舞來肢體卻靈巧如彩帶。他們每個人都如此美麗——黎從沒見過如此充滿力量的身體，不分男女皆然，她欣賞的同時，感覺一陣酥麻自背脊竄下。舞臺設計之美和舞者不相上下，優雅懸吊起伏的姿態幾乎像自己在跳舞一般。黎想像屋椽上的安東尼歐以身體移動這些他創作出來的場景，他巧手做出的房屋、景致，此刻全在他的掌控之下。

黎專注地看到幾乎出神。她一部分的心思在芭蕾上，其餘的心思都想著被安東尼歐碰觸的感覺，他那猶如舞者的身軀，堅硬的肌肉和骨骼。歌劇廳裡的空氣充滿香水味，在香氣中，黎聞到安東尼歐的菸草味，她將手指舉到唇邊，想要仔細聞。她喜歡他的皮帶綁在臀部的樣子，喜歡他的身高，以及他跳下地面時大腿的柔軟度。兩名舞者在舞臺上轉動，接著男舞者的手臂環抱住女舞者的腰，將她抬到他上方，過程舉重若輕。落地時，她掛在他的身體上。這些念頭在黎的心裡撩撥迴盪，就像舞臺後面，安東尼歐跳躍時那些擺盪的繩索。

表演結束，全場起立奮力鼓掌，舞者回到臺前鞠躬，觀眾仍一次次喊著：「太棒了！太棒了！」里法做到了，他成功了。尚拍了一下手，然後伸手攬住黎。她仍不停拍手，直到雙手發燙。

24

黎隔天早上醒來，她的手越過床摸索著曼，兩人的身體暖暖地蓋在毯子下。自從她拍電影以來，他們一直沒有做愛。她親吻他，嘴脣滑過他的肩膀，然後是脖子。她的身體因為慾望而低鳴。曼回應她的吻，黎更激烈地吻他，但她感覺他的心思在別的地方；她的也是，那齣芭蕾表演仍占據著她的思緒。於是她向他分享里法的首演。她沒有提到安東尼歐，她還是能感覺到他將菸放進她脣間時，他的手指在她臉上的觸感。

「我都忘了妳多喜歡舞蹈，」曼說：「我應該想到帶妳去看的。」他的身體從她身上鬆開，離開床，穿起他掛在椅背的襯衫和褲子。「我最近太分心了——那幅畫完全占據了我的生活。」

「沒關係，」黎說：「我們最近都很忙。」

那天稍晚，曼赤腳站在他們的床墊上，看著他那幅鮮紅嘴脣畫作。床單上蓋著幾件脫下來的衣服。黎坐在房間角落的椅子上，透過他雙腿形成的倒V遠遠審視那幅畫：一小塊捲雲和她一部分下脣。從這個角度，他的身體將畫布一分為二。

她的心思還在芭蕾上。「我們今晚去看吧？」黎對他說：「跟我一起去。」黎感覺舞蹈在她心中燃起的熱情也會點燃他。

「今晚？我們不能去，」曼說：「有那場沙龍。」

黎都忘了。布列東的大型派對。海報在這一帶貼得到處都是，出席藝術家的名字排成一條弧線，橫跨了整個版面：**達利—恩斯特—雷—阿爾普**。

「我必須去嗎？」黎分不清這場沙龍和曼平日晚上去的那些聚會有何不同。她每次陪他參加聚會，都不確定他究竟想要她扮演什麼樣的角色：羞赧純潔的少女、忠貞的伴侶，還是不排斥開黃腔的友人。她每一種都試過了，但感覺都不對，似乎也無法令他完全滿意。

「當然！大家都會去。艾呂雅想帶上他新認識的女孩——是叫什麼名字？妮絲？——還讓布列東答應了。而且這是個公開場合，不只是布列東的定期聚會。」

「有妮絲和保羅——還有誰？」

曼伸出手指唱名。「崔斯坦、蘇波、阿拉岡。塔香娜和伊爾瑟．賓恩很可能會去——妳見過伊爾瑟了嗎？」

黎不記得了。她知道曼朋友圈的核心班底，但比較邊緣的那群人往往隨著圈子的關係消長而來來去去，這總是令她暈頭轉向。尤其是女性，她們出席與否完全取決於她們當時和哪個男人有關係。黎認識那位莫斯科來的金髮女子塔香娜，她的口音重到就像嘴裡被塞了一塊海綿。她也喜歡妮絲，小鳥一樣的女人，保羅．艾呂雅最近愛上了她。

曼的圈子裡的其他女性，對黎來說無關緊要。前陣子黎在多姆咖啡館巧遇其中一群人，她們緊緊圍在一張咖啡桌旁，彷彿是圍著屍體的禿鷹。黎拉了一張椅子過去，但沒有半個人挪出空間給她，於是她坐在那群人的外圍一小段時間，還因為手搆不到桌面，只能將馬丁尼放在膝上。黎告訴曼，她覺得那些女人因為她的美貌而不喜歡她，她們全都感覺被她威脅，除了塔香娜，那女孩天生就擁有高雅的美感。

曼搖搖頭。「她們表現冷淡是因為妳那天應該請她們喝一輪。」他說。

「我才沒錢！」黎感到詫異。

「她們認為妳有，這才是重點。更何況——才一輪。那點錢妳是有的。」

一如以往，曼對財務的輕浮態度總是令她煩心。「算了，不管是出於什麼理由，她們不喜歡我，我也不曉得怎麼解決。我也不懂為什麼我要去解決。」黎失望地噘起嘴。

「她們喜歡妳。所有人都喜歡妳，艾呂雅更是愛死妳了。而且布列東今晚要放一部我的電影，我希望妳能看到。」

「電影？你不是放棄了？」

「是一部舊作，非常達達主義。我放給他們看的時候，所有人都喝茫了，我才可以現在放出來說它是超現實主義作品，他們又怎麼會知道？」曼露出笑容。

黎起身伸展肢體，走進浴室。她在鏡子前隨興地單腳轉了一小圈，暗暗希望自己能回到巴黎歌劇院。

藝廊裡已經擺好許多摺疊木椅，還有一臺面向後方牆壁的放映機。曼和黎到場時，座位已半滿。人們在曼走進來時為他鼓掌。他謙虛地揮手，在靠近中間的位置入座。兩位詩人在放映機前來回踱步，他們一面朗誦，剪影一面以詭異而模糊的方式移動。房間裡滿是香菸、人潮和窸窣的談話聲，根本不可能在群眾的聲音中聽見他們朗誦。似乎沒人對那兩名詩人提起半分興趣。黎瞥見法蘭克爾的身影——她總能靠那毛毛蟲般的鬍鬚認出他來——他坐在角落讀報，斷斷續續地搖著一只巨大的銅製牛鈴。

過了一會，觀眾安靜下來。上臺的是菲力普．蘇波，一名氣焰火爆、骨瘦如柴的男子，黎在之前的聚會上見過他幾次。他作態地鞠躬，閉上眼，開始他的朗誦。

「無論如何，無論如何，
動物餅乾
碗盤和混血兒跑了。
當一切滿是喧嘩
吐沫　吐沫　噴灑
那位新娘
一位新郎
房
房
房
我從牆上拿了一片生菜
並吃掉它。」

某個坐在中間座位的人朝他丟了一團揉爛的紙球，很快現場就吹起了口哨和噓聲。黎很驚訝這群人不喜歡，這首詩在她聽來，和她聽過的大多數超現實主義作品沒什麼差別，都是一堆廢話。蘇波無視於噓聲，繼續朗誦，直到崔斯坦親自上臺把他給拉下來。場子空了幾分鐘，接著出現底片在放映機轉動的聲音，觀眾再次坐定。崔斯坦宣讀曼的電影片名《回歸理性》，接著牆壁上出現投影：螺絲釘和鉗子的剪影；一臺布加迪跑車的正面，車頭燈替換成女人眨動的雙眼；更多的器具，剪刀、槌子，黑色的形體襯在純白的背景上。這和曼所有的作品一樣狂野怪誕。電影播映時，觀眾一開始很安靜，後來有人開始咳嗽、動來動去，椅腳在地板上磨擦出聲。眾人的躁動形成一陣窸窣聲。曼坐在黎旁邊，縮著身子。他湊近她悄聲說：「他們看不懂。」黎握住他的手。雖然她從沒告訴他，其實她也看不懂。那感覺就像坐在工作室裡翻看一疊毫無關聯的相片，但也許這就是它的重點所在？黎替曼感到羞赧而不由得燥熱起來。她想要人們喜愛這部片。喜愛他。

突然間，硝化纖維製成的底片啪一聲斷開。曼立刻上前協助，布列東跪在放映機旁轉動底片盤，以防膠捲繼續攤開。觀眾的低語轉為吵雜，在座位上放鬆起來，或是轉頭和後面的人聊天。黎四下尋找她認識的人。迪梵尼兄弟坐在前面幾排，穿著燈籠褲的扮相無懈可擊。黎在巴杜宅邸的聚會後就沒見過他們。她一察覺他們也在，視線就停留在他們身上，猜想他們會不會上前向曼搭話。她暗忖曼是否知道他們來了，又想幾個月前兩人談過這對兄弟之後，他們是否還見過面。

塔香娜頭戴一頂附面紗的淑女帽，上頭立著一隻填充小鳥。黎和她眼神交會，兩人點點頭。再前面一排是一身黑西裝和紅領帶的克洛德．卡恩，看起來比平時正常許多，她身旁的黑髮女子在脖子上掛著一臺小相機。她的短髮和黎很像，後頸正中間有顆痣，就在白色亞麻洋裝領子上方。她看起來很眼熟，黎恍然發現她曾在一張相片裡看過她，就在最新一期的《法蘭克福畫報》裡，她拿著一臺萊卡相機。她想必就是曼稍早提到的伊爾瑟．賓恩了。那張相片裡的她——以及現在轉身環視室內的她——帶著一副精明幹練的表情，黎對她的興趣幾乎足以媲美對於那臺昂貴相機的關注。

黎正準備起身向塔香娜打招呼，電影又開始播放了。曼和布列東並肩站在前方。更多同樣的圖案浮現，器具和一幕幕空景。這次觀眾不再正經坐定，電影一邊播放，他們仍繼續低聲交談。曼環視觀眾，看起來並不受到交談聲所困擾。他更在意別的。黎心下納悶著，到底有沒有人——包括曼自己——能夠解釋這部片的意義。

影片結束後，席間傳來零落的掌聲。曼顯然期待一番討論或提問，但崔斯坦只是站在角落，嚷嚷著該往展覽廳移動了，觀眾便起身前往下一個展間。有的收起摺疊椅要騰出空間；有的拿出幾瓶紅酒，人群立刻聚集在桌邊。黎看見曼在另一頭。她決定先去拿杯酒，隨即發現自己被推到了伊爾瑟和克洛德身後。

黎自從克洛德在藝廊的展演後就沒見過她，從曼的朋友圈聽聞她夏天時去了南部，和一些畫家在昂蒂布開了間工作室。海邊的氣候很適合她，她的臉頰沒那麼削瘦了，頭髮也長回來一些，看起來就像個時髦的男孩。克洛德站得離伊爾瑟很近，她們在緩慢前進的隊伍中挪動，手挽著手低聲交談。她們直到拿酒時才注意到黎，克洛德湊了上來，她的氣息在黎的耳邊發燙。「妳今晚會來嗎？」

黎不太明白克洛德的意思，她們不是已經來了嗎？「會。」她漫不經心回應。

伊爾瑟上下打量黎幾眼，然後說：「很好。」接著伸出手指捏了捏黎的鼻子。黎還來不及反應，伊爾瑟和克洛德就雙雙離去。黎來到隊伍最前頭，拿到一杯隨興倒滿杯口的酒。

黎來到展覽廳。所有展出的作品裡她最喜歡達利的油畫《慾望的調適》，她還得排隊等候觀畫。這幅畫的尺寸不大，沙灘上散落著沉甸甸的白色石頭，石面畫著一顆獅子頭、一頂假髮、螞蟻還有貝殼。那些石頭的形狀在她看來就像陰唇，中間的紅色顏料象徵經血，令她感覺既挑逗又駭人。她從曼口中得知這是達利為珈拉畫的，也就是目前已和艾呂雅分居的妻子。她還聽說，實際上達利作畫期間，恰巧也是艾呂雅夫妻婚姻步入尾聲之際。黎不禁思索，艾呂雅會如何看待妻子不忠的影像懸掛在藝廊展出。換作是黎，她應該會覺得備受屈辱吧。接著她越過房間，詫異地看見艾呂雅正攬著他的新歡妮絲，流露一臉喜悅。妮絲也顯得很自在，儘管她肯定知道這幅畫背後的糾葛。珈拉沒有出現，但話說回來，布列東一向不欣賞她。達利站在遠處被一群人包圍，一副高不可攀的傲氣，髮型狂亂、鬍鬚上了蠟固定成尖尖的兩邊。黎將杯裡的酒一飲而盡，又去拿了一杯。

這群人都有著他或她的私人糾葛。過去一年來，黎努力想結識他們——起初是為了他們的名氣，想成為他們的一分子。接著是因為曼認識他們，她才想認識。隨著相處的機會增多，他們從令人敬畏的名人轉換為活生生的人，流露出常人的性格與怪癖。如今黎也是圈子裡的人了。無論好壞，這是她所屬的地方。但她感覺這是基於曼的伴侶身分，才勉為其難獲得這群人接納，這與待在尚的劇組時感受完全不一樣，在那裡，她感受到真正的自在。也許是因為她在那裡感受不到太多壓力，沒有人預期她應該要是什麼模樣；在那裡，她不是曼的伴侶，只是一名與旁人同樣努力的演員。

黎希望自己待在尚的片廠，而不是這裡。閉上眼，她便再度置身於後臺，和劇組交互傳遞著白蘭地酒瓶。在那裡，她想著曼；如今曼在身旁，她卻想著拍攝現場。黎不敢相信自己昨天還在尚的片廠，昨天才看到了芭蕾舞劇——還有安東尼歐。

黎需要阻止自己的思緒又回到安東尼歐身上，於是她再次在展廳內走動。馬克斯・恩斯特展出了幾幅森林畫作，畫上有金屬和枝條的質地。讓・阿爾普展出了一件雕塑和一幅黎挺喜歡的怪誕畫作，一塊塊隨機排列的黑白木片。也許這些人平素舉止奇特，但在展覽廳裡，看見他們美麗的作品掛在牆上，黎才想起他們看待藝術創作是多麼認真，也非常有才華。倘若黎的作品也能被掛在這裡呢？她一再渴望著這個目標，但她又做過什麼讓它實現？這裡絕大多數人可能根本不記得她是個攝影師——而且和他們同樣認真看待藝術。

這個念頭讓她感傷，又喝下一口酒，這酒廉價而粗劣，像是用葡萄乾釀的一樣。曼在房間的另一端，和蘇波及崔斯坦站在一塊，一看見黎往他看去，便示意她過去。她靠近後，他伸手將她拉近，一靠在他身旁她就變得很放鬆，熟悉的放鬆。

到了十點，玻璃杯已經堆滿所有臺面，翻倒的酒瓶在木頭地板上留下紅色的黏稠汙漬，室內空氣變得十分潮溼。已經沒人在看展品了，人們聚集成一小團，互相搭著肩，對話含糊不清。五杯下肚之後，黎整個人靠在曼身上，他下意識地來回輕揉她的手臂。人群逐漸散去，互道晚安，沒多久只剩下二十多人。布列東彷彿是在回應賓客現場人數的變化，拍手宣布今晚的展演已至尾聲。曼親吻黎的臉頰，她問：「接下來呢？」

「繼續喝吧，我想。」他說，將她拉得更近。

最後幾位落單的觀眾離開之後，布列東關上藝廊的門。留下來的人往樓上移動，來到藝廊上方的私人空間。蘇波站在樓梯最上層，手拿著一只大木箱。黎才意識到，這想必是克洛德和伊爾瑟口中今晚真正的派對。

「罰物遊戲！」蘇波高喊。黎差點笑出來。她在寄宿學校之後就沒玩過罰物遊戲，那時她會和其他女孩在熄燈後聚在一起，將幾件珠寶丟進盒子，然後彼此挑戰做各種荒唐的事，比如朝校長宿舍丟雞蛋或是吃餿掉的食物。

眾人躊躇著要放棄自己哪樣物品，排隊的人潮慢了下來。值錢的物品——領帶針、懷錶——會引來歡呼；無足輕重的小東西——廉價的仿玳瑁梳子、一組骰子——則換得噓聲伺候。塔香娜站在前面，和黎隔著幾個人的位置，這時脫下她美麗的帽子，小心擺進箱子裡。一個黎想不起名字的作家拿出一枝象牙製的鋼筆，也丟進箱裡。克洛德從手上拔下一只頗具分量的印章戒指丟了進去。黎很少穿戴珠寶，只有頭上的貼鑽髮夾，她走到蘇波身邊，將它丟進箱裡。她等著其他人喝倒采，但隊伍往前移動幾步後，反倒聽見一陣讚賞的笑聲與驚呼。那陣歡呼不是為她而來。黎轉頭看見伊爾瑟將萊卡相機的背帶拉過頭上，笨手笨腳地扯弄她的洋裝。有那麼一刻，黎以為她要將相機放進箱子，但伊爾瑟接著脫下她的胸衣，雙手從肩帶下鑽出，然後把它丟在那一堆東西上頭。

到了樓上的房間，所有人圍成一個大圈坐在地板上。蘇波和箱子在中間。一瓶威士忌由大家輪流享用。來到黎的手中，她的嘴唇含住瓶口，頭往後一仰，享受威士忌入口時灌入大地香氣般的灼燒感，突然之間，酒意帶來的寬慰讓她喜歡起眼前的人們，還有現場輕鬆愉快的氣氛，在這裡輪番喝酒，就像那天流連在片廠時一樣。她感到更加放鬆，雙腳隨興交疊而坐，鞋子則丟到一旁。曼在她左邊，布列東在她右邊，等威士忌傳過幾個人之後，布列東伸手進外套裡拿出隨身酒壺遞給她，鬼祟地挑眉。黎喝了一口，酒壺裡的東西不管是什麼，都比那瓶威士忌好喝多了。

蘇波環視眾人，接著將箱子擺在大腿上。他先是往裡頭瞄了一會兒，才拉出一條領帶。「我拿到一條絲質領帶，風格過時了二十年，」說完引起一陣笑聲。「藍白相間的條紋，聞起來還有某個人的梔子花香水味。」爆出更多笑聲。妮絲跟著笑出聲，接著雙手卻摀住了臉。

襯衫領口敞開的保羅．艾呂雅開口：「當然是我的。我的懲罰是什麼？」

蘇波揉揉下巴。「和妮絲玩答題接吻。」

這讓黎回想起自己年紀還小時，也在一場生日派對上玩過這個遊戲，要和住在幾座農場外的男孩強尼．懷汀玩答題接吻。於是他每問她一個問題，她就得往他走近一步，他選了他想得到最簡單的問題，就為了早點親到她。他嘴裡有他們剛吃的小黃瓜三明治的味道。

艾呂雅笑了。「太簡單了吧。」

「我想讓大家從簡單的開始，」蘇波說。

艾呂雅點點頭。他和妮絲起身站在圓圈中央，兩人之間約八呎遠。他們凝視著彼此。「妳喜歡下雨天嗎？」艾呂雅問她。

「喜歡。」她說。妮絲身形嬌小可人，穿得一身黑，秀髮上綁著一條蕾絲圍巾。她垂下眼神站著，她的聲音透著真誠不造作的質地，彷彿能濾淨周遭的酒醉嬉鬧聲。他們往彼此踏近了一步。

「你喜歡T．S．艾略特嗎？」她低聲發問。

「喜歡。」他們再往彼此踏近一步。

蘇波起身拍手。「當我沒說。這太簡單了。由我來問問題。保羅，你喜歡薩瓦多嗎？」

「不怎麼喜歡。」艾呂雅說，房間裡傳來一陣知情的笑聲。他揮了揮手。艾呂雅和妮絲都沒有往前走。

「妮絲，妳覺得保羅好看嗎？」

「好看。」她低聲回應，兩人往彼此前進一步。

「保羅，你喜歡和妮絲上床嗎？」

停頓了一下。「喜歡。」再一步。他們的距離只剩一呎了。

「妮絲，保羅求婚了嗎？」

妮絲沒回答，但他們都往前踏出最後一步，然後他們接吻。保羅將她的身子抬離地面，抱在空中。空氣裡驀然瀰漫起一股不該窺探這對愛侶的氣氛，但接著有人歡呼出聲，眾人開始鼓掌。艾呂雅放下妮絲，像拳擊冠軍般雙手高舉過頭，然後兩人坐回圓圈裡。黎的手沿著地板移動，直到和曼的手相碰，看著另一對伴侶手勾著彼此，為彼此深深著迷，自外於世界。黎看了曼一眼，他向她微笑，然後捏了捏她的手。

蘇波將領帶丟還給艾呂雅，手又伸入箱子裡翻攪起來。這次拿出的是塔香娜的帽子。「我有一頂精美的俄羅斯女帽。這頂高貴的女帽完美地襯托出誰的頭呢……？」

塔香娜舉手。

「塔塔，幫安德烈畫口紅！閉著眼畫！」有人高喊，然後大夥笑著看她起身戴上眼罩，拿著遞上來的口紅，笨手笨腳地在布列東臉上作畫，繞著他的嘴畫上大了幾吋的粉嫩脣型。

又有幾個人陸續被選中，這場罰物遊戲變得愈發詭譎。馬克斯．恩斯特將報紙做成一套服裝送給法蘭克爾，要他脫到只剩內衣，然後拿包裝繩將那套報紙服綁在他身上。黎想不起名字的那位作家靠著雙腳夾起一顆馬鈴薯走過房間。一名男子得坐在另一個男人的大腿上三十分鐘。

遊戲期間，酒瓶傳到黎手上無數次，她的感覺從溫暖、放鬆逐漸飄飄然而暈眩。她閉上雙眼，想著要是能喝上一杯水該多好。差不多也要輪到她了，她揣測著他們從箱子裡拿出她的髮夾時，會要她做些什麼。

隨著遊戲進行，圓圈的組成也產生變化。黎睜開眼，發現自己正坐在伊爾瑟旁。

「妳怎麼看這一切？」伊爾瑟問她，朝圈子裡的人比著手勢。

黎眨了眨眼想集中精神。「就是好玩而已，我猜？」

「好玩。對。妳知道我想讓我的作品參與這次展出，而安德烈拒絕我嗎？」

「哦，我不曉得。」可能因為威士忌，黎的話語像彈珠一樣從嘴裡蹦出。

「妳當然不曉得。妳怎麼會曉得？」她的語氣尖銳。「**妳**。克洛德提過妳的事。」

克洛德提過她什麼事？黎看向克洛德，她躺在地上，嘴裡叼著雪茄，小口小口地往頭上吹出菸圈。

黎沒有回應，伊爾瑟接著說下去：「我的照片拍得**很好**，和在座任何人的作品一樣好，安德烈卻連看都不看一眼。妳得怎麼做——難不成要先含住男人的屌才能讓他來看妳的作品嗎？」

伊爾瑟朝她怒目而視。黎一時接不上話。「我不曉得……我很遺憾他不讓妳參展。」最後她說。

「妳很遺憾。大家都很遺憾。安德烈也會的。克洛德和我要辦自己的展覽。」

「那很棒。」黎雖這麼說，但並不真誠。嫉妒已經爬滿她全身。

伊爾瑟說：「妳知道，我搬來巴黎時就放棄了一切。我的學業、我的家人。除此之外我一無所有——」她指了指她的相機，「當我來到巴黎時，我想，我應該尋找更多女性，我們可以互相幫助。然後我聽說了妳的事，我想也許我們能合作，妳也許會有興趣一起做些什麼，將那些男人趕一邊去。但我光看就知道，妳不會想這麼做。」

黎挺直身子，抵抗酒精讓身體湧上的迷茫感。「妳又知道？」

伊爾瑟聳聳肩。「妳——妳就像一個漂亮的玻璃器皿，有著漂亮的眼睛和漂亮的臉蛋，但就只是這樣了。就是透明的，從裡到外都是如此。」

眼前女人刻薄的程度讓黎相當訝異。「妳根本一點也不了解我。」

「我知道吉吉那晚賞妳巴掌。所有人都知道這件事了。我不怪她，妳從她身邊搶走曼．雷，她肯定討厭妳。」

躺在地板上的克洛德開口，黎甚至不曉得她在聽。「她的確很討厭妳。」

黎顫抖著。「事實並不是那樣，」她說。伊爾瑟不屑地轉過頭，彎下腰和克洛德低聲交談。黎盡可能想聽出她們在說什麼，但失敗了。

先是吉吉，接著是伊爾瑟——這些女人比男人還殘忍。至少黎曉得要如何應付男人，知道如何和他們調情、讓他們照她的意思做。但這些女人不同，甚至還不認識她就開始批判她。

蘇波再次在圓圈中央站起身。他從盒子裡拿出某個發亮的物品，「我拿到一個三角形的髮夾，可能是鑽石，但——」然後牙齒一咬，「應該不是。」

黎站起來大聲回應，剛才和伊爾瑟的對話還在她腦中揮之不去。「是我的。我的懲罰是什麼？」

「哈！」蘇波說：「曼．雷夫人。」

一如以往，黎希望他們別那樣稱呼她。艾呂雅跟著站起來，領帶歪斜地掛在脖子上，他和蘇波交頭接耳了幾句後笑出來。曼在圓圈的遠遠另一頭，黎從他東倒西歪的姿態看出來他喝得多醉，幾乎要躺在地上了。

終於，戲劇化的停頓後，艾呂雅開口：「我們想要妳告訴我們，曼．雷是不是同性戀？」醉醺醺的呼喊及口哨聲傳來。所有人看向他和黎，等著其中一個人表態。黎有點不知所措，便想打個圓場敷衍過去，「不能讓我就夾著馬鈴薯走過房間嗎？」雖然引來一陣歡笑，但艾呂雅搖搖頭，重複了一次問題。

同性戀這個話題第一次浮上檯面。事實上，黎過去到崔斯坦家參與他們男人的聚會時，就聽到他們在討論了。他們聚在一起時，就像一群洋洋自得又驚慌失措的公雞。黎覺得他們應該互相打一炮了事。他們看待性慾對象的幼稚蠢話令她作嘔，連坐在地上的曼，突然間都令她感到噁心。為什麼不直接問他？黎才不是他的傳聲筒。曼會期待她怎麼做？她知道他的祕密——他和迪梵尼兄弟的事，慶幸的是他們已經離開了。對曼來說。但曼在房間裡對她說的任何事，只是他們倆之間的事。她無論如何都不想破壞這份信任。所以她要拒絕，她要穿過房間去親吻他，然後這個夜晚會如常。因為曼愛過誰、如何愛、為何愛，都不干這群人的事。他多麼愛她、當他們獨處時他有多麼不同，也與他們無關。但她還來不及開口，曼就起身直直走向艾呂雅，他大吼時噴濺出的唾沫在光線下閃耀。

「這些謠言到處傳，就只是因為我的工作室來者不拒。你是個想要拍照的妓女嗎？你是毒蟲嗎？我還是會拍你的照片。我會。」

「你沒有回答問題，」艾呂雅嘶啞著嗓音。「**你是**同性戀嗎？」

曼的表情狂怒，手裡還拿著酒瓶，他大喝一口後用袖子擦了擦嘴。「我只用一個問題來回答你的問題。你說我是彎的，又要怎麼解釋一號事證？」他指向黎，於是所有人都往她看去。伊爾瑟嘲諷地大笑。

她不覺滿腔怒火。曼的手臂往外大張，活像個廉價帳篷裡的傳教士，可手裡仍緊握著酒瓶。他的衣服起皺，躺下時褲子上沾了一大塊泥汙。黎瞪著他，他的眼神則從她身上飄離。她看得出來他很難堪，但似乎有什麼控制了他，讓他陷入這般窘迫難耐的對峙中。她的憤怒遠遠超過她逃離他和吉吉那晚。

此時，克洛德冷不防起身，腳重重踩在木頭地板上，那聲響引來所有人的注意。「你們這些人，」她說，語氣含糊而緩慢。「你們這些人都他媽的無聊死了。」她將雪茄戳進空酒杯按熄，然後晃到門邊，轉身面對眾人，一手拍上她的手臂，另一手舉高做出一個下流的手勢。接著她便下了樓，消失在所有人眼前。

房間霎時安靜無聲。然後阿拉岡說：「我一直都滿喜歡她的。」所有人爆出醉醺醺的笑聲。之後眾人似乎都對遊戲提不起勁，很快有人放了一張唱片，唱針在塗膠表面上嘎嘎作響後音樂才響起。妮絲和保羅跳起舞來，其他人也加入。黎和曼杵在原地面面相覷，直到黎拿過他手裡的酒瓶灌下一大口，白蘭地在喉嚨的灼燒感讓她皺起眉頭。

「『一號事證』？」她說，雙手環抱胸前，憤怒地瞪著他。

「別在這裡，黎。」

「別在這裡？」

曼朝她伸出手，然後又停在空中。「我很抱歉。」他說，嗓音低得她幾乎在樂聲中聽不見他。

「為什麼抱歉？」黎指著整個房間。「為這一切嗎？」她的怒火逐漸消退，一股她並不喜歡的感覺取而代之：她感覺到他們之間巨大的鴻溝。

黎轉身背對他，她走遠時有人關上了燈，音樂在黑暗中更為嘹亮。薄薄的木頭地板在腳步的重擊下轟隆作響。黎可以離開──這將是她短短幾週內第二次拋下他獨自行動──她也可以留下來。她瞇眼凝視著周圍翩翩起舞的身影。伊爾瑟就在她正前方獨舞，扭動全身的肢體。黎踢走一個擋在路上的空酒瓶，讓它滾過地面，然後一手搭上伊爾瑟濡溼冒汗的身體，將她拉近她。她們輕鬆地共舞。她們一面跳，黎的手從伊爾瑟的背往上探到頸部，然後是她柔軟肌膚上剃得乾淨的髮際，不是出於渴望，而是因為好奇。自從昨天的芭蕾演出之後，黎滿腦子想的都是和陌生人的身體緊密相倚的感覺，而此刻擁抱著伊爾瑟，讓黎感覺自己好像在某種微小的程度上，掌控了權力，讓這女人——讓她和曼，還有所有人——看到，她值得他們關注。

音樂結束，她們各自退開，另一首歌揚起，一名男子——阿拉岡，也可能是那位不知道名字的作家，黎無法分辨——站到伊爾瑟面前。她回頭看著黎，然後離開她和男子跳舞。

黎獨自慵懶搖晃地舞動著。曼在房內某處看著她。她緩慢地轉身，看見他站在角落。黎走向他。下一首是〈麗池酒店的狂歡舞會〉，一首黎覺得很愚蠢的歌，但她不在意。她在曼的注視下跳舞。她看得出來他想加入，但躊躇著她是否願意讓他加入。而黎自己也不確定。但和他相處是如此自然，所以再下一首慢歌，她便拉他過來，兩人一起舞動。

他們跳了好幾分鐘或好幾小時——後來她就不記得了。一切籠罩在威士忌的酒意之下，被切割成一片片的情緒、一段段破碎的對話聲。那天晚上——或應該說是早上了——終於到了尾聲，黎和曼踉蹌步出房間。

來到門口通往樓梯的地方，伊爾瑟擋住他們的去路，嘴上叼著一支銀色細長菸嘴裡的香菸。他們推開她繼續往前走，錯身時，黎幽幽地湊近她的臉頰。她的手抓住伊爾瑟的肩膀。「妳錯了，」黎說：「我願意和妳合作。」

伊爾瑟聳起一邊纖瘦的肩膀。「也許吧。」她說。

他們下樓時，黎回頭望去，伊爾瑟在他們上方，她沒穿回胸衣，乳首在洋裝輕薄的亞麻布料上投出尖形的陰影。她臉上掛著堅定而自豪的笑容。

25

沙龍聚會後的隔天早晨，黎感覺嘴巴乾如棉花，頭也陣陣發痛。她比曼先起床，坐在廚房裡小心翼翼地倒了杯水喝。昨晚的回憶閃現——展廳裡的畫作、克洛德吐出的菸圈、曼讓她出糗、妮絲和保羅、伊爾瑟髮絲的觸感——嘗試拼湊出所有片段的回憶，只讓她感到難受而挫敗，像是一場她無法通過的測驗。其中最讓她困擾的是與伊爾瑟和克洛德的對話，在她們眼中，她一無是處，除了曼的伴侶以外什麼也不是。

黎想要回到床上，窩在毯子裡，頭也埋進去。她想要曼起床察覺她的情緒並照顧她；或是再好一點，她想要回到兒時的床鋪，讓她父親端紅茶牛奶給她。

但今天是拍攝最後一天，再喝了一杯水、吃下一片沒抹奶油的吐司後，黎打起精神換衣服去片場。曼還躺在床上，他昨晚喝得比她多太多了，讓他繼續睡比較體貼，而且事實是她根本不想跟他說話。他們不可能不提及昨晚的罰物遊戲，還有事後差點吵的架。她留了一張紙條在桌上的老位置，寫著她要去哪。猶豫了一會署名**愛你的**，黎。

拍攝進行得很順利。他們重拍最後一場戲，守護天使從撲克牌老千口袋裡拿走一張紅心A，然後黎幻化為雕像，不留下腳印走過一片假雪地。她最後一次脫下那身沉重的戲服時，儘管它穿起來如此不適，她仍覺得自己可能會想念它。

到了一天的尾聲，黎、安瑞克和幾位演員留下來陪尚，直到一切大功告成，準備鎖上片場。他們一個個離開，最後只剩下黎跟尚。他們走到外頭，尚轉動鑰匙上鎖，但兩人都沒準備好道別。

尚訂了去羅馬的機票，他說在那裡才能夠專注完成剪輯。安瑞克沒有打算同行。也許男人之間的戀情在與世隔絕的電影片廠之外難以維繫。尚向黎道別時，她的臉顯得悲傷而憔悴。

「要照顧好自己，小老鼠。」他說。

「回巴黎時要來找我。」

「當然，妳會是第一批看到電影的人。」

黎抱住他，並且驚訝地發現自己眼中淌著淚水。她不敢相信電影只花幾週就拍完了，感覺距離她第一次來到這裡已經過了好幾個月。

「啊——我差點忘了。」尚在外套口袋裡翻找，找出一張白色的小名片給她。**安娜・蕾提希雅・佩西—布倫特夫人**，上頭打凸加粗的襯線字體如此寫著，後面跟著一個位於投卡德侯花園的地址。「妳認識她嗎？」

黎認不認識佩西—布倫特夫人[21]？所有人都認識她，或絕對聽過她的名字。她是全巴黎最富有的貴婦之一，幾乎算得上皇室，似乎和教宗也有親戚關係。「我們並不直接認識她，這是你要

---

21 Mimì Pecci-Blunt，知名藝術贊助人，家世顯赫，喜愛攝影與藝術收藏。和丈夫開設的巴黎沙龍裡，收藏有布拉克、考克多、達利等藝術家的作品。

問的？」

「我永遠不曉得妳會認識誰。她每年都會辦一場大型舞會，所有人都會去。我最近遇見她，她告訴我今年她要辦一場白色舞會：The Bal Blanc。所有擺設都是白色的，來賓也是白色的，一切要像鬼魂般潔白無瑕。她問我能不能幫她將派對辦得無懈可擊。我沒辦法，所以我給了她妳的聯絡方式。」

「我的？」

尚不耐煩地咂了下舌。「我給她曼．雷工作室的地址，但我提到的是妳。等她打來，應該是妳要去和她接洽。倘若妳有意願，妳可以讓它成為妳的攝影作品，列在妳的經歷，如此一來可以接到更多生意，進一步成立自己的工作室。我對妳可是讚譽有加。」

「真的？我不曉得你居然會喜歡我的作品。」幾星期前她在工作室給他看她的攝影時，她感覺如往常捧著作品給曼瀏覽時一樣難為情。她甚至不希望尚看太多張，便快速翻過她的作品集，彷彿讓他逗留在任何一張影像都會揭穿她只是個冒牌貨的真相，正如她一直以來的憂慮。

「小老鼠，我當然喜歡。妳應該早就知道了，妳很優秀。但是能比得上幾年後的妳優秀嗎？當然不能。但妳有那個潛力。我當時也有，而看看我現在。這一行——它喜歡的是有膽識的人，它不喜歡助理。妳需要找到一位有錢的贊助人，這是唯一的方式。那位子爵——他給了我一百萬法郎。沒有他，就沒有電影。」

這是黎第一次聽到這麼高的數字，她深深嘆服。但更重要的是，她很高興尚認為她有才華。她說：「佩西—布倫特夫人會希望我做什麼？拍照？」

「妳就這麼做，去跟她碰面。正式認識之後，問她能不能稱呼她米米——這會讓妳和她平起平坐。妳聽聽她想說什麼。她會告訴妳很多想法：鬼魂、白色、純潔。妳就說：『妳說的真令人振奮。這讓我腦中浮現好多構想——多到難以選擇。』然後讓她繼續說，直到妳弄懂她想要什麼。這些人——他們以為自己想要找一位有才華的藝術家，但他們真正想要的是讓自己覺得這些點子是他們想到的。無論她提出多乏味的構想妳都要接受，並且將它打造成值得一看的作品。妳可能……我不曉得……讓所有人都穿上白色，全撐著白色陽傘，或是戴同款白色面具。也許提供白色油漆，讓他們塗遍所有東西。我知道妳會想到方法的。」

尚在脖子上披了條圍巾，親吻她的雙頰。黎手裡拿著卡片，看著佩西—布倫特夫人這排精緻的字體，試著想像自己走進尚口中所描繪的那一場會面。要讓它成為她所嚮往的幻想並不難，在她的幻想裡，她充滿自信地在豪華午茶席間擄獲這位貴婦的歡心。黎非常喜歡這個幻想。她向尚道謝，給他一個擁抱，並將她的臉頰倚在他外套的柔軟布料上。他們就那樣站了一會兒，然後黎看著尚離開。她往另一個方向走去，沿拉斯帕伊大道而行，她邊走邊在指間摩挲著米米的名片。

秋日的天氣溫煦，太陽正要下山，光線變得暗黃。黎決定繞遠路回家，經過索邦和先賢祠，建築正面的梁柱深陷在陰影之中。等她回到蒙帕納斯區，她鑽進一條從沒走過的小路，維多修謝街和孔西德朗街轉角一間狹窄建築物的一樓櫥窗上懸掛了一個小招牌：**工作室出租：內洽**。黎在建築物前停下來，試著往裡頭看，但太暗了，什麼都看不清楚。窗戶很大，幾乎從地面延伸到天花板，她想像若她能擁有這個地方，將會布置成什麼風格，這個空間將會變成什麼模樣。就像她可能要辦的派對，她會將工作室漆成白色：地板、天花板、牆面都是。她會弄來一張白色沙發、白色凳子。等午後的陽光灑入，這裡會像燭火般立時閃耀光芒，來拍肖像照的客人會展現出他們最美好的一面，光線將他們的眼睛洗刷得澄淨，照得他們熠熠生輝，肌膚呈現平滑的奶白色。她會在門上掛一個小招牌。簡單、小巧、隱密。六個字：**黎・米勒工作室**。

她繼續走著，等她到家，天空已經被夕陽染成一片紫。她發現曼正在公寓臥房裡作畫。他的頭髮凌亂，沒留意她回來。他垂著頭，沾染顏料的雙手隨意抓梳著亂髮。黎清了清喉嚨，於是他轉向她，神情混雜著放鬆和焦慮。

「我沒聽見妳進來。電影拍完了？」

「嗯，全拍完了。尚要出遠門去羅馬。」

「當然了，他得離繆思女神更近一點。」

黎笑了，然後走近床，倒在床墊上。曼差點失去平衡，不悅地望著她。黎往上盯著他的畫，畫布的邊緣已經都填滿了。他在她吸收這一切的同時盯著她。

在她來得及開口之前，他說：「我重讀了洛特雷亞蒙[22]的詩。我年輕的時候，他的詩引起我共鳴的是他對於離家和拋下過去的概念，但現在我讀出了不一樣的東西。而直到今天早上，我才做出了聯想：這不只是妳的嘴唇。它是瑪朵洛紅寶石般的唇瓣。那個妖女。那個惡魔。與此同時，它也是妳的嘴唇。我想要觀眾心中同時浮現這兩種形象。」

曼曾經給黎看過洛特雷亞蒙的詩——她雖然討厭，但沒有據實以告。對她來說那完全是自慰，一個個關於暴力、血淋淋的性愛和毀滅的場景。他對它的熱愛——他們全都很愛，他所有的朋友都是。蘇波還在外套口袋裡放著一本薄薄的複印本隨身攜帶——令她困惑不已。

「這個想法很迷人，」黎說：「但對我來說這幅畫太情慾了。我看不到它暴力的元素。」

曼踏下床墊，在衣櫃找出一本翻到破舊的書，一頁頁翻找起來。

「這一段，」他說：「妳今天不在的時候我剛讀過。我唸給妳聽。」

兩隻焦躁的大腿緊夾著怪物黏稠的肉體，手臂和鰭包裹著他們慾望的對象，讓他們的軀體被愛環繞，同時他們的胸部和腹部很快地融為一團藍綠色、發臭的海藻，就在暴風雨的中央，依舊被閃電的光所肆虐。他們滾落到無底的深海，一同在長時間貞潔而作嘔的交媾中達到高潮！我終於找到一個和我相像的人了……從今爾後我的生命將不再孤單……她的想法和我的一樣……我和我的初戀如此面對面。

曼愈唸愈快，之後他期待地看著黎。整首詩都讓她反胃，彷彿通篇是邪惡和世界的陰暗面，她聽到時，感覺自己的黑暗面也要被勾引出來，而她並不想要。

她頭上的那幅畫，她紅色的嘴唇沉靜地漂浮在多雲的天空。無論黎怎麼嘗試，都沒辦法將這幅畫和那首晦澀莫名的詩連結在一塊。最後她說：「那就是你看待我的方式？像某種……怪物？」

曼走近牆壁，指著那幅畫，「不，當然不是。在畫裡妳的嘴是妳的嘴，但那當中也有詩裡的

---

22 Comte de Lautréomte，一八四六～一八七〇，法國詩人，早逝且寡作，但公認為現代詩的先驅之一，詩作深受超現實派藝文人士喜愛。

魔鬼存在。善與惡。痛苦與愉悅。」

曼眼神裡流露出的狂喜，令她想起他昨晚在罰物遊戲時的態度。黎起身走向梳妝檯，拿起梳子梳髮，刷毛狠狠地壓在她頭皮上，幾乎到疼痛的程度。

「我不喜歡，你像這樣利用我。」在逐漸黯淡的光線下，她映照在鏡中的臉猶如一顆蒼白的行星，又像達利畫中沙灘上的一顆白色物體。

「我以為妳會覺得榮幸。這幅畫──老實說，我認為它是我最好的作品。」

「你覺得薩瓦多畫出那幅珈拉的畫之後，也是這樣跟她說的嗎？」

曼對於話題的轉換感到困惑。「昨晚展覽上的那幅？」

「對。你看了嗎？其實我很愛那幅畫，非常有渲染力。」黎這麼說只是為了刺激他──他討厭她稱讚其他藝術家的作品。

「這兩者沒有可比性。」

「是你們作品裡的價值沒有可比性，還是薩瓦多利用珈拉、你利用我的作法沒有可比性？你自己談過薩瓦多的畫，說他在說服珈拉離開保羅的同時畫了那幅作品，而且裡頭也有她的元素──非常明顯。所以我不明白差別在哪。我想說的是，我不想要你這樣利用我，然後說我是怪物。」

「我沒有利用妳，黎。妳啟發了我。妳知道的。」

黎將梳子對著嘴，好像它是麥克風。「這是我們的一號事證！」她故意朗誦：「啟發曼・雷創作出他最好作品的女人。」

曼的臉上浮現心知肚明的表情，幾近傲慢。「啊，原來這才是我們討論的重點。我當時醉了，我需要讓保羅閉嘴，而我成功了。要是這麼說冒犯了妳，我很抱歉。」

一如往常，曼意識到黎真的動怒之後，他的舉止就會改變。他走向她，拿走她手裡的梳子，雙臂環抱住她。

「你**是**冒犯我了。」

「黎，我親愛的。我很抱歉，」他輕聲說：「那些只是文字。妳知道我是怎麼看待妳的。」

她讓自己被他抱著。有那麼一刻，她想像他的手像洛特雷亞蒙詩作裡的觸手，攀附在她身上，一同墜入風雨交加的海底。她感覺心跳加快，但她搖搖頭，讓自己集中精神在她面前的男人。曼。她的曼，深愛著她。他親吻她的頸子和耳後，像她喜歡的那樣。那個畫面消失了，黎在他懷裡放鬆下來。他聞起來舒適而熟悉，有松節油和捲菸草的味道，還有昨天那古龍水的香根草味。無論是那首詩和昨晚，在他的懷抱中都顯得不那麼重要了；都只剩下文字而已。

過了片刻，他抽開身，走向調色盤。他拿起一枝筆刷，沾了一些紅色顏料。

「過來。」他說。

他將筆刷遞給她，兩人一同站上床墊。他指向他畫她下唇的一個區塊，黎伸出筆刷塗過畫布，一開始還顯得猶疑，接著她愈來愈有自信，將他為她挑選的紅色在她唇上的深色區域，增添一抹明亮的色彩。她來巴黎之後就不曾提起畫筆了。

「洛特雷亞蒙的詩，」他說：「我是那頭怪物，而妳是妖女。我想說的意思是這樣。我唸給妳聽的那段，關於不再感到孤單——找到和我相同的人，那是我想要在這幅畫裡傳達的。」

黎繼續畫著。「我明白。」

「妳不在的時候，我會稍微失去理智，」他笑了一下。「我的想像會不受控制。而妳最近經常不在。」

她輕聲說：「嗯，我說了，電影已經拍完。我又全部屬於你了。」

「感謝老天。」

「是啊。」黎跳下床，為筆刷多沾一些顏料。「這幅畫要叫什麼名字？」

「叫做《情人》。」

「沒有魔鬼在裡頭。」黎說，重新踩上床鋪。他們一起畫了一陣子。她的臉離畫布太近，眼前所見盡是她的嘴脣。

26

拍攝結束，黎和曼又回歸原本的行程和習慣。幾週過去，工作中的熟悉感為他們帶來慰藉。偶爾客戶來時，黎恢復助理模式，在曼拍照前架設燈光、準備柔光器、更換背景布幔。她不時會提出取景的建議，他也幾乎都贊同。她看得出來，他的心其實不在工作上，每當他投入大量心力作畫時總是如此。

一次拍攝結束後，曼說：「黎，妳可以去向杜柏赫女士收款嗎？」

「現在？」黎很訝異。他們通常會過一段時間才開立帳單，多半是照片送達客戶手中一陣子之後。

「對。先開拍攝時間的金額，等一切完工之後，再追加剩下的費用。」

於是，黎只得困窘地向客人解釋，他們要求當天付款。杜柏赫女士毫不掩飾震驚之色，她從皮包拿出支票簿，草草開了一張票，兩根手指夾著遞給黎。

杜柏赫女士離開後，黎走進辦公室，將支票拿給曼。「真的有必要這樣嗎？」她說。

他高舉雙手攏攏頭髮，咳了幾聲。「我手頭有點緊，」他說：「不算太糟，但我們需要多開發生意，接些委託案。想點辦法。」

黎回想她最近的會計紀錄。「我們有不少應收帳款，大部分會在月底前入帳，而且巴杜的編目工作——」

「巴杜把我換掉了。」

「真的？為什麼？」

「他們請了內部員工來做。布魯曼菲爾德。不意外。」

黎扮了個鬼臉。「我討厭他的作品。」

「我知道，我也是。毫無能量，沒有任何觸動觀眾的特質。他的模特兒還不如在照鏡子的時候自拍。」

「那樣說不定還比較有趣。」

曼笑了，但接著臉又垮下來。「我需要一個大委託案——幫羅斯柴爾德或洛克斐勒家的人拍肖像。但我擔心我已經漸漸不受大眾喜愛了。倘若要拿下費城獎，我認為我需要爭取更多關注。」

「我能看看你選的照片嗎……或是幫你寫藝術家自述？我上次幫了你那篇文章一些忙……」

曼盯著支票。「我不知道。我還沒決定要交什麼出去。這時候，妳最能幫上我的就是看看哪些客戶還沒收到帳單，或是還沒付錢。」

黎想到了佩西─布倫特夫人的名片。她原本想聽從尚的建議，保守祕密，想辦法自己策畫宴會，但這個時機太完美了，她忍不住。

「這個嘛，」黎露出狡黠的微笑，走向她掛著的手提包。「雖然不是羅斯柴爾德，但你看看這個。」她將名片遞給曼。

他看了之後困惑地搖頭。「妳從哪裡拿到的？」

「尚給我的。」

「她想拍肖像照？」

「不是。她每年都會舉辦一場舞會，所以想找個藝術家策畫，將舞會辦得令人難忘。尚做不來，就轉給我。」

「真沒想到考克多會幫我的忙。」曼說。

黎從他手中拿回名片，放回手提包。「我想他是在幫**我**的忙。」

「嗯。」

黎等他說下去，但他沒再開口，於是她又說：「尚對她提了我的名字，」她在**我的**這兩個字上稍微加強語氣，「希望她很快會打電話來。」

曼的臉上嶄露笑顏。「哦，太好了。非常、非常好。我們就來讓這個舞會變有趣吧。我有一次也幫惠勒夫婦辦過類似的活動——我說過這件事嗎？他們辦了一場晚宴，我做了餐桌上的雕塑，然後在大家餐後跳舞時拍影片，」他一面說，一面站起來在工作室裡閒晃，將散落的雜物撿起來整理好，他焦慮時往往會如此。只有在這種時候他才會動手整理。

「我們可以開個高價，」黎說：「尚說我們可以自己提價碼。」

「提個貴族級的價碼吧——就這麼辦。」

黎笑了。「貴族級價碼？目前行情怎麼樣？」

「足夠讓我不需要賣掉Voisin跑車。」

聽他這麼說，黎很驚訝，儘管賣車是完全合理的選項。他們根本不常用車，光是車庫的費用就是一筆不必要的開銷。但她不想失去那臺車。她想起他們駕車去比亞里茲，風拍擊著她的絲巾，她的肌膚微微刺痛的感覺，鄉村景致被框在敞開的車窗裡，從她臉頰飛逝而過。她強烈地希望他們現在能回到那裡，躺在陽光下眺望大海，或是坐在歌舞廳裡共飲一瓶酒，兩人膝靠著膝，手臂在小餐桌上彼此碰觸。但她又想到，她可以在巴黎再次創造那樣的感覺，他們的幸福並不是一去不復返，倘若她想，她還能創造出更多幸福。

她想提起這件事，想跟他一起回憶比里亞茲。光是想起那段回憶，就紓緩了她過去幾週以來的緊繃，還有在片廠和他暫時分開的感受，他們在罰物遊戲之後差點吵上的一架，在她心裡仍盤旋著苦澀的餘味。但是，曼的心思顯然和她不在同一個地方。他將一疊雜誌堆在書桌角落。

「而且……亞瑟．惠勒今天早上也打來，」他說。

黎等他說下去。她只在坦雅那次來訪期間與惠勒夫婦有過一面之緣。亞瑟是做某種生意的——曼總是對他的資金來源模糊其詞——但黎確實知道，惠勒夫婦投資了曼的許多實驗性創作計畫，也曾帶曼到義大利和蔚藍海岸等地旅行，他的一些傑作就是在那些地方完成的。

「他們的事業受挫嚴重——亞瑟表示要退出石油投資。但我們仍在談另一部《別煩我》的拍攝計畫。」

「你說過你不想拍，對吧？」

「我們談的更複雜。他其實挺難過的。但很顯然，我不能再依賴他們了，不管拍不拍片。就算我願意拍，也不清楚有沒有資金呢。更何況我不願意。」

曼走到遠處的牆邊，將一個每次開門都會被撞歪的畫框扶正。黎第一百次想到她真的該弄點黏土來固定畫框之後，想起類似的雜事還有很多，而她一件也不想做。有時候，工作室和公寓的日常所需就已讓她筋疲力竭，這些生活的折磨啊。在比亞里茲時完全沒有這種麻煩事，一點都沒有，甚至，在尚那個瞬息萬變的片廠裡也沒有。在這裡，她望著曼四處踱步、整理不休，她猝然感到一股強大的衝動想要逃跑。她不想談論惠勒夫婦、經濟崩盤或是賣車。

「我們去做點好玩的事。我們去看芭蕾。」她說：「你知道的，我自從第一次看過之後就一直想帶你去。反正今晚也沒有別的事要做。」

曼搖搖頭。「妳有時候真像個小孩，」他說，語調很溫和。「我說過我們沒錢了，妳卻說要去看表演。」

「唔，為什麼不去？我們可以坐在後排。票又不貴。」

「我才不坐**後排**。」曼說。但是他嘟嚷了一會兒後又同意了，他們一起回家換衣服。

一回到公寓，曼就改變了心意。他累了。他不喜歡舞蹈——她曉得。他只想和她度過一個寧靜的夜晚。他想念她，想和她隔著餐桌，享用一頓簡樸的晚餐。

這完全不是黎想要的——他們現在好像也只會一起吃飯了。在各種層面上，他們變成了老夫老妻，只有在法律上不是。嗯，還有另一個例外，就是兩人之中只有曼算得上老。但她還是同意共進晚餐，畢竟吵這種瑣碎小事實在不值得。要是黎強迫他去看芭蕾，她可以想像他會在座位上坐立難安，像平常覺得無聊那樣不停看錶。而一如往常，她的妥協讓曼很高興。他的情緒振奮了，黎也會跟著振奮。

他握住她的手。「我們去之前說過的四街那家餐館吧。他們的烤雞最美味了。」

他們爭論要不要搭計程車，最後決定走路，對這小小的節儉之舉頗為滿意。他們朝小餐館的方向安靜地走去，離公寓有二十分鐘的路程。風吹進黎大衣下的薄洋裝，她感覺到襪帶扣環的金屬部分變得冰冷，緊貼著她的大腿。才振奮起來的她霎時又變得委靡。她想不到要說什麼，並且將她現在的感受和她與尚談話時比較，尚充滿感染力的充沛能量總是能鼓舞她。想到尚，又讓她想起了那齣芭蕾，她還沒意會過來，就發現自己在想安東尼歐，想著她多期待再次看見他的布景，期待看表演時心知他就在舞臺後高高的椽梁上。

他們一邊走，黎驀然感覺臉龐竟在寒氣中暖和了起來。她讓目光留駐在人行道上，不往曼的方向看。但一切毫無改變。她無可救藥地想著。過去，她和曼在一起之前，她常常想著其他男人。而現在的她腦中浮現了安東尼歐的陽具進入她體內的畫面。他的手在她腿上留下瘀傷。她的妝糊了，嘴被他的手指勾著。這些畫面彷彿深入骨髓。倘若曼此刻盯著她，毫無疑問，他肯定能從她的表情看出端倪。她讓頭靜止不動，目光直視前方。

「我們下次再去看芭蕾。」曼說，雖然她並未提起。

黎倒吸了一口氣。難道他讀進她的心了嗎？「不要緊，」她勉強說：「只是我以為你會喜歡。」

「哦，也許吧。」曼的語氣不以為然。「妳在巴黎住得不夠久，不了解來龍去脈。魯榭企圖恢復歌劇芭蕾的地位，這才聘了里法。里法或許辦得到。但為什麼開頭是《普羅米修斯》？音樂既搖擺又輕佻。我還以為他會想做個更宏大的開場，也許選《吉賽兒》，或是更尖刻一點，像《春之祭》。」

「我不知道，」黎說，她企圖將心思專注在這個新話題上。「我只能將它和以前在紐約看過的作品比較。」

「妳不需要和任何事物比較才能判斷它成功與否。它應該要獨樹一格。里法是個舞者，很好的舞者。但這不必然等同於藝術成就。這就像……哦，我不曉得……就像愛蜜莉突然拿起相機拍照。」

「你是在諷刺我嗎？」她質疑，手臂從他的臂彎中抽走。

曼訝異地看著她。「什麼？不是！完全不是說妳。」

「你的意思是，一般來說，模特兒沒辦法成為一個優秀的攝影師？」

曼輕笑了一聲。「黎，並不是每件事都與妳有關。」

「包括那些**真正**關於我的事？」

曼呻吟了一聲，摟住她的肩膀。「那場芭蕾也許很棒，我們應該一起去看。妳是個好攝影師，我愛妳。但我餓了，而且累了，只想找個地方坐下來，跟妳喝杯酒，好好放鬆。」

他們走了又走，最後曼承認那間餐館可能關門了。他們餓極了，便挑了另一家，似乎比曼原本想的更高級。他們一入座，幾個服務生就拿著酒單、餐巾在他們身邊打轉，幫他們調動座位。他們都點了雞肉——曼讓她想吃這道菜——但餐點送上來時一點也不熱、調味太淡，令人大失所望。

他們進餐時很安靜。黎的心思卻浮動著：安東尼歐、曼對愛蜜莉的評語。她想試探曼，彷彿他是顆感染發炎的牙齒，讓她總不住伸長舌頭碰觸。她也許是想驚嚇他——突然間想要讓他知道她在想什麼，讓他知道他不是她的一切。她咬了一口雞肉，心裡好奇他要是知道她走來這裡的途中在想什麼，他會怎麼做。

於是她起了個話題：「崔斯坦的《２２１》已經很久沒出刊了。」

曼嚼了嚼眼前的雞肉，吞下時喉結在頸上浮動。「我知道，也是錢的問題。我們這些人都一樣。」

「會復刊嗎？」

「我不知道。這個話題令人憂心，但我也沒辦法資助他們。」曼放下叉子，雙手互相摩擦，彷彿在洗手。

「那麼……我的照片？」

他茫然地望著她。

「我的照片，要刊在雜誌上的。」

曼垂下頭。「黎，」他說：「現在真的不適合向崔斯坦討人情。」

黎等他繼續說、等他道歉。但他沒有開口，只是坐在那裡，她便說：「我以為你早就問他了。而且我沒想過這麼做就是在討人情。」

曼低吼了一聲，不怒反笑，雙手掩面。「不是**人情**，不是這個意思。我只是——我現在有太多事要煩了，妳要是最近在就會知道。」

他吃完了那盤雞肉。雖然稱不上美味，他還是一掃而空。雞骨頭乾淨到像熬煮過，整齊地堆在盤緣。黎只從面前的盤子吃了幾塊，毫不在意剩下多少。

「我有個主意，」曼說：「妳下午不是才問到能幫上什麼忙嗎？前幾天晚上，我在『屋頂上的牛』遇到喬治・霍寧根—華內。他去了《VOGUE》，他對那些模特兒膩了，想用些新人，要有現代感。當然我就想到妳。」

黎在椅子上往後靠。「我說過不想再當模特兒——」

「哦，我知道。但他們的酬勞很豐厚。妳不是才問妳能幫上什麼忙？」

「我的意思是……那麼白色派對呢？我們應該打個電話給佩西—布倫特夫人？你說我們可以開高價。」

黎不確定他是否聽得出來她語氣中的挫敗，抑或他滿心的焦慮已經無暇顧及她的情緒。她不想再當模特兒了，他知道的。他必須知道。

「離派對還有六個星期，」曼說：「我們到新年才會拿到錢，如果我們走運的話。霍寧根—華內**現在**就在找人。這樣好了，我打電話給佩西—布倫特夫人，妳去一趟《VOGUE》。看看狀況再說。他應該很厲害，可能會很有意思。」

「這樣好了，**我**打電話給佩西—布倫特夫人。」

「妳不覺得電話由我來打比較好嗎？」

黎放下叉子，雙臂交疊。「尚推薦的是**我**，並說她這次想要和女性合作，所以我覺得應該由我打給她。我會提到之後由我們一起合作。」

「女性」的那段不是真的，但黎認為曼無法反駁。他的手指像打鼓似地在桌面敲著。「我覺得應該由我打給她，」他最後說：「但是以我們兩個的名義。我會以團隊的方式介紹我們。」

黎躊躇著。「很好。但我想要真的成為團隊的一員，我想要出席所有的會議，也發想概念。

而且我希望我的名字放在你旁邊。」

「我不能控制他們怎麼放。」

「這個嘛，你至少可以一試。例如『曼・雷／黎・米勒作品』，或是類似的名稱。」

曼點點頭，拿起一片麵包沾盡最後一點醬汁。「好吧。」他說。

歸途中，黎堅持停下來喝一杯，希望今晚還有些時光是他們可以挽救的。他們選了一間沒去過的酒吧，裡頭大多數客人是男性，似乎是來談生意的。黎灌下第一杯馬丁尼，在曼還沒喝完時就招來服務生，再點了一杯。她任由琴酒溫暖她的身體，環視四周的酒客，想在每個人身上找出讓她能想起安東尼歐的特色：自某人頸間垂落的絲巾、某人掃過衣領的頭髮，而另一個人在他面前大張雙腿。她發現自己想像他們真的是安東尼歐，每一個都是，她想像自己隨興在某一桌坐下後就能和他在一起，就能拋下曼。這些思緒令她羞赧，但她沒有阻止自己。片刻之後，黎強迫自己的注意力回到曼身上，回到他寬闊的額頭、眉間的兩道細紋、下巴上一小塊長不出鬍渣的肌膚、明亮的眼白，還有不過幾週前他所帶給她的感受；當時她從未想到世界上除了他，還有哪個男人會讓她想多看上一眼。

慕尼黑攝政王廣場十六號
一九四五年五月一日

擺拍那張照片是黎的主意。她坐在浴缸旁的藤編椅上，解開鞋帶，靴子留在原地，然後鬆開制服的帶扣、脫下所有衣物，大衛．謝爾曼在門邊旁觀，臉上帶著笑意。他全看過了，她也早就看遍了他。沒關係的。當時，驚人的是她衣服下的肌膚多麼白皙，在刺眼的頂燈下顯得蒼白而柔軟。這是她三個星期以來頭一次入浴，在小小的化妝鏡裡，她的脖子和臉是軍用公發品的棕色，隨著一層層汗水風乾的汙泥成了幾乎近似地圖的紋樣。

「髒兮兮的外國人。」大衛模仿德國口音說道。他們同時笑出聲來。

她將水開到最熱，從旁邊櫃子上的小容器裡倒了一點硫酸鎂浴鹽，整間浴室充滿蒸氣，以及一股銳利的鹽水味，她想起了海洋，同時意識到自己已經多久沒看見美麗的事物了。

大衛把玩著相機，測試取景。他離開浴室，回來時帶著一小幅希特勒的肖像，將它放在浴缸的邊緣。

「會太過分嗎？」他說。

「屋子裡天殺的那麼多他的照片，我倒驚訝這裡一張也沒有。留著吧。」

她踏進浴缸，水溫燙得讓她起了雞皮疙瘩。

「妳會在那浴缸邊滴一圈水，拚命擦啊擦。」大衛說，引用一個幾年前他們常拿來開玩笑的清潔用品廣告。大衛醉昏頭了，她也一樣。他們自從離開上巴伐利亞，就一點一點喝著他們的存貨，德國佬那所謂的葡萄酒害得他們肚子發酸。在攝政王廣場十六號這裡，他們打開酒櫃，發現滿滿一櫃的寶伯特白蘭地，不禁歡欣鼓舞，那可是他們離開巴黎以後就沒見過的奢侈品。他們把酒倒進刻著AH縮寫、飾有卍字符號的白蘭地杯，喝得酩酊大醉。

黎在浴缸裡坐下，大衛遞給她一條擦巾和一塊肥皂。在元首帶有控訴意味的目光下，他雙手叉腰，黎相信他試圖裝出高高在上的姿態，但看起來就像個假正經的女教師。她擦抹著達豪集中營留下的泥土，擦得皮膚刺痛。

「等待《生活》看到照片那一刻。」大衛說。

「你不會那麼做吧？」

他笑了。「不會。這只屬於我們，為了紀念——」

「——不是紀念，是為了埋葬那該死的怪物。」

大衛拍了一整卷底片，黎在浴缸裡待到水漸漸變冷。接著她跨出來，穿回制服，那些扣環和鈕釦如今對她而言就像自己的身體般熟悉。她拿起那張裱框的照片，讓它朝下掉落在浴室的磁磚地。她以一個短促的動作踩在相框上一轉，玻璃刺耳地刮擦陶瓷，然後便走出浴室。

趁軍團抵達之前，他們在希特勒故居又多待了三個小時。黎覺得她一點一滴地認識了元首。她坐在他的書桌前，讀過他的筆記，看過他的臥室、吊襪帶和頭痛藥水。他愈是顯得平凡，她就愈憎厭他。她的體內滿溢著恨意，令她窒息。

27

大家都管這份雜誌叫《Frogue》，它比《VOGUE》還了不起。若說它比《VOGUE》更法式，並沒有放對重點。它在所有層面上都高了一等。它是潮流的震央核心。在裝潢精美、物品堆放雜亂的辦公室裡，編輯們挑選的時尚主題是美國版《VOGUE》仿效的對象，他們設定流行風向，而非隨波逐流。

曼問她工作狀況時，她總是語帶輕蔑，但令她訝異的是，她喜歡待在那裡。她不是想要站在相機後面嗎？當然。她不是得在拍攝途中忍住發號施令的衝動、在攝影師做出她不苟同的指令時咬著舌頭不說話？**肯定是**。但是在《Frogue》，她和其他模特兒所獲得的尊重，是她在紐約時前所未見的。儘管黎感到快快不樂，覺得自己是被曼逼著來的，但從她一踏進主要辦公室，她得到的就是重要人物般的對待。在等候室，助理的殷勤將她的煩躁一掃而空。他們直接護送她進一間攝影棚和攝影師見面，沒有讓她乾等。他們似乎還很榮幸能夠請到黎，那是連她都不太清楚的自己所擁有的名聲。並不是基於她和曼・雷的關係，而是因為她自己，她過去和康德・納斯特的合作、史泰欽為她拍的照片，也因為雜誌社裡每個人都知道她會讓服裝顯得更美。在這裡，服裝的重要性勝過一切。時尚就是圖騰崇拜。黎當然沒有忘記自己的美貌，但外人來提醒她這一點也還不錯，特別是在這樣一個地方。

她的生活突然之間得到了平衡。佩西—布倫特夫人僱用了他們，但無法決定細節，於是黎與曼每週會花幾個小時自行擬定初步計畫。黎一週在《Frogue》待幾天，其餘時間在工作室。她喜歡當模特兒時匆忙的一天：《Frogue》的員工最喜歡的餐廳都在走幾步就到的距離，她會囫圇吞下午餐。她也喜歡喬治．霍寧根—華內，他是她合作最密切的攝影師。

喬治拍下她身穿帕昆與香奈兒的時裝。她穿上斜裁式洋裝、拉上拉鏈，衣服緊貼著她的腰線，裙襬優雅地垂墜在她雙腳周圍的地上。黎對一件特別美麗的薇歐奈洋裝表示讚賞，它是白色亞麻質料，有著形似眼睛的幾何圖形裝飾。拍攝結束時，這件洋裝就送到了她公寓門口，外盒繫著蝴蝶結，插了一張卡片，上面寫著：**獻上祝福——G**。

喬治是個卓然有成的專業人士，嚴謹挑剔，會在曼或黎都覺得已經算是成功的一個鏡頭上琢磨良久。他的照片線條乾淨而富現代感，風格和時尚圈當下的氛圍完美吻合。正因如此，黎對他而言是優秀的模特兒。就像她在紐約剛展開職業生涯時一樣，她覺得很幸運，在她的時代，她的美是「正確」的那種美。《Frogue》辦公室的牆上掛著過往年分的裝框插畫——畫中的女孩腰細如蜂，滿身華麗的綴飾——黎感謝上天，她不是生在三十年前。

他們為黎拍的一些照片也重新登上美國版的《VOGUE》，不久之後，她就收到父親來信寫到此事。他那一次來訪之後，黎幾乎沒再和他聯絡——她嘗試曼提議的方法，不主動聯繫，而她發現自己根本不怎麼想念他。他的信裡充滿了對她擴展模特兒事業的讚美，說他很高興看到她又開始工作，又說他總是覺得她這麼美、又這麼有才華。在過去，這些話語會讓她心煩——她一直都致力於她真正的工作，也就是攝影——但現在她讀著他的字句，毫無感覺。他來訪那段期間，似乎有什麼改變了。他失去了控制她的力量。她將他的信放進手提包，沒有回信。

喬治常讓她和一位男模特兒合作。他叫做霍斯特．P．霍斯特，他的外貌和黎極其相似，簡直像她的親生兄弟。高䠷削瘦，一雙清澈的藍眼睛，金髮整理成完美的波浪狀造型，垂在前額。和黎一樣，霍斯特也在受訓當攝影師，比起模特兒，他更想拍照。喬治和霍斯特的關係就像曼和黎，拍攝期間，他們往往會一起研究某張影像，空氣中迸發著性的張力。黎在一旁看著——饒富興味、置身事外，而且頗為此高興。

雖然黎不太情願拍時尚攝影，還是帶上了祿萊相機，拍一些幕後照片。一排鞋帶沒綁、鞋舌外翻的鞋子就像一列微笑的嘴；一個哭泣的女人站在走廊上的電話旁，睫毛膏化成黑色的小河沿著臉頰淌下。黎沖洗照片時，感覺幾乎像是犯下了壞事後僥倖逃脫，從她工作的地方偷走了點子、偷走了美。

某天晚上，拍攝結束後，他們在大廳裡逗留，霍斯特邀請黎加入他與喬治的晚餐，雖然她通常會拒絕，但那天她同意了，並且詢問能否邀曼一起。

黎打電話到工作室，安排了會面的時間和地點。離開辦公室前，喬治對黎和霍斯特勾勾手指，帶他們去了衣物間，各自在裡頭挑選晚餐要穿的衣服。黎挑了一件她展示過的水藍色雪紡紗露背洋裝，繞頸的部分有刺繡。霍斯特又拿給她一條狐毛披肩和一雙寶石跟鞋；兩位男士的口袋巾和領帶也和她互相搭配。走到戶外，兩人各挽著她一邊手臂，柔軟的皮草觸碰著黎光裸的雙臂，她從來不曾感覺如此美好。

終於也有這麼一回，她心想，巴黎人會盯著她看了——只需兩位護花使者、一件夏帕瑞麗原創時裝，就足以融化他們的傲慢。他們抵達餐廳時，曼已經在外面等了。他們從遠處就看到彼此，她喜歡他凝視她沿著人行道信步走來的眼神。當他們三人與曼僅咫尺之遙，他往前，手環上黎的腰，充滿占有欲地吻她，掌心貼著她的裸背。

「她是不是迷死人了呀？」喬治問，曼點頭同意。他和喬治握手、和霍斯特互相介紹時，緊挨在她身旁。

「幸會，」霍斯特說：「見到您真是太榮幸了。您的作品對我啟發很大。」

「是嗎？」曼的語氣帶著假意的謙遜。

「老天，當然。你的時尚攝影——尤其是早期二五、二六年幫《VOGUE》拍的作品。我還曾嘗試在我的照片裡複製其中幾張的作法，看看能不能弄出正確的光線效果。」

黎知道霍斯特說錯話了。當人們談到曼的舊作、而非他近期作品時，他總是覺得受辱，而且他從來不喜歡別人使用他的點子。但是當然，霍斯特不可能知道。

「而且我難以形容，能和這位美人合作是多麼幸運，」霍斯特繼續說，朝著黎揚了一下頭。「你肯定花了不少時間趕走眾多窮追不捨的追求者吧？」

曼對霍斯特露出一個僵硬的微笑。黎看得出來，他已經下定決心不會喜歡對方了。她把曼拉近自己，傾身吻了吻他的臉頰。「我就能趕走那些男人了，謝謝你。」她說，感覺曼逐漸放鬆下來，另外兩個男人也笑了，笑得稍稍誇大了她那句話本身好笑的程度。

他們入座之後，曼便展現出迷人的魅力。他喜歡霍寧根—華內，喜歡和他交換消息、討論攝影技巧。兩人很快就在怪客戶和失敗照片的軼事上相互較勁。曼聊到拍攝海明威肖像的事——時尚攝影師也愛名人八卦——霍斯特為了聽個清楚，探直身子幾乎要越過桌面。

「告訴我，」霍斯特說：「他是什麼樣的人？我非常喜歡他的新書呢。」

曼一副心知肚明，卻不以為然地聳聳肩。「那是六、七年前的事了，我想，他當時還沒沒無名。葛楚．史坦請我去幫他拍照，說他是真材實料的才子。她那時老是要我去拍她的藝術家朋友。拍攝一個小時，他遲到了半個鐘頭，按門鈴就按了十幾次。我下樓迎接他，他卻像個醉漢一樣靠在門框上，頭上還包著大大一團繃帶。」曼舉起手在頭上畫了個圈示意。「我問他那團繃帶是怎麼回事。他只說是天窗破了，砸到他頭上。那理由在我聽來挺奇怪的，但就算他喝得醉醺醺、漫天扯謊，我又有什麼好在意的？我拍得最好的肖像中有些就是醉漢。」所有人都笑了。「於是，我們上樓去攝影棚。他走路沒有搖晃，聞起來沒有威士忌的酒味，但我讓他就座拍照時，問他能不能拿掉繃帶，他拒絕了。我告訴他，我會讓他轉到另一側，這樣就看不到傷口。他又拒絕了。他反而從外套口袋裡拿出一小頂毛氈鐘形帽，攤開來戴在他那顆大大的頭顱上，看起來一臉沾沾自喜。帽子完全遮不住繃帶。但我心想，也罷。除了葛楚．史坦，沒人知道他是哪號人物，倘若他想要自己的照片看起來像隻頭上受傷的矮妖精，那就這麼幹吧。」曼稍作停頓，又喝了一口酒。「但最後，我倒滿喜歡他那幅肖像。」

「然後他就出版了《太陽依舊升起》。」黎提醒。

「對，《大西洋月刊》的書評刊出了我幫他拍的那張照片。作家的肖像呢！他連襯衫都沒扣好。」

「那是張很棒的照片，」黎說：「想幫恩斯特．海明威拍出壞照片也難。」

曼看了她一眼。

「同意。」霍斯特說。

「哦，差點忘了最棒的部分，」曼接著說：「到了該付錢的時候，他堅持要送我一幅畫。他稱自己一文不名，但他有一小幅畢卡索的畫，是史坦叫他買的。他親自帶了畫過來。他似乎不曉得我認識畢卡索，還一副他向我透露了大祕密——一個認真的投資機會。」

「你收下那幅畫了？」

「當然收。你會不收嗎？」黎望著曼滔滔不絕的神情，驀然對他湧起一股深情。她看了看桌邊的喬治和霍斯特，穿著借來的晚裝，兀自想著這就是她一直以來所想像的巴黎生活。可口的佳餚、裝在優雅玻璃杯中的美酒，身邊的男人也將她當成精美、纖細、閃亮又別緻的玻璃器皿般對待。曼的手搭在她的椅背上，時不時來回輕撫她的手臂，觸感溫暖而令人放鬆。透著一絲驚奇的感受，她心想，她的生活就像一顆龐大的旋轉水晶球，每個切面都在不同的時間點捕捉到光線。誰想得到，重拾模特兒舊業會是這麼好的主意？但這一切之所以令她愉快，是因為這屬於她，而不屬於曼，她始終沒有發現自己如此想念她人生中的這一面，直到它再次出現。不知為何，和她的情人、攝影師與模特兒同業坐在一桌，讓她覺得她所有的面向在此合而為一。她將椅子緩緩滑近曼幾吋，他也將她摟得更緊一些。

這種晚宴的出餐時間長達好幾個小時。麗絲玲白酒換成了大瓶的深色勃艮地紅酒，一盤接一盤的食物送上來。田螺填滿了大蒜、巴西里葉和奶油，油汁沿著他們的下巴流淌，他們還得連忙抬起手擦掉。烤卡門貝爾乳酪的口感濃厚、氣味強烈，黎的舌頭隱隱作痛。白酒淡菜。一道她沒嚐過的燉小牛肉。青豆與櫛瓜佐大蒜。用餐期間不斷端上更多的酒，酒意鬆開了黎背脊的緊繃感，留給她柔順而滿足的感受。

喬治描述他們那天下午拍攝的泳裝照。他帶霍斯特和黎上屋頂，要他們以天空為背景擺姿勢，假裝身處海邊。

「現在很難讓《VOGUE》出錢拍外景了。」他說，友善地轉身看著曼。曼稍微退到桌外，一腳的腳踝跨到另一側膝上，顯得很放鬆。「所以我愈來愈常使用這種手法，近拍時讓背景**暗示**某種氣氛，而不讓它占據整幅影像，」喬治拿起杯子，晃了晃杯中一吋深的酒。「但他們想在夏季特刊進行大型拍攝，霍斯特有個主意，去比亞里茲或聖特羅佩，在海灘上拍。兩頭金髮，沐浴在那樣的光線中肯定很耀眼，不是嗎？」他朝黎和霍斯特舉杯。「你比我更了解這本雜誌。我要怎麼說服他們讓我這樣做？」

喬治渴盼地看著曼。曼說：「你得想一個比光線更好的理由來說服他們讓你拍外景。其實，我相信不管你想在那裡拍什麼，你在這裡也能輕易拍出來。你說的對，場景對於時尚攝影已經不比以往重要了。」

霍斯特探身靠向餐桌中央，壓低聲音。「但是**我們**想去海邊。讓他們付錢給我們躺在真正的沙灘上、曬著真正的陽光。」他笑著對黎眨眼。

那是他和黎那天下午談到的。他們當時背對著背，坐在喬治布置得像是浮板的木板上，在屋頂的強風中瑟瑟發抖。「我的卵蛋要是再冷下去，就要和我的身體分家了。」霍斯特悄聲對她埋怨。為了忘掉天氣多麼嚴寒，他們接下來的拍攝時間都在對彼此描述豔陽高照的度假天堂，而要是能去蔚藍海岸拍外景，這些夢話就可以成真了。當時感覺挺好玩的，就是個白日夢，但現在，曼盯著他們的神情活像他們只是一群調皮的小孩。黎想換個話題。

「我總是不知道，在冬季幻想溫暖的天氣到底是好事還是壞事。」黎說：「儘管我從小就在美國最冷的荒土上長大，練習的機會很多。」

但霍斯特不肯罷休。他伸手越過桌面，摸摸黎的臉頰。「這麼一副臉孔值得搭上完美的場景。還有這一副也是，」他在自己的臉龐周圍以手指比了個方框，對三人露出逗趣的笑容。「我只想離開城裡，去探探險。」

「嗯，有本事的話，就去試試讓《VOGUE》出錢吧。他們從沒為我做這麼多。」曼斷然說道。他將塞進襯衫衣領的餐巾邊角拉出來，擦了擦嘴，然後望著黎。「但顯然地，就算這事能成，妳也不會去。我的工作室還需要妳。」

黎看到霍斯特和喬治交換了眼神，她舉起高腳酒杯，灌進深深一大口，好讓她可以看著酒杯底部，不需要看他們的表情。儘管這感覺只在片刻間閃過腦海——話題立刻切換成達利幾天後要首映的電影——但黎今晚的好心情已經就此打住。彷彿她還不知道自己做錯什麼就莫名被斥責了一頓。彷彿她正身處她幼年時所遭遇過無數次的處境之中。

28

接下來的幾個星期，黎依舊往返於模特兒工作和曼的攝影棚之間，她反覆回想那天和霍斯特及喬治共進的晚餐，腦中不住浮現霍斯特的手框住自己的臉的畫面，並且聽見他堅持要探險。然後，她會幻想自己在海灘上，陽光曬暖她的肌膚。每當她這麼想，伴隨而來的就是曼的反應，那頓晚餐首次讓她感受到他們之間的距離。其實算不了什麼，只是人行道上的一條裂縫，她在一側，他在另一側。她驀然湧上一個念頭，他變得不再熟悉；而她對他而言或許也變得疏離。

她更加埋首於工作，在外面待得更晚，跟著霍斯特及她在《Frogue》認識的人去喝酒。當模特兒之外，她也開始為雜誌寫稿，大多是輕鬆短文，而她發現自己很享受於在打字機上敲出一篇篇文章的過程，更喜歡在作者欄看到自己的名字。黎和雜誌的一名財務部門職員交上朋友，她是從英國外派的員工，名叫奧黛麗．威瑟斯，非常努力想調回倫敦。她是在坦雅之後，第一個成為黎的摯友的女性。黎總是在外頭待到很晚，回家時曼往往已經睡了。那天是星期四，她到了家才想起這天要去工作室，同時赫然發現打從星期天之後就幾乎和他沒什麼對話。她一直沒注意到這情況，也沒多想念他。

有一天，她到了工作室，起初沒注意到他的情緒。只見他俯身在桌上，猛力在一本大筆記簿上塗塗寫寫，一邊耳上塞著備用的筆，地面上散落著許多揉成一團的紙。

「喝茶嗎？」她問。

他短暫抬起視線。他沒刮鬍子，眼窩浮腫。「好，謝謝。」

她拿了水壺燒水。在另一個隔間裡，她聽到他又從筆記簿撕下一頁，接著是沉默，再來是響亮的筆尖刮擦聲。水滾時，她拿出兩個茶杯，注水入壺，在空杯裡扔幾顆方糖，全放上托盤端進辦公室，動作中帶著熟能生巧的優雅。她將托盤擺在他的桌緣，將一個茶杯推向他，然後站了幾分鐘等茶泡好，倒茶進杯裡，以茶匙稍微攪拌。整個過程曼都不發一語，只顧在筆記簿上振筆疾書。

「那是要寫給費城那個獎項的創作說明？」她在他停頓時問道。

「對——終於。昨天深夜，我想到要說什麼了。」

「真是太棒了，」黎真心地說。調好自己的那杯茶，她站到他身邊後接著說：「我要開始沖洗亞陶的照片，當初說好在星期五送到。」

曼抬頭看她，表情高深莫測。「這個嘛，我們今天下午有事嗎？我想拍妳。我有個新的創作靈感。」

黎感到驚訝，受寵若驚。他已經好一陣子沒為她拍照了，她頓悟到，這就是如今他們之間所欠缺的。那種同心協力的感覺曾是驅動一切的力量。

黎整個早上都在工作，下午進攝影棚時，見到他脖子上掛著兩臺格萊菲相機。她不由得羞赧起來。「現在光線正好。」黎解掉襯衫鈕釦，但他搖搖頭。他讓她站在窗戶旁，她擺好姿勢，掌心靠上窗格。曼離她很近，鏡頭和她的臉只隔幾吋，相機的單眼對著她的眼睛。他對準焦距，迅速連按快門。

「這是要拍什麼？」

「我現在還沒辦法解釋。」他說。他換了另一臺相機，再度逼近她。他拍了她的耳朵、眼睛、嘴巴、鼻子。黎維持靜止不動，幾乎屏住呼吸。相機擋住了曼的臉，她感覺到相機外盒金屬傳來的涼意。在鏡頭的弧形表面，她盯著自己的五官縮小而扭曲，想到他的相機如此迫近，一陣恐慌在心中湧起。曼全然默不作聲，投入在作品中，無助於緩解她的恐慌。

「妳的眼睛，」曼開口，停下來為其中一臺相機換裝底片。「我離妳這麼近，就可以將它簡化成純粹的幾何圖形，符合黃金比例。我拍攝時就是這麼看。」

黎的心臟跳得極快，幾乎要跳出喉嚨。「那只是我的眼睛。」

「是我讓它變成妳的眼睛。」他輕輕移動她的肩膀，讓光線直擊她的臉孔。「現在，妳的虹膜上有一道很美的陰影，會延伸過整個景框。我沖印時可能會再剪裁，讓它變成完全的抽象、幾何。就是這樣。」

黎希望他可以遠離她，給她空間。於是她閉上眼，但他繼續拍攝。她的眼瞼狂亂地眨動。過了片刻，她再也無法承受，從他面前走開。

「我不……停下來。」黎再度後退，退縮到窗簾的陰影裡，他終於放下相機。他們對望了片刻。

「我受夠了。」她說。

「但我沒有。」

黎走出攝影棚。她顫抖著。曼跟著她。他生氣了，她可以感覺到他身上散發出的憤怒。

「妳的眼睛就是**我的眼睛**，」他說。他的聲音顫抖，咬緊牙關，臉頰陷落出兩道凹痕。「所有的一切，妳都是我的。妳知道的，對嗎？妳是**我的**模特兒。**我的**助理。我的愛人。」

她後退遠離他。

「告訴我，妳是我的。快說。」

黎的喉嚨變得像稻草一樣乾細，她吐出的字字句句聽起來像被扼住了一般，尖啞而虛弱。

「我是你的。」

儘管她已經說了他想聽的話，他仍然不滿意。黎納悶著他**到底**想要什麼？她能說些什麼來安撫他？他們始終沒有停止望著彼此。

「妳不是別人的模特兒。不是霍寧根—華內的，不是考克多的，不是任何人的。妳想去任何地方，不管是去比亞里茲，或是其他地方，**我**會帶妳去。」

黎從來沒看過他這副神情。他將相機像盾牌一樣舉在手中，但她看得出他在發抖。她也顫抖著。他讓她感到迷惘，讓她一心想逃離，然而一股背道而馳的渴望又讓她想撫慰他。

「我是你的。」她悄聲說，那些字眼在她口中生硬得猶如石塊。她重複說著，這似乎滿足了他。他的肩膀變得放鬆，鬆開了相機，讓它懸掛在背帶上。過去幾次他也是如此發洩：急如星火的怒氣，旋即熄滅；這和她截然不同，她的脾氣會悶燒好幾天。但此刻能讓他平靜下來，黎不禁深深鬆了一口氣。

「好，我們來拍完吧——我還有幾個點子想要試試。」曼這麼說，就像剛才的衝突已經了結了。他伸手摸摸她的臉頰。

黎點頭。她跟著他回攝影棚，擺姿勢時卻感到萬分艱難，感覺整個人彷彿變成蠟做的。曼得幫她擺姿勢，她也由著他這麼做。等他拿起相機，她覺得自己回到以前渴望心靈狂奔的自己。她直直望著他，卻對他視而不見，幻想自己是駕駛艙裡的飛行員，翱翔在城市上空，俯瞰緞帶般的塞納河。護目鏡壓著臉部骨骼，空氣中充斥著刺鼻的煙霧和油料燃燒的氣味。她的心臟怦怦猛跳，她緊抓控制桿將機身筆直拉高，拉到雲層上方空氣稀薄的地帶。曼再度將相機逼近她的眼睛，她緊閉雙眼，將他抵擋在外，讓天空填滿她的視野。

終於，曼拍完了，黎收拾東西，一聲再見也沒說就離開。下樓梯時，她仍反覆看見他的相機迫近她，感覺他炙熱的氣息吹在她臉上。她確保曼沒有聽見她離開，一踏上人行道，她深深吸進一口氣，緩緩吐出。她將祿萊相機掛在頸上，往北方走，心中沒有明確的目的地，只想走得愈遠愈好。她走聖米歇爾大道，心無旁騖地快步疾行，任由城市景觀從她身邊向後飛掠。對街上一個小男孩緊抓母親的手，一邊吸吮著一大根棒棒糖，整張臉沾上了粉紅色糖漿。一個白髮男人雙手插進口袋，在寒風中拱著背。麵包店前的女人戴著手套的手摸過一排法國麵包，最後才挑了一根。黎一次又一次想拿起相機拍照，卻沒有這樣做。她任憑生活的影像不受打擾、不留痕跡地流逝而過，自己並不介入其中。她是什麼人，怎麼能成為這一切的一部分？

黎越過塞納河，經過西堤島和兌換橋。她邊走邊張望著。在巴黎大堂，她往右轉，想切進一條較安靜的街道，再轉到紅燈區所在的聖但尼路。黎來過這裡，但當時沒帶相機。這條街透著一股詭祕靡爛的氣氛，正契合她的心情。建築物多年前漆上的鮮豔色彩已經褪去，局部油漆剝落，窗戶整天關著。幾個女人靠在樓房邊站著，或是雙腿岔開坐在臺階上，她們的絲襪從吊襪帶鬆垮地垂下，衣服早已過時多年。其中一人看起來很眼熟，尖挺的鼻子、小小的嘴脣，黑髮燙成貼著頭皮的細密波浪狀、黑色薄洋裝的接縫處露出她拉緊的肌肉。

黎走近她。「吉吉？」她問道。黎的心情一振，調整相機設定。當女人抬起那張表情淫靡、妝容暈糊的臉龐時，黎才發現她不是吉吉。當然不是。近看之下，那女人沒有一點像她。正當女人舉起手阻止黎拍照時，黎將相機舉到眼前，按下快門。看到黎的動作，女人脫口尖叫，吼出一串法式粗話。拍照後，黎迅速轉身離開，只回頭一次，確保那女人沒追上來。在轉角拐彎時，黎心中湧上一股清晰感，還有力量。黎不用等沖洗出來就知道她拍了什麼——那張照片會呈現那女人的嘴扭曲成一個憤怒的圓，手像乞丐般前伸，洋裝的布料在她傾身時變得緊繃。相片將賦予觀者一種驚奇感，一種意外的錯置效果，彷彿捕捉到女人爆發怒火那一刻的黎，真實呈現了她，既是祈禱者，也是娼妓。

黎在皮埃萊斯克路上停步，慢下呼吸。她雙手握著相機，彷彿它和她的肌膚相融，完完全全生長在她身上。拍下了那張照片，曼從她的腦海中抹消了，將她固定在此時此刻。來來往往的路人一閃即逝，只是一卷她步行時播放的影片。她走回巴黎大堂，街上人潮擁擠。黎望著身邊的芸芸眾生，逐漸清醒——或說是第一次清醒。她的眼瞼像相機的快門一樣閃動，她眨著眼，周圍的動態變成了照片。時不時，她在腦海中創作出值得保存的影像，她拿起相機，將影像在底片上定格。她拍下的每張照片都生氣勃勃、出人意表。而光是拍下這些照片，黎比過去的任何時刻都更加感覺到自己活著。

29

現在已是六點鐘，十一月陽光的最後餘暉斜射過城市，萬物籠罩在逐漸增長的陰影裡，一片灰暗。黎不想回公寓，卻不得不回去。她的雙腳酸痛。她已經走了好幾個小時的路。她餓了。她想著要告訴曼她拍的那張照片：影像中女子的嘴張成完美的圓，她的情緒和血肉之軀一樣清晰可見。她想告訴**她自己**，於是她在心中重播那一段，一次又一次反覆體驗她在正確時刻按下快門的權力感。

黎在他們的家門前徘徊躊躇，希望曼不在家。她終於進去時，她聽見走廊遠處的洗澡水聲，看到曼的衣服沿路扔在地上。黎還聽見他在唱歌。是首新曲子，〈一捆舊情書〉，哭哭啼啼又多愁善感。聽到他的聲音，她意識到自己無法留下。黎迅速打開衣櫥，看著自己的衣服。哪一件她穿起來最好看？她選了綠色的縐摺喬琪紗衣，趕忙穿上，也換了一雙舒適許多的鞋，夾上貼鑽髮夾，沒讓曼知道她回來過就離開了。

雖然黎已經走了幾個小時的路，但她一回到外頭，就發現自己一點也不累。她想要移動，想要置身於外界，而且最重要的是，她想做一些能讓腦子關機的事，讓腦中滿溢的思緒平靜下來。

距離巴黎歌劇院有一小時的腳程。路程愉快，地點也不錯。她知道距離多遠，因為她曾走路去過，就在幾週前。這夜的天氣清朗怡人，黎解開鈕釦，任大衣在她背後飄動。她加快速度，快得讓她的心臟在她胸口劇烈跳動。她只花了四十五分鐘就走完原本一小時的路程，在七點整到了歌劇院，正是他們開放觀眾進場的時刻。

她給自己買了一張正廳前排的座位，甚至比她跟尚一起坐的位置更靠近舞臺。這張票要價不斐。好奢侈啊，的確，但能有這麼一次自己付錢犒賞自己，總是不錯。等待舞者上臺的同時，黎讀著節目單，尋找她認識的名字——贊助人、舞者和工作人員；舞臺設計師和樂手。她看到了，就印在那裡。**安東尼歐．卡盧索**，和其他名字是同樣的黑色字體，卻在她眼裡熾熱燃燒。

第一段和弦響起時，舞者登上舞臺。黎又一次被載離了此時此地。這是究極純粹的情感表現形式：感受成為實體，刻畫在身體上。哦，他們的身體啊！黎好想把他們拍下來。他們堅硬的骨骼，肌膚下明顯可見的結締組織，彷彿她就是要來看清楚他們的身體是如何構成的。她想拍下舞者在安東尼歐的布景前，他們充滿活力的動作映襯著絲綢鋪成的背景。他們身體的強韌令她神往，他們動作的時候，黎想到舞蹈帶來的痛苦，想到舞伶踮起腳尖時拗折腫痛的雙足，想到男舞者壯碩小腿上纏繞的膠布和繃帶。而黎的身體——相比之下如此柔軟。她身上唯一硬韌的部位是手，皮膚因操作暗房而乾裂剝落。她希望自己經過長時間的勞動和練習，整個人都能厚實強壯，身體變成繭。黎想要當一個辛勤努力、拚命嘗試的人。她不想要如此柔軟。

表演結束時，觀眾就像上次一樣興奮若狂，從座位上跳起來猛力鼓掌。黎跟他們一起站著，一次次拍手，直到她成為最後一個離場的人。

她不知道自己在做什麼。不知道自己想要什麼。不。這不是真的。她知道自己在做什麼，也知道自己想要什麼，但她不願承認。她覺得如果自己不承認，她的渴望就不會成真。

她在南出口等了好久，久到她幾乎以為他不會來了。但她接著就看到了他，認出他的側影，削瘦纖細，未扣起的大衣外披著圍巾。他也看到她，停下來瞪著她瞧。黎面無表情地回望。她已經做出了表示。她想要他來找她。他確實這麼做了，他走過來。站得好近，近得讓他的外套摩擦著她的外衣。他高眺得讓她必須往後仰才能抬眼看他。路燈在他臉上投下形狀怪異的陰影，她看見他雙眼周圍細細的紋路，肌膚細薄。

「這個嘛，」安東尼歐說。

「這個嘛，」黎回答。

「想去什麼地方嗎？」

黎點頭。他一個字也沒再多說，為兩人招了一輛計程車。她上車時，安東尼歐對司機說了些什麼，但她聽不見。他們坐在後座，望著市景掠過，沿途經過的路燈光線宛如波動的彩帶，飄過他們身上。

十五分鐘後，他們停在一條熟悉的偏街上。黎下車時，發現自己身在何處：他帶她來德羅索家。她應該要有些感覺，有點罪惡感，她知道自己應該如此——至少她該擔心曼的朋友可能會在這裡看到她——但她什麼感覺也沒有。這次，德羅索開門、獻上頰吻時，她把自己的臉推向他，更強烈地感受他嘴唇的壓力。她和安東尼歐分別到不同的房間更衣，就連脫下衣服的動作，脫下這件她現在才發現是為他而選的衣服，感覺都帶著情色的意味。彷彿她是為了他而寬衣解帶，儘管他根本不在這裡。她的手拂過自己全身和雙腿間，然後穿上浴衣，絲料冰涼地貼著她的肌膚。

他們兩人都穿著浴衣出現在走廊時，黎心中湧現強烈的興奮感，在她喉頭忐忑蠢動。她忍不住笑出聲來。

焚煙的甜美香氣從書架下飄出，黎往後退一步，由安東尼歐拉動書架把手，讓他們入內。今晚，密室裡十分擁擠，十幾個人共用房間中央青銅桌上的水煙壺，所有人都窩在地墊上，彼此依偎。遠處角落的一張沙發上，一群留著小鬍子的男人全神投入地對話著，聲音壓低，但情緒很激動。某處有人彈著鋼琴，一次又一次演奏同一段樂句。黎過了片刻才察覺那其實是留聲機跳針了。她一旦察覺，腦子裡就全是這件事，而其他人似乎都沒有注意到。黎走過去，將唱針調回唱片開頭的位置。停頓一下之後，房間裡流瀉出一連串古典樂音。她做了個深呼吸。安東尼歐在房間對面看著她，她對他露出一個淺淺的微笑，看見他臉上也同樣泛出微笑。

他朝她走過來，頭朝著酒水餐車輕點了一下。「今晚妳別喝那個了，」他說。

「我想也是，」她說，但有一部分的她想要像上次一樣，將冰涼的酒杯握在手中，茫然的感受隨之而來。

一個男人接近他們，穿著中國式長袍，頭上戴著一頂小帽。他鞠了個躬，指了指水煙壺。

「妳抽菸嗎？」安東尼歐問黎。

「不。」

「可惜了。可能很好玩的。」

他的話懸在空中。黎想起了自己的母親。許多年來，愛倫都把注射針筒藏在浴室水槽下方的壁架上，她以為放在那裡沒人會發現。一天下午，生病的黎發現了——她進浴室嘔吐，然後躺在冰冷的磁磚地上，她喜歡陶瓷貼著臉頰的觸感。而它就在那裡，一個小小的黑色皮革盒子，上面燙金印著她母親的姓名縮寫，盒子裡面用鬆緊帶固定著幾個細長的藍色藥瓶，和一組看似要進行外科治療的針頭。黎發現之後，每次進浴室都會伸手到水槽下確認它還在不在。許多年來，它一直在那裡，只是藥瓶裡的存量不同。但過了一陣子，她母親不再躲躲藏藏，那個盒子進了她的睡袍口袋，細緻的布料拉得下墜。某天，母親午睡時，黎進房看她，房門開關的聲響驚擾了她，她翻過身，一隻光裸的臂膀伸過頭，細緻白皙的肌膚上散布著針孔。黎盯著那隻手臂許久，直到她母親又動了一下，黎才溜出去，以免被逮著。

現在，黎在德羅索家裡，她吸了一口氣問道：「那是什麼感覺？」

安東尼歐聳肩。「像是妳醒著但又沒醒。像是幸福。」

戴小帽的男人拉拉她的浴衣，朝一支無人使用的水煙管示意。

「樂意之至，」黎說。她費了一番努力才說出這句話，一部分的她出於好奇，而且要是她拒絕，不就毀了她跟安東尼歐所有的機會？

安東尼歐只是點點頭，揮手要那男人退開，手搭在她的下背，透過薄薄的絲料，她感覺他手上的暖意熱如烙鐵。他溫和地將她推向房間後方的另一扇門。他們踏上一段短短的走廊。一陣搏動的切分音爵士旋律搖震著她腳下的地板。安東尼歐打開走廊盡頭的門，他們進到一間更大的房間，比水煙房大得多。房裡的所有配置都是一種水洗過的柔和粉紅色，粉紅色的凸紋壁紙、粉紅色的絲絨沙發、粉紅色的地毯和粉紅色的小桌子，桌邊坐著身穿緋色浴衣的人們，和周遭不可思議地相襯。他們各自圍成一小群坐著，大聲談話蓋過音樂。這些人是誰啊？他們隔著桌子靠向彼此，仰頭大笑時，戴滿鑽飾的手舉到喉嚨上。女性的浴衣露出高拱的鎖骨，以及垂在頸項凹處的深色墜子。男子則胸膛平滑，皮膚呈橄欖色，肩膀硬實銳利，讓身上的袍子也多了幾分陽剛氣息。他們時髦得驚人。房間遠處的一端設了吧檯，檯面後站著一位女酒保，身上的絲綢洋裝不比內衣厚多少。吧檯後的牆壁覆著一層玫瑰金箔，酒瓶展示在牆前的玻璃架上，看起來彷彿整個吧檯都被這面牆照亮，瑩瑩生光。

「哦，」黎說：「我一定要在這裡喝一杯。」

沒有人注意到安東尼歐和黎。他們走向一張桌子，他在兩人坐下之前說：「這間是我幫德羅索漆的，兩、三個月前才完成。」

「好美，」她真心地說：「是你的點子？」

「對。我想要讓人感覺像是進到了一張嘴裡。我想應該要是單純的粉紅色，但德羅索想要蛇的概念，所以我就加上去了。」

黎再次四下環顧，看到壁紙上其實有金色顏料繪成的壁畫，是一條巨蛇盤桓整個房間，每一片蛇鱗都跟餐盤一樣大，裝飾著較小的蛇群畫像，還有她猜想是描繪伊甸園的畫作。

她對他說：「我不太擅長這個——無中生有。但我倒是可以幫它拍成一張好照片。」

安東尼歐為她拉開椅子，她的膝蓋靠了進去。他說：「這不是我想做的事——布景設計和其他一切，全都不是——但我很擅長。我可以拿個紙盒來，就把它變得像皇宮。」

黎想著他為芭蕾演出設計的場景，森林和舞會廳，它們看起來是多麼逼真。想想看，如果能把一整個房間當成畫布，讓觀眾置身於他們觀看的作品之內。「你真正想做的是什麼？」

「我自己的作品，不是我受委託創作的產品。但是好像沒人對我感興趣的事感興趣。」

「像是什麼？」

「哦，最近是一幅用上了油和蠟蠋的小尺寸畫作。而在唯一一位撰文評論過它的評論家眼中，它是『模糊得令人抑鬱』。」

「我想看。我敢說我會喜歡。」

安東尼歐對她揚起眉毛，給了她一個似笑非笑的表情。「搞不好真有可能。」

這粉紅色的房間讓黎回想起她幾年前在紐約參加的一場化裝舞會，那一晚被寫進《紐約時報》，好幾個月來都是眾人談論的話題。舞會的賓客得到指示：打扮成魔鬼或是天使，而且要保證沒人看得出裝扮下的人是誰。到場之後，根據所選的角色，他們被分配到屋子不同的樓層。黎是魔鬼，當然了，她戴著紅色絲質面具，遮住大半張臉，火焰般的流蘇垂過她的頭髮，繞在頸間。她被指引前往的房間以紅色燈光照明，壁爐裡燒著旺盛的烈焰。她向安東尼歐描述那場舞會，然後驀然驚呼：「哦！」

「怎麼了？」他靠向她，望進她眼中，兩人間的張力像火堆裡的木柴劈啪輕響。

「我想起……我最近接了一個大案子，來到了這房間、想到那場舞會，我忽然明白了我可以怎麼做。」

「是白色舞會。Bal Blanc。佩西—布倫特夫人每年都會舉辦。如果我們把它辦成黑白舞會呢？所有人都穿白色，他們走過舞會廳時，文字和圖片投影在他們身上，就像照片一樣。來賓就是相紙，我們可以讓照片在他們身上顯影。奇特的圖片、字眼和句子——」

「太棒了，」安東尼歐頗有同感地說：「真希望是我想到的。」他沒有笑，眼神也沒有離開她。她意識到這個靈感的確很棒。

一名女侍前來招呼他們。安東尼歐迅速點單，稍後她端著一個放滿雕花玻璃器皿的托盤回來。她行禮如儀地放下糖罐、兩個苦艾酒杯、兩支酒匙、一個裝冰水的玻璃瓶和一個綠色酒瓶。

「苦艾酒！」黎說。

「德羅索，」安東尼歐說，像是作為解釋。

他將他們酒杯底部的圓槽注滿，在粉紅色的背景前，酒液閃耀如玉。他們各自將放了方糖的酒匙橫放在玻璃杯口，然後他將水細細澆上她的酒匙。他的動作充滿感官性，緩慢得猶如挑逗。玻璃杯底部的綠色液體變得混濁。黎從安東尼歐手上接過水瓶，也對他的酒杯如法炮製，察覺到他的目光仍在她身上。他們攪動手上的酒匙後舉杯相碰，同時仰頭飲下。黎的口中充滿薄荷和甘草的氣味，吞嚥時鼻子有著微微的搔癢感。

安東尼歐啜飲著酒，咳了幾下，從口袋裡拿出菸草。他流暢地捲好菸、點燃，深深吸了一口，末端的星火嘶嘶微響。他將手中的菸遞給黎，她本來想拒絕，但又想，**為什麼不呢？**她吸氣時，香菸讓苦艾酒的酒味變得銳利，讓她感覺自己體內彷彿燃燒起來，彷彿她蛻下了肉身、浴火重生。她又深飲了一口苦艾酒，再配上一口菸，不久，他們就把杯子重新斟滿，再重複一次流程。他們對彼此的吸引力懸宕在空氣中，像一件他們可以披上的衣服。

「所以，」安東尼歐最後說，表情充滿好奇。

黎又啜了一口酒，將手放在桌面上，他將自己的手放在她手背上。她的世界縮小成一個點，而他就位於那個點的中心。

人群來來去去。音樂愈來愈大聲，節拍逐漸緊湊。幾對情侶站起來推開桌子，好在房間中央跳舞。跳舞的女子撩起浴衣下襬，露出未著絲襪的瘦雙腿。黎和安東尼歐貼近著坐在一起。世界在他們周圍旋轉。黎的感覺就是如此，彷彿這個奇怪的房間就含納了任何人此生所需要的一切。那些翩翩起舞的情侶——她看著他們的時候，時間放慢了，她往後坐，讓所有細節朝她沖刷而來：某人膝上的瘀血；一只耳環在某個女人脖子上折射出的一片片七彩光點；舞客律動時的表情，既敏感不安又毫無顧忌，雙眼閉起，臉上掠過笑容與專注的神情。黎也捕捉到別桌對話的片段：「我竟然種的是**梔子花**，而不是別的花」、「我們在下雪前及時下山，但我丟了一支滑雪板」、「派翠絲在他身邊的時候真是個騷貨。」

黎更靠近安東尼歐，嘴脣都要碰到他的耳朵了。「你知道我想做什麼嗎？我想拍這個地方的照片。」

他在她杯中倒了更多苦艾酒。「妳很厲害，對不對？妳的作品。妳真的很在乎。」

黎不知道他這個印象從何而來，但實情確是如此。他的理解讓這點變得更真實，比曼或是尚對她說出相同的話時還要真實。

「我**確實**很在乎。我覺得……」她環顧著躍離地面、單腳跳起的舞者，也看著附近桌的情侶。「我覺得我終於了解到我想做的是什麼。」

他們每次交談，都必須探身靠近對方，才能夠以正常的音量說話。在這個喧鬧的房間裡，如此舉動顯得異常親密。

「我覺得這個世界……」她繼續說：「世界上的一切如常運行，無關乎我是否拍照。我的藝術創作，是選擇在什麼時候按下快門，而不是擺設場景然後為它拍下照片。是在某個特定的、正確的時刻身處某地，並且決定那是一個值得捕捉的時刻，儘管別人可能覺得它平凡無奇。」

他點頭。「我喜歡。」

她覺得自己臉紅了。她不確定他是否真的了解她的意思——黎不曾對任何人說過這個想法。事實上她也還在思考。她用顫抖的手拿起苦艾酒杯，喝了灼熱刺人的一大口，然後重新斟滿杯子。冰水澆在苦艾酒裡，杯中旋繞著煙一般的雲霧。

她無比渴望、甚於一切的事物，就是這個下定決心、清楚透徹的時刻。她想要創造出一個個片刻，用底片捕捉起來。捕捉生命的經驗，捕捉活著的感受。

在房間對面，她看到酒保伸手拿酒杯給一個男人，手勢像拿著一朵玫瑰。她看到一名男子低下頭，摩挲著脖子。室內聞起來是烈酒和香水的味道，還有肉體帶來的溼氣——她不禁想，這就是安東尼歐把這裡設定成一張嘴時想像到的場景。黎拿起酒瓶，再次倒滿她的杯子，然後探身越過桌面親吻他。

幾個小時後，他們都醉了，身體微微輕顫，踉蹌地走上一條陰暗的走廊，黎覺得自己從未見過德羅索公寓裡的這個空間。安東尼歐的手緊握著她的，而她的拇指摩擦著他手腕上凸出的圓骨。

半明半暗中，有個人朝他們走來。

「我們要一間房，」安東尼歐低聲說。

那個人沒有回答，搖搖晃晃地走了。

他們試轉了一個又一個門把。他們咯咯笑著，昏沉卻又警醒。怎麼有這麼多扇門！他們打開一扇門，裡面是一間浴室，他們對上彼此的眼神。差點就考慮要進去了。安東尼歐環抱住她，他的大手緊緊包覆著她腰間的肋骨。他的體溫好高，她感覺要被他融化了。終於，走廊盡頭出現一道雙開門，門上有成對的大型把手。

「那是不是……？」

那是兩根巨大勃起的陰莖，以青銅塑成，從底座分枝出來作為門把。

「你覺得，」黎開口，然後打起嗝來，「這是**德羅索的**嗎？」她又笑了起來，擔心自己一笑就停不下來。

「可能吧。」

「唔，還真是很……驚人。」

安東尼歐拉下門把，領她走進一間巨大的臥室，這間一定是德羅索的。從黎認識安東尼歐以來，他一直是個安靜寡言的人，但他現在對她反覆輕聲低語，低沉的嗓音在她耳中騷動。他低語著想對她做的事。他想操她的各種方式。

「好，」她說：「好。」黎還有話想說，但她的嘴已經無法隨心所欲，而且她不想漏掉他的細語。他們找到床，他抱著她到床上。他們的袍子滑落到地上皺成一堆，兩人之間只剩下緊貼著彼此的肌膚。黎仰躺著，安東尼歐俯跪在她雙腿間，抓住她的腰，將她抬到自己身上，使他們的位置倒轉。他毫不費力地進入她。她將大腿貼近他，在他上方移動，摸索著節奏，感受到他髖骨銳利的側邊。她每次抬起身軀，他也挺起腰回應她。當他推進她，她的感覺就像喝下苦艾酒，彷彿她從內將自己剝除刮淨，重獲新生。她傾身向前，手摸過他全身，感受他軀體的每一吋。她將一隻手放在雙腿間，圈住他陽具根部，感覺他多麼硬挺。很快地，她就失去了所有思緒。只剩下香菸、體熱、甘草香，和他們貼著彼此動作時身體的觸感。她的高潮來臨，是一陣狂野駭人的浪濤。她盡其所能地抵抗，但它終究襲來，抹滅了一切，讓她昏茫迷失，這陣浪潮是一幕席捲而來的黑暗，她任其降臨。

事後，黎躺在他身邊，頭靠著他的肩膀。房裡光線昏暗，她盯著壁紙，視線變得模糊，藤蔓和花卉的圖紋彷彿在牆上波動；又或者那些花朵**真的**波動了起來。她在陰暗中看著，看得入迷。然後，她轉開視線，望著安東尼歐的側臉。他仰望著天花板，眼睛眨也不眨。黎上下摩挲他的臂膀，直到他轉過來看她。

「你在想什麼？」她問。

他用手肘撐起身子，好讓自己能正視她。「妳知道嗎？我在想我根本還不知道妳是誰。」

醉醺醺的黎一臉迷茫地思考這句話。她可以告訴他，**她**也不知道她是誰。她從來就不知道。有時候她覺得自己只是一個空的容器，等著裝進跟她在一起的人，或是她當下在做的事。而她感覺他會了解。

但她只說：「這真的重要嗎？」

他翻身面對她。「我覺得重要。因為我想再跟妳見面。我們可以再見面嗎？」

黎感到自己清醒過來。一陣無來由的衝動讓她打起了一連串藉口和不在場證明的草稿，好讓她避免曼發現這件事。光是這麼想，就令她疲憊不堪。然而木已成舟，她也無法想像自己不再次用這種方式面對。

她看著陰影在安東尼歐的胸前移動，還有延伸到他腹部的一道深色毛髮。「當然可以，」她說。

「妳不是和曼．雷在一起？我以為我聽說……？」

「就算是呢？」

安東尼歐雙手高舉過頭，做出求和的姿勢。「妳不必對我解釋。我記得妳，在我們上次見面的時候，還有一次，我看到你們在多姆咖啡館。妳看起來……我覺得妳看起來很快樂。」

黎想像著安東尼歐眼中的景象。相機焦距拉遠，她在畫面正中央微笑，曼的手臂摟著她，展現保護欲和占有欲。曼看到某個他認識的人，微笑揮手，過去打招呼。倘若黎要在這幕場景中拍張照片，照片中的她會凝視著曼，但不想讓任何人發現她在看他，斜睨著眼神、充滿渴望。但安東尼歐會看見什麼？表象之下的愛情嗎？她永遠也不會知道。那個時刻已經消逝了，那個時刻從一開始就不存在。

「我們**那時**很快樂，」黎說，她的雙腿掃過床鋪側邊，尋找她的浴衣，最後發現它跟安東尼歐的袍子在門邊糾結成一團。她把兩件都撿起來，把他的那件丟給他。他翻遍口袋，找到菸草，然後靠向床頭，開始在大腿上捲菸。

黎朝他走過去，給了他一個長吻，兩人都不想先中斷那個吻。他嚐起來是香菸和方糖的味道。她舌上的神經末梢拉扯著她肚腹裡湧上的情慾，她得竭盡全力，才沒在他身邊躺下。相反地，她退開了。

事實是，安東尼歐是個陌生人。她所認識的是曼，是曼跟她構築了他們共有的生活，將她變成了現在的她。黎想著離開他會是什麼感覺。她會從他們的公寓裡搬走她所有東西——然後要去哪裡？跟安東尼歐同居？這個男人只是另一個曼，但她不認識他，他也還沒愛上她。但曼愛著她。他今天下午的憤怒、貼在她臉前的相機，是針對她抽身退開的反應，她該做的是再次靠近他。她無法想像自己的生命中沒有他。

「我說錯了。我不能再跟你見面。」

安東尼歐不敢置信地笑了出聲。「妳真是個神祕的女人。」

「我想是吧。」

「如果妳改變主意……」他的聲音無疾而終。她走過去，再吻了他一次，手沿著他的身體撫摸。然後她起身，推開一扇門，回家。

黎回到公寓的時候，陽光已在天空中灑下一片粉紅。離開安東尼歐，在德羅索家的更衣室裡，她凝視鏡中的自己。她唯一想到的字眼是**飽經蹂躪**：嘴唇紅腫，眼睛周圍是一圈糊掉的眼線，頭髮油膩凌亂。她在小洗手間裡把冷水水龍頭開到最大，將臉湊到水流下，水沖著她的鼻子、流進眼睛。她用手指抹臉，直到殘妝消失，再用沾溼的雙手梳理頭髮。接著，她將浴衣揉成一團，拿到水流下浸溼，在雙腿間和腋下使盡力氣擦了又擦。但其餘的部分她無能為力——手指上的菸草味、臉上的瘀傷，還有像層紗般罩著她的罪惡感，彷彿她身上裹著一個厚而鈍重的分身。

她現在沒辦法面對曼——關於她昨晚的去向，她編不出好理由。走進他們的公寓時，她不是發抖，而是全身震顫，身體的每一吋都因憂慮而躁動。也許曼還在睡，或者已經去了工作室。也許他們可以拖晚一點再碰面。

等她走進廚房時，他正坐在餐桌邊喝濃縮咖啡。他好奇地抬頭看她，好像已經幾個月沒見到她。他冷靜地將咖啡杯端到脣邊，喝了一小口。

「妳去哪裡了？」他問。

黎脫下大衣，放在椅背上摺起，心裡暗忖她平常是否也是這麼做的。她清清喉嚨。「尚從羅馬回來了。我要去工作室時，在街上撞見他，他想先讓我看看電影的一些片段。我等不及想讓你看到了。讓你擔心了，我很抱歉。」

這是個合理的謊言。尚是回來了。他從羅馬寫信給她，說他要回來了，但她還沒找時間去拜訪。她的確很容易在附近和他不期而遇。黎到家之前就反覆演練，但現在她的話連聽在自己耳裡都顯得生硬。

「啊，」曼說，他將咖啡杯放回碟子上，輕巧得一點聲音也沒有。「我很期待。」

「是啊，我等不及要給你看了。不用等太久——尚說只需要再稍微剪接過就完成了。我看到的部分很不錯。真的不錯。我想要你看到。」

黎說得太快了。曼起身，將咖啡杯放進水槽，接著走去前廳。他拿了大衣和鑰匙。他打開門，回頭看她。

「待會見嘍，等妳從《Frogue》回來？」他問道。他投來的眼神是溫和的，嘴脣彎起的線條形似微笑。

她還來不及說「好」，門就在他背後關上了。

維也納
一九四五年九月

黎為她在維也納水溝裡找到的那隻小貓取名為沃倫（Warum），在德文裡是「為什麼」的意思。牠舒服地窩在她大衣的胸前口袋裡，當她排隊等著拿到前往莫斯科的許可時，牠靠著她的胸口發出摩托車引擎般的呼嚕聲。不管去哪裡，她都得帶著三份通行證，每一個她談過話的官員都散漫又無能。在所有納粹的舊領地裡，黎最討厭的就是維也納。

這座解放後的城市是研究對比效果的範本。夜間，奧地利人貪得無厭地享受音樂。街上響徹輕快的大鍵琴聲和搖擺的小提琴音，音樂廳座無虛席。但黎過去熱愛的歌劇再也無法感動她。有一天晚上，她去看傀儡木偶劇，跳舞人偶鬆垂的軀體讓她想起達豪集中營，以至於她必須跑出戲院，才能阻止自己放聲尖叫。

她已經困在這裡好幾個星期，久到寄給她的信都追上了她——一疊羅蘭寫來的信，堆起來幾乎和她的大腿同高。她在床上讀信，沃倫拍打信紙的時候，她笑了出來。羅蘭的語氣憂慮且堅持：他要她回家。大戰結束，希特勒死了，他想不到黎還有什麼理由滯外不歸。

在日光下，黎眼中所見盡是匱乏困苦的景象。奧地利女孩穿著死人的大衣，在城市殘留的瓦礫殘骸中乞討食物。營養不良的嬰兒在維也納的醫院裡奄奄一息，肋骨像竹籤一樣細，拚命呼吸時的胸膛一起一伏。倘若要回信給羅蘭，她會寫，**這就是我待在這裡的原因，為了照亮那些並未**

隨著戰爭結束的痛苦。但是她從未回信。

某天下午，黎驚駭地發現沃倫從她的口袋裡消失了。她回溯自己的路線，停在她幾個小時前經過的檢查站，給守衛看他們早已看過的通行證，每過一分鐘，她就更相信自己永遠找不到牠了。她一直找，直到夕陽西下後，她才放棄，回房間去。旅館門邊的路上有什麼吸引了她的目光。牠在那裡，在一條水溝裡：後腿斷了，背脊像戰士一樣拱起，身體已經冰冷僵硬。**為什麼**？她將牠抱起，來回搖晃。過了幾個小時，她才準備好離開牠。她拿下圍巾當成裹屍布，包覆在牠身上後埋在附近一處瓦礫堆裡。對於那些終將被奪走的事物，去愛它們是毫無意義的。

30

曼離開公寓以後，黎獨自面對她的出軌。她走完準備出門工作的流程，低頭步行前往《VOGUE》的辦公室，全神貫注在自己的雙腳上。氣溫冰冷刺骨，但她沒有感覺。她的心思仍停留在前一晚。

下一期雜誌的截稿期限就在接下來這週，隨著截稿日逼近，這裡總是充滿奔騰的活力和能量。黎抵達時，辦公室裡一如往常喧鬧，模特兒、助理和插畫家到處跑，好像只要跑得快就能準時完工。大廳裡有幾個人在黎跟他們擦身而過時向她打招呼，但她直接進了其中一間更衣室，頹然坐在椅子上。黎不敢相信，她今天竟然要拍攝——她連一分鐘都沒睡，她懷疑就連喬治都不一定有足夠的才華，能夠美化她在鏡中看到的厚重眼袋。

曼一定知道她昨晚在哪裡。他一定知道。他們在一起的這幾週，她都幻想著安東尼歐的雙手撫摸她，在黑暗中想像著安東尼歐的身體。又或許他並不知道，也許他一無所知。黎企圖抓住這個念頭，卻很快意識到自己的天真——他怎麼可能不知道？他真如此愚蠢？

門嘎吱一聲打開，霍斯特大步走進更衣室。他看了黎一眼，然後說：「妳看起來像被車撞了。」

黎咕噥著低下頭，按摩兩側太陽穴。霍斯特坐在她對面的椅子上，伸開的雙腿在腳踝處交叉。「老天，喬治可不會高興。我想我們今天要拍帽子的那個專題。」他往前坐，更仔細地瞧瞧她。「妳哭過嗎？」

「沒有，」黎吐出這兩個字，「你看起來也不怎麼火辣啊。」

霍斯特看看鏡子裡的自己，對著倒影擺出一個露牙的微笑。「我看起來超棒的，妳明明就知道。」

黎應該要笑，但她沒有。霍斯特的注意又回到她身上，俊美的五官閃過一抹擔憂神色。

「我們快把這事搞定吧，」她說。

拍攝進行得很順利——黎覺得化妝師的功力堪稱是小小的奇蹟——但結束之後，黎意識到自己又得回家了。她不禁湧上之前和曼同處一室時的感受，彷彿她的舌頭腫了起來、噎住她。

霍斯特和喬治在走廊上聊天，一如以往地互相調情。黎等待著。霍斯特通常會送她回家，而她比平常更渴望他的陪伴，好讓她的心思別再無止盡地兜圈子。

他們到了外面，午後的空氣比稍早溫暖許多，風勢也減弱了，他們沿著拉斯帕伊大道漫步。黎心想，咖啡廳和酒吧裡聚集著跟她一樣不想回家的人。笑聲和街道上的噪音令她緊繃不安，過了幾個街區，她轉進一條比較安靜的巷弄，霍斯特跟在她後頭。他們經過一家男裝店，櫥窗展示著絲質寬領帶，霍斯特在店前停步。

「可以等我一分鐘嗎？我超愛藍色那條。」他說著便衝進店裡。黎站在人行道上，趁這段時間努力平緩她怦怦不止的心跳。霍斯特進去了五分鐘，然後十分鐘。黎隔著商店霧濛濛的玻璃門，看到他正在鏡子前比手畫腳，脖子上掛了四條領帶。她坐在商店的門階上。店鋪前有一座路燈燈柱上貼滿告示和海報：尋貓啟事、餐廳開張廣告、新上映電影的宣傳。那裡面貼著一張熟悉的臉孔。黎站起來走到燈柱旁。**伊爾瑟．賓恩與克洛德．卡恩：客體與客體化**，傳單上如此寫著，標題下印了兩人的照片，再往下是一張伊爾瑟拍攝舞者的照片，和一張克洛德的自拍。**皮耶藝廊，一九三〇年十二月至一九三一年一月。**

「要命，」黎輕聲說。她撕下那張傳單，搖晃著它。她們做到了——伊爾瑟和克洛德。是皮耶藝廊，連曼都不曾在那裡辦過展覽。倘若幾個月前，黎採取不同的態度，跟她們交朋友，或許黎也能一起參展。「媽的，」她又說了一次，更大聲了些，重複咒罵讓她感覺好多了，像是內心打開了一道閥門。

過了一會，霍斯特從店裡出來，一邊手臂下夾著兩個領帶盒。黎很快地將那張紙揉成一團，丟進旁邊的垃圾桶，然後臉上掛著微笑，走回去找霍斯特。他展示了領帶給她看，對於靜靜走在她身邊似乎已心滿意足。

他們抄捷徑通過蒙帕納斯公墓，莊嚴的榆樹在寬大的步道上方搭成拱門。黎想不起曾有哪個日子比今天感覺更糟。她雙臂交抱，手上下摩擦著臂膀，試圖取暖。

「妳確定妳沒事嗎？」霍斯特終於問她。

黎抬起下巴。「我很好。」

他點頭。黎斜睨著他，看著他率真的臉龐，看著他隨意夾在手臂下的領帶盒，看著他完美的後梳髮型上細細的梳子痕跡。他整個人散發著自滿與精力。驀然間，她對他升起一股強烈的反感。

「你跟喬治啊，」黎突兀地說：「大家都知道你們兩個之間是怎麼回事。」

霍斯特在路上停下來，眉頭糾緊，雙手握拳塞進口袋。「不關妳的事，」他說：「而且根本什麼也沒發生。」

「別扯了。好幾個月來大家都知道你想上他。」

霍斯特退了一步，彷彿黎甩了他一巴掌。她從他的臉上看得出來，她越線了。但是說出來讓她釋放了更多壓力。「丟臉死了。八卦滿天飛。要做就做，快點了結吧。」

「搞什麼鬼？妳是怎麼了？」

她是怎麼了？霍斯特快速眨動長長的睫毛。霍斯特人**很好**，是她在巴黎遇到最好的人之一，個性單純不複雜，一起工作時又很逗趣。「對不起，我不知道我吃錯什麼藥了。」

「那就去搞清楚啊。妳最近真的很難相處。」霍斯特起步，踢著路上一些大顆的鵝卵石。她正想跟上去，他舉起一隻手攔住她。「妳知道嗎？」他轉過頭面對她，「如果妳能用妳能希望別人對待妳的方式去對待別人，妳的日子會好過得多。」

「這是什麼意思？」

霍斯特遲疑片刻，然後說：「妳看，妳這麼問就很有趣。但是我們一起工作多久了？妳對我有什麼了解？妳似乎從來不曾對妳自己以外的人感興趣？**如果**妳對我感興趣，妳就會知道我曾向喬治示好，而他拒絕了我。所以，就算有什麼八卦也全是假的。」他瞪著眼前的步道。

「我很抱歉——」

「真的嗎，黎？」霍斯特搖頭，然後轉身走上步道，朝墓園南側走去。她目送他消失在轉角，然後又在原地站了一會，想著她該怎麼做。在現在的情緒下，她做什麼都感到害怕，害怕自己還會再摧毀掉身邊的什麼。

她不能回家，不能待在那裡，屬於她和曼的空間，即便他不在。她也無法獨處，於是她調頭前往雙叟咖啡館，她要去喝杯茶，讓自己的情緒平復。當她走到植物園街時，她想起尚回來了，隨即改變路線，往他的公寓去。她急切地想看到他友善的臉龐。他開門的時候，黎不偏不倚地跌進他懷裡。

「小老鼠！」他叫道，將她從門階上抬起來舉在空中，「我才在想，妳要是再不回我的信，我就要去找妳了。結果妳就來嘍。」

他們進到尚的客廳。他為黎倒了一杯酒，她一看就覺得反胃。他坐在她對面，不斷談天說地，對她描述羅馬、他回程搭的全新火車，還有他對電影做的所有剪接。「真是太、太、太棒了，」他說：「如果這不是我自己的作品，我就會用**優秀**來形容它。但請見諒，我還是要用這個字。這部電影很優秀，而妳，親愛的，在裡面的表現也很優秀。」

黎笑了。這是她今天第一次笑。「真的嗎？」

「我會誇大嗎？每個人看了都好開心。子爵愛死它了。呃，」此時尚的臉上掠過一片陰影，「除了結局以外。我們得重拍結局，但那跟妳沒有關係。我們要找安努喜回來重拍那部分——啊！妳聽說了嗎？安努喜要生小孩了。」

黎沒聽說。她和拍那部電影的人都沒有聯絡了，除了尚以外。他告訴她安努喜和其他人的近況時，她覺得自己平靜了一點。安努喜喜歡她，接受她原原本本的樣子。當初片場的每個人都喜歡她。黎不需要霍斯特的友情。如果曼生她的氣，那麼或許她也不需要曼。

「你拍下一部電影的話，我可以參演嗎？」

「妳隨時都可以參演我的電影，」尚戲劇化地說，將一隻手放在心口。

她想像自己踏進尚的下一部電影片廠，將生活的其餘部分拋在腦後。「你接下來要拍什麼？」

尚拿起她碰也沒碰的杯子，灌了一口。「誰知道？我也許好幾年都不會拍片。我必須等待靈感的撞擊。目前我在寫詩、畫畫，和達基列夫閒聊。他想要我幫他新的芭蕾劇目做個企畫。」

光聽到「芭蕾」這兩個字就讓黎顫抖了一下。她往後坐上沙發，關於昨晚的思緒幾乎令她作嘔。總是觀察入微的尚立刻注意到了。

「妳怎麼了？」

他盯著她，深邃的棕眼相當專注。黎知道她不該談論這件事，但一股無法控制的衝動讓她想要告訴他，將自己的罪惡感攤在某個人腳前，某個關心她的人。「我做了壞事，」她低語道，垂眼盯著膝蓋。

尚走到沙發旁邊，握著她的手，「妳做得出什麼壞事呢？」

黎清清喉嚨，試著吞口水。「你認識安東尼歐．卡盧索？」

尚的臉上掠過一抹若有所思的微笑。「當然。」

「我——我跟他在一起，昨晚。曼不知道。或者說我也不確定，也許他知道。我昨晚沒有回家。我已經兩天沒有睡了。」她的話語一湧而出，彼此碰撞。

尚閉上眼，臉上仍然掛著那抹微笑。

「尚？」黎問。

「抱歉，」他睜開眼，「我在心裡想著妳和卡盧索一起的畫面。他是個如此有魅力的男人。我總是編理由要他來我的片場，只為了看他一眼。」

黎想笑，但她太焦慮了。「我不知道該怎麼做，」她輕聲說。

尚的手指在腿上打鼓般地敲著。「曼・雷和吉吉在一起的時候，」他說：「他們會當街大吼大叫。人人都聽得見，都在討論他們。我沒聽到關於你們兩個的事。」

「我們在私底下大吼大叫，」黎說，伴隨一陣哽在喉間的笑聲。

「啊，好吧，人們說江山易改，本性難移。曼老是在告訴吉吉她該做什麼，所以我能想像，他也是這樣對妳。」

「是的。」

「吉吉——」尚打了個響指表示對她的輕蔑，「我對她沒什麼感覺。但是妳嘛，沒有人該指揮**妳**去做什麼。」

黎雙手掩面。她要如何對尚解釋曼之於她的意義？就算尚並不討厭他，她也不知道她能不能讓他了解。她說：「記得我第一次見到你的那晚嗎？你帶我到噴泉旁邊，問我是不是愛著曼？」

「記得。」

「我反覆回想那晚。當時我不想告訴你我對曼的感覺，因為你是個陌生人。所以我只說，我不知道怎麼愛人。而現在我偶爾還是會這麼覺得……我和曼的關係——任何一段關係——中有好多別人永遠看不到的部分。你沒辦法對外人解釋。至少我沒辦法。但有件事我很後悔沒在那晚告訴你。幾個月前，有一天晚上，我一個人在暗房裡工作，有隻老鼠跑過我的腳上——」

「老鼠跑來找小老鼠，」尚說著點點頭。

「哈，是啊。總之，我打開暗房的燈，讓負片曝光了，但底片沒有毀掉。之後，我跟曼一起重現了那個技法——我們讓它更完美，我們一起沖印出的照片，是我最愛的作品。我覺得我是在那時才知道，我真的可以當上藝術家。」

黎喘了口氣。尚說：「每個人都有從嘗試進步到創作的時刻。我也有，也跟一位導師有過一段類似的關係。但妳一直是個藝術家，誰都看得出來。」

黎點頭，但並不真的相信他。「也許吧，」她最後說：「那是我有生以來最快樂的時光。」

「那又是另外一回事了。」

「是。」

尚伸出手。「妳想聽我的想法嗎？妳跟卡盧索上床，因為卡盧索是個美男子，而妳是個美女。你們還年輕，正在摸索。要告訴曼．雷，或不告訴他，由妳決定。但別為了妳所做的事而讓自己難過。這樣沒好處的。妳是個藝術家。藝術家渴望各種體驗，因為那就是他們創作的方式。」

要同意尚很簡單，黎早已對自己說過無數次同樣的話。但是，將自身對於體驗的渴望作為出軌的藉口——就只是個藉口！一種讓她豁免於犯行的方式。她腦海中糾結著和安東尼歐上床的原因，她無法對尚解釋。大部分原因都和曼無關，但這不會改變事實，就是她做了傷害他的事。黎說：「如果我不告訴他，我們的關係中永遠都會藏著謊言。」

「那就告訴他。」

「但那樣我們就沒有關係可言了。曼絕對不會——像我對他做的那樣背叛我。」黎感覺自己的眼睛被淚水刺痛，她用手背擦掉眼淚。

「嗯。那麼，小老鼠妳啊，是個幸運的女人，」尚拍拍她的腿，「也許最好就別再想這件事了，至少現在別想。想要我放電影給妳看嗎？」

他們進到尚公寓後方的一個房間，窗簾拉上，放映機已經架設好。他們一起把電影從頭看到尾，看到黎出現的段落，片中她的眼睛闔上，猶如復活的大理石像滑行過舞臺。她吸了一口氣，屏息看著。尚望著她，握起她的手，跟她十指相扣，捏了她一下。

「看到了吧？」他在放完時說，起身關掉放映機，「優秀。」

過了晚餐時間，黎知道她必須離開了。她感覺自己平靜下來了，雖然她還是不確定見到曼的時候要做什麼、說什麼。尚在門口擁抱她，對著她的髮間輕聲說：「保重，小老鼠。」她也抱他，抱得比應有的時間久了點，然後才離開。

曼沒有在餐廳桌上的老地方留字條，廚房裡或是門邊的小桌子上也沒有。字條在他們的臥房裡，靠著床上的枕頭，擺在他半完成的畫作下方。對摺起來，是他幾年前衝動之下訂製的商用信紙，上端還印著他的花體姓名縮寫。

黎站在他為她的嘴拍攝的照片下方，讀著那張字條。

我的愛，

妳知道妳擁有的力量嗎？妳對我擁有多大的力量？我想，如果妳知道，妳就不會像這樣傷害我。妳就不會承諾要忠於我，卻讓我不斷地猜疑、不斷地困惑。妳就不會讓我成為一個需要承諾的男人。

我需要出城幾天，也許更久。滿腦子想的都是妳，我沒辦法寫作、繪畫或是拍照。唯一能讓我做得了事的方法，就是離開一陣子。如果妳想寫信給我，可以透過亞瑟和蘿絲聯絡。我很抱歉我在舞會即將到來時離開，但我相信妳會找到辦法自己執行的。

永遠屬於妳的

M

黎再讀了字條一次，然後讀了第三次。他知道了嗎？這又重要嗎？她感覺自己被抽空了。她驀然看見自己去車站追他。在她的心靈之眼中，她想像自己奔跑過擁擠的人行道，朝計程車揮動的手就像急切振翅的鳥兒，在他正要上火車時找到他，大喊他的名字直到他看見她。這一幕感覺虛假而荒謬。這一幕的黎，身上不再逸散出背叛所殘留的臭味。

黎放下信，走到衣櫥前，拿出睡袍，穿上，進廚房泡了杯茶。她全身上下沒有任何一處意識到她在做什麼。公寓裡好安靜。窗下的街道上有人聊著天，遠處響起愈來愈刺耳的警笛。在一整天嚙咬著她的憂慮中，她感覺到了一些別的事物。她要自己規畫白色舞會。她知道她要怎麼做——昨晚在德羅索家想到的點子。她心中這股新的感受如此鮮嫩、潔淨，宛若初生，她還無法為它命名。

31

黎記不得一個個日子是如何流逝的。她窩在床上，大睡特睡，反正旁邊也沒人。她空腹猛灌濃縮咖啡，吃掉剩下最後一點食物。曼不在，公寓成了一座洞窟，即使燈關著，她仍然將被單拉得高高的遮住頭。

躺在床墊上，黎一抬眼就能看到後方曼的畫作。她的手指拂過風乾後質地厚重的顏料。從這個角度，她的嘴唇看起來像是好幾具身體，黎強烈地渴望曼在身邊，渴望他從未離開。

黎在心裡不斷刻下同一道思緒，直到她厭倦得不願再想起。安東尼歐，他就像一場簡單的實驗，證實了她惡劣的行為，證明她能夠多麼失控。但現在，只剩下悲傷與她相伴。黎往床緣伸展四肢，她的後悔沒有盡頭，她碰不到邊際。

幾天過後，黎終於振作起來。買點食物，開始工作。街上的陽光刺眼，她戴上墨鏡，拉低帽沿。只不過出外處理雜事，她卻感覺自己比待在片廠時更像個女演員。想要微笑的時候，她努力逼臉上的肌肉挪動；她在心思上綁了束繩，好隨時將情緒拉回當下此刻。這樣做通常有用。但是在麵包店裡，她正準備掏出錢時，竟忘了自己在做什麼。還有幾次，她不得不離開店裡，深呼吸幾次，讓自己冷靜下來。

她終於回到工作室，電話鈴聲響個不停。一開始黎甚至忘了那是什麼聲音。是警鈴或哪個機器的聲響嗎？當察覺到是電話時，她才趕緊上前接起，光是開口的問候就喘得上氣不接下氣。電話另一頭是佩西─布倫特夫人，語調尊貴。曼．雷明天會來嗎？她要向他展示舉辦舞會的日光室場地。黎慌了手腳，脫口而出明天其實是她會去，因為曼臨時有事。

「啊，妳就是那位助理嗎？」佩西─布倫特夫人說。

「是合作夥伴。」

「對，好吧。就是尚跟我說的那位。他說妳很有才華。但我需要你們兩位。我需要曼．雷。大家都知道他。這個舞會得要**美侖美奐**。它得是年度最佳派對，這個社交季的**高潮**。我不要只有白蛋糕、白盤子！」她的嗓音流露著財富與品味，快如瀑布的法語充滿銀鈴般的母音。

出現了片刻停頓。黎想起了尚的告誡，就讓客戶高談闊論，直到明白他們的需求為止。「重點不是食物，也不是盤子，」黎最後鼓勵地說。

「啊，妳說的沒錯！那些點子──就像是孩子想出來的。這就是為什麼我要請你們兩個來。我只知道，這個舞會的重點是魔法，讓來賓遨遊異界，就像一場夢境。」

「一場白色的夢境。我其實有些點子了，」黎說，她開始描述，接著又打斷了自己。「米米──妳介意我稱呼妳米米嗎？」

「一點也不介意。」

對方的同意讓黎更壯起膽子，於是她繼續說，滔滔不絕地解釋她和安東尼歐談話時想到的點子：將照片和文字投影在地板和人體上。

「很好，」米米說，「真的、真的很好。」不久，她們就討論出一個盛大的計畫，黎和這位夫人同樣相信這將成為一場世紀級的舞會。唯一的問題是，她不知道執行上該從何著手。她需要曼和他的設備。她對米米說，他幾天之內就會回來。

佩西—布倫特夫人要求報價的時候，黎提出了她和曼事前議定的金額，那個數字感覺如此高昂離譜，她心裡半是預期對方一聽就會掛斷電話。金額高過惠勒夫婦提供給曼下一部電影的資金，高過孔西德朗街上那間白漆牆面工作室三個月的租金。但對方毫無疑義地接受了，兩人約好隔天碰面討論細節。黎發現自己還想著是不是該提出更高的要求。

隔天下午，黎前往位於夏樂宮的佩西—布倫特豪宅，也就是舞會預定舉辦的地點。她帶了筆記本、量尺和她的一小本作品集，但米米並沒有說要看。她們反而繞著房子散步，彷彿兩人是多年的老友。這片土地豪奢驚人，黎從來沒有見識過如此財力的展現。花園裡的一草一木都規畫整齊、修裁成角度正確的方形，宛如出自中學幾何課程教材。每株造型灌木都修剪得精細準確，甘藍和菊花排列成整齊的圖案。連一片擺錯地方的花瓣都沒有。步道上鵝卵石馬賽克拼出稜角分明的魚，以標準的四十五度角從左右對稱的池子跳出來。

這一切太過完美，黎漫步其間不由得感到一股衝動，想要踢倒某樣東西、在樹籬上戳個洞、在地上灑滿落葉。但她還是帶著微笑，坐在天花板漆成天藍色的客廳裡，接過米米給她的茶。精美的陶瓷茶杯，杯緣薄得呈半透明，裡面是奶茶，被過多的奶油沖淡了。黎現在想看見的是濃縮咖啡那爛泥般的墨色和濃郁的氣味，但那太不符這位貴婦的口味了。黎坐在緞面長沙發的邊緣，伸出顫抖的手拿起茶杯。

喝完茶，米米帶她出了一扇側門，直通日光室，裡面有一座鋪磁磚的游泳池，周圍滿是盛開的花。空氣裡漾著濃厚的百合花香。黎看得入迷——這是一座位處巴黎中央的冬日田園。

「太完美了，」黎說：「我們可以掛一整圈遮光簾，然後投影在窗簾上和水裡。」

黎一面說，眼前就出現了那幅景象，看得比過去所見的任何事物都清楚：身穿白色燕尾服和象牙色洋裝的情侶在池邊起舞，白衣侍者揮著手通過群眾。她也看見隨著敞開窗戶吹入的微風而起伏的窗簾，投影的相片——她的相片——栩栩如生地顫動。黎和米米討論物品運送的流程時，心中充滿了急切，蓋過她所有感受——她的罪惡感、她對曼的憤怒、她的寂寞——只剩下一股動力：工作。米米因為黎的提議露出喜悅的微笑時，兩人完全沒有提到曼。

往後幾天，黎彷彿活在某一場高燒下的迷幻夢境之中，唯一的目標就是拍出要在舞會上放映的影片。她摸索一番後學會了使用曼的攝影機——真幸虧他沒有賣掉。她還記了一整本的速寫和靈感。每天下午，她會像從池子裡浮出換氣的潛水者，重新回到世界的表面，上街採買補給，用的是佩西—布倫特夫人給她的帳戶。她帶著一卷卷十六釐米底片、畫布和素材回到工作室，用那些素材實驗她不斷變化、擴增的靈感。

首先，她列出一張清單，上面約有一百個詞語，英語和法語都有，都是投影在來賓身上時會引起驚奇和趣味的辭彙——敘事者、貝殼、虛假、夢想家、悄悄話、寬容、萎靡——字詞如洪水般湧來，她一一潦草記下，塗寫在她購買的畫布上，然後拍攝下來。她想像這些字爬過那些當人的皮膚和衣服——笨拙、寧靜、肅然起敬、漫遊者、旅行——更多字眼跑進她的腦海，她也將它們寫下、拍下。

一天晚上，黎在一面布簾上塗寫一則故事，那也可能是一首詩，是組成敘事的字與詞。她塗著寫著，突然意識到那些字詞組成的是一則愛情故事，是曼和安東尼歐，是透過密碼寫成的道歉信，只有她和曼看得懂。驀然間她得到一個靈感，開始在曼幾個月前為她拍的一堆照片裡翻找，將照片放置在文字旁邊。她一邊工作，忽然希望曼也在場，希望他來到舞會上，看到她的成果，看到她為他寫下的字句、她編出的故事，這是她所能想到最好的方式，告訴他，她後悔自己那麼做。

黎愈投入工作，愈感覺到自己的歉意，也愈想念曼。他們在暗房裡交會的目光，他們做出成功的嘗試時投向彼此的眼神。他們共享著這小小的空間時，繞著對方的舞步。獨自工作的感覺截然不同。在一個下雨的午後，她甚至打了電話給惠勒夫婦，卻想不到該說什麼。

在一個深夜，經過無數小時的工作之後，黎停下來，迷濛的雙眼環顧四周，工作室成了災難現場。擠光的黑色顏料管散落一地，空氣中的味道是亞麻、打翻的酒、也可能是她的腳。她的指甲前端染黑了，周圍的軟皮因松節油變得乾裂。但影片完成了，總共四段：一段互不相連的單字；一段順序詭異的影像——她知道這明顯出自於曼的超現實主義電影；一段文字和影像的組合，她想像成她寫的情詩；還有一段是她所擺出上百種不同的手勢——她希望這些投影在來賓身上時，看起來就像有人正在碰觸他們。黎再開了一瓶酒，看完四段投影在工作室後方牆上的影片，直接對著瓶口暢飲。酒液淌下她的喉嚨，感覺像一口氣喝光了整瓶酒。最後一段影片從片盤上鬆脫時，黎坐在放映機熾熱明亮的光線中，聽著膠捲繞在片盤上的噠、噠、噠聲，她不可自已地、醉醺醺地感到驕傲。

翌日，黎回到公寓，這是她八天來第一次回家。她需要乾淨的衣服，需要洗個澡。信箱裡塞滿了信。有帳單要付，有朋友的信要回。黎翻著那堆信，看著那些寄給她的信，全是曼鬼畫符般的筆跡。總共十五封：他幾乎每天寫兩封信給她。她取出那些信，一脫下洋裝、躺上床，就打開信來讀。曼想必是在和她目前相同的情境下寫了這些信，近乎毫無間斷的意識流。

離開了妳，我就更明白我多麼需要妳——我們就像彼此的雙胞胎或是鏡像——沒有妳，我連一半的自己都不剩——自從離開妳以後，我幾乎粒米未進，食物索然無味，我嘴裡乾燥，喝水也無濟於事——我早該知道這趟旅行會是這樣：一趟悔罪之旅、放逐、乾枯而死，妳是我的酒，我只能如此戒除。

他在一些信裡看似生氣，有些則哀怨悲傷。他一定花了好幾個小時寫信。黎想像他坐在惠勒夫婦家的書桌前，眺望著大海，卻視而不見。

我感到哀老。也許我不應該向妳承認，因為我最大的擔憂之一，就是妳會厭倦跟我在一起。但我確實有這樣的感覺。我的骨頭發痛。從地上站起來的時候，我的膝蓋喀喀作響。我的頭也在痛。我感覺妳美麗的手指放在我的太陽穴按摩，讓疼痛消失。但我接著就想：難怪她對我的愛，不如我愛她那樣深，只要想到我臥病在床、需要照顧。而妳——妳是如此自由。我想，妳大半還不明白，妳擁有多少潛力，有多少事等著妳去做。

直到第十封信，他才提到她離開的那晚、她所做的事，她一邊讀，信紙一邊顫抖。

我知道我離開巴黎的前一晚，妳跟別的男人在一起。我不確定我是怎麼知道的，但我就是知道。我感覺得到，在妳離開的時候，感覺得到妳在做什麼。我看見那個男人的手碰觸妳，看見他用只有我該用的方式跟妳做愛。我有生以來不曾如此悲傷。

在最後一封信裡，他發怒了，字跡的變得更歪斜，筆尖深深刺進信紙。

妳從不對我敞開心房。妳也知道，對吧？我們在一起的時光，我不斷敲著通往妳腦海的門，妳卻只肯打開一條細縫，我只能透過孔洞窺看妳。我知道為什麼——我了解這對妳而言有多困難，妳兒時的遭遇依然陰魂不散。我以為我能夠打破那陳年的痛苦，把它像地上的汙漬般清理掉。但是妳！妳根本沒聽見我的敲門聲，妳不知道只要妳願意對我敞開心胸，我們就能遠比現在更幸福。妳不讓我做我想要為妳做的一切。

讀完所有的信，黎已經完全被掏空了。在最後一封信的頁緣，曼寫下**伊莉莎白**、黎、**伊莉莎白**、**伊莉莎白**、**伊莉莎白**、**伊莉莎白**、黎、**伊莉莎白**、**伊莉莎白**、**伊莉莎白**……他將她的名字寫了一百遍。她一面思索，手指微微拂過信紙。

曼在信裡寫的沒錯。她不知道如何讓他進入她的內心。又或許是她並不想要。一直以來，她都以為他沒發現。黎從未有過其他認真的戀愛關係，所以，她原本以為他們共享的一切已經足夠。但並非如此。她試圖超脫那段記憶、抹消它，但那只是在原為光亮之處塗上了一層黑。她對自己的軟弱感到羞恥，羞恥於二十年前發生的事竟在她的身心留下永久的痕跡。要是她照著治療師的要求、照著她父親的要求，忘記那件事就好了。而現在，又有一段記憶要抹除，又有一項事物丟失了——或許是她從來不曾擁有過的事物。

黎的心中升起強烈的自我厭惡，她不得不躺到床上，閉緊雙眼。這一切忽然間變得極其荒謬——她身為藝術家的志向，還有她和曼的關係；她的情詩影片，光想起來就丟臉。一副將文字投影在螢幕上就能成為愛情的真實表現。這一切什麼都不是。她舉起一隻手擋在眼前，感覺燙熱的眼淚流過手臂。

黎鑽進被單縮成一團，身邊散落著曼的信件，最終，睡意來臨，讓她得到片刻救贖。

太陽升起，將黎從睡眠斷斷續續的一夜喚醒。她的身邊依然圍繞著曼的信，還有其他的郵件。她就這樣躺著，凝視天花板，盯著窗簾在牆上造出影子。她拿起曼的一張信紙，讀了幾行。她早就知道上面寫了什麼，那些字句像照片般烙印在她腦中。她放下信紙時，發現郵件堆最底下有個大型信封，上面印著費城攝影協會信函專用的裝飾藝術風紋樣。收件人當然是曼，整封信又厚又重。好消息總是又厚又重。她知道自己不該拆信，但她又想到，如果他成功參展——或他拿到展覽大獎，甚至是首獎——這會是她打電話去惠勒家找他的好理由。

於是她拆開信，手指滑進塗了膠水的厚紙摺口，盡可能小心地撕開。裡面有一封信函，和一大本展覽手冊。肯定是好消息。

一九三〇年十二月二十日

雷先生，

我們榮幸地通知您，評審委員會決定將派特森—席林人像攝影獎頒給您的三連圖作品「鐘形罩」。您的作品將於一九三一年三月一日展出。評審委員特別留意到作品的構圖，還有其中一張照片所使用的全新技巧，亦即您的作品說明中所稱的中途曝光。此外，您的作品由喬瑟夫．梅瑞爾．派特森先生與理察．席林夫人選中，將獲得五百美元的獎金，並將成為費城攝影協會的永久館藏。

我們考量到您或許無法親自蒞臨本展覽，但您若於明年三月駕臨費城地區，我們十分樂意接待獲獎者。隨信附上展覽手冊，並再次感謝您以優秀作品報名參展。

順頌時祺

喬治．龐斯東博士，副主席

代表費城攝影協會全體成員

黎拿起展覽手冊翻閱。才翻了幾頁，就找到她的鐘形罩系列作，下方寫著曼的名字。在簡短的作品說明中，曼解釋了中途曝光，並寫道：「我在去年意外發現這項技術，並且花了幾個月的時間琢磨改良。」沒有任何一處提到黎的名字。

曼肯定在幾個星期前就寄出了照片，也就是說，這幾週來，他都知道他背叛了她，卻什麼都沒說。他在想什麼？這組照片拍得很好——她跟曼都曉得——但他一定有跟這一樣好、或是更好的照片。屬於他自己的照片。難道他**忘了**那是黎的作品嗎？

她躺下來，過去幾個月來他的話又回到她腦海。「妳不能**不是**我，」他如此說。當時她不知道那是什麼意思。這句話毫無道理。但現在她懂了。如果這就是曼看待她的方式，那麼他或許也是這樣看待她的作品。當作他的財產。

先是她父親，然後是康德．納斯特和愛德華．史泰欽，現在是曼，他們全都利用她完成自己的目的，從她身上恣意奪走他們所需要的，毫不在乎他們得手之後，她還剩下什麼。

在波啟浦夕的冬天，她小時候住的房子窗戶會凍得結霜，到了早上，黎會從床上爬起來，用指甲刮掉雪花結晶，上上下下地把霜從冰凍的玻璃上擦掉，直到她能看見窗外的雪景。她感覺就像當時那樣，擦亮了、冰冷了，彷彿她此生視野頭一次變得如此清晰。

幾分鐘後，當她雙腳踏下床邊，她已經想到了一個計畫。她拿出一張便條紙，草草寫了一張下午要發給曼的電報。**白色舞會一月六日舉行。希望你能出席。需要你幫忙。你的黎。**

32

架設投影機的時候，曼對她描述惠勒夫婦在坎城外不遠的新購海濱別莊。

「它的美妙之處，」他說：「就在於它是如此真實簡單，毫無矯飾。亞瑟為地板打了黑檀蠟，所有的窗戶都不掛窗簾，所以在室內，你還是感受得到鄉村氣息。我去那裡的第一天，我們在莊園邊界上、一棵開枝散葉的漂亮橡樹下，蘿絲做了冷盤烤鴨肉、醬漬鵪鶉蛋，還帶了醇美的夏布利白酒。就這樣。美味極了。」

「聽起來真是太棒了，」黎說。她幾乎沒聽見他說了什麼，而是繞著日光室，在放映機的基座綁上白布，然後退後幾步審視她的成果。兩個小時之內，賓客應該就會陸續進場，還有好多事要做。此外，米米告訴她，一切都要提早完工，因為她的一些客人會無視印在邀請函上的時間，他們想到場的時候就出現。黎向來不擅長提前完成工作——事實上連準時也不太擅長——但今晚，就算要她付出性命，她也會辦到。

曼不像她一樣著急。他看起來很冷靜。自從他兩天前晚上返回巴黎，他表現得像是他們之間已經重修舊好。他回來時，發現她在工作室裡修剪影片，身邊圍繞著她創作時製造的一團混亂。到處堆滿雜物，多到讓曼在穿過房間走向她的時候絆倒。他差點跌跤時，黎無意識地向前要攙扶他，然後他們抱在一起。曼看見她時顯然鬆了一口氣，她造成的混亂令他發笑。他以他一貫的方式吻她，那曾經帶給她火熱的戰慄感，從她的嘴脣直竄到腰胯。她張開雙脣，將自己的舌頭推向他的，那是她記憶中她渴望他時回吻的方式。而他——愚蠢的男人啊——似乎沒發現她對他的反應有何不同，也沒注意到她多麼無心，她親吻他時，心思還留在工作上。當晚，在床上，曼對她很溫柔，將她抱在臂彎裡，輕撫著她的秀髮、臉頰和肩膀，似乎只要在她身邊就覺得心滿意足。

「我很高興妳寫信給我，」曼對著她的背輕聲說：「我離開的時候太生氣了。但離開妳是一件可怕的事。我這輩子沒有那麼寂寞過。妳也有同樣的感覺嗎？」

「有。」黎對著一片黑暗說，即使只是這麼一個字，她也要努力逼自己才說得出口。

翌日，黎帶著曼回到工作室，解說她對舞會的構想。她給他看了拍攝她各種手勢的影片，站在投影機的光束前，好讓他看到影像在她身上移動時是什麼樣子。

「啊，這真是太**好**了，黎，」他說，語氣滿是讚賞。「妳怎麼這麼快就學會了？」

她把自己關於舞會的規畫全告訴他，還提到了佩西—布倫特家的豪宅、游泳池和日光室，也就是要放映影片的地點，他點頭，在他後口袋總是裝著的小筆記本上做起筆記。

但有幾件事，黎並沒有告訴他。她沒對他說起費城攝影協會的那封信，她把那封信拿出門，丟在離公寓幾條街遠的垃圾桶。她徒手挖掘，直到信埋沒在其他又溼又臭的垃圾底下。黎也沒向他說起她的第四段影片，她為他創作的那首情詩。她從片盤上拿下膠捲，丟進工作室的金屬槽裡點火燒掉，硝化纖維著火的速度之快，讓她幾乎要擔心起自己的安危。熾熱的藍色火焰直衝天花板，膠捲燒得只剩一團形狀扭曲的硬塊。而她也沒有告訴曼，她在他回來之前的那個下午做了什麼，她花了好幾個小時計畫要怎麼傷害他，要如何讓他難受至極。還有，她是如何在衝動之下招了計程車去巴黎歌劇院，手裡握著一封短箋，正面以黑色大字寫著**安東尼歐．卡盧索**。計程車抵達之後，她請司機稍等，下了車跑向那棟建築物，從側門進去，跑上舞臺後方狹窄而陰暗的走廊。距離晚上的演出還有幾個小時，所以那裡沒多少人在。黎在走廊上撞到一名纖瘦骨感、滿臉驚訝的舞者，她將短箋一把塞進對方手中，問她認不認識安東尼歐、能不能將這封信轉交給他。那位芭蕾舞伶點頭同意。黎回到計程車上，額頭靠著冰涼的皮革座椅，不停發抖，幾乎為自己做出的事感到噁心欲嘔。這一切，她都沒有說出口。

而今，黎環視舞會的場地，心想她真的考慮得面面俱到。就連她的服裝——曼一看到就挑起眉毛質疑：「妳要穿**這樣**？」——都很完美：滾邊白色水手服上衣和白色短褲。她甚至不需要照鏡子，就知道這樣穿是對的。輕盈又現代。站在綠意盎然、香味甜美的日光室裡，黎看起來就像在一艘遊船上。她整合著舞會企畫的各個環節，試圖引導那股感覺，將如同鎧甲般束縛著她的焦慮與憤怒從她體內傾倒一空。

離來賓到場的表定時間只剩半個鐘頭。高熱燈點亮了。穿著俐落的白色燕尾服的侍者在房間一邊列隊，彼此閒聊。放映機準備好了。吧檯是完全由冰塊砌成的閃亮作品——黎最後一分鐘想到的點子——裡面儲備了琴酒、伏特加和白酒，今天整晚就只供應這幾種飲品。可林杯倒置在冰塊臺面上，像一排排水晶士兵。米米現身，來勘查場地，她身著及地長洋裝，上面綴滿亮片，隨著她在室內移動而搖擺發光。

「米勒小姐做得真是壯觀極了，你不覺得嗎？」米米問曼，他點頭同意。「之後由你接手嗎？」

在曼回答之前，黎很快插了話：「不，他會協助我操作放映機。」

米米看起來對黎的語氣略顯驚愕。曼保持沉默。米米被一名外燴人員拉走時，曼溫和地看著黎。他是如此耐著性子，黎幾乎希望自己沒有對他生氣。但是她停不下來。她的憤怒就像膠捲燃燒的火焰，撲也撲不滅。

曼走到其中一臺放映機旁稍微調整，測試黎已經測試過的功能，然後問她還可以幫忙準備什麼。

「我想一切都準備好了，」黎說。連她自己都略感驚訝。

「那麼讓我幫妳倒杯酒，我們乾杯慶祝，」曼走去吧檯，拿了兩杯琴酒馬丁尼回來，杯緣放著白色劍叉叉起的洋蔥圓片。「敬我的愛人，黎，也敬這個美好的夜晚，一定成功。」曼說著，將酒杯舉向她的杯子，匡噹相碰。琴酒的味道猶如秋日的森林。

太陽已經沉落到隔壁大房子的屋緣之下，在黃昏餘暉的最後片刻，空氣霧濁而昏黃。然後，暮色漸濃，日光室玻璃外的柏樹變黑，像哨兵隊伍，在地面投下細線狀的影子。泳池接收了最後一抹陽光，頃刻間將光線反射成一團橢圓形的火光，閃耀眩目，接著太陽又往下沉了一點，泳池轉暗，黎在這時啟動放映機，等來賓一到場就會看到影片。他們來了，一大群賓客準時六點整抵達，衣著比黎想像得還要高貴優雅。女客穿著精心縫製的緞面禮服，有垂領和下階梯時需要提起的拖尾，肩上圍著白狐毛披肩。她們戴著頭冠，或是輕巧如雲朵的小帽，臉龐上半部被薄透的短面紗遮得朦朧，笑開的飽滿嘴唇後方皓齒潔白閃亮。男賓全數穿著長襬燕尾服，有些人的外套上還披了白色絲質圍巾。

黎留下曼照顧其中一臺放映機，自己則跪在泳池邊，點亮乳白玻璃燈罩的防風燈，放在白色的小筏上，來自某處的氣流吹著它們緩緩滑過水面。放出十二艘浮水小筏之後，黎後退一步，審視她的成果，看著放映機播出的影像在水中變成抽象的形狀，隨著防風燈在水流中緩緩旋轉，白色的一側也投射上陰影。

這群人不只是富裕，他們富裕得屬於黎從未見識過的階級。其中很少人認識曼，認識黎的更是一個也沒有。但她看到男士走過時紛紛回頭，眼神垂涎地盯著她裸露的雙腿，她對他們微笑，同時享受著權力與匿名性。她察覺到啜著飲料的男人在注視她，但她覺得自己全然不可碰觸、無人能夠接近，她會是他們事後探問的對象：「那是誰……？」、「你有沒有看到……？」

黎幫自己倒了第二杯馬丁尼。又小又圓的洋蔥在她口中沁出鹹味，啵地一聲破開。曼在調整放映機——熱心又殷勤——移動於一臺又一臺機器間，重捲影片、重裝片盤，黎沒什麼事好做。她不時會漫步走向他，問他一切是否都順利進行。然後他們一起往後退幾步，看著群眾。

「這裡一定很多人想要拍肖像，」曼說，他的聲音裡透著盤算，對她露出一個曾讓她著迷的偏著嘴的微笑。

黎點頭。

「妳覺得妳可以拿到來賓名單嗎？」

「也許可以。」她說。她在他身邊又站了一會，將這一切盡收眼底——賓客讚嘆影片中黎的手勢投影在他們身上的效果；泳池遠處邊緣一對對情侶隨著爵士樂曲起舞；溫室裡空氣的味道，大型花飾中百合、梔子花和小蒼蘭的芳香。然後她離開曼身邊，走到吧檯，她不需開口問，酒保就再遞給她一杯馬丁尼。

一組四人的賓客接近她。「米米說妳是安排這一切的人。」其中一人對她說，手臂一揮掃過全場。

黎站得更挺直，微笑著。「對，是我。」

「真是正點，」他說：「我們從沒看過這種場面。」

黎回望通往大宅主要房舍的階梯，看到室內透出的光線照出一個男人的側影。男人遮著眼睛上方，四下環顧，在入口處躊躇著，彷彿不確定自己是否屬於此地。黎馬上就知道那是安東尼歐。就算他不是整場舞會裡唯一穿黑色的人，她也認得出他。她向前來搭話的男人道謝後告退，走向安東尼歐，欣喜於他看見她時神情煥發出光采的模樣。

「你收到我的信了。」黎說。

「收到了。我到了門口，覺得一定是搞錯地址了。看看這些有錢的傢伙。真希望妳能先讓我打扮一下。」

「我不想嚇跑你。」

他們看看四周，圍繞著他們的財富再度讓她難以招架：精心保養的肌膚、闊氣的鑽石、皮草和蠶絲，一切都奢華無度、銅臭逼人。此時，正好一名端銀色小托盤的侍者走近，端上烤田螺。黎和安東尼歐互看對方一眼，暗自竊笑。安東尼歐拿起一隻田螺，丟進嘴裡時還翹起小指。黎望著他身後，指著一個跟他做出幾乎相同姿勢的傲慢女人。這一切很快就變得逗人發噱。他們大笑著，安東尼歐靠向她。

黎看向放映機。她和安東尼歐的位置太遠，曼不會注意到他們。她拉著安東尼歐的手，帶他去吧檯，幫他點了跟自己一樣的飲料。她拿酒給他時，他聞了聞，搖頭拒絕，於是她拿回去，他點了伏特加。現在，她兩手都捧了酒，交替著喝。有安東尼歐在這裡，連琴酒的味道也變得清淡如水，她喝著喝著幾乎沒注意到。時不時地，他溫暖的手會握住她的，拿走其中一個杯子，偷喝一口，不久，三個杯子都空了。黎再一次拉著安東尼歐的手，領他走向舞池，她非常清楚曼會看見他們在那裡。

一開始，安東尼歐站在邊上，看著黎的文字影片投放在來賓身上。一對高齡的情侶旋舞著經過，男方的白色燕尾服上閃過「森林裡的黑暗」，然後他再轉了一圈，字詞便消失了。一位女士的絲質洋裝上寫著「我一個人睡」，還有一位是「不顧流行」。安東尼歐雙臂在胸前交疊，將一切看進眼底。

「真是不可思議，」他對黎說。

她將手放在他臂膀上，「跟我跳舞。」

「我不跳舞的。」

「就跳這一次？」黎說，抬頭看著他厚重眼瞼下的眼睛。她知道他無法拒絕她。安東尼歐點頭，挽起她的手臂，將她領向其他跳舞的情侶。他準備跳一支華爾滋，優雅地移身通過階梯，黎不禁說：「還說你不跳舞呢，哈。」

「嗯，我並不是說我不知道怎麼跳舞。」像是為了證明似地，他將黎拉近，環抱她做出一個下腰動作。他拉起她時，她暈頭轉向。

他的黑衣加上她的短褲，讓他們成為舞池裡最顯眼的一對，黎知道曼發現他們只是時間早晚的事。安東尼歐領舞時，她的頭轉呀轉，不斷瞥向曼操作放映機的方向。影片播到尾聲，膠捲從片盤上彈開，他重新放片時，舞客仍自顧自跳了幾分鐘。他讓放映機重新運轉之後，黎在正巧的時機轉頭，剛好看到他發現她。曼搖著頭，臉上帶著訝異的神情，接著她又轉開了，被安東尼歐強壯的臂膀緊抱著，迷失在其他情侶如時鐘指針旋轉的圓圈中。

他們跳了三首歌，曼還是沒有過來。每次安東尼歐讓黎轉圈的時候，她都感受到曼的注視，他仍站在放映機旁邊，雙手垂在身體兩側。黎讓自己更貼近安東尼歐，隔著他的緊身褲，她感覺到一個堅硬的物體。他的勃起令她油然升起渴望，她更堅決地緊靠著他。他們看起來想必很是傷風敗俗。她的腦袋發熱，雙眼迷濛，在模糊的視線裡，她每次轉頭都對上曼的瞪視。然後——這不就是她邀安東尼歐來的原因嗎？——黎停下舞步，在沉默的舞池中央、在她所營造出的靜止時刻，她踮起腳尖，雙臂環住他，昂起嘴唇與他的相觸，親吻給全世界看。

一如黎所預測，曼再也克制不了。他走向他們，握緊雙拳，全身散發著怒氣。他直直朝她而來，一把抓住安東尼歐的手臂，從她身邊拖走他。

「你——該死的——是什麼人？」曼嘶聲說。

安東尼歐開口想要說什麼，但曼已經作勢揮拳，旋即像彈簧般送出一拳，擊中安東尼歐的臉。這一擊相當重，打得安東尼歐踉蹌後退，單膝跪地。

安東尼歐伸手摸了摸臉頰，控訴般地瞪著黎。她當下就後悔了。她在想什麼，居然把他扯進來。

舞客們已經停下來，退後幾步，留給他們空間。曼重新捲上的影片還在播放，黎的詩篇裡的字詞投影在他們身上：**蓄意**、**雙人午茶**、**一線希望**、**空中爆炸**。字詞閃動到安東尼歐身上時，消失在他的黑衣之下，等文字爬到曼和黎的身上，她幾乎不忍卒睹。**逃跑**、**深淵的呼喚**、**撫摸我**、**無意義的存在**。這確確切切就是黎送信給安東尼歐時想像的場景，但當它真的上演，她幾乎不敢相信自己做了什麼。

「我說，你到底是誰？」

安東尼歐站起來面對曼，「我是——」

曼打斷他。「算了。去你的。滾出去！」

安東尼歐轉頭看著黎。她點點頭，用嘴形說了聲抱歉。他困惑地攤開手，然後轉身循原路離開。曼抓著黎的上臂。他抓住她的力道極強、掌心燙熱，她可以透過他的手指感覺到他脈搏的跳動。

「妳在**工作**，」曼對她說：「妳應該在**工作**。」

黎感覺到她的怒火熊熊燃燒。「我一點都不擔心，」她說：「反正我知道，最後的功勞也會被你奪走。」

曼仍然緊緊抓住她的臂膀。「妳說什麼？」

黎還來不及說出她演練過的臺詞，佩西—布倫特夫人就朝他們跑來，伸長了手同時摟著他們兩人，盡可能優雅地將他們推回主屋裡。「親愛的，」她對黎說：「我們快把這不得體的一幕搬出舞池，好嗎？」

曼和黎任由她推著，進到屋內，踏上一條長長的走廊，一路走到像是遊戲室的房間，中央擺著一組撞球桌，牆上展示著獵物標本。米米輕輕一伸手把他們推進房間。「在我的舞會發生別的插曲前快點和好。小小一點戲劇場面登在明天的報紙上還不錯，但我不要再有其他事搞砸了。」

米米拉上背後的門，留下黎和曼在偌大的房間裡獨處。在這麼遠的地方，他們聽不見舞會賓客的聲音。事實上，厚又軟的地毯和窗戶上沉重的窗簾似乎吸去了所有聲響。門一關上，曼就轉過來面對黎。「這該死的是怎麼回事？」

「什麼怎麼回事？」黎若無其事地問。

「妳，還有那個男人。他就是那個跟妳……？」曼發出幾乎像是嗆到的聲音，整句話沒說完。他從她身邊走開，到窗邊去，拉開一扇窗簾，往外看著下方的地面。

黎往前一步，靠在球桌上，緊抓著桌子的軟氈邊緣，指節用力到泛白。她大聲說：「你──偷了──我的東西。我的照片。我的鐘形罩。你在上面冠了自己的名字。」

曼轉頭面對她。「妳說什麼？」

「我說什麼？你不是認真的吧？你知道我在說什麼。你搶走我的照片──**我的**照片──然後投去費城攝影協會參展。」

曼看起來是真心感到困惑。他伸手梳過頭髮。「啊，鐘形罩那組照片。對，我把它跟其他幾張一起寄出了。那個獎項的其中一條規則，就是照片必須是三連圖型式。我拍的系列照片很少，他們又老是想出這種荒謬的限制，天知道為什麼。」

「你有沒有──你可想過嗎，你做的事就是**偷竊**？」

「什麼？當然沒有。我們是一起創作的。它屬於妳，也屬於我。」

黎的聲音顫抖。「那**不**是我們一起創作的。」

「中途曝光都是我們一起做的——我是這樣看的。我以為妳也這麼想。」

黎的雙手像獸爪般緊抓著桌緣。「是**我**發現的。不是你。你不記得嗎？你**真的**不記得嗎？」

她開始想到，也許他真的不記得。或許那段記憶在她心中的比重更甚於他們在一起的任何時光——在那幾週，她空前絕後地感覺到自己跟另一個人如此同步——或許那段記憶已經遠離了曼的腦海，猶如朝陽蒸散的霧氣。

曼離開窗邊，隔著球桌與她相對。他的右肩上方，一顆掛起的鹿頭俯視著他們。「黎，妳的大驚小怪實在太荒謬了。我們在工作室裡所創造出來的，終歸來說都是我的作品。那是我的工作室。妳是——」他停頓一下，彷彿忽然之間發覺他的話在她聽來是什麼感覺，然後輕聲說：「——我的助手。」

「啊。」正如她一直以來的疑慮，此刻怒氣全逸出了黎的體內，她的雙腿發軟。曼看出她的變化，連忙跑向她，想扶住她。但她往後縮起身子。

「當然，我指的只是工作室產出的作品。只有工作室的。妳知道妳對我而言有多大的意義——我有多愛妳。」

黎低下頭，什麼也沒說，只是盯著球桌一角落球袋的陰影。

他又試一次，「我寄出那組照片之前應該告訴妳的。對不起。但那時很忙，妳又常常不在，我想我只是忘了。」

她依然不發一語。她熱淚盈眶，一滴淚水滑落，在綠色軟氈桌面上滲出一個深色的斑點。

「黎，說句話吧。我原諒妳出軌——我還在坎城的時候就原諒妳了。我無法一直對妳生氣，而且今晚這樁不知道該算什麼的糗事，我也可以當作沒發生。我愛妳，黎。我愛妳。」

她抬起頭直視著他。「你看著我的時候，看到的是什麼？」

曼疑惑地搖頭。「我看到的是什麼？一個美麗的女人。我所愛的女人。」

一個美麗的女人。但她又期待他說什麼呢？每個人看到的都是這樣。黎用手背擦擦眼睛。「你沒有看見我。你從來沒有。」

「妳是什麼意思？我看不見**除了妳以外**的一切。我告訴過妳。」

「你沒有。你沒有。」黎哭得更激動了，她的臉皺起來。但她沒有像平常一樣以手掩面，而是讓雙手垂在身側，任由眼淚滾落。「我永遠無法原諒你。」

曼退了一步。他發覺她是認真的，這件事比他以為的對她而言更重要。「黎，講理一點。沒關係——我會寫信給協會，撤回照片。不管妳要我做什麼都行。」

「你信上會說作品是我的嗎？」

曼的眉頭蹙緊。「我希望撤回就好。我不希望協會誤解——」

這是他所能說出最糟糕的話了。黎再擦了一次眼睛，然後從他身邊走開。「我受夠了，」她說。

「受夠了？」

「受夠了，這一切，還有我們。」她揮手掃過房間。

曼看起來震驚至極。「對妳而言，妳的照片比我們所擁有的一切更重要嗎？」

「對，我想這是我要說的。」

曼起先氣憤不已，依舊為自己辯解，然後轉而向她懺悔。但那些話對她毫無意義。黎口中的受夠了是認真的。等他開始乞求她的原諒，已經太遲了。

在她離開房間以前，曼雙膝跪地，雙手抱著她裸露的腿。她看著他，感受不到他們之間曾有的羈絆，她彎下身，拉開他的手臂，笨拙地跨出他的掌握。她懷著決心，一步步循著迷宮般的走廊回到舞會，在那裡，一切如同往常運轉。黎走到其中一臺停擺的放映機旁，麻木地啟動開關，看著自己的手在人們的身體表面移動，手指來回撫摸某個男人的外套、拂過他的臉頰，然後消失在陰影中。舞會持續了幾個小時，黎待到最後。舞會結束，她拿起大衣，踏進外面凍寒的冬季空氣。誰知道那時候曼在哪裡呢？也許他還跪在那裡，等著她跟他一起倒地。

過了幾週，黎將自己的所有物品搬出曼的公寓，住進一間旅館，回覆了一間小工作室窗戶上張貼的出租啟事，寫信向她父親借了一筆錢，買了自己的棚內相機和輪架，登出一則廣告——**黎．米勒工作室：曼．雷風格肖像攝影**。她的第一位客人是個上了年紀的女人，在週日的報紙上看到廣告。之後，一件包裹送到了黎的新工作室門口，用牛皮紙包著，綁上繩子，顯然不是郵差送來的。

她立刻就知道包裹的主人，儘管他們在舞會之後就沒再見面或交談過。黎都在曼不在家的時候，才去公寓收東西。

黎將包裹拿進來，緩緩拆開。牛皮紙裡是一個木盒，盒中裝著曼的節拍器，擺錘上以膠帶貼著某樣東西。黎拿起節拍器，上面貼著一張紙，一張眼睛的照片，她的眼睛，空無地望著她。盒子底部放了一把鐵鎚，把手上綁著一張紙條。上面是曼熟悉的筆跡：**毀滅我**。

黎將節拍器放在面前的桌上，打量著它。從剪刀把那隻眼睛割離臉部時留下的鋸齒狀刀痕，可以具體看出是什麼樣的情感驅動了這件創作。照片曝光不足，像是太早從顯影液裡拿出來。她的那隻眼睛空洞而深不見底，虹膜的色度淡薄如水。黎瞪視著那張照片，它也回視她。曼是從哪張照片上割下來的？她哪一個版本的臉孔被剪成拼圖般的碎片、丟進了垃圾桶？黎伸出一隻手指，啟動節拍器，坐下來看著她的眼睛來回搖擺。

然後，黎環顧這個空間——她的空間，完全屬於她，空曠的白色房間，跟她第一次看到時所想像的一樣乾淨明亮——再看向她近期拍的照片，其中一些還掛在曬衣繩上風乾。她開始拍一組新的系列，是半抽象的街景，構圖審慎，卻帶有隨興快照的活力。在她拍過的照片裡算是數一數二的作品。黎起身走進暗房，繼續工作，留下節拍器在桌上叩響，將最後一點的發條動力也耗盡。

英國，薩塞克斯郡
一九四六年

解放：一個注定腐化的口號。黎寫下這行字，連同其餘文章一起寄給奧黛麗。她和大衛・謝爾曼合寫了這篇文章，就在他們從又一座納粹倉庫裡「解放」一箱格烏茲塔明那葡萄酒之後。這個字眼成了笑料。「我要解放你的褲子，」大衛說，他們笑得連酒瓶都撞倒了，但沒關係，因為他們還解放了另一瓶。

《VOGUE》已經不再委派黎採訪，但她仍繼續拍照。她遊遍歐洲，拍攝自由的風景。在丹麥，儘管電力短缺，壓抑已久的歡樂還是奔湧而出，人們用厚紙板做出精緻的遮蔽物，隱藏城市所遭受的毀損。在法國，配給制度已經功成身退，流行起大帽子和奢侈的布料用量。在盧森堡——這個國家的應戰策略可以歸納成「吹聲口哨，但願敵人不會發現我們」一句話——則是節制有禮的小規模遊行和豐收慶典。

黎是唯一還留在當地的攝影師。經過慕尼黑、達豪，以及希特勒在柏林地堡自殺之後，採訪團都離開了，被派往其他國家，進行其他工作。連大衛也走了，因為《生活》派他去美國。他鼓吹黎跟他一起去，但她無法想像自己在一個幾乎未遭戰火波及的國家憔悴凋零。她轉而向東歐前行，屯積了汽油和白蘭地，獨自駕著她從四十五師解放的吉普車，通過飽經轟炸的地帶。她是如此想念大衛的陪伴，以至於她開車時模仿起他低沉的聲音對自己說話。但她也怨恨他，恨他拋下她，回家舒舒服服地拍攝社交名流和公共工程的照片。

在羅馬尼亞某處，錢用完了，黎發給奧黛麗的電報又只得到隻字片語的回覆。她的委派證件被吊銷了。除了回家，無處可去。

回到倫敦，黎和羅蘭・潘若斯久別重聚。經過多年來的通信，和他實地相處起初令她感到煩躁。他的身體在她身旁的溫度，還有那總是整潔講究的外表。但讓她煩躁的事可多了，她發現他是唯一她能忍受共處超過幾小時的人。他對她沒有任何要求——不像曼要求她的一切，也不像戰爭奪走她的一切。她和羅蘭同赴薩塞克斯郡旅行，他的出生地附近，租了一間小農舍，兩人在石子路上散步，討論有一天要搬來定居。他將她的手握在掌中，輕輕捏著。

這片田園翠綠、祥和又安靜，靜得讓黎的耳鳴不已。他們一放下行李，她就癱倒在床上睡了好幾天，醒來只為了喝她放在一旁酒瓶裡的白蘭地。羅蘭幫她拿來三明治，她沒有吃，麵包邊捲曲乾癟。一天晚上，她尖叫著驚醒，羅蘭撫摸著她的背脊，直到她假裝再度入睡。她等到他開始打鼾，才伸手拿酒瓶。

黎無法將那些影像屏除在視線外，她的腦子是無止盡的影片膠捲。白蘭地幫助了她，干邑酒也行。酒精幫助她入睡，讓她的記憶短暫地被噩夢所取代。

「會改善的，」羅蘭告訴她，同時拍拍她的手，摸著她的臂膀。戰爭期間，他待在諾福克，管理東部司令迷彩部隊。他對她的碰觸太頻繁了——她有時必須咬緊牙關才能阻止自己退縮——但是忍受這些動作比叫他停手簡單。

幾年之後，他們結婚了。這是個錯誤，但當時的黎並不在乎。她只想要一個能接受她真實模樣的人。羅蘭想待在鄉下，於是他們很快就買下法黎農莊。她安排將她的東西從倫敦寄過去，箱子在羅蘭出差時送達。一箱又一箱的負片和褪色的舊照片。黎甚至沒費神打開大部分的箱子，就把它們全堆進了閣樓。

箱子放得遠遠的，就在一組舊床架後面，永遠不會被發現的角落。羅蘭不會多問，跟他在一起，她可以往前看，成為一個不同的人，讓歲月抹滅她的過去，只剩下乾淨的一片空白。一鎖上閣樓的門，她便覺得自己解脫了，像是黑暗中的裂隙照進一束光。那些她曾感受到的事物是否不可名狀？

她但願那股感受就是解放。

終章

倫敦
一九七四年

從她的外表，你不會看出黎已在垂死邊緣。她獨自走進由羅蘭擔任館長的倫敦當代藝術學院前門時，看上去十分美麗。這是她第一次來到當代藝術學院位於林蔭路的新館，倘若誰去問她的意見，她會說這裡真是醜得人神共憤，一座寬矮的建築物，立滿臃腫誇張的希臘式列柱，就像是孩子對高尚藝術的理解。黎對舊館喜歡多了——儘管它蓋得草率又不討人歡心——但沒有人問她的意見。羅蘭當然也沒問，他從來不問她對任何事物的意見。

黎穿著洋裝，是她好幾個月來第一次穿。諷刺的是，接近死亡反而讓她重拾了對時尚的熱愛，也帶回了她的腰線和顴骨。推開美術館的玻璃大門之前，她在鏡面上瞥見自己的倒影，終於有這麼一次喜歡了她所看到的模樣。臉龐因為不合季節的低溫和她在幾個街區前的咳嗽而泛著紅暈。羊毛圈紗洋裝和搭配的俐落外套是藍色，襯托出她眼睛的色彩。衣服看起來也許過時，卻是香奈兒的，而且穿起來就像黎幾年前買下時一樣合身——算是某種勝利。

羅蘭答應讓黎私下參觀新展覽，在預定當天晚上舉辦的開幕酒會之前。這是黎應得的——事實上，她應得的比他給她的優遇更多，尤其因為她是這個展覽得以舉辦的一部分理由。她在《VOGUE》寫她和曼・雷共度時光的那篇文章——她往回一算，不敢相信已經是七年前刊登的了——引發了當代藝術學院前任館長的興趣，羅蘭打通關節，加入團隊將一切策畫完成。這場展覽可能就是學院在前任館長退休後拔擢羅蘭的原因。能有這個新職位，他得要感謝黎，但他當然沒這麼說過。

在她被迫跟美術館的人應酬交際之前，她需要這段獨處的時間。在她見到曼之前。本來，羅蘭告訴她曼不克到場，因為身體太過虛弱，無法從洛杉磯遠道而來，但幾週前又隨口提到他還是會出席。他們已經四十年沒有見面。不論黎如何想像他站在她面前時會是什麼情景，她還是無法使他的影像成形。她對他的記憶只剩下片段：他襯著外套的下顎線條，他站立時喜歡的駝背姿勢。她甚至不確定她記得的那些片段是不是真實的，還是從照片上看來的。她在普瓦捷橋上為他拍的那張，是她唯一保留的他的照片。

黎擠過大廳裡聚集的一群群學童和觀光客，走階梯上了二樓，穿過一堵臨時路障。看到展區入口時，她差點笑了出來。一面巨大的掛幅懸在關閉的門上方，印著曼的簽名，壓在她赤裸軀幹的照片上。那是曼以他們的舊房間窗戶為背景為她拍的許多照片之一，夜晚的光線在她身上投下橫紋。黎搖搖頭，暗忖著美術館的人員是否知道，他們印在布條上的正是館長夫人。

她開門進去。一個人也沒有。整個空間寂靜無聲，光線比她預期的要暗。裝框的照片以小盞的單燈照明，曼的幾件雕塑則陳列在展間中央的臺座上。

展出作品依時間順序排列，最前面幾個展間十分單純：伊曼紐・雷尼斯基早年生活的代表物，有速寫和塗鴉，兒時家裡的經文盒，早期的裸體畫練習，甚至還有一份在校時期的期末報告。然後是代表一九二〇年代巴黎的展間：吉吉背上畫著提琴音孔的照片，和另一張她睡著時的照片。一間凹室裡循環播放著《別煩我》，為稍後的酒會做準備。

走到下一個展間，黎開始感到抗拒。門旁邊的牆上寫著「**一九二九—一九三二，情色巴黎**」。照片分成好幾組，而正如黎所預期，幾乎都是她身體的照片。但事先知情並不會讓這景象比較好接受。她緩緩沿著一面牆走，將一切看盡眼底：她的大腿、手臂和胸脯，鑲在厚重的黑色相框裡，她經過時，玻璃反射出刺眼的燈光。

她讓曼為她拍的那些身體局部照片，都在這裡。那些他觸碰過、描繪過、深愛過的地方。她看了又看，等待那些影像聚合成整體，但當然沒有。她為什麼還有所期待呢？她的閣樓裡有幾十幅自拍肖像——黎．米勒，由黎．米勒攝影——但連那些照片也無法令她滿意。她知道為什麼。因為從來就沒有整體。沒有中心。又或許並非如此。或許黎只是從來不曉得該如何找到它。

曼的照片看起來十分陳舊——也是真的舊了，黎如此發覺，一陣悲傷扎向她心頭——照片中的女孩也早在許多年前就離她而去。她美麗的眼睛在這裡，還有她美麗的鎖骨。黎想要將它們全部收回來，收回她被攝走的每一塊碎片——她的嘴唇，她的手腕，她的肋骨。看著這些支離破碎的身體片段，她想到那個滿臉痘子的年輕醫生貼在燈箱上的X光片：她胸腔裡的肺臟被照亮，形如蛾翼，由癌細胞貫穿。負片呈現的是相反效果，腫瘤看起來是亮白的色點，但黎知道它們真正的顏色。在檢驗室裡，她微微感覺到確切的證明：她始終知道自己體內藏著的那片黑暗，終於有了證據。

黎停在一張她清楚記得的照片前，那張中途曝光的臉部側影，一條細細的黑線隔開了她的肌膚與白色的背景。作品旁掛著一張說明小卡，黎靠上前瞇起眼睛。**中途曝光，由藝術家曼・雷與黎・米勒共同發現，是一種使負片上或相片上的影像色調全部或部分反轉的顯影效果**。黎伸出手，她的拇指撫過那串文字，在塑膠罩上留下一抹痕跡，她試圖擦掉時，指痕又擴得更大。**共同發現**。**藝術家曼・雷與黎・米勒**。這些字眼曾經代表多麼重大的意義。因為聽不到這些字眼，她放棄了那麼多。現在她所感受到的意義，卻是那麼渺小。

黎平復情緒，走向下一個展間。裡面只有一幅畫。非常巨大，長達八英尺，掛在與視線水平的高度，鮮豔而華麗。她知道說明卡上寫的是「**天文臺時間——戀人**」。就像是觀看著一段已經遺忘的記憶，而後半是憶起。那對嘴唇橫躺著，像兩具交疊的身體，筋疲力盡、靜止不動。那個女孩將自己完全投向感官的體驗、投向她的戀人，他們親密得讓兩人的身體難以區分出邊界。她到哪裡去了呢？黎也想要找回那股感受。

其餘的展品都是模糊一片。黎漫步走過一個又一個展間，裡面是曼後期的繪畫和雕塑。有一間是他待在加州的時期，還有一間是他一九五〇年代在歐洲拍的人像。這些照片，黎多半已在歷年來的雜誌裡看過。她始終關注著他的藝術生涯發展，羅蘭也是。

過沒多久，黎走到了最後的展間。她在出口站了一會，暫時無法回到美術館其餘空間的嘈雜之中。牆邊有一張長椅，黎放鬆地往上面一坐。她只要在回家前讓腳休息一下。

黎聽到背後傳來橡膠磨擦硬木地板的聲響，那時她已經閉著眼坐在那裡二十多分鐘了。一個坐輪椅的人進到展間。然後，那人更接近時，她聽見了：一個人的聲音，他的聲音，虛弱單薄卻依然熟悉，一個她直到聽見才終於想起來的聲音。她深深吸了一口氣，轉過去面對他。

「黎？」曼說。

流動在他們之間的，只剩下記憶，沒有影像。

後記

黎・米勒初次引起我的注意，是在我參觀麻州薩冷鎮的匹博帝・艾塞克斯美術館舉辦的一場藝術展覽時，那場展覽名為「曼・雷／黎・米勒：超現實主義伴侶」。她展出的作品十分驚人。她的人生更是如此。然而我在求學時上過的所有藝術史課程中，都只聽過曼・雷，沒有黎・米勒。離開展覽後，我一頭鑽進長達兩年的研究，接下來的書寫就成了《光之年代》。

我對黎的著迷是從影像開始——她的影像，以及她拍攝的影像。她在一九二七年《VOGUE》的首張封面照裡自信的眼神，她在她父親拍攝的照片中露出的反抗目光，仰視著曼的時候眼中蘊含的愛，而後她徹底轉型成堅忍不拔的戰地記者。那些影像是進入小說場景的途徑，也是我書寫、修改本書時提醒我的重要參照。這部小說是這些影像背後的故事。它是一部虛構作品，即便我在寫作時從許多優秀的傳記和歷史文本吸收史實，這些人物依舊是我想像力的產物。

歷史小說是個獨特的文類，作者書寫真實存在的人物時，整個過程自有一套特別的期待與規則。儘管我努力使它合乎史實——特別是地理、時序和歷史細節——只要符合該角色在當時生活和在我虛構再現的版本中的樣貌，我就選擇去實驗，去創造場景和情節。最重要的是，我寫這本書的目標是呈現出黎這樣一名複雜女性的樣貌：沒錯，她美麗而才華洋溢，但也同樣有所缺陷而脆弱。妥善處理這個部分，對我來說比完全忠於史實的時序來得更為重要。

有關曼．雷和黎．米勒真實人生的延伸閱讀，我強烈推薦卡羅琳．柏克（Carolyn Burke）的傳記作品《黎．米勒傳》（*Lee Miller: A Life*）。我做研究時一次又一次參閱這本書，它探索黎複雜的生命史，交出了完美的成果。尼爾．鮑德溫（Neil Baldwin）的《曼．雷：美國藝術家》（*Man Ray: American Artist*）和曼．雷的自傳《自畫像》（*Self Portrait*）是了解他令人驚奇的生涯與作品的絕佳入門書。我在此附上一份小清單，列出我這些年來參考過的資料，每一本都是深入了解這些角色和那個時代的優秀參考著作。當然還有曼和黎的作品，我希望它們能像啟發我那樣啟發你們。

延伸書單：

Baldwin, Neil. Man Ray: American Artist. Cambridge: Da Capo Press, 2000.

Burke, Carolyn. Lee Miller: A Life. New York: Knopf, 2005.

Cahun, Claude. Disavowals, or Cancelled Confessions. Boston: MIT Press, 2008.

Conekin, Becky E. Lee Miller in Fashion. New York: Monacelli Press, 2013.

Flanner, Janet. Paris Was Yesterday, 1925–1939. New York: Viking Press, 1972.

Klein, Mason. Alias Man Ray: The Art of Reinvention. New Haven: Yale University Press, 2009.

Penrose, Antony. The Lives of Lee Miller. London: Thames and Hudson, 1988.

Penrose, Antony, ed. Lee Miller's War. Boston: Bulfinch Press, 1992.

Prodger, Phillip, with Lynda Roscoe Hartigan and Antony Penrose.
Man Ray / Lee Miller: Partners in Surrealism. London: Merrell Publishers, 2011.

Ray, Man. Self Portrait. Boston: Little, Brown, 1963.

Roberts, Hilary. Lee Miller: A Woman's War. London: Thames and Hudson, 2015.

致謝

人們常說寫作是一種孤獨的行動，但若沒有以下這些人的指導、鼓勵和信任，這本書便不會誕生。能夠表達我對他們支持的感激，實在是我的榮幸。

早在我的經紀人Julie Barer在飛往日本的空中寄信給我之前，與她共事就是我的夢想，而她最後比我想像的還要優秀、美好。我對她和The Book Group的所有人懷著無窮的感激。同樣要特別感謝沉著冷靜的Nicole Cunningham。無比感謝我在Little Brown優秀的團隊，包括Karen Landry、Sabrina Callahan、校對人員Nell Beram、Alexandra Hoopes，還有我能力一流的編輯Judy Clain，與她共事期間很愉快，她的見解和智慧讓我成為更好的作者，也讓本書成為更好的作品。我同樣要感謝Picador UK的優秀夥伴，特別是Kish Widyaratna和我親愛的編輯Francesca Main，她在各方面都提供我極富價值的建議。由衷感謝Jenny Meyer、Caspian Dennis和譚光磊等傑出的外國版權經紀人：每當我想起自己的書被翻譯成別的語言、被海外的讀者閱讀，我都會感動得起雞皮疙瘩！致我的外國出版社：我們的關係才正要開展，但我很期待認識你們，萬分感謝你們相信我的作品。

某方面來說，我的寫作生涯始於我加入the Chunky Monkeys寫作群，能認識這些深深啟發我的人，實在再幸運不過。Chip Cheek、Jennifer De Leon、Calvin Hennick、Sonya Larson、Alexandria

Marzano-Lesnevich、伍綺詩、Adam Stumacher、Grace Talusan和Becky Tuch：感謝你們閱讀無數篇草稿、給我一流的回饋、為我帶來歡笑、對我信心喊話，並和我證明了努力終有收穫。

特別銘謝摯友兼明星作家Jenna Blum和Kate Woodworth對我的肯定，以及用特製表情貼與曼哈頓給我鼓勵。

無比感激我有幸結識的優秀作家群，他們在這本書上提供我許多援助：Christopher Castellani、Ron MacLean、Lisa Borders、Michelle Seaton、Sari Boren、Sean Van Deuren、Jaime Clarke、Mary Cotton、Tom Champoux、Alison Murphy、Chuck Garabedian、Vineeta Vijayaraghavan、Michelle Hoover、Karen Day、Stuart Horwitz、Crystal King、Cathy Elcik，也許還有更多我希望我能記住名字的人。謝謝你們啟發了我。我相信波士頓擁有全國最棒的寫作社群。我在Grub Street度過了十年愉快的工作時光，這個機構讓我感覺像家一般溫馨。我也很開心成為由Daphne Kalotay所帶領的Charrettes的一分子。Spitballers讓腦力激盪變成具生產力且好玩的協作過程。我很高興協助Arlington Author Salon籌辦活動，也因此更加熟識了迷人的Anjali Mitter Duva、Amy Yelin、Marjan Kamali和Andrea Nicolay。我同樣感激兩個位於波士頓的組織提供我經濟援助：the Somerville Arts Council和the St. Botolph Club Foundation。

因為駐校和住在慷慨友人的家中，我獲得寫作的時間和空間，對此我永表感激。我待在Virginia Center for the Creative Arts的兩個星期，是我人生中最富生產效率的時期。我也深深珍惜我從其他藝術家身上得到的友誼與啟發，特別是John Aylward、Sarah McColl和Jennifer Lunden。謝謝Mo Hanley與我分享她在鱈魚角的家；謝謝Alex Reisman將她位於麻州羅鎮柏克夏的房子改造成我們的寫作避難所，我們在其中除了工作也盡情歡笑；謝謝Arthur Golden於我完成第五版（？）初稿時，在鹽澤將Missy託付給我照顧。至於在家附近，我感謝上帝賜給我Diesel Cafe、Kickstand Cafe和Caffs Nero，它們以源源不絕的美式咖啡提供我修稿的動力，也是我總能期待與某個熟人不期而遇的避風港。

最終，我誠心地感謝幫助我的朋友與家人，他們給予我的幫助不計其數，無法在此一一列舉。Jennifer Chang、Alexis Wooll與Julie Greb：妳們從小就認識我，見證了我彆扭的青春期還有令人難堪的叛逆歲月，卻還是愛著我。謝謝妳們成為我的後天家人。Gale Scharer和Richard Scharer，你們是最棒的公婆，謝謝你們在我的生命中提供物理上的陽光（佛羅里達）和心靈上的陽光。我遊遍全球的姊妹Colby，她擁有的精采故事多到應該自己寫本書——願我們共度更多的冒險旅程。我的雙親Anita Bemis和Richard Bemis以無數的空白筆記本和二手書店之旅鼓勵了我幼年對文字的熱愛。謝謝你們對我永不動搖、不成比例的信任。我的丈夫Ryan是我所認識最聰明風趣的男人，他陪我在全國各地到處搬家，以支持我的寫作，並且擔下了無比沉重的各種責任，好讓我有幸寫完這本書。最後，感謝我的女兒Lydia，她的活力和機智點亮了整個世界，她永遠是我最棒的作品。

【Echo】MO0076

光之年代

The Age of Light

作　　者❖惠特尼・夏勒 Whitney Scharer
譯　　者❖葉旻臻
封面設計❖張逸帆
排　　版❖張彩梅
總 編 輯❖郭寶秀
特約編輯❖周奕君、聞若婷
行　　銷❖許弼善

發 行 人❖凃玉雲
出　　版❖馬可孛羅文化
10483台北市中山區民生東路二段141號5樓
電話：(886)2-25007696
發　　行❖英屬蓋曼群島商家庭傳媒股份有限公司城邦分公司
10483台北市中山區民生東路二段141號11樓
客服服務專線：(886)2-25007718；25007719
24小時傳真專線：(886)2-25001990；25001991
服務時間：週一至週五9:00～12:00；13:00～17:00
劃撥帳號：19863813　戶名：書虫股份有限公司
讀者服務信箱：service@readingclub.com.tw
香港發行所❖城邦（香港）出版集團有限公司
香港灣仔駱克道193號東超商業中心1樓
電話：(852)25086231　傳真：(852)25789337
E-mail：hkcite@biznetvigator.com
馬新發行所❖城邦（馬新）出版集團【Cite(M) Sdn. Bhd. (458372U)】
41-3, Jalan Radin Anum, Bandar Baru Sri Petaling,
57000 Kuala Lumpur, Malaysia.
電話：(603)90578822　傳真：(603)90576622
E-mail：services@cite.com.my
輸出印刷❖前進彩藝有限公司
一版一刷❖2023年6月
定　　價❖480元（紙書）
定　　價❖336元（電子書）

ISBN：978-626-7156-40-7（平裝）
ISBN：9786267156414（EPUB）

城邦讀書花園
www.cite.com.tw

國家圖書館出版品預行編目（CIP）資料

光之年代／惠特尼・夏勒（Whitney Scharer）作；葉旻臻譯. -- 一版. -- 臺北市：馬可孛羅文化出版：英屬蓋曼群島商家庭傳媒股份有限公司城邦分公司發行, 2023.06
368面；14.8×21公分--(Echo；MO0076)
譯自：The age of light
ISBN 978-626-7156-40-7（平裝）

874.57　　111016923